***Spinnweben***

Amma Darko

# *Spinnweben*

Schmetterling Verlag

Die Deutsche Bibliothek – CIP-Einheitsaufnahme
**Darko, Amma:**
Spinnweben / Amma Darko. [Übertr. aus dem leicht gekürzten engl. Orig.-Ms. von Anita Djafari]. – 1. Aufl. – Stuttgart: Schmetterling-Verl., 1996
ISBN 3-926369-17-5

Schmetterling Verlag
GbR Jörg Hunger und Paul Sandner
Rotebühlstr. 90
70178 Stuttgart
Der Schmetterling Verlag ist Mitglied von aLiVe,
der assoziation Linker Verlage.

Übertragen aus dem leicht gekürzten
englischen Originalmanuskript
von Anita Djafari.
Redaktionelle Bearbeitung: Karin Herczog
Titelgestaltung mit einer
Zeichnung von Irmela Steinestel
Die Veröffentlichung wurde durch den Ausschuß
für Entwicklungsbezogene Bildung und Publizistik (ABP)
unterstützt.

ISBN 3-926369-17-5
1. Auflage 1996
Printed in Germany

Satz: Schmetterling Verlag
Reproarbeiten: Text GmbH, Stuttgart
Druck: GuS-Druck GmbH, Stuttgart
Binden: Riethenmüller, Stuttgart

# Prolog

Es war einmal eine Tochter Afrikas und ihr Verlangen,
sich zu befreien, auszubrechen.
Sie wagte einen Traum.
Doch ihr Verlangen, ihr Traum
ließen sie stranden
irgendwo zwischen Tee und Mais.
Öffentlich las sie die Bibel,
heimlich befragte sie ihre Kaurimuscheln.
Ein Kreuz hing an ihrem Hals, doch unter ihren Kleidern
trug sie den Lendenschurz, den der Medizinmann ihr gegeben hatte.
Nie machte sie Schlagzeilen.
Nie gab es ein Bild von ihr, das die Gemüter tief bewegte,
mit blinden Augen, diesem hilflosen starren Blick.
Es gab auch kein Bild von ihr, das sie zeigte
mit müden, verdorrten, milchlosen, hängenden Brüsten
einem unschuldigen und leidenden Kind in den Mund gestopft,
einem Kind, das sie wohl zur Welt gebracht hatte,
für das sie aber nicht sorgen konnte.
Sie wollte nicht verzagt dasitzen, sich vom Hunger
überwältigen lassen.
Sie sah die vielen, die jede Hoffnung aufgegeben hatten
und hilflos und schmutzig
über ihr verdammtes trockenes Land verstreut
hungerten,
sich zu Tode hungerten.
Sie spürte das Verlangen auszubrechen.
Sie wagte es, denn sie hegte einen Traum.

Doch da war noch der Preis.
Sie brauchte lange, sehr lange, um zu begreifen,
daß es ihn gab und er darauf wartete, bezahlt zu werden.
Das Schicksal, so schien es, sorgte dafür,
daß er nicht eher verschwand
bis sie ihn akzeptierte...
und bezahlte.

# Erster Teil

## 1

Geboren wurde ich in Gambaga, einem Dorf im Norden von Ghana. In einem Land Westafrikas, einer einstigen britischen Kolonie. Als ihm im März 1957 Ihre Königliche Majestät seine Unabhängigkeit zurückgab, war ich fast ein Jahr alt.

Ich kenne zwar mein Geburtsdatum – wenn das, was man mir als mein Geburtsdatum genannt hat, tatsächlich stimmt – und natürlich kenne ich meinen Geburtsort.

Was ich hingegen nicht weiß, ist, ob ich in einem Krankenhaus geboren bin. Allein dadurch würde ich schon zu den wenigen Privilegierten gehören. Vielleicht aber bin ich, wie die große Mehrheit, irgendwo in einer dunklen Hütte am Ortsrand aus dem Bauch meiner Mutter gekommen. In diesem Fall ist es sehr wahrscheinlich, daß der Medizinmann des Dorfes, nach einer Vorauszahlung in Form eines weißen Huhns und einer Flasche einheimischen Gins, sich während meiner Geburt vor die Bambustür der Hütte plaziert hat, dort unablässig in seinem Hemd aus getrocknetem Gras auf und ab gehüpft ist und merkwürdige Dinge mit unzähligen getrockneten Knochen und dikkem Ziegenblut vollführt hat. Und das alles nur, um sicherzustellen, daß ich mit einem schönen runden Kopf und nicht mit einem albernen viereckigen auf diese Welt komme.

Um welche Uhrzeit ich geboren wurde, weiß ich ebenfalls nicht. Darüber habe ich mir auch nie Gedanken gemacht, bis Renate, meine beste Freundin in Deutschland, mir regelrecht entsetzt und ohne Umschweife erklärte:

«Wenn du solche wichtigen Kleinigkeiten über dich nicht weißt, heißt das doch nichts anderes, als daß du dein eigenes Leben, deine Existenz, als eine Selbstverständlichkeit betrachtest. Das bedeutet für mich, daß eine Gesellschaft, deren Mitglieder ihr eigenes Leben und das der anderen so wahrnehmen, das ganze Leben, alles, einfach als gegeben hinnimmt.»

Ich vermute, es war ihre Art, mir mitzuteilen, daß eine solche Haltung ein weiterer Grund für die Unterentwicklung jenes Teils der Welt, aus dem ich gekommen war, sein könnte. Vielleicht wünschte ich mir deshalb so verzweifelt nach meiner Rückkehr aus Deutschland, wo ich ein paar nützliche Jahre zugebracht hatte, soviel wie möglich von meiner Mutter zu erfahren. Die Lücken in meiner Lebensgeschichte sollten sich schließen.

Doch ich traf nicht mehr die gleiche Mutter an. Die üppige, blühende, gutaussehende Mutter, die ich verlassen hatte, war dürr geworden, ihre Haut so rauh und knittrig, daß sie kratzte. Sie war ausgezehrt, so müde und ausgezehrt, daß es schien, als würde sie den Tod mit einem breiten Lächeln erwarten. Als ich versuchte, etwas über mich zu erfahren, wimmerte sie nur vor Schmerzen und flüsterte verwirrt: «Warum jetzt?» Ich begriff, daß ich ihr mit meinen Fragen nur noch mehr Schmerzen zufügen würde, meiner Mutter, die nicht einmal mehr merkte, wann sie sich erleichtern mußte, die einfach dalag und sich selbst beschmutzte.

Alleingelassen mit meinen Grübeleien rief ich den Aberglauben zu Hilfe, um die Lücken zu schließen, die meine Mutter nicht mehr für mich füllen konnte. Wo ich geboren wurde, spielte keine Rolle mehr. In einem Krankenhaus? In einer Hütte? Ach was. Unwichtig. Jedoch das Wann erschien mir nun furchtbar wichtig, wegen der Wirkung, die es angeblich unwiderruflich auf mein ganzes Leben haben sollte – als Steuerrad meines Schicksals. Dabei ließ mich das Gefühl nicht los, daß, wenn Mutter vielleicht nur ein wenig davon geahnt hätte, in welche Richtung sich ihr Schicksalsrad drehen sollte, sie vielleicht nicht ein solches Ende hätte finden müssen.

Also studierte ich die Formeln des Aberglaubens und bezog sie in meine Kalkulationen ein. Zunächst erachtete ich Mitternacht als mögliche Geburtsstunde, da meine Studien ergeben hatten, daß Säuglinge, die um diese Zeit geboren sind, später zu Träumern werden. Wenn ich mir verschiedene Seiten von mir anschaute, konnte das auf mich zutreffen. Ein heißer afrikanischer Nachmittag allerdings konnte auch nicht ausgeschlossen werden, denn diesen Neugeborenen sagt man nach, später einmal sehr dickköpfig zu werden. Und Mutter hatte, wenn ich mich recht erinnere, dafür gesorgt, daß ich mir dieses Charakterzuges stets bewußt war, denn sie hatte immerzu geschimpft: «Du mit deiner Dickköpfigkeit, kein Wunder, daß ich dich nur unter diesen unerträglichen Schmerzen zur Welt bringen konnte.» Wann also wurde ich geboren? Um Mitternacht? War es ein heißer Nachmittag gewesen? Oder gar eine kühle Nacht? Kühle-Nacht-Säuglingen sagte man nach, sie seien genau das Gegenteil von Mitternachtsbabys – furchtbar praktisch, direkt und überhaupt nicht verträumt. Dabei konnte es sich auf keinen Fall um mich handeln. Die Nächte aber waren meist nur kühl während der Regenzeit; und im Juni, den man mir als Geburtsmonat genannt hatte, ist es Regenzeit. Vielleicht hatte auch, als ich geboren wurde, irgend etwas irgendwo irgend etwas anderes nicht berührt, was es eigentlich hätte berühren sollen. Oder der Mond war voll gewesen, als er eigentlich ein Halbmond hätte sein sollen, oder halb, als er nur ein Viertel zeigen hätte sollen, oder ein Viertel, als er eigentlich hätte voll sein sollen.

Meine Großmutter mütterlicherseits sagte immer, daß jeder Gegenstand und jeder Mensch in der unmittelbaren Umgebung eines Neugeborenen eine bestimmte Phase in dessen weiterem Leben bestimmt, und das vom ersten Tag seiner Geburt an. Damit meinte sie auch so gewöhnliche Dinge wie die Anzahl der Spinnweben in der Hütte oder die Anzahl der Mäuse und Kakerlaken, die sich darin versteckt hatten und hinter einem Korb hervorlugten. Wenn also während der Geburt eines Mädchens jemand mit dem Namen – sagen wir Jezebel – zu Hilfe gerufen wurde, und dieses Mädchen später eine hoffnungslose Nymphomanin wurde, war klar, wo sich dieses Schicksal entschieden hatte. Vielleicht war es also doch nicht so wichtig zu wissen, um welche Uhrzeit ich geboren worden war.

Ich bin nicht bei meiner Mutter aufgewachsen. Wir waren insgesamt neun Geschwister, und Mutter gab sieben von uns an verschiedene Familienmitglieder ab. Nur die beiden Ältesten, zwei Jungen, behielt sie bei sich. Später, als sie glaubte, wir seien alt genug, um es zu verstehen, versuchte sie uns zu erklären, warum sie das getan hatte. Sie sagte, sie habe es tun müssen in Erfüllung einer familiären Pflicht. Was es damit auf sich hatte, verriet sie uns nie. Aber als ich wissen wollte, was unser Vater von dieser Pflicht gehalten hatte, antwortete mir Mutter ohne Umschweife: «Es ist besser, wenn du nur eine einzige Erinnerung an deinen Vater behältst: als den Spender des Samens, der dich gezeugt hat.» Fertig, aus!

Ich fragte mich, wie eine Frau so über einen Mann denken konnte, mit dem sie sich Gott weiß wie oft vereinigt hatte, so daß immerhin neun gesunde Kinder dabei herausgekommen waren. Doch, als ob sie meine Gedanken gelesen hätte, fügte sie hinzu: «Solltest du dich fragen, warum ich so viele Kinder mit Vater gemacht habe – auch das war nur Erfüllung der familiären Pflicht.»

Das klang, als hätte sie sich eines schönen Tages dafür entschieden, ihr ganzes Leben mit der Erfüllung familiärer Pflichten zu verbringen, woraus diese auch immer bestehen sollten. Und jetzt, da ich aus dem

Ausland heimgekehrt war und sie sterbend vorfand, hatten sie genau diejenigen Leute gebrandmarkt, für die sie besagte familiäre Pflichten erfüllt hatte.

Aufgewachsen bin ich bei meiner Tante Mena. Sie war mit einem Gesundheitsinspektor verheiratet, einem Angestellten der öffentlichen Verwaltung einer kleinen Bergbaustadt namens Tarkwa im Westen von Ghana.

Ghana wurde einst die Goldküste genannt, und in Tarkwa lebten viele Geschichten über dieses alte Ghana weiter. Man erzählte, wie das Gold entlang des Küstenstreifens verstreut gelegen hatte und wie der weiße Mann sich davon bedient und dem Goldküstenmann im Austausch dafür Salz gegeben hatte. Salz? Salz!

Als ich dies zum ersten Mal hörte, fragte ich den Großen Gott, der, so habe ich es verstanden, der Gott aller Baumgötter und Fluß- und Steingötter ist, ob Er das wohl gesehen habe.

Als sich herausstellte, daß das Gold nicht nur an der Küste verstreut herumlag, sondern tonnenweise genau unter unseren Hinterteilen in der Erde lagerte, zwischen weiteren nützlichen Metallen, begann der weiße Mann, auch dort zu suchen. Maschinen wurden gebracht, und sie fingen zu graben an. Auch in der kleinen Bergbaustadt, wo ich mit meinen Adoptiveltern lebte, gruben die Maschinen nach Gold und Bauxit, tagein, tagaus. Gott weiß, nach was sie sonst noch gruben. Was auch immer es gewesen sein mag, die Kolonialherren konnten es auch noch gebrauchen, nachdem sie uns die Unabhängigkeit gewährt und Ghana verlassen hatten. Also sorgten sie dafür, daß es auch zukünftig an sie weitergegeben wurde, und zwar zu ihren Bedingungen.

Eine Falle war gestellt worden, und wir fielen kopfüber hinein. Erst kolonisierten sie uns, dann gaben sie uns eine lange süße Kostprobe von ihrer Lebensart, mit der sie uns den Geschmack an unserer eigenen erfolgreich verdarben. Fortan konnten sie sichergehen, zu bekommen, was immer sie wollten. Wir hatten ihnen vorgeworfen, daß sie in unserem eigenen Haus über uns bestimmt hatten. Wir hatten es Sklaverei genannt, um bei ihnen Schuldgefühle zu erzeugen. Mehr und mehr fühlten sie sich wirklich wie Wölfe, die uns arme Lämmer verschlungen hatten, und schließlich wurden wir sie wieder los.

Wir Ghanaer wollten wieder unsere eigenen Herren sein, und wir wurden unsere eigenen Herren. Von außen betrachtet jedenfalls.

Kaum waren die Kolonialherren fort, standen wir alle auf, zogen die Taschentücher heraus, wischten uns die Tränen ab und jubelten.

Wir zogen auf die Straße mit unseren Hörnern und Trommeln und sangen und tanzten. Freiheit!!! Wir riefen Freiheit. Endlich frei, heulten wir; und wir begriffen nicht, daß unsere Freiheit nur ein Teil der Falle war.

Der Kolonialherr lächelte wissend, als er sah, wie sehr wir uns über die falsche Freiheit freuten. Er sah, daß er uns blind gemacht hatte, daß wir nicht erkannten, wie schwer wir uns tun würden, zu unserer eigenen Art von Leben zurückzukehren. Wir wollten wieder wir selbst sein, aber wir konnten unseren Wunsch, so wie sie zu sein, nicht mehr unterdrücken. Genau darin bestand die Falle.

So gingen die Grabungen weiter, und zwar zu ihren Bedingungen. Denn nur so waren wir in der Lage, ihnen etwas zu verkaufen, das sie von uns wollten. Dafür bekamen wir ihr Geld, mit dem wir Dinge aus ihrem Land kauften und in unseres holten. Dinge, die sie uns einst mitgebracht und an die wir uns gewöhnt hatten und die wir weiterhin begehrten. Auch lange nachdem sie gegangen waren.

Für ein «zivilisiertes» Frühstück wollten wir ihr Brot und ihre Butter, passend zu Tee, Milch und Zucker. Die Yams und Kochbananen, die zum Spinat- oder Aubergineneintopf paßten, galten nunmehr als ein primitives Frühstück. Unsere geflochtenen Matten wurden uns zu unbequem. Sie hatten uns mit etwas vertraut gemacht, was Vonoo Matratze hieß, und wir lernten es sehr zu schätzen. Und was unsere Hüfttücher betraf, so waren sie jetzt des Teufels. In Mode waren jetzt Mini- und Maxikleider, die manchmal den Wollsachen mit langen Ärmeln, die die Kolonialherren trugen, die Show stahlen. Und ein kleines Häufchen Privilegierter, die als zivilisiert und modisch galten, trugen Miniröcke mit hübschen kniehohen Stiefeln. Denn es galt als «in», was gerade in London «in» war. So konnte es schon mal passieren, daß in brütender Hitze eine junge Ghanaerin, die so «in» sein wollte wie die Londoner, mitten auf dem Marktplatz in Ohnmacht fiel, in ihrem Wollkleid und den kniehohen Winterstiefeln. Doch man suchte den Grund nicht etwa bei dieser unpassenden «Mode», sondern der Kollaps wurde irgendeiner alten und unbeliebten Groß- oder Urgroßmutter in die Schuhe geschoben, die irgendwo ahnungslos in ihrer Hütte saß, über ihr Leben nachdachte, mit sich und den Göttern zufrieden, solange man sie in Ruhe ihren Tabak kauen ließ. Plötzlich wurde diese Frau Mittelpunkt eines abergläubischen Durcheinanders und bezichtigt, die Ohnmacht der jungen Frau herbeigeführt zu haben. Folgerichtig wurde sie zur Hexe erklärt. Endlich wurde behauptet, daß das Braun auf ihren Zähnen nicht etwa vom langen Tabakkauen herrühre, sondern, so postulierte der Medizinmann, vom Blut, das sie der jungen Frau ausgesaugt habe. Sie fand sich angeklagt, alles Blut aus dem Körper der jungen Frau gesaugt zu haben, die daraufhin in ihren Bann geraten und ohnmächtig geworden war. Die arme alte Frau beteuerte natürlich unermüdlich ihre Unschuld, doch wer kommt schon gegen den Medizinmann an, zumal wenn man alt und verrunzelt ist und keinen schönen Anblick mehr bietet.

Ich erzählte Renate, daß Ghanas Hexen allesamt arm und alt und weiblich seien. Ich konnte mich nicht daran erinnern, daß ein Medizinmann jemals eine junge Frau bezichtigt hätte, und einen reichen Mann oder überhaupt einen Mann schon gar nicht. War aber eine alte Frau erst einmal in die Klauen der Hexenjäger geraten, war ihr Schicksal besiegelt. Meist wurde ihr eine Teufelsaustreibung verschrieben.

Und wagte es die alte Frau, sich zu widersetzen? Natürlich nicht! Der Medizinmann verlangte erst einmal eine Vorauszahlung für die Austreibung der bösen Geister. Dafür benötigte er stets ein paar kräftige Hühner und Schafe, deren Köpfe in jedem Fall rollten. Die Tiere endeten schließlich in einer brodelnden Suppe oder in einem dampfenden Eintopf. Diese verspeiste der Medizinmann, selbstverständlich im Namen der Götter. Und natürlich gehörte auch eine angemessene Menge Schnaps dazu, die ihren Weg in den Magen des Medizinmanns fand, wo schon das gebratene Huhn und Schaf warteten – ein Trankopfer, um den Appetit der Götter und Ahnen anzuregen, deren unsichtbare Kräfte beschworen werden mußten. Wenn der Anbieter der Getränke den Medizinmann beeindrucken wollte und damit die Götter, bot er nicht nur eine Flasche «Henkes Schnapps» an, gebrannt und abgefüllt in Holland, nein, er offerierte noch dazu eine hübsch etikettierte Flasche, die erheblichen Prestigegewinn versprach: «London Dry Gin».

Also, warum konnten Ihre Königlichen Hoheiten weiterhin in vergoldeten Kutschen spazierenfahren, selbst wenn nie eine Maschine auch nur eine Unze Gold aus ihrer königlichen englischen Erde ausgegraben hatte? Weil nicht nur die lebenden Ghanaer in ihre Falle getappt waren, sondern ihre Götter und Ahnen ebenfalls. Und das sind wirklich schlechte Nachrichten.

Tante Mena, die meine Adoptivmutter wurde, war ausgebildete Krankenschwester. Ihr Mann, Onkel Quaye, den ich im Laufe der Zeit mehr als Vater betrachten sollte als meinen leiblichen Vater, wollte aber nicht, daß sie arbeiten ging. Sie sollte ihre ganze Zeit für uns Kinder und den Haushalt haben – die Kinder, das waren meine ältere Schwester und ich plus drei adoptierte Kinder von Onkel Quaye, die aus einer früheren Verbindung stammten, einer Verbindung, die zwar nie eine Ehe gewesen war, aus der aber insgesamt sechs Kinder hervorgegangen waren.

Ich weiß nicht, ob Tante Mena es jemals bedauert hat, ihre Berufstätigkeit für eine Familie aufgegeben zu haben, von der keines der Kinder direkt von ihr stammte. Jedenfalls hat sie sich nie beklagt.

Meine Großmutter mütterlicherseits bestand bis zu ihrem Tod darauf, daß die Unfruchtbarkeit meiner Tante das Teufelswerk der Ex-Frau ihres Mannes gewesen sei. Tante Mena hielt beharrlich dagegen, daß sie allein wisse, warum sie unfruchtbar sei und daß niemand daran die Schuld trage. Doch davon wollte Großmutter nichts hören. Sie erinnerte an einen Vorfall in jenen Tagen, als die Ex-Frau von Onkel Quaye öfter zu Besuch kam, unter dem Vorwand, ihre Kinder sehen zu wollen. Tante Mena akzeptierte dies bis zu jenem Tag, an dem diese Besucherin dabei ertappt wurde, wie sie im Badezimmer herumschnüffelte. Sie konnte keine plausible Erklärung dafür abgeben, was ihre Handlung noch verdächtiger machte. Sie wurde hinausgeworfen und aufgefordert, das Haus nie wieder zu betreten.

Aus Tagen wurden Wochen, aus Wochen Monate, aus Monaten Jahre, und der Bauch meiner Tante blieb leer. Da fiel Großmutter diese Begebenheit wieder ein, und sie drängte Tante Mena, einen Medizinmann zu konsultieren. Um so mehr, als sie auch wußte, daß Tante Mena zum damaligen Zeitpunkt gerade ihre Menstruation gehabt hatte. Daraus schloß Großmutter, daß die Ex-Frau meines Onkels Blutspuren von Tante Mena gesucht hatte, um diese für ein *Juju*-Ritual zu benutzen und Tante Mena unfruchtbar zu machen. Wie Großmutter es ausdrückte, füllte die Ex-Frau von Onkel Quaye die Gebärmutter von Tante Mena mit schlechtem Blut, mit Menstruationsblut. Dieses verdrängte das gute Blut in der Gebärmutter, das benötigt wurde, damit daraus ein Baby wurde.

Als ich Renate davon erzählte, wollte sie von mir wissen, warum ich Tante Mena nicht einfach selbst gefragt hätte. Ich war geschockt, gelinde gesagt, daß Renate diese Möglichkeit überhaupt in Betracht zog. Und noch mehr, daß sie wiederum meine Reaktion auf ihre Frage äußerst verwunderte.

Ich begriff, daß wir manche Dinge aus Blickwinkeln betrachteten, die so weit voneinander entfernt lagen, daß sie niemals zusammentreffen würden. Jetzt konnte ich nicht umhin, ihr meinerseits mein Entsetzen über ein Ereignis mitzuteilen, das ich vor einiger Zeit im Haus ihrer Eltern in Hannover miterlebt hatte. Damals war mir vor Empörung fast die Luft weggeblieben, als Renates kleiner Neffe – Renates Mutter hatte ihre Kinder, Enkelkinder und Freunde zum Kaffee eingeladen – seiner Mutter nach einem kleinen Zwist über die Torte direkt ins Gesicht sagte: «Mama, sei doch nicht doof!»

Mama, sei doch nicht doof? Direkt in Mamas Gesicht? Damals hatten mir die Anwesenden meine Verwunderung nicht angemerkt, und ich hatte natürlich auch den Mund gehalten. Jetzt aber mußte es raus.

«Wenn bei uns zu Hause ein Kind so etwas zu seiner Mutter sagt, ist im nächsten Augenblick auch schon der Medizinmann zur Stelle. Der bescheinigt, daß ein böser Geist das Kind befallen hat, und als Heilmittel verschreibt er ihm, auf rauher Oberfläche mit nacktem Bauch hin- und herzurobben, rauf und runter, wer weiß wie lange, und dabei die Götter um Vergebung zu bitten, um nicht am nächsten Tag feststellen zu müssen, alle seine Zähne verloren und verschluckt zu haben.»

Mama, sei nicht doof? Nein, niemals hätte ich Tante Mena nach ihrer Unfruchtbarkeit fragen können. Einfach weil ich nicht wagte Fragen zu stellen, von denen ich genau wußte, daß ein Älterer sie mir nicht beantworten wollte. Alles, von dem man glaubte, daß ich es wissen sollte, wurde mir mitgeteilt, und zwar zum angemessenen Zeitpunkt. Fertig.

Renate zeigte sich stets sehr interessiert an meinem Leben in Ghana. Aber sie fragte sehr vorsichtig, aus Angst, sie könnte mich beleidigen. Sie fürchtete wohl, ich könnte meinen, sie teilte die Ansichten anderer über mein Leben. Sie schien regelrecht davon besessen zu sein, mir zu beweisen, daß sie anders dachte über die sogenannten Unterentwickelten und daß sie mich nicht als minderwertiger oder weniger zivilisiert betrachtete als sich selbst. Und doch glaubte ich eine gewisse Enttäuschung bei ihr zu spüren, als sie erfuhr, daß mein Leben in Afrika nicht dem exotischen Lehmhütten-Klischee entsprochen hatte. Keine wilden Geschichten über Schlangen, die ins Haus kriechen und sich zwischen Töpfen und Pfannen verstecken, und über Löwen und Hyänen, die nachts an unseren Türen kratzen.

Tatsächlich war das Haus, in dem ich meine Kindheit verbrachte, einer jener Bungalows, die von den Kolonialherren errichtet worden und nach der Unabhängigkeit ins Eigentum der ghanaischen Regierung übergegangen waren. Einer davon wurde Onkel Quaye zugewiesen. Er stand ihm zu, wie allen anderen altgedienten Regierungsbeamten. Ein Privileg und ein Bluff zugleich.

Doch immerhin verfolgte uns dort ein bißchen «wildes» Afrika. Löwen und Hyänen waren zwar weggeblieben, als die Gegend in eine Minenstadt verwandelt worden war, Schlangen jedoch gab es sehr wohl. Sie fühlten sich offensichtlich willkommen und sehr zu Hause zwischen den Yamspflanzen und Bohnen, die in Tante Menas Garten wuchsen, und es ließ sich nicht vermeiden, daß sich auch einmal die eine oder andere in unser Haus verirrte.

Dann war gleich die Hölle los, besonders, wenn es eine schwarze Schlange war. Wer ein solches Reptil im Morgengrauen sichtete, wurde unweigerlich zum Risikofaktor des Tages erklärt. Er blieb an diesem Tag von jeglicher Arbeit befreit, der erhöhten Gefahr wegen, sich selbst zu verletzen oder etwas zu zerbrechen oder zu zerstören. Wenn es eines von uns Schulkindern traf, brauchte es an diesem Tag nicht in die Schule. Kein Wunder, daß ich manchmal, wenn ich mich ein bißchen träge oder lustlos fühlte, weil ich etwa die Hausaufgaben vergessen oder etwas anderes verbockt hatte, was mir garantiert ein paar Schläge mit dem Rohrstock eingebracht hätte, alles daran setzte und inbrünstig betete, eine schwarze Schlange zu Gesicht zu bekommen. Wenn das mißlang, was ziemlich oft der Fall war, dann setzte ich mich in eine entlegene Ecke und schrie mir die Lunge aus dem Leib nach Hilfe. Wenn die anderen dann herbeieilten, zeigte ich auf einen beliebigen Winkel und behauptete steif und fest, daß die schwarze Schlange soeben darin verschwunden wäre.

So stellte ich es zumindest an, als Akosua Zenabu mir eine gehörige Tracht Prügel versprochen hatte, weil ich sie ausgelacht hatte, als sie sich ihre Schuluniform am Stacheldraht des Schulhofes aufgerissen und ein Loch genau am Po den Blick auf ihre khakifarbenen Unterhosen eröffnet hatte. Es war gegen Schulschluß passiert, und sie hatte den «Wer ist hier wer»-Kampf für den folgenden Tag angesetzt. Und da sie mich etwa zwanzig Zentimeter überragte, mußte ich mir etwas einfallen lassen, um dem nächsten Schultag zu entgehen.

Aber ich erzählte Renate auch, daß meine erbittertsten Feinde nicht die Löwen, die Hyänen oder Schlangen gewesen waren – egal, ob schwarz, weiß oder gelb –, sondern die Eidechsen, die es gleich zigfach gab, und die Fliegen, die tausendfach herumschwirrten.

Ich fragte: «Renate, hast du jemals versucht, etwas zu essen, in Gesellschaft von ungefähr tausend Fliegen, die alle gleichzeitig summen vor Gier nach einem Krümel von deiner Mahlzeit? Und du kämpfst gegen sie, willst sie fernhalten, doch ohne Erfolg. Und dann schaffst du es, schnell einen Löffel in den Mund zu stopfen, nur um festzustellen, daß du zu langsam warst, daß zusammen mit deiner Palmfrucht, den Erdnüssen oder der Suppe einhundertundeine uneingeladene Fliegen in deinen Magen gewandert sind?»

Wir aßen immer unter dem Bambusdach, das neben dem Haus errichtet worden war, und nicht in dem ehemaligen Eßzimmer des weißen Mannes, der in unserem Bungalow in kolonialen Zeiten gewohnt hatte, denn das Eßzimmer brauchten wir als zusätzliches Schlafzimmer. Als ich eines Tages mein *Fufu* und meine Suppe aß und – bamm! – eine Eidechse sich von der Decke löste und direkt in meiner Suppe landete, habe ich das Dach verflucht. Aber das passierte oft, und ich gewöhnte mich daran. Auch an die Fliegen, so daß ich, wenn ich unter dem Dach saß und etwa fünfunddreißig Fliegen in meiner Suppe gelandet waren, sie ganz gelassen herausfischte und dann in Ruhe weiteraß. Doch wenn wieder eine Eidechse herabplumpste, mußte ich mich nicht darüber ärgern, daß sie meine Suppe verlängerte, sondern darüber, daß sie sie herumspritzte. Die Eidechse konnte von Glück sagen, wenn sie schnell kapierte, daß sie sich auf der falschen Landebahn befand und blitzschnell wieder startete. Doch wenn sie zu langsam war, dann wurde sie natürlich bestraft. Ich packte das Vieh am Schwanz, zog es aus der Suppe und schleuderte es mit voller Wucht fort, so daß ich ziemlich sicher sein konnte, daß es entweder tot war oder zumindest bewußtlos.

Auch das schockierte Renate offensichtlich. Doch sie versuchte, dies zu verbergen in ihrem üblichen Bemühen zu beweisen, daß sie anders dachte als die anderen. Dabei versagte sie kläglich und mußte schließlich zugeben, daß sie sich niemals vorstellen könnte, Essen auch nur anzurühren, in dem entweder eine Eidechse gelandet war oder etliche Fliegen ihre feucht-fröhliche Versammlung abgehalten hatten. Ich erklärte ihr, daß wenn wir jedes Essen, in dem eine Eidechse gelegen hatte oder Fliegen ein bißchen Hoola-Hoop getanzt hatten, weggeworfen hätten, wir praktisch sofort alles Essen hätten wegwerfen müssen. Und das konnten wir uns beileibe nicht leisten.

# 2

Eines Tages kehrte ich von der Schule heim, sehr besorgt und verwirrt, und fragte meine Schwester Mansa, ob sie eigentlich wüßte, was mit unseren Plazentas geschehen sei. Mansa heulte erschrocken auf wie eine Hyäne. Sie wußte damals noch nicht genau, was Plazentas waren, aber doch genug, um zu durchschauen, daß es etwas mit dem Kinderkriegen zu tun hatte. Und wenn sie sonst auch wenig wußte, dann doch soviel, daß ich mit meinen sechs Jahren noch viel zu jung war, um Fragen, die das Kinderkriegen betrafen, zu stellen.

Wir beide waren von meiner Tante adoptiert worden, ich war gerade aus dem Kindergarten entlassen, und mein erstes Schuljahr hatte begonnen, während Mansa schon in die dritte Klasse der Grundschule gekommen war. Der Kindergarten, den ich besucht hatte, war in der einzigen Methodistenkirche der Stadt untergebracht und hieß – ich versuche mein Bestes, den einheimischen Namen direkt zu übersetzen – «Tarkwas Intelligenz wird kommen aus dem Kindergarten». Der Name der Grundschule jedoch klang weniger idiomatisch. Sie hieß einfach «Tarkwas römisch-katholische Grundschule».

Dort eignete ich mir auf aggressive Weise meine Freundin Yaa Tumu an, und damit meine ich, daß ich sie als Freundin wollte und auch bekam, und nicht wollte, daß jemand anders sie zur Freundin bekam, und jedem den Krieg erklärte, der sie gleichermaßen für sich beanspruchen wollte.

Eine lehmige Fläche hinter der Schule diente sozusagen als Sportplatz für alle Kindergärten und Grundschulen in der Gegend. Manchmal regnete es vor den Schulparaden, die meist auf Befehl der hohen Herren in Accra stattzufinden hatten. Wahrscheinlich nahmen diese einfach an, daß alle Sportplätze in diesem Land genauso schön geteert waren wie die, die sie in der Hauptstadt täglich vor Augen hatten. So gab es zum Beispiel am 6. März, unserem Unabhängigkeitstag, notgedrungen den ganzen Tag schulfrei. Denn nach der morgendlichen Parade benötigten wir den restlichen Schultag, um den roten Lehm von den Sohlen unserer Schuhe und Füße abzuwaschen – und diejenigen von uns, die auf dem glitschigen Lehmboden das Gleichgewicht verloren hatten, auch noch von ihrem Körper und ihrer Uniform. Und auf diesem lehmigen Platz forderte ich alle, die Yaa Tumu zu nahe kamen, zum Kampf heraus.

Ich war besessen von Yaa Tumu, aus dem einfachen Grund, weil ich von ihr Dinge erfuhr, von denen ich zu Hause nie etwas zu hören bekam. Nehmen wir zum Beispiel das Stichwort Plazenta.

Yaa Tumu war zwei Jahre älter als ich, also im gleichen Alter wie meine Schwester Mansa, aber Yaa Tumu besuchte, wie ich schon sagte, meine Klasse. Und wenn sie auch in der Schule nicht gerade eine Leuchte war, war sie doch irgendwie verdammt schlau, was die sonstigen Fragen des Lebens betraf.

Yaa Tumus Vater arbeitete in einer Bauxitmine, und ihre Familie wohnte in einer Lehmziegelhütte. Und abends, wenn Mansa und ich Bücher wie «Die Abenteuer des Abdul», «Aschenputtel» oder «Schneewittchen und die sieben Zwerge» lasen und uns dabei wünschten, wir wären genauso hellhäutig, blond und langhaarig wie Aschenputtel, anstatt so schwarz und *kenkey*-haarig, saß Yaa Tumu mit ihrer Mutter und ihren Schwestern zusammen und lauschte den Geschichten, die ihre Großmutter erzählte.

Die Unfruchtbarkeit meiner Tante war ein offenes Geheimnis in Tarkwa. Und auch wenn Yaa Tumu ihre Großmutter nicht ausdrücklich danach gefragt hatte, hielt diese mit ihrer Meinung darüber nicht hinter dem Berg. Und ihre Theorie war weit entfernt von der meiner Großmutter. Jetzt tauchte auch erstmals das Stichwort Plazenta auf.

Yaa Tumu hatte ihrer Großmutter gut zugehört und kam bestens gewappnet am nächsten Tag in die Schule. Ohne lange Umschweife ging sie auf mich zu und fragte zu meiner größten Verblüffung, ob meine Mutter nach meiner Geburt meine Plazenta unter einem Eichenbaum vergraben und dreimal darauf uriniert hätte. Ich heulte auf wie eine Eule, weil ich nichts kapierte. Doch Yaa Tumu wiederholte ihre Frage mit größter Geduld – und Geduld schien sie im Überfluß zu besitzen – und drückte sich diesmal etwas deutlicher aus: «Als du im Bauch deiner Mutter gewachsen bist, glaubst du, du bist einfach so darin gewachsen? Im Bauch deiner Mutter gab es einen Beutel, und darin bist du gewachsen; wenn du das noch nicht weißt, dann laß es mich erklären. Als deine Mutter dich geboren hat, hat sie auch diesen Beutel geboren. Und den hätte sie unter einem Eichenbaum vergraben und dreimal draufpinkeln müssen. Und das war meine Frage. Hat sie das getan?»

Ich verzog mein Gesicht. Yaa Tumu befahl mir, mich zu setzen. Ich gehorchte, einer betäubten Ratte gleich. Wieder gefaßt erwiderte ich verärgert: «Was soll das? Ich war doch noch ein kleines Baby! Sollte ich aufstehen, um nachzusehen, ob meine Mutter unter irgendeinem Baum oder sonstwo ein Loch gräbt? Du glaubst doch nicht im Ernst, ich hätte meiner Mutter zugeschaut, wie sie ihre Kleider hochrafft, ihre Beine spreizt und pschpschpsch auf meinen Beutel pinkelt?»

«Gut!» erklärte Yaa Tumu wenig beeindruckt. «Wenn sie es also nicht getan hat, dann stelle dich darauf ein, so wie deine Tante zu werden. Meine Großmutter hat gesagt, daß deine Großmutter vergessen hat, es mit der Plazenta deiner Tante zu machen, und deshalb kann sie keine Kinder bekommen.»

«So?»

«Ja!»

Je enger ich mich mit Yaa Tumu anfreundete, desto mehr lernte ich von ihr Dinge, von denen zu Hause niemand erzählte, die sie aber von ihrer Großmutter hörte. So erfuhr ich über das Thema Plazenta hinaus, daß ich mein Leben einem Talismann schuldete, der aus Haaren von der Vagina meiner Mutter gefertigt worden war und den sie getragen hatte, als sie mit mir schwanger war. «Ohne den würdest du gar nicht leben in diesem Moment», behauptete Yaa Tumu. Als ich sie fragte, wie sie das meine, erklärte sie, ich wäre tot aufgewachsen, wenn meine Mutter den Talisman nicht getragen hätte. Ich fragte nach, wie ein Mensch tot aufwachsen könne, aber sie zuckte nur nachdenklich mit den Schultern und antwortete: «Das weiß ich auch nicht. Ich erzähle dir nur, was Großmutter gesagt hat!»

Doch die wichtigste Lektion erhielt ich von Yaa Tumu, als ich einmal sehr traurig in die Schule kam und ihr erzählte, daß unser Hausmädchen, eine knochige junge Frau aus dem Volk der Frafra im Norden Ghanas, von Tante Mena und Onkel Quaye entlassen worden war. Darüber waren wir alle sehr traurig, und Schwester Mansa wollte sogar ihr Abendbrot nicht essen. Dafür handelte sie sich ein paar kräftige Abreibungen auf die Stirn durch Tante Mena ein, die ihrerseits noch mehr aufgebracht war über das, was das Hausmädchen angestellt hatte.

Zuvor hatte ich einen ziemlich merkwürdigen Besuch in unserem Haus beobachtet. Bei dem Besucher handelte es sich um einen gewissen Mr. Akaka, einer der Manager der Minen. Er kam hereingestürzt, offensichtlich verärgert, gefolgt von seinem etwas dämlich dreinschauenden Houseboy, auch ein Frafra.

Tarkwa war eine kleine Stadt, und es dauerte nicht lange, bis sich alles herumgesprochen hatte. Zwei Tage, nachdem ich Yaa Tumu von dem Rauswurf unseres Hausmädchens erzählt hatte, war sie bereits bestens ausgestattet mit Informationen, die mich von meiner Verwirrung erlösten und mir noch weitere Lektionen fürs Leben zuteil werden ließen.

«Ajara hat es gemacht mit Akobira; deshalb geht sie weg», erklärte mir Yaa Tuma.

«Was es?» fragte ich.

«Es! Das, was deine Mutter und dein Vater machen, bevor du geboren wirst! Das, was die erwachsenen Frauen und Männer tun, damit kleine Kinder geboren werden.»

«Ach, das? Und Akobira und Ajara haben es getan?»

«Ja! Und jetzt wird Ajara ein Kind kriegen.»

«Hm, aber dieses es, ähm, warum muß man das machen, bevor man ein Kind kriegen kann?»

«Weil, wenn man es nicht tut, kann der Mann nicht das kleine Tierchen in den Bauch tun.»

«Welchen Bauch?»

«Den Bauch von der Frau. Was denn sonst für ein Bauch, glaubst du?»

Ich wurde noch nachdenklicher: «Und dieses kleine Tierchen, wie klein ist es? Wie eine Fliege?»

«Ich weiß nicht. Meine Großmutter sagt nur, daß es ein kleines Tierchen ist. Und wenn der Mann es in den Bauch der Frau tut, wird es zu einer Haut, die das kleine Baby in dem Bauch der Frau bedeckt. Davor war das Baby im Bauch nur Blut.»

«Aha, und das kleine Tierchen, also, wie tut der Mann das in den Bauch der Frau?»

«Na, durch das Ding vom Mann!»

«Was für ein Ding?»

«Das Ding. Ach, kennst du das nicht? Neulich, als Kofi Mensah an der Ecke stand und ich dich gerufen habe, hast du nicht das Ding gesehen?»

«Oh je, das Ding?»

«Ja!»

«Und das kleine Tier ist in dem Ding drin, und wenn der Mann und die Frau es tun, dann kommt das kleine Tierchen aus dem Ding vom Mann in den Bauch der Frau und wird zur Haut vom Baby?»

«Ja.»

Ich verzog das Gesicht. Eigentlich klang das ganz einfach, ich meine, etwas wird gemacht, und dann kommt etwas raus aus etwas, um in etwas anderes reinzugehen, und daraus wird etwas. Ich hätte es verstehen sollen, aber ich fand, es war doch nicht so einfach, wie es klang.

«Eh, aber das Baby, das aus Blut im Bauch der Frau, wer hat das da reingetan?»

«Großmutter sagt, Frauen haben eine bestimmte Krankheit, die kommt jeden Monat. Sie sagt, wenn eine Frau diese Krankheit bekommt, kommt Blut aus ihrem Ding... du weißt schon, dein Ding; dein eigenes Ding, wo dein Pipi rauskommt.»

«Ja, ja, ich weiß, aber oh je, warum, die Krankheit, ist das eine Wunde da?»

«Nein. Großmutter sagt, daß es keine Wunde ist. Sie sagt, wenn eine Frau das hat, dann tut es ihr nicht einmal weh. Sie sagt, das Blut kommt einfach da raus, wie Wasser. Es kommt einfach.»

«Meinst du, meine Mutter kriegt diese Krankheit auch?»

«Ja.»

«Und meine Tante auch?»

«Ja.»

«Oh je. Und alle Frauen in Tarkwa...?»

«Ja, deine Mutter, deine Tante. Alle Frauen in Tarkwa, alle Frauen in Ghana. Alle Frauen überhaupt.»

«Wirklich?»

«Ja. Und das Blut muß aus dem Ding der Frauen jeden Monat rauskommen. Nur wenn ein Baby im Bauch der Frauen wächst, kommt kein Blut. Dann bleibt es im Bauch und macht das Baby.»

«Das Blut macht das Baby, und der Mann tut sein kleines Tierchen in den Bauch der Frau, um die Haut des Babys zu machen. Ist es so?»

«Nein. Meine Großmutter sagt, das Blut kommt nicht mehr aus dem Ding der Frau raus, wegen des kleinen Tierchens, das der Mann in den Bauch der Frau getan hat, wenn sie es getan haben.»

Ich dachte angestrengt darüber nach und versuchte, all das zu begreifen. Doch irgendwie kam ich nicht dahinter.

«Ich verstehe es nicht», sagte ich, «es ist zu schwierig.»

Und zu meinem großen Erstaunen sagte Yaa Tumu: «Ich habe es auch nicht verstanden, aber Großmutter hat gemeint, wenn ich größer bin und eine erwachsene Frau, würde ich es besser verstehen.»

Also, wenn es meine «Lehrerin» selbst nicht ganz verstanden hatte, wie konnte ich es dann kapieren? Zumindest hatte ich jetzt etwas erfahren, was zu Hause niemals auch nur angedeutet worden wäre.

Onkel Quaye war so sehr damit beschäftigt, uns zu entafrikanisieren, daß er es nicht riskieren konnte, uns solche Geschichten zu erzählen. Zu seinen Vorstellungen von anständiger Erziehung und

Disziplin gehörte das Lesen jener Geschichten, von denen man sagte, daß auch britische Kinder sie lasen, desweiteren der korrekte Umgang mit Messer und Gabel, vor allem aber das konsequente Ausklammern des Themas Sex. Ich weiß nicht, wie er es verkraftet hätte, zu erfahren, daß ich direkt vor seiner Nase in der Grundschule schon etwas über kleine Tierchen lernte, die aus den Dingern von Männern kommen.

Yaa Tumu war einfach zu reif für ihr Alter. Es gab einen mongoloiden Jungen in Tarkwa, um den die Leute einen Bogen machten, weil sie glaubten, er trage den Fluch der bösen Schlange auf seinem Kopf. Er wurde der Schlangenjunge genannt, und es war allgemein bekannt, daß seine Mutter während der Schwangerschaft, entgegen der Warnung des Medizinmanns, eine Schlange angeschaut hatte. Doch Tante Mena erklärte uns, daß die Krankheit des Jungen nichts mit Schlangen zu tun habe, sondern damit, daß irgendetwas in seinem Körper und in seinem Kopf nicht richtig funktioniere. Ich kannte nun beide Versionen über den Schlangenjungen und kam zu dem Schluß, daß der Schlangenjunge der Schlangenjunge geworden war, weil in ihm drin etwas nicht richtig funktionierte; und irgend etwas in ihm funktionierte nicht richtig, weil seine Mutter dem Medizinmann nicht gehorcht und eine Schlange angeschaut hatte. Diese Version verriet ich meiner Schwester Mansa. Sie wollte sich ausschütten vor Lachen. Yaa Tumu jedoch lachte nicht darüber. Sie hörte mir ruhig und gespannt zu, nickte nachdenklich und sagte einfach: «So könnte es sein.»

Yaa Tumu war der einzige Mensch, mit dem ich offen über alles reden konnte. Und so vergoß ich einen ganzen Eimer Tränen, als in der dritten Klasse das Unerwartete geschah: Yaa Tumu bekam mit zehn Jahren ihre Menstruation.

Tante Mena sagte, daß es mit etwas zu tun habe, das man Hormon nenne. Unsere Lehrerin meinte, Yaa Tumu sei wahrscheinlich älter, als ihre Familie angegeben hatte.

Die Familie verstand es als ein Zeichen der Götter, daß Yaa Tumu reif für die Ehe sei. Aber ich, ich empfand es als eine Strafe, die mir ein Gott, den ich wohl einmal geärgert haben mußte, erteilt hatte. Ein Ehemann für Yaa Tumu wurde bald gefunden. Ihre Eltern nahmen sie von der Schule, und nachdem das Pubertätsritual vollzogen worden war, wurde sie zu ihrer zukünftigen Schwiegermutter in ein etwa achtzig Kilometer von Tarkwa entferntes Dorf geschickt.

Seitdem habe ich Yaa Tumu nie mehr wiedergesehen.

## 3

Im Jahr 1963 beschloß Onkel Quaye, nach Accra umzuziehen, in Ghanas Hauptstadt. Sein Vater, der aus einem Dorf in der Nähe von Accra stammte, hatte einst ein Stück Land in einem damals noch unterentwickelten Teil der Stadt gekauft. Mit großzügiger Unterstützung seines einzigen Sohnes baute er darauf schließlich ein einfaches Vierzimmerhaus. Wir Kinder wußten nichts von der Existenz dieses Hauses. Daß wir von Tarkwa nach Accra umziehen würden, wurde uns mitgeteilt, als es soweit war.

Onkel Quaye war das Oberhaupt der Familie. Er traf die Entscheidungen, und jede seiner Entscheidungen wurde von uns allen akzeptiert. Gottes Wille. Amen.

Die Aussicht auf ein Leben in Accra löste bei uns Kindern große Aufregung aus, und wir redeten und träumten nur noch von der Hauptstadt. Tarkwa war nur eine kleine Stadt mit einem einzigen Lebensinhalt: dem Bergbau. Accra war eine große Stadt, eine Großstadt, eben die Hauptstadt, und wir hatten schon Abermillionen Geschichten über sie gehört. Dabei scherten wir uns wenig um die vielen Autos, die wir zu sehen bekommen würden, nein! Mit Autos waren wir vertraut. Onkel Quaye besaß eines – einen alten, großen und ziemlich heruntergekommenen Pontiac, ein trauriger Anblick eigentlich, den er einem abwandernden Kolonialherren abgekauft hatte. Und sogar Tante Mena hatte ihr Auto – einen Moskowicz, der einen noch traurigeren Anblick bot als der Pontiac ihres Mannes. Er erinnerte eher an eine rostige Fleischbüchse, doch meine Tante war die erste Frau in Tarkwa überhaupt, die Auto fuhr, und daher war die Sensation komplett. Wir gehörten somit zu Tarkwas Elite: Tante Mena besaß ein Auto, Onkel Quaye besaß ein Auto, und wir wohnten in einem Bungalow. Was wollten wir mehr? Und doch übertraf die Aussicht auf Accra und ein Leben dort alles Bisherige. Es war das höchste der Gefühle.

Wir Kinder hatten schon Geschichten gehört über etwas, das man «Taxi» nannte. In Tarkwa gab es keine Taxis, nur Eisenbahnzüge und einen Bus, der genauso verbeult aussah wie unser Moskowicz und von den meisten Leuten ignoriert wurde. Sie zogen es vor, zu Fuß zu gehen, denn sie wollten möglichst schnell an ihr Ziel gelangen.

Auch von Kingsway, dem berühmten Warenhaus, hatten wir schon gehört, wobei wir beim besten Willen nicht wußten, was wir uns darunter vorzustellen hatten. In Tarkwa gab es nur den Markt und ein paar kleine Läden. Doch richtig sensationell schien etwas zu sein, das, wie ich heute weiß, Rolltreppe heißt, mir und meinen Schwestern aber als eine Treppe, die die Leute nach oben trägt, anstatt daß sie selber hochgehen, bekannt war. Ein Verwandter, der in der Nähe von Accra lebte, kam öfters zu Besuch. Er wurde zur Hauptquelle für die aktuellsten Informationen. Von ihm hatten wir von der Treppe im Kingsway-Warenhaus erfahren, die zwar eine Treppe war, bei der man aber die Füße gar nicht benutzte, sondern einfach auf der Stelle stand und sich nach oben bringen ließ. Ich konnte mir überhaupt nicht vorstellen, wie so etwas möglich sein sollte.

Wie auch immer, Onkel Quaye hatte entschieden, in den großen Ferien umzuziehen, die von Juli bis September dauerten, damit wir uns schon an Accra gewöhnt hatten, bevor das neue Schuljahr begann.

Als wir Tarkwa verließen, hatte ich gerade die dritte Klasse der Grundschule und Mansa die fünfte Klasse beendet. Meine anderen beiden Schwestern, die Töchter von Onkel Quaye, besuchten schon die weiterführende Schule.

Unser neues Haus erwies sich als kleiner als das alte, aber es gehörte immerhin uns und nicht der Regierung. Jetzt waren wir eine richtige Stadtfamilie. Doch während wir in Tarkwa zur Elite gehört hatten, gingen wir in Accra buchstäblich in der Masse unter.

Onkel Quaye nahm seine Arbeit bei der Regierung auf, sein Büro lag in der Nähe der katholischen Schule, in der Mansa und ich angemeldet wurden. Morgens war der Schulweg also gesichert. Wir fuhren mit Onkel Quaye. Doch nach der Schule heimzukommen, war nicht so einfach, denn bei Schulschluß war Onkel Quaye noch in seinem Büro. Wir mußten also mit dem Bus fahren. Einen Schulbus gab es nicht. In den ersten Tagen holte uns noch Tante Mena von der Schule ab. Sie zeigte uns die Haltestelle, wie wir drängeln und wo wir aussteigen mußten. Dann kam der Tag, an dem wir erstmals den Heimweg ohne sie antraten.

Wir fanden gleich die Haltestelle wieder und schlugen uns wacker bis zum Fahrer durch. Als der uns die Fahrscheine reichte, stellte ich fest, daß mir der Penny für die Busfahrt fehlte. Ich bat den Fahrer, mich gnädigerweise und ausnahmsweise umsonst mitzunehmen, doch bevor wir mit der Wimper zucken konnten, waren wir auch schon wieder auf der Straße, hinausbefördert wie zwei Irre. Mit Tränen in den Augen – in meinen vor Verwirrung, in Mansas vor Ärger – blickten wir dem Bus nach. Im nächsten Moment spürte ich auch schon, wumm, Mansas harte Faust. «Woher, dachtest du, sollte dieser Penny für die Busfahrt eigentlich kommen?» schrie sie mich an.

Dann drehte sie sich brüsk um und strebte mit riesigen Schritten voraus in Richtung des Büros von Onkel Quaye, während ich hinterherstolperte und mir die Augen ausweinte.

Die Geschichte, die wir ihm erzählen wollten, legte sich Mansa unterwegs zurecht. Der Bus sei vorgefahren, und ein Junge aus der Schlange habe mich beiseite gezerrt, um sich vorzudrängeln. Ich hätte versucht, mich von ihm loszureißen, und dabei sei mir der Penny aus der Hand gerutscht.

Onkel Quaye war noch beschäftigt, als wir ankamen, und wir mußten einige Zeit warten, bis er mit uns heimfuhr. Mansa war das egal, sie ging an diesem Tag kein weiteres Risiko mit mir ein.

Tante Mena gab uns jeden Morgen Sixpence, für das Mittagessen und für die Busfahrt. Nach der Erfahrung des ersten Tages griff Mansa, sobald wir dem Auto entstiegen und nur noch die Rücklichter zu sehen waren, nach meinem Ohr, zog kräftig und so lange daran, bis ich ihr den einen Penny für die Busfahrt aushändigte. Diese schwesterliche Kontrolle sollte nur ein Jahr dauern, denn Tante Mena und Onkel Quaye vertraten die Auffassung, daß uns allen ein bißchen Schuldisziplin guttun würde, und so wurde Mansa in einem Internat in Kumasi untergebracht. Anfangs vermißte ich ihre Führung und ihren Schutz, trotz all der gemeinen Ohrkneifereien. Bald aber genoß ich meine neue Unabhängigkeit, die jedoch ihren Tribut forderte.

Unsere Schuluniform war aus weißem Khaki gefertigt. Als ich Mansa noch an meiner Seite hatte, brauchte ich nur zwei Uniformen pro Woche, jetzt mußte Tante Mena mit vier bis fünf fertigwerden.

Und das kam so: Obwohl der Preis von einem Penny schon ein Zugeständnis an die Schulkinder darstellte – die Arbeiter und Händler mußten dreimal soviel bezahlen – war es für uns trotzdem eine Menge Geld. Ich brauchte nur noch zwei weitere Pennies draufzulegen, und ich konnte mir eine ganze Schüssel von Mammy Adeles gekochtem Reis leisten. Nur noch ein einziger Penny mehr ermöglichte mir den Verzehr einer ihrer appetitlichen Krabben, die direkt vor meiner Nase einen graziösen Breakdance in der Palmöl-Linsensauce hinlegten. Und wie es eben so ist, hatte ich auch gegen ein bißchen Beilage zur Abwechslung nichts einzuwenden. Diese bestand aus geräucherter Rinderhaut, normalerweise in Dreiecke oder Quadrate geschnitten. Kostenpunkt: ein Penny für zwei oder drei Stück, je nach Größe. Also gingen meine Pennies folgendermaßen drauf: drei Pennies für gekochten Reis, einer für die Krabbe, einer für die Beilage, und dann blieb nur noch einer übrig. Und ich hatte noch keinen Nachtisch! Also wechselte ich direkt von Mammy Adeles Stand zu Mammy White – wie sie zu diesem Namen kam, frage ich mich manchmal heute noch – zu ihrem wunderbaren gerösteten Mais und Erdnüssen, was mich genau noch einen Penny kostete – mein Fahrgeld. Und da ich nicht die Absicht hatte, mich in dieser Hinsicht zu bescheiden, behielt ich meine Eßgewohnheiten bei und ging fast immer zu Fuß nach Hause. Bald schon hatte ich Begleitung gefunden. Fatima Atia, ein Mädchen aus dem Norden Ghanas, in ihrem Gesicht prangte das auffälligste und größte Stammeszeichen, das ich jemals gesehen habe. Bald schon stellte sich heraus, daß Fatima Atia immer beide Schulwege, hin und zurück, zu Fuß zurücklegte; sie wohnte in Zongo, einem Moslemghetto, das von unserem Haus etwa zwei Kilometer entfernt lag. Ich schlug ihr eine Zu-Fuß-nach-Hause-Gemeinschaft vor, und sie stimmte nur zu gerne zu, seit sie wußte, daß mein Onkel Quaye, den natürlich alle für meinen Vater hielten, stolzer Besitzer eines Autos war.

Atias Vater sammelte Müll. Wohl niemals im Leben würde er sich ein solches Gefährt leisten können. Sie war so begeistert von unserer Freundschaft, daß sie immer darauf bestand, mich bis vor die Haustür zu begleiten, obwohl wir auf unserem Heimweg zuerst bei ihr vorbeikamen. Die Straße, auf der wir gehen mußten, war staubig und ungeteert. Und sie wurde zum Problem, denn bei meiner Rückkehr hatte sich die weiße Schuluniform in eine schmutzig-rote verwandelt. Während ich manchmal zur Strafe die dreckige Schuluniform am nächsten Tag wieder anziehen mußte, erschien Fatima Atia zu meiner Verwunderung jeden Schultag in einer absolut adretten, frisch gewaschenen, gestärkten und gebügelten Uniform. Das hatte seinen Grund. Während bei uns zu Hause meine Tante die ganze Wäsche erledigte, wusch Fatima Atia ihre Sachen selbst und verdiente sogar manchmal ein paar Pennies damit, für andere Leute zu waschen.

Nicht immer wurde ich damit bestraft, erneut mit der schmutzigen Uniform in die Schule geschickt zu werden. Manchmal wurde ich auch ausgeschimpft, bekam ein paar Abreibungen auf die Stirn und erhielt schließlich eine frische Uniform. Einmal setzte es auch einen heftigen Hieb auf den Oberarm, aber darüber hinaus wurde in unserem Haus kaum geschlagen. Was Onkel Quaye betraf, so faßte er uns nie an; und das brauchte er auch nicht. Eine Order von ihm genügte, und wir rannten alle durcheinander. So konnte ich meinen Sternen danken, daß er sich niemals in meine Fahrgeldkalkulationen einmischte, denn eine einzige Anweisung von ihm, und ich hätte das Zauberwerk aus geröstetem Mais- und Erdnußnachtisch, gewürzt mit Tante Menas Geschimpfe, Klapsen und Abreibungen vergessen können.

Die langen Fußmärsche nach Hause machten nicht nur meiner weißen Uniform zu schaffen, sondern taten auch meinen Schulschuhen viel Unrecht an.

Die vorderen Nähte meiner Schuhe gaben jedesmal sehr schnell nach und sehr bald auch auf, angefangen mit den Nähten vor den Zehen. Je länger ich lief, desto mehr Nähte gaben auf, bis ich eines Morgens feststellen mußte, daß das, worin ich lief, alles, bloß keinen Schuh mehr abgab. Ungefähr zehnmal mußte ich anhalten und den heißen Sand ausschütteln. Ich machte mich an der Seite von Fatima Atia auf den Weg zur Schule, und schon bald blieb ich stehen und jammerte über meine schwer beladenen Schuhe. Fatima half mir geduldig, meinen rechten Schuh aufzuschnüren und auszuziehen. Ich stützte mich auf ihre Schulter und hielt den rechten Fuß hoch, um ihn nicht im glühend heißen Sand zu verbrennen. Fatima Atia schüttelte den Sand aus, zog mir den Schuh wieder an, half mir, ihn zuzuschnüren und wiederholte die gleiche Prozedur mit dem linken. Dann erkundigte sie sich, ob es jetzt wieder in Ordnung sei, was ich sanftmütig bestätigte. Und die ganze Zeit über stand Fatima Atia barfuß im heißen Sand und schien überhaupt nichts zu spüren, weil, so drückte sie es aus, ihre Füße schon längst immun geworden waren gegen so kleine Unannehmlichkeiten wie heißen Sand. Während ihre Uniform also morgens immer pieksauber war, waren ihre Füße immer schmutzig und staubig. Und all diese Fußmärsche von zu Hause in die Schule und von der Schule nach Hause absolvierte sie barfuß. Sie besaß nur ein Paar Sandalen, vertraute sie mir einmal an, und die trug sie nur zu besonderen Gelegenheiten. «Ich kann sie doch nicht jeden Tag tragen und verschleißen, oder?» entgegnete sie mir. Damit mochte sie recht haben.

Was der Kolonialismus uns alles angetan hat, wird letztlich nur der liebe Gott allein wissen. Welchen Geschmacksverirrungen und verqueren Vorlieben er uns ausgeliefert hat, dafür bot ich ein hervorragendes Beispiel. Jeden Morgen ging ich durch die heiße Sonne, in meinen Achimota-Schuhen und in den gleichen dicken Socken, die ich die Leute in Deutschland nur im Winter habe tragen sehen. Aber eben diese Socken wurden bei uns in den Geschäften verkauft. Und dort wurden sie verkauft, weil die Kolonialherren inzwischen fort waren und mit ihnen all ihr Geld, und wir uns nur leisten konnten, das aus dem Land der Kolonialherren einzuführen, was dort nicht mehr zu gebrauchen war – ihre Ladenhüter also. Und diese Ladenhüter bestanden aus Kleidung für alle vier Jahreszeiten: Winter in England, Sommer in England, Frühling in England und Herbst in England. Und was glauben Sie, was Ghanamann tat? Weil er die Socken bevorzugte, die am längsten hielten, griff er immer zu den Wintersocken. Daß diese für den englischen Winter produziert worden waren, nun, woher hätten wir das wissen sollen? Schließlich hatten die meisten von uns nicht die leiseste Vorstellung davon, was Winter bedeutet. Wenn Tante Mena sich je entschloß, meinem schreienden Schuh Beachtung zu schenken, was sie erst tat, wenn meine sämtlichen fünf Zehen aus den dicken Socken unfreiwillig unter dem Oberleder hervorlugten, wurden sie immer zu Joe Red gebracht. Das war ein Albino, ein Schuhmacher, dessen gesamte Werkstatt aus einem wackeligen Tisch, einem aberwitzigen Teil von Stuhl und zwei großen Kartons mit Schuhen bestand. In diesen Kartons befanden sich Schuhe, die bereits repariert waren, Schuhe, die noch repariert werden mußten, Schuhe, die nicht mehr zu reparieren waren, die er aber nicht wegwerfen wollte, Ersatzteile für Schuhe und ein paar Werkzeuge. Und etwa einen Meter von seiner Werkstatt entfernt hatte er dieses große Schild aufgestellt, worauf in schwarzen Buchstaben auf orangefarbenem Untergrund zu lesen war: «Joe Reds Schuhmacherfabrik – in London ausgebildeter Schuhdoktor». Meine Tante also übergab die Schuhe Joe Red, der schaute sie sich prüfend an und verzog das Gesicht. Dann erklärte er großspurig, daß diese Schuhe zwar eigentlich nicht mehr zu retten seien, aber daß er als der gute Schuhdoktor, der er nun einmal war, sie wieder zu neuem Leben erwecken würde. Und nicht nur das. Tante Mena, als Ehefrau des großen Mannes mit dem Pontiac, sicherte der «Doktor» eine extra schnelle Schuhbehandlung zu und nahm die Patienten – tack-tack-tack – in Angriff.

Nun konnten Fatima Atia und ich unseren Heimweg wieder schneller absolvieren, bis, ja bis die Nähte von neuem aufsprangen.

## 4

Oft denke ich heute noch an die St.-Anna-Grundschule zurück, die Mansa und ich drei Schuljahre lang besuchten. Dabei kommt mir besonders unsere Direktorin, Madam Akipo, in den Sinn. Und das, so muß ich sagen, sind nicht unbedingt die angenehmsten der Erinnerungen, denn diese Frau machte mir das Leben in der Schule zur Hölle, und wenn ich von dieser Frau träumte, dann waren es stets Alpträume.

Ich könnte nicht wetten, wie groß sie genau war. Doch ich würde die Behauptung wagen, daß sie sich durchaus als Basketballspielerin hätte qualifizieren können. Sie hatte die Taille einer Wespe auf Diät, und ein Busen war schlicht nicht vorhanden. Was ihr Hinterteil anging, war es so dürr, daß man geneigt war anzunehmen, es bestehe nur aus getrockneten Knochen. Ihr Gesicht erinnerte mich an eine Hexe aus dem Märchen. Dieser Frau verschaffte es solche Genugtuung, uns inbrünstig mit ihrer Peitsche zu quälen, daß es an Barbarei grenzte. Was alles noch schlimmer machte, war die Tatsache, daß ihre Mutter mit Peitschen handelte, und Akipo war ihre beste Kundin. Die Anschaffung wurde aus der Schulkasse finanziert; diese Schulkasse wurde unter anderem aus den Schulgebühren unserer Eltern gespeist.

Akipo mußte wohl Sadistin gewesen sein. Der vergnügte Gesichtsausdruck, den sie jedesmal aufsetzte, wenn sie eine Schülerin züchtigte, erschien mir obszön, und bis heute tut es mir leid, daß sie dem gerechten Zorn von Tante Mena entkommen ist.

Tante Mena adoptierte später, als Mansa und ich schon die höhere Schule besuchten, auch noch Maanaa, eine unserer jüngeren Schwestern. Sie besuchte eine andere katholisch geleitete Grundschule. Eines Tages kam Maanaa mit blutigem Rücken aus der Schule heim. Das Blut hatte sich schon seinen Weg durch den Stoff der Schuluniform gebahnt. Maanaas ganzer Körper war mit geschwollenen Striemen übersät.

Als Tante Mena das sah, mußte sie sich vor Aufregung übergeben. Und als sie erfuhr, daß Maanaa ihre Verletzungen der Klassenlehrerin, Madam Quartey, verdankte, sprang sie in ihren Moskowicz, ohne Wenn und Aber, und rumpelte zur Schule. Normalerweise mußten Eltern ihre Beschwerde über einen Lehrer oder das Kollegium zunächst einmal der Direktorin schildern. Diese bat daraufhin den betroffenen Lehrer oder Angestellten zu sich, um ihn zu befragen. Tante Mena jedoch kam an der Schule an, parkte ihr Auto, und die erste Person, auf die ihr Blick fiel, war schon die Schuldige, Madam Quartey, die gutgelaunt hinter ihrem Lehrerpult saß und süßlich vor sich hinlächelte. Madam Quarteys Mona-Lisa-Lächeln und Maanaas blutüberströmter Rücken prallten in den Gedanken meiner Tante unsanft zusammen, und es entlud sich ein Blitz. Und bevor sie überhaupt wußte, was sie tat, ging sie nicht etwa zum Büro von Schwester Maria

Magdalena, der Direktorin, sondern in das Klassenzimmer der lächelnden Madam Quartey.

Später, als wir älter wurden, hat Tante Mena uns erklärt, daß gute Manieren so etwas seien wie feine Kleider. Während man sie zu den meisten Gelegenheiten auch tragen sollte, gab es doch bestimmte Situationen, in denen man sich ihrer entledigen mußte. Wenn man diese Situationen hinter sich gebracht hatte, sollten sie wieder angelegt werden. Und bei ihrer Begegnung mit Madam Quartey, so schien es, legte Tante Mena ihre «feinen Kleider» ab, faltete sie sorgfältig zusammen und deponierte sie an einem sicheren Ort. Und ging zum direkten Angriff über.

Was genau in diesem Klassenzimmer geschah, wo sich die lächelnde Madam Quartey alleine aufhielt, hat bis heute niemand erfahren. Madam Quartey war nach diesem Vorfall offensichtlich so schockiert und verschämt, daß sie nie darüber sprechen sollte. Und Tante Mena hatte offensichtlich ihre «feinen Kleider» direkt nach der Begegnung wieder angezogen, und auch sie tat so, als bedürfe das Geschehene keiner weiteren Erwähnung. Nach außen drang nur, was Schwester Maria Magdalena mit eigenen Augen gesehen hatte. Und Schwester Maria Magdalena hatte eine Madam Quartey mit eingerissener, blutender Lippe und einer total verknitterten und verschmutzten weißen Spitzenbluse, die an einer Schulter zerrissen war, vorgefunden. Eine Bluse, die vor der geheimen Konferenz mit Tante Mena noch eine fein gebügelte und ausgesprochen adrette weiße Bluse gewesen war. Auch ein paar Haarbüscheln hatte Madam Quartey eingebüßt. Schwer atmend stieß sie hervor: «Und ich dachte, das sei eine zivilisierte Dame. Ich dachte wirklich immer, das sei eine zivilisierte Dame!»

Doch zu diesem Zeitpunkt waren meine persönlichen Episoden mit Akipo bereits Geschichte. Damals, als ich mit Striemen auf der Haut nach Hause gekommen war, hatte ich alles getan, um sie zu verstecken. Ich betrachtete Akipos Peitschenhiebe als Beweis dafür, daß ich ein schlechtes Mädchen war. Tante Mena, da war ich sicher, hätte mich angesichts der Wunden noch zusätzlich bestraft.

Doch als mir Akipos Züchtigungen eines Tages zuviel geworden waren, hatte ich meiner Phantasie freien Lauf gelassen und war der Tortur auf meine Weise begegnet.

In der St.-Anna-Grundschule fand, wie in allen Grundschulen Ghanas, egal von welcher Kirche betrieben, jeden Morgen eine sogenannte Schulversammlung statt. Das Ritual wiederholte sich ständig: Die

Glocke läutete, und wir rannten alle in den Versammlungsraum. Dort stellten wir uns nach Klassen getrennt in Dreierreihen auf, die Akipo immer wieder durchzählte und durchsah, bis sie perfekte gerade Linien vor sich hatte. Jede Schülerin legte ihre Hände auf die Schultern der Schülerin vor ihr. Und um ihrer Befriedigung über die Exaktheit der Linien Ausdruck zu verleihen, rief Akipo: «Hände runter!» Und wie von selbst glitten alle Hände von den Schultern und fielen – bamm – an unsere Hüften.

«Gesichter nach vorne!» und alle Gesichter drehten sich ihr zu. «Augen zu!» Die ängstlichen Schafe, die wir inzwischen alle geworden waren, schlossen die Augen und preßten ihre Handflächen gegeneinander, bereit zum Gebet.

«Das Vaterunser» brüllte Akipo. Und im Chor begannen wir: «Vater unser, der du bist im Himmel... Amen.» Dann folgte: «Augen auf!» Und wir gehorchten.

«Und jetzt die Hymne: Jesus... Den Ton, bitte!» Und das Mädchen mit der schönsten Stimme gab den Ton an. Sie sang die erste Zeile des Liedes. Dann bekamen wir den Einsatz: «Eins, zwei, drei, singen!» und fielen ein. Und wehe dem, der versäumte, seine Augen auf Akipos weißen Taktstock zu fixieren. Wenn wir mit der Hymne fertig waren, folgte die Nationalhymne. Erst danach wußten wir, ob Akipo vielleicht nicht doch eine Kleinigkeit dieses Rituals mißfallen hatte. Wenn es die Nationalhymne war, die wir nicht zu ihrer vollen Zufriedenheit dargeboten hatten, schrie sie sogleich: «Wiederholen!» Falls es die Hymne war, wartete sie, bis wir die Nationalhymne beendet hatten, und gab dann den Befehl: «Und jetzt wieder die Hymne!»

Wenn dieser Befehl ertönte, fingen wir alle an, uns in die Hose zu machen, genau wie an jenem verhängnisvollen Morgen.

Akipos Besessenheit darauf zu achten, daß wir die Hymnen auch richtig sangen, wobei richtig in Akipos Ohren nicht unbedingt auch richtig sein mußte – wenn Sie wissen, was ich meine – rührte von einer anderen Besessenheit her, ihrer tiefen Sehnsucht nämlich, Gott mit Liedern zu gefallen, was wiederum mit einer weiteren Besessenheit von ihr zusammenhing, nämlich zu meinen, Gott spräche andauernd zu ihr.

«Und jetzt wieder die Hymne!» schrie Akipo. Und einer verschreckten Katze gleich erfüllte die tonangebende junge Dame ihre Aufgabe. Wir warteten alle auf Akipos «Eins, zwei, drei, singen!» und fielen in vollem Tempo in das Lied ein. «Jesus grant me this I pray», sangen wir, «ever in thine own sweet way», sangen wir, «teach me to be...»

«Stop!» erklang der erste Schrei. «Ich sagte, STOP, stop!» Peng, drosch sie ihren Taktstock gegen eine Säule. Es herrschte Totenstille, in die hinein ihr nächster Befehl ertönte: «Ihr dämlichen, dämlichen Idioten! Ich sagte stop!»

«Habe ich euch etwa beigebracht, dieses Lied so zu singen?» schrie sie. Und alle Unterhosen wurden noch einmal naß.

Ich muß zugeben, wir hatten schlecht gesungen, es hatte geklungen, als hätten die meisten von uns einen Frosch zum Frühstück verschluckt. Und ohne Zweifel mußte auch der Allmächtige da oben in seinem Himmel ziemlich zusammengezuckt sein. Aber daß das Lied so schlecht herauskam, lag an unserer Angst vor Akipo und nicht an unserer Unfähigkeit, gut zu singen. Aber was scherte das Akipo? So verbog sich ihr Viertelmondkörper immer mehr vor Wut. Mit braunen Knopfaugen musterte sie uns voller Schadenfreude, und wir wußten genau, was jetzt kam.

«In Raum vier! Alle!» brüllte Akipo endlich, und wir marschierten alle los wie betäubte Ratten. Einige, natürlich auch ich, fingen an zu weinen. Oh, wie haßte ich Akipo in diesem Moment. Mein Rücken tat noch weh von den Schlägen, die mir meine Klassenlehrerin am Vortag verabreicht hatte, nur weil die schleimige Adesa Wumpuni, meine «Klassenkameradin», gepetzt hatte, daß sie mich erwischt hatte, wie ich über der Toilette hockte, ohne mich zu setzen. Den Toilettensitz bildete eine hölzerne Kiste, und obwohl es uns verboten war, uns darüber zu hocken, gehorchte fast niemand. Die Holzkiste war an einigen Stellen kaputt und immer von Fliegen besetzt; niemand mochte sich daraufsetzen. Es war reine Glückssache: entweder man benutzte die Toilette überhaupt nicht, oder man durfte beten, nicht von irgendeiner Petze beobachtet zu werden.

Ich weinte also wegen der Schmerzen von gestern und wegen denen, die mich erwarten sollten. Und ich begann zu phantasieren.

«Ich werde euch schon noch in Form bringen», bellte Akipo hinter uns. Und ich war in diesem Moment überzeugt, daß, wenn unsere Unterhosen eingesammelt und ausgewrungen worden wären, der Urin einen ganzen See gefüllt hätte.

Ich phantasierte wild und fing verzweifelt an zu beten: «Lieber Gott», weinte ich innerlich, «warum schickst du nicht einen Stein von oben, der mich auf den Kopf trifft und für diesen Moment bewußtlos macht, nur vorübergehend, und erweckst mich wieder zum Leben, wenn es vorbei ist.»

Aber es schien, der liebe Gott war zu beschäftigt, um sich meines Falles anzunehmen, und so blieb ich leider sehr wach und mußte zusehen, wie die *Schulpräfektin* in Akipos Büro hastete, um einige Peitschen zu holen. Akipo händigte jeder der drei Klassenlehrerinnen zwei Peitschen aus, vier behielt sie für sich. Das war eine feste Spielregel. Und sie als Direktorin fing immer an zu schlagen. Das gehörte ebenfalls zu den Spielregeln. Sie schlug die ersten zehn Schülerinnen, jede erntete etwa vier Hiebe, dann ließ sie die Lehrerinnen jeweils zwei Schülerinnen schlagen, dann kam sie wieder mit weiteren zehn an die Reihe, dann zwei für jede Lehrerin, und so ging es weiter, bis alle dran gewesen waren. Und es gab noch eine Spielregel. Die Schulpräfektin, deren Stellvertreterin und die drei Klassensprecherinnen bekamen die Prügel immer zuerst, genau in dieser Reihenfolge, vor den Augen der großen Masse sozusagen.

Da standen wir nun zusammengedrängt, die Klassen 4 bis 6, in der hintersten Ecke des Klassenraums, damit vorne genug Platz war und die Peitsche frei schwingen konnte; ich fand mich selbst irgendwo mitten in dieser Masse und hoffte nur auf die Klassenlehrerin der 6, die nie so fest zuschlug. Doch meine Hoffnungen wurden jäh zerstört, als diese, nachdem sie ihre zweite Garnitur von Schülerinnen bearbeitet hatte, ihre Peitsche an Akipo weitergab, über Kopfschmerzen klagte und den Raum verließ. Offensichtlich erfreut über das zusätzliche Arbeitsgerät nahm Akipo die Peitschen entgegen. Das regte erneut meine Phantasie an: «Diese Schläge werde ich nicht bekommen», nahm ich mir vor. Und es war mir verdammt ernst damit. Ich spielte verschiedene Ideen in meinem Kopf durch. Die Zahl der bereits geschlagenen Schülerinnen nahm zu, während sich die Reihen derer, die noch auf die Schläge warteten, schnell lichteten.

Akipo stand gebeugt da, ein schadenfrohes Grinsen huschte über ihr Adlergesicht. Die nächste Schülerin löste sich zögerlich aus der Menge und drehte Akipo ihren Rücken zu. Diese grinste wieder obszön, schwang ihre Peitsche auf und nieder, wam, wam, wammm! Das Mädchen quiekte wie ein verwundetes Wildschwein, wand sich vor Schmerzen und machte sich schließlich davon, bis Akipo sie zurückrief und mit einem weiteren wamm daran erinnerte, daß sie vergessen hatte, «Danke» zu sagen. Das Mädchen schrie erneut auf, murmelte ein unterdrücktes «Dankeschön» und zog von dannen, um draußen weiterzuweinen. Jetzt war ich an der Reihe. Ich schluckte und stolperte schüchtern nach vorne, doch anstatt Akipo meinen Rücken zuzuwenden, drehte ich ihr das

Gesicht zu. Sie musterte mich von oben bis unten. Kurzzeitig verfinsterte sich ihr Gesicht vor Verwirrung, doch dann gewann sie ihre Fassung wieder und schnauzte mich an: «Du dummes Stück! Möchtest du dahin geschlagen werden? Dreh dich sofort um!»

Und ich gehorchte. Meine Vorstellungen und die Realität vermischten sich, ich konnte es zwar nicht sehen, aber ich ahnte Akipos schadenfrohes Grinsen hinter meinem Rücken und stellte mir die Peitsche vor, wie sie sie hochhob, immer höher und höher und allmählich sinken ließ, um meinem Rücken Gerechtigkeit angedeihen zu lassen... und schon war ich draußen. Jawohl, bevor der erste Hieb auf mir landen konnte, war ich draußen und schrie und heulte, brüllte und tobte. In Sekundenschnelle war ich draußen auf der Veranda, sauste die Treppe hinunter in den Hof; und im nächsten Moment warf ich mich in den Sand und schwamm im wahrsten Sinne des Wortes Freistil. Akipo, in Begleitung sämtlicher Lehrer, kam herausgerannt auf die Veranda, um dieser seltenen Vorstellung in der St.-Anna-Grundschule beizuwohnen; und hinter ihnen sammelten sich die Schülerinnen, die ihre Schläge noch nicht abgeholt hatten. Dann kamen auch diejenigen, die ihre Abreibung schon hinter sich hatten, aus ihren Klassenzimmern gelaufen und schauten vom anderen Ende der Veranda zu. Alle miteinander, Direktorin, Lehrerinnen, geschlagene und noch nicht geschlagene Schülerinnen waren perplex. Akipo stand da, wie ein begossener Pudel, die Peitsche in einer Hand, offensichtlich ihrer Lust am Schlagen beraubt.

Was würde nun geschehen?

Alle warteten – die Lehrerinnen, aber vor allem die Schülerinnen, die noch nicht drangewesen waren, mit entsetzlicher Angst, und ich stand im Mittelpunkt des Interesses.

Ich hatte mit den Schwimmübungen im heißen Sand aufgehört und lag zufrieden da, das Gesicht stur abgewandt von der Veranda, als ich die scharfe Stimme einer Akipo vernahm, die ihre Fassung wiedergewonnen hatte. So etwa mußte eine verwundete Kobra klingen: «Rein mit euch in eure blöden Klassenzimmer, ihr dämlichen Hohlköpfe!»

Und alle folgten dem Befehl und eilten in ihre Klassenzimmer, die zutiefst eingeschüchterten Lehrerinnen, die erleichterten, noch nicht gezüchtigten Schülerinnen und die total verärgerten bereits gezüchtigten.

«Und du ungehobelte Kreatur stehst sofort auf und kommst mit mir!»

Ich erhob mich so langsam und schwerfällig, wie es nur ging. Meine Haare, die Uniform, die Arme und Beine, alles war voller Sand. Ich ging auf Akipo zu, die rief: «Folge mir!» Sie wandte sich um und marschierte voraus.

Ich stolzierte hinterher ins Büro. Hier stand Akipo geschlagene zehn Minuten mit teilnahmsloser Miene schweigend hinter ihrem Schreibtisch. Sie ließ mich einfach stehen und sie anschauen. Plötzlich hob sie den Kopf, heftete ihren Blick auf mein Gesicht, griff nach einem Kugelschreiber und langsam, nachdenklich und in gleichmäßigem Rhythmus klopfte sie damit ka-ka-ka gegen ihre Zähne. Ich war so fasziniert und hypnotisiert vom Voodoo-Rhythmus ihres Kugelschreibers, daß ich mich einen Moment lang darin verlor. Und nur ihr plötzliches: «Wo kommst du eigentlich her?» weckte mich aus meiner Trance.

«Accra», antwortete ich.

«Du bist eine Ga?» Denn Accra war nicht nur die Hauptstadt von Ghana, sondern die Hauptstadt des Volkes der Ga.

«Nein», antwortete ich.

«Was bist du dann?»

«Eine Fanti», antwortete ich.

«Fanti? Du bist eine Fanti? Ich dachte immer, die Fanti seien einigermaßen zivilisiert!»

Eine kurze Schweigepause folgte.

«Bist du auch da geboren, wo die Fanti leben?»

«Nein», antwortete ich.

«Ach», und sie zog eine Augenbraue hoch. Ihr Interesse war neu erwacht. «Wo bist du denn geboren?»

«In Gambaga.»

«Gamba... was?»

«Gam – ba – ga», wiederholte ich.

«Im Norden?» fragte sie.

«Ja», erwiderte ich ruhig.

«Du bist im Norden geboren?» rief sie.

Ich wußte nur zu genau, was Akipo jetzt durch den Kopf ging.

Während nämlich der Rest der Welt Afrika als Ganzes als wild und primitiv erachtet, werden innerhalb Afrikas jene Volksgruppen als Wilde betrachtet, die weiterhin sehr ursprünglich und traditionell leben, unverfälscht durch «Zivilisation». Und in Ghana sind das die Völker des Nordens. Also verwandelte sich Akipo vor meinen Augen in eine Psychoanalytikerin und versuchte festzustellen, welche Erbanlagen mich zu dieser Handlung getrieben haben könnten. Ihr war jetzt klar geworden: Ich hätte mich niemals so ungeschlacht benehmen können, wäre ich nicht im Norden zur Welt gekommen!

Daß ich eigentlich eine Fanti und auch gar nicht im Norden aufgewachsen war, spielte keine Rolle für sie. Sie hatte die Wurzeln meiner Ungeschliffenheit in meiner Herkunft ausgemacht.

Oder hatte es etwas mit Zeit und Ort meiner Geburt zu tun, die ich nicht genau kannte?

Wie auch immer, mit einem schweren Seufzer der Frustration, der wohl besagen sollte: «Nun, was kann man da schon machen?» setzte Akipo zu einem Sermon an: «Weißt du was?» hob sie an, «nein, du weißt es nicht, also werde ich es dir erklären. Dieser Ort, genau der Ort hier, an dem du jetzt stehst, ist Beton, gebaut auf Sand, der wiederum einen Ort bedeckt, der Accra heißt. Das ist die zivilisierteste Stadt Ghanas und außerdem die Hauptstadt... falls du es noch nicht weißt. Und hier in dieser zivilisierten Stadt rennen Schüler nicht einfach aus den Klassenzimmern und wälzen sich wie Buschmänner im Sand. Und da unsere Schule diesen Grad an Primitivität nicht akzeptieren kann, erkläre ich dich hiermit offiziell für unzivilisiert und entlasse dich aus der Schule. Also, mach schon, packe deine Sachen und zieh ab nach Hause!»

«Wie bitte, was soll ich tun?» Ich glaubte, nicht richtig gehört zu haben. Ich bekam es mit der Angst zu tun, was Akipo nicht verborgen geblieben war. Sie erhob ihre Stimme.

«Ach! Schau einer an, wer sich jetzt in die Hosen macht!» Sie hatte ein triumphierendes Grinsen aufgesetzt. «Ist das nicht dieselbe, die eben noch diese beeindruckende Demonstration des Ungehorsams vor den Augen ihrer Schulkameradinnen vollführt hat? Und jetzt hat sie Angst vor ihren Eltern, was? Davor, was die wohl sagen werden? Was sie ihnen sagen wird? Das ist einfach. Sie sagt einfach, daß ich», und sie deutete stolz auf ihre schmale Brust, «Lily Rose Hibiskus Akipo, zivilisierte Direktorin der zivilisierten Santa-Anna-Grundschule, geboren und aufgewachsen in der Hauptstadt Accra, dich aus der Schule geworfen hat, weil du wild, ungehobelt, primitiv bist, weil du aus dem Norden stammst und weil du dich gerade eben im Sand des Schulhofes gesuhlt hast wie ein Buschmann. Und jetzt geh! Verschwinde! Verlasse sofort dieses Büro!»

Ach, ich wünschte, ich wäre tot gewesen in diesem Moment. Rausgeworfen aus der Schule nur wegen der paar Sekunden im Sand?

Was sollte ich Tante Mena sagen? Was würde Onkel Quaye machen? War das der Anfang vom Ende meiner Schullaufbahn? Schulausbildung adieu? Ich ging ins Klassenzimmer und packte meine Sachen. Ich fühlte, wie die Augen aller Schülerinnen auf mich gerichtet waren, als ich nach vorne zur Klassenlehrerin ging und ihr mitteilte, daß ich meine Sachen holen wollte, um nach Hause zu gehen. Ich spürte Ehrfurcht, Respekt, Neid, Bewunderung, aber auch Mitleid und Dankbarkeit, daß es mich und nicht sie getroffen hatte.

An der Schultür fiel mir ein, daß, wenn ich sofort nach Hause gehen und Tante Mena von meinem Schicksal berichten würde, diese mir sofort meine restlichen fünf Penies abknöpfen würde. Abgesehen von den anderen Strafen, die mich vielleicht erwarten würden. Also hing ich noch ein bißchen herum, bis Mittag, um mir noch einmal Mama Adeles Spezial zu genehmigen und einen Nachtisch von Mammy White, um mich danach langsam auf den Nachhauseweg zu machen. Doch der Appetit auf dieses Mittagessen, auf das ich mich so gefreut hatte, sollte mir schnell vergehen. Die Mitschülerinnen kamen zu mir und fragten erstaunt, warum ich mich noch in der Nähe der Schule aufhalten würde, denn die Nachricht von meinem Rauswurf hatte sich wie ein Lauffeuer verbreitet.

Genervt verzichtete ich auf Mammy Whites Nachtisch und machte mich auf den Weg zur Bushaltestelle. Den Penny in der Hand bestieg ich den Bus heimwärts. Aber mein Weg führte mich nicht nicht direkt nach Hause. Ich entschloß mich abzuwarten, bis beide, Tante Mena und Onkel Quaye, zu Hause waren. Onkel Quaye war ein sehr beherrschter Mensch, der gegenüber Tante Mena meistens zu unseren Gunsten einschritt. Darauf setzte ich meine ganze Hoffnung. Also machte ich einen Abstecher zum See und sah den kleinen Jungen zu – die meisten von ihnen waren von der Schule abgehauen – wie sie *Tilapias* fischten.

Der Nachmittag verging schnell, und ehe ich mich versah, war es Zeit geworden, nach Hause zu gehen. Ich bewegte mich mit kleinen Schritten, aber trotzdem war ich viel zu schnell zu Hause und stand vor Tante Mena und Onkel Quaye, die sich schon Sorgen gemacht hatten.

Ein kurzer Blick genügte ihnen, um zu wissen, daß etwas nicht stimmte.

«Bist du krank?» fragte meine Tante besorgt.

«Nein.»

«Hast du dein Geld verloren?» wollte Onkel Quaye wissen.

Ich schüttelte den Kopf.

«Also, was ist dann los? Vielleicht sagst du einmal was anderes als nein. Also, was gibt's?» Tante Mena wurde ungeduldig. Und ich dachte mir: Also los! Das sind deine Adoptiveltern. Meinst du, sie bringen dich um? Das werden sie nicht tun. Also sag es ihnen. Laß es raus. Also laß es..., und ich ließ es raus.

«Was bist du?» schrie Onkel Quaye. Ich fing an zu weinen. Tante Mena tastete nach einem Stuhl und setzte sich nieder. Ich glaube, sie hatte plötzlich weiche Knie bekommen.

Dann bat sie mich, alles etwas genauer zu erklären, was ich auch tat, natürlich mit ein paar wenigen Korrekturen hier und da. Gestolpert und kopfüber in den Sand sei ich gefallen, gab ich zu Protokoll. Ich verschwieg, daß nicht einmal die Spitze von Akipos Peitsche mich berührt hatte. Tante Mena und Onkel Quaye sollten also glauben, daß Akipo mich gezüchtigt hatte, daß ich daraufhin rausgerannt, dabei gestolpert und gefallen sei und daß mich Akipo dafür der Schule verwiesen hatte. «Und deshalb hat Akipo dich rausgeworfen?» rief Tante Mena dann auch empört.

Am nächsten Tag sollte ich mit Onkel Quaye zurück in die Schule gehen. In der Nacht betete ich inbrünstig, daß meine Augen im Morgengrauen eine schwarze Schlange entdecken sollten. Doch die Biester sollten mich wieder im Stich lassen. Also begleitete mich Onkel Quaye am nächsten Morgen zur Schule, wo mich gleich eine Überraschung erwarten sollte. Madam Akipo und Onkel Quaye kannten einander. Sie waren zusammen zur Schule gegangen, und Akipo hatte auch davon gewußt, daß Onkel Quaye eine «Tochter» an der St.-Anna-Grundschule hatte. Daß ich diese «Tochter» war, hatte sie nicht gewußt, denn ich trug den Nachnamen meines leiblichen Vaters.

Der «Dienstweg» wurde also deutlich verkürzt. Akipo nahm mich ohne Wenn und Aber wieder auf und begleitete Onkel Quaye sogar zurück zu seinem Pontiac.

Zwei weitere große Überraschungen sollten folgen: Akipo rührte mich nie mehr mit der Peitsche an, und als ich in die 6. Klasse versetzt worden war, ernannte sie mich zum Bell Girl.

Und zum Bell Girl ernannte Akipo nur ihre Lieblinge – und manchmal sogar primitive und unzivilisierte Mädchen aus dem Norden.

# 5

Das Gerücht tauchte auf, wie alle Gerüchte, plötzlich und aus dem Nichts; es sickerte allmählich in die Ohren der Leute, um sich dann in ihrem Kopf einzunisten. Und bald schon war der Klatsch das Hauptthema: Präsident Nkrumah hatte die Russen ins Land geholt, und die Kolonialherren waren deshalb sehr sauer auf ihn.

Das war im Jahr 1966.

Ich bereitete mich auf die Aufnahmeprüfung am angesehenen «Akwapim Mädcheninternat» vor. Das Internat lag im östlichen Hochland von Ghana und galt als mustergültiges Beispiel für eiserne Disziplin.

Ich wußte und verstand damals nicht, wer genau die Russen waren, warum unser Präsident sie ins Land geholt hatte und warum die Kolonialherren darüber nicht glücklich sein sollten.

Mein fortgeschrittenes Alter, die Leistungen in der Schule plus meine Ernennung zum Bell Girl hatten mir einen Zuwachs von drei Pennies Taschengeld eingebracht, womit sich mein tägliches Budget auf neun Pennies erhöhte. Die Preissteigerungen hatten bis dahin zwar Mammy Adeles Krabben erreicht und auch Mammy Whites gerösteten Mais und Erdnüsse, was mich wieder einen Teil meiner neugewonnenen Pennies kostete, doch jetzt blieb immerhin ein Penny für meine Busfahrkarte übrig. Meine Freundschaft mit Fatima Atia wurde dadurch ernsthaft gefährdet. Sie lief nach wie vor barfuß in die Schule und zurück. Und ich trug noch immer Sandalen und konnte regelmäßig mit dem Bus fahren. Also bemühte ich mich um neue Bekanntschaften und freundete mich eng mit einer anderen Klassenkameradin an, einem lustigen und scharfsinnigen Mädchen mit dem komischsten unafrikanischsten Namen, den ich je gehört hatte – Ruby Bartholomew. Von ihr hörte ich zum ersten Mal das Gerücht über die Russen.

Onkel Quaye sprach nie über Politik mit uns oder über etwas, was auch nur im entferntesten damit zu tun hatte. Aber Rubys Vater, ein Arzt, der in London studiert hatte, schaute mit großer Verachtung auf all seine Kollegen herunter, die Medizin in Rußland oder einem anderen Land des Ostblocks studiert hatten.

Irgendwie war Ruby ein verwöhntes, pummeliges Ding. Sie sagte mir direkt ins Gesicht, daß sie mich häßlich fände und sich nur mit mir angefreundet habe, weil ich das Bell Girl war. Weil ich in ihr meine nächste «Lehrerin» fand, sah ich über diese Beleidigung hinweg und hielt an der Freundschaft fest. Von Ruby nun erfuhr ich Näheres über die Russen, die Nkrumah angeblich ins Land gebracht hatte.

Viele Ghanaer hatten zwar schon von ihnen gehört, doch sie wußten, genau wie ich, nicht, was es mit diesen Leuten auf sich hatte. Ruby hatte mir zuerst erzählt, sie habe gehört, es handle sich um eine Volksgruppe aus Nordafrika; am nächsten Tag behauptete sie, sie kämen von einem Ort, der Südamerika hieße; zwei Tage später beschloß sie, daß die Russen also wirklich aus diesem großen Land, das China hieß, stammten. Wie auch immer, wo Nkrumah sie eingesammelt und nach Ghana verfrachtet hatte, das konnte sie auch nicht sagen. Der Unterton des Gerüchts, das im Lande umging, ließ keinen Zweifel daran, daß die Tatsache, daß Russen in unserem Land waren, etwas sehr Schlechtes bedeutete. Wo sie genau herkamen, schien für viele gar keine Rolle zu spielen. Alles, was zählte, war, daß sie da waren und daß das nichts Gutes verhieß.

Rubys Vater, offensichtlich angespornt von seiner sowieso vorhandenen Abneigung gegenüber allem, was russisch war, war viel offener, was politische Themen betraf, als mein Onkel Quaye. Er diskutierte freimütig mit seinen Freunden über diese Themen, und das meiste davon bekam Ruby mit. Eines Morgens kam sie zu mir und verriet: «Gestern habe ich gehört, daß Nkrumah Bungalows gebaut hat, unter Accra. Man nennt sie Untergrundbungalows.»

«Unter Accra?»

«Ja. Es heißt, vielleicht gibt es sogar welche hier direkt unter unserer Schule.»

«Glaubst du das?»

«Nein, ja, also, vielleicht. Wer weiß das schon genau? Nur er weiß genau, wo sie sind.»

«Und wofür soll das gut sein?»

«Um die Russen unterzubringen. Dort werden sie versteckt. Sie wohnen dort.»

Das verwirrte mich. Ich verstand nicht, warum, falls die Russen tatsächlich vom Präsidenten selbst ins Land geholt worden und demzufolge seine geladenen Gäste waren, sie nicht in feinen Häusern untergebracht wurden, zum Beispiel in der Gegend am Flughafen oder am «Ringway». Darauf wußte Ruby auch keine plausible Antwort, aber immerhin noch soviel: «Es heißt, sie verstecken sich unter Accra, um sich auf die schlechten Dinge, die sie in Afrika vorhaben, vorzubereiten.»

Für den durchschnittlichen Ghanaer war damals der Begriff Coup d'etat, also Staatsstreich, noch ein Fremdwort. Er wußte lediglich:

Ein paar Weiße waren einst in sein Land gekommen, um über ihn zu herrschen. Sie hatten ihn gelehrt, daß er primitiv war und zivilisiert werden mußte. Er sollte aufhören, seine Flüsse und Steine anzubeten und stattdessen einen weißen Mann namens Jesus verehren. Dann nahmen sie ihm sein Gold und seine Diamanten und sagten ihm im gleichen Atemzug, daß dieser Mann namens Jesus absolut gegen das Stehlen sei. Dann kam ein gewisser starker Ghanamann, der hieß Nkrumah und hatte jede Menge Bücher gelesen und studiert an einer wundervollen Schule in jenem Land, das Amerika hieß. In diesem Land, so heißt es, pflegt der liebe Gott abzusteigen, wenn er einen Besuch auf der Erde macht. Nkrumah kämpfte gegen die Weißen, warf sie aus Ghana hinaus und machte sich selbst zum Präsidenten. Punkt.

Coup d'etat? Staatsstreich? Was war das?

Aber die Gerüchte hielten sich.

Fast alles, war mir zu Ohren kam, hatte ich von Ruby Bartholomew. Eines Morgens erzählte sie mir in der Schule: «Es heißt, der einzige Eingang zu den Bungalows unter Accra, wo sich die Russen verstekken, befindet sich im Flagstaff-Haus.»

«Wo Nkrumah wohnt?»

«Wo Nkrumah wohnt. Tatsache ist, so heißt es, daß man sogar durch seine Toilette gehen muß, um hinabzusteigen.»

«Wie seltsam», dachte ich.

Die Gerüchte hielten an, und auch wenn uns die Vorstellung, daß die Russen genau unter der Erde wohnten, auf die wir täglich unsere Füße setzten, nicht gefallen wollte, geriet der Ghanamann auf der Straße nicht in Panik.

Nun gut, er hatte von diesen mysteriösen Leuten, die unterirdisch in Accra lebten, gehört, und für ihn war es selbstverständlich, daß er sie nicht mochte, auch wenn er nicht genau hätte sagen können, warum. Irgendwie schien für ihn klar zu sein, daß man von ihm erwartete, daß es ihm nicht gefiel, also gefiel es ihm auch nicht. Seine Sorge galt nicht so sehr der Tatsache, daß man über diese mysteriösen Leute sagte, sie seien Russen, sondern dem Umstand, daß er nicht verstand, was sie vorhatten. Er war besorgt, daß, was immer das auch sein würde, sein alltägliches Leben davon beeinträchtigt werden würde. Also wartete er vorsichtig ab.

Ghanamann wartete ab. Und während er wartete und wartete und die Gerüchte weiter umgingen und keinerlei dramatische Veränderungen sich abzeichneten, kam es, wie es kommen mußte: Über Ghanamanns Alltag, in den die unter Accra versteckten Russen jetzt eingezogen waren, legte sich der Fluch der Gleichgültigkeit, und er begann desinteressiert mit den Schultern zu zucken, wenn neue Gerüchte aufkamen.

Warum auch nicht?

Es gab noch immer genug Mais und *Cassava* zu essen; und solange wie er es verstand, eine gute Falle zu stellen, hatte er auch ein schönes Stück Fleisch aus dem Busch für eine gute Suppe am Wochenende. Warum also sollte er sich Sorgen machen?

Er wußte auch, daß Nkrumah gut für ihn war; weil der sein Leben riskiert hatte, um diese Weißen aus dem Land rauszuwerfen, die gekommen waren, um von Jesus zu sprechen, und daß er ihm schon allein dafür, wenn schon für sonst nichts, ewig dankbar sein sollte.

Auch wenn er viel Schlechtes über ihn hörte.

Er wußte außerdem, daß Nkrumah mit anderen zusammen regierte, die gemeinsam etwas bildeten, das C.P.P. hieß.

Und das bedeutete «Convention Peoples Party».

Ghanamann wußte auch, daß die Russen da waren, ob das den Weißen, die vor einiger Zeit zu uns gekommen waren und über uns geherrscht hatten, gefiel oder nicht. Also sollten sie uns in Ruhe lassen mit unseren Russen und sich mit ihrer Queen zufriedengeben, von der es hieß, sie sei niemals traurig und würde immer lächeln und hübsche weiße Handschuhe tragen.

Schließlich, wie sehr veränderte die Anwesenheit der Russen unter Accra schon die Gewohnheiten, die die weißen Herren uns beigebracht hatten und die wir sehr bereitwillig angenommen hatten?

Überhaupt nicht!

Russen hin oder her, Ghanamann spürte weiterhin starkes Verlangen nach «Peak Milk» und «Lipton Tee», und er hatte auch den «Tate & Lyle»-Würfelzucker noch nicht aufgegeben, genausowenig wie die ach so geliebten «Heinz Baked Beans», weiße Bohnen mit Tomatensoße aus der Dose.

Also, wo lag das Problem?

Doch, wer auch immer sich hinter diesen Gerüchten verbarg, der hatte wohl eine Menge Probleme.

Man sprach über Systeme, politische Systeme. Das schien der Grund zu sein für den Unmut unserer ehemaligen Herrscher und deren Gefolge. Doch die Köche der Gerüchteküche begriffen alsbald, daß die Sprache, die sie verwendeten, zu kompliziert war für den einfachen Ghanamann, der nach wie vor seinen Mais, seine Cassava und sein Buschfleisch im Auge hatte. Also änderten sie ihr Rezept.

Sie begannen in einer Sprache zu sprechen, die der genügsame Ghanamann so weit verstand, daß er dazu überging, sich Sorgen zu machen. Bald also ging es bei diesem «Es heißt, es heißt» nicht länger um die Russen, die unter Accra wohnten, sondern darum, daß Nkrumah anstrebte, daß die Ghanaer genauso leben sollten wie die Russen.

Das war Rezept eins. Und das kam an.

Die Frage blieb nicht aus: Wie lebten denn die Russen?

Die Antwort lieferte Rezept zwei und wurde in der gleichen Form als Gerücht in Umlauf gebracht wie Rezept eins.

«Es heißt, in Rußland tragen alle Frauen die gleichen Kleider und alle Männer das gleiche Hemd und die gleichen Hosen. Und alle vierzehn Tage stellen sich die Russen in eine lange Schlange, um eine frische Garnitur dieser Kleider, Hosen und Hemden in Empfang zu nehmen und die schmutzige zum Waschen zu geben!»

Ach was! Nur eine Garnitur Kleider für ganze zwei Wochen? Und zum Waschen geben? Vom wem wurde denn gewaschen? Nun, in Rußland, so hieß es, gibt es eine Gruppe von Russen, die die ganze Wäsche für alle anderen Russen besorgt. Eine andere Gruppe besorgt das Kochen, eine andere bügelt, wieder eine andere spült das Geschirr und so weiter und so fort!

«Und was ist mit sch...? Wer macht das für sie?»

«Sei doch nicht albern! Das und Essen und Pinkeln sind die einzigen persönlichen Dinge, die jeder Russe selbst erledigt, ganz für sich allein. Abgesehen davon besorgt sogar das Ausfegen der Räume eine Gruppe von Russen für alle Russen.»

«Und was ist mit der Medizin?»

«Ach komm! Wer nimmt schon Medizin ein für einen anderen? Aber wenn du die medizinische Versorgung meinst, ja, also, es heißt, daß es in Rußland so ist, daß eine Gruppe intelligenter Russen die medizinische Wissenschaft lernt, um alle Russen, die krank werden, medizinisch zu versorgen.»

«Oh Gott! Mein Gott!»

«Und wer verdient am meisten in Rußland?»

«Am meisten? Wer am meisten verdient? Niemand verdient am meisten. Niemand verdient überhaupt etwas in Rußland.»

«Was?»

«Ja! In Rußland, so heißt es, arbeitet jeder für jeden, und alle sind verantwortlich nur gegenüber einem großen Boß: ein gewisser großer Russe namens Mr. KGB!»

«KGB?»

Standen diese Initialen vielleicht für sowas wie Kenneth George Biney? Oder hatte Mr. KGB afrikanische Wurzeln, in diesem Fall könnte er vielleicht Koku Gama Bodobodo heißen?

«Also leben die Russen so, wie Mr. KGB es von ihnen verlangt?»

«Genau!»

«Es heißt, daß die Russen nicht einmal das Recht haben, zu entscheiden, was sie zu einer bestimmten Zeit essen wollen. Mr. KGB entscheidet jeden Morgen, was alle Russen an diesem Tag zu essen haben, was sie trinken und was sie anziehen sollen, was sowieso nicht viel ist, nehme ich an.»

Shit!!

Verdammt!

«Entscheidet er etwa auch, wann ein russischer Mann mit seinen Frauen schlafen darf?»

«Natürlich!»

«Lieber Gott im Himmel! Und wann sie ihre Frauen schwängern sollen, das etwa auch?»

«Sicherlich!»

Hey! Wer um Gottes willen wollte denn so leben wie die Russen? Kein Wunder, daß sie damit zufrieden waren, unter Accra zu wohnen.

Die Köche der Gerüchteküche hatten Glück. All die einfältigen Gemüter und gleichgültigen Seelen fingen an nachzudenken. Der Mann auf der Straße zuckte nicht mehr nur mit den Schultern, wenn er von den Russen hörte. Er begann sich Gedanken zu machen. Über deren Anwesenheit da unten und über die unangenehme Perspektive, eines Tages so leben zu müssen wie sie. Und je mehr Gedanken er sich machte, desto mehr Fragen stellte er. Sein Tonfall veränderte sich, die Fragen wurden immer gewagter und unfreundlicher. Ghanamanns Sorge wuchs allmählich und stetig.

«Also, gibt es bei diesen verdammten Russen auch Stämme?» hatten viele, so hieß es, gerufen – auf den vielen Diskussionen, die jetzt stattfanden, bei der Arbeit, in den Bars, auf dem Campus der Universität und auf dem Marktplatz, in allen Straßen und an allen Ecken Ghanas, um dieses bedrohliche Thema zu erörtern. Hitzig und erregt verliefen die Auseinandersetzungen.

«Also, verflucht noch mal! Warum hatte keiner diesen verworrenen Typen aus vergammeltem Kenkey denen gesagt, daß es hier in Ghana sehr wohl Stämme gibt! Was zum Teufel dachte sich dieser Mr. KGB dabei, wenn er den Russen tagtäglich vorschrieb, was sie essen sollen. Und was um Himmels willen hat sich dieser verirrte Nkrumah dabei gedacht, als er beschlossen hat, diese Russen hierherkommen, unter Accras wohnen zu lassen und den Ghanaern zuzumuten, so wie sie zu leben? Was überhaupt wollten die ihnen beibringen? Etwa, wie man ein einziges Kleid zwei Wochen lang trägt? Oder eine Frau schwängerte, auf Kommando von irgendjemandem? Und dieser Nkrumah, wollte er etwa Ghana in einen immerwährenden Stammeskrieg verwickeln? Ashanti gegen Ewe? Fanti gegen Dagomba? Glaubte Nkrumah etwa, daß sein Mr. KGB à la Ghana eines schönen Tages beschließen könnte, daß alle Ghanaer das *Akpene* des Ewe-Volkes essen müssen und daß die Ashanti das ohne jeden Widerstand hinnehmen würden?»

Und was würde passieren, wenn an einem Mittwochmorgen der Befehl käme, daß heute Kenkey-Tag sei. Wer außer den Ga und den Fanti würde jubilieren und Hallelujah singen? Die Ashanti vielleicht? Bestimmt nicht. Oder die Dagomba oben im Norden, die an ihre tägliche Portion *Tuozafi* gewöhnt sind? Wohl schon gar nicht! Und wen, verflucht noch mal, hatte Nkrumah vor Augen, der all die unglaublichen Berge an Fufu verdrücken sollte, wenn Mr. KGB à la Ghana entscheiden sollte, daß heute Ashanti-Tag war. Den Ashanti-Häuptling vielleicht?

Und hatte sich Nkrumah vielleicht mal in seinem verdammten Faulenzersessel im Flagstaff-Haus überlegt, wie stolz sich dieser Häuptling angesichts eines solchen Gesetzes «Made in Russia», angewandt auf Ghana, fühlen würde, wenn er das Hauptnahrungsmittel seiner Untergebenen essen sollte.

War unser Präsident noch ganz bei Trost?

Wenn man den Gesprächen aufmerksam lauschte, wurde klar, daß die Gehirnwäsche der Ghanaer perfekt funktioniert hatte. Die Anti-Nkrumah-Ressentiments waren geschickt aufgebaut, der Teppich des Untergangs war sorgfältig ausgerollt worden.

Schon bald war die Zeit gekommen, die Bühne war bestens vorbereitet, damit die Ghanaer den ersten Staatsstreich ihrer Geschichte mit Freude und Erleichterung aufnehmen würden, und nicht etwa mit Entsetzen und Verwirrung. Sogar die Marktfrauen, einst Nkrumahs zuverlässigste Anhängerinnen, fingen schon an zu murren:

«Warum zum Teufel will Nkrumah diesen idiotischen russischen Lebensstil allen Ghanaern aufbürden? Will etwa der Nkrumah, dem wir so sehr vertraut haben, die Marktfrau, den Doktor oder den Anwalt auf eine Stufe stellen mit dem Hausmädchen, dem Hausboy oder sogar dem Latrinenmann? Hat er deswegen damals nach Freiheit und Gerechtigkeit geschrien? War es das, was Nkrumah gemeint hatte, als er am Unabhängigkeitstag sein großes weißes Taschentuch rausgeholt, geweint, sich geschneuzt und proklamiert hat, daß Ghana für immer frei sei?»

Und die Gerüchte hielten an, strebten ihrem Höhepunkt entgegen.

Der Januar verging, er verlief angespannt, aber friedlich und ohne besondere Ereignisse. Doch die Atmosphäre blieb geladen. Man ahnte, daß etwas passieren würde. Jeder erwartete es, doch niemand konnte genau sagen, was genau und wie es geschehen würde. Onkel Quaye klagte gegenüber Tante Mena, daß er, wenn er genügend Geld hätte, uns alle in ein anderes Land schicken würde. Wer wollte schon herumsitzen und darauf warten, daß sein Kopf auf einem goldenen Tablett den Russen serviert würde? Doch woher sollte man das Geld nehmen, um zu fliehen?

Mit diesen unerfüllten Wünschen und Hoffnungen der Ghanaer kamen Frustration und Verzweiflung ins Land. Die Leute ließen die Dinge auf sich zukommen.

Ruby Bartholomew begegnete mir eines Nachmittags, als ich gerade meinen Reis mit Linsensauce an Mammy Adeles Stand verspeiste, mit einem dreisten Gesichtsausdruck, der seinesgleichen suchte. Es scherte sie überhaupt nicht, daß alle sie hören konnten, sie ließ sich neben mir nieder und verkündete ziemlich laut: «Weißt du eigentlich, was ich gestern gehört habe? Es heißt, daß Nkrumah, unser Präsident, in Wirklichkeit die Ghanaer überhaupt nicht mag!»

«Was sagst du da?» Ich blickte mich nervös um.

Was sollte dieses Palaver, warum kam Ruby Bartholomew zu mir damit? Was war das bloß wieder für ein Quatsch? Mich zu zwingen, über Nkrumah zu diskutieren hier an Mammy Adeles Stand?!

«Ich sagte, es heißt, er mag die Ghanaer nicht!» wiederholte sie unbeirrt. Alle Köpfe drehten sich plötzlich in unsere Richtung. Aber die Leute blieben sitzen.

Vor Monaten noch, bevor dieses «Es heißt, es heißt» seinen Lauf genommen hatte, wäre jeder, der den Namen von Nkrumah aus Rubys Mund vernommen hätte, leise und wortlos aufgestanden und gegangen, um seine Haut zu retten. Doch wahrscheinlich wäre es so weit erst gar nicht gekommen, weil Ruby sich nicht getraut hätte, Nkrumahs Namen in diesem Zusammenhang zu nennen, hier an diesem Stand schon gar nicht. Doch jetzt blieben alle furchtlos sitzen, um mehr zu hören und vielleicht sogar am Gespräch teilzunehmen.

Die Ghanaer, so schien es, waren bereit. Sie waren vorbereitet worden durch dieses «Es heißt, es heißt». Sie waren soweit, daß sie den Sturz Nkrumahs herbeisehnten.

«Warum?» fragte ich Ruby, «warum soll Nkrumah die Ghanaer nicht mögen?»

«Ja, warum, Ruby», fragte ein anderer, «und wer sagt das?»

«Oder ist er gar kein Ghanaer?» wollte ein Dritter wissen.

«Doch. Aber er mag die Ghanaer nicht!» antwortete Ruby, «es gefällt ihm nur in Ghana, weil er Präsident ist.»

«Ach, ist das wahr?» mischte sich ein Vierter ein, mit weit aufgerissenen Augen. «Warum?»

«Warum? Schau dir doch seine Frau an!» sagte Ruby.

Einen Moment lang herrschte Schweigen.

«Seine Frau? Was ist mit seiner Frau?» höhnte Ruby. «Muß ich euch das sagen? Wißt ihr nicht selbst, was mit seiner Frau ist? Findet ihr nicht selbst, daß sie nicht aussieht wie eine Ghanaerin?»

Für einen Moment lang kehrte das Schweigen zurück. Dann fiel bei einem der Mädchen der Groschen.

«Natürlich sieht sie nicht aus wie eine Ghanaerin. Für mich nicht. Wie kann sie wie eine Ghanaerin aussehen, wenn sie... ach jaa! Es ist wahr!»

«Fiii fi tii tii! Versteht ihr es jetzt? Warum sollte er hingehen und eine ägyptische Frau heiraten, wenn es so viele unverheiratete Frauen bei uns gibt?»

«Ach, jaa, klar. Das stimmt!» fielen alle unisono ein. «Das stimmt wirklich!»

«Ach ja, aber er, der uns nicht mag, will unser Präsident sein. Was ist das denn, eh?» mischte sich ein anderer ein.

Und ein weiterer bekräftigte: «Das ist Betrug! Ein Riesenbetrug!»

Als wir schließlich hinübergingen zu Mammy Whites Stand, waren unsere Gespräche nur noch bei Nkrumah und seiner ägyptischen Ehefrau. Warum zum Teufel hatte er sein Leben eingesetzt, um die weißen Kolonialherren loszuwerden, nur um sich dann eine Frau zu suchen, die ja praktisch so etwas wie die Kopie einer weißen Frau war? Jetzt wünschten auch wir seinen Sturz herbei.

Tante Mena und Onkel Quaye redeten nach wie vor nicht über Politik mit uns. Doch sie begannen, untereinander über einen gewissen «Mann» zu sprechen. Sie glaubten natürlich, daß wir nicht die leiseste Vorstellung von dem Gegenstand ihrer Unterhaltung besaßen. Aber da lagen sie bei mir, Ruby Bartholomew sei Dank, völlig schief.

Der Februar war gekommen. Die Tage vergingen, die zweite Hälfte des Monats war schon angebrochen, und alle vermuteten schon, auch dieser Monat würde vergehen, ohne daß etwas Unerfreuliches passierte.

Doch es sollte anders kommen. Nkrumah hatte offensichtlich den Wunsch der Ghanaer, lieber kolonisiert als russisch zu leben, unterschätzt.

Noch heute höre ich Onkel Quaye sagen: «Lieber ein Ghana ohne Gold und Diamanten als ein Ghana, in dem es Stammeskriege gibt wegen eines Gesetzes, das den Ga-Häuptling zwingt, Tuazafi zu essen und den Ashanti-Chief Akpene.»

Sein Volk servierte Nkrumah auf einem goldenen Tablett dem Metzger.

Nkrumah überlebte das Ende des Februars politisch nicht mehr.

Am frühen Morgen des 24. Februar 1966, als er zu einem offiziellen Besuch nach China aufgebrochen war, marschierten antikommunistische Armeeverbände im Flagstaff-Haus ein, lieferten sich ein zehnstündiges Gefecht mit der Präsidentengarde und stürmten die Residenz und das Hauptquartier des Präsidenten.

Nkrumah erhielt die Nachricht von seinem Sturz auf dem Weg nach Peking. Er würde nie mehr einen Fuß auf ghanaischen Boden setzen.

Er fand Zuflucht bei Präsident Sékou Touré in Guinea.

Die Köche der Es-heißt-es-heißt-Gerüchteküche gratulierten einander zu ihrer erfolgreichen Arbeit.

Die Ga seufzten erleichtert. Sie mußten nicht per Gesetz Tuazafi essen. Und auch die Ashanti... uff! Auch für sie war es soeben nochmal gutgegangen. Fast hätte ihr allmächtiger Häuptling Akpene essen müssen.

Auch ich war erleichtert. Wie hätte ich jemals das gleiche Kleid, die gleichen Schuhe tragen und das gleiche Essen einnehmen können wie Fatima Atia? Es war fünf vor zwölf gewesen.

Ich konnte mich jetzt wieder auf das Akwapim Mädcheninternat konzentrieren.

Die Hölle!

# 6

Im Ernst, manchmal denke ich, wenn Onkel Quaye vorher gewußt hätte, was wir für Nachbarn in Accra bekommen würden, hätte er entweder das Haus erst gar nicht gebaut oder er hätte Accra einfach vergessen, und wir wären für immer und ewig in Tarkwa geblieben.

Da gab es den östlichen Nachbarn, Togbe Ladepo, einen selbsternannten Medizinmann, der, ohne daß er darum gebeten worden war, sich um die Zukunft von Onkel Quaye bemühte, indem er regelnäßig eine Kalebasse voll mit blutgetränkten Hühnerfedern, umringt von Kräutern und den Fäkalien von Ratten, an der linken Seite unseres Tores plazierte.

Als Onkel Quaye das zum ersten Mal entdeckte, tobte er wie ein wütender Stier.

Verständlicherweise. Immerhin bekleidete Onkel Quaye ein Laienamt in der Methodistengemeinde, und der Pastor hätte jederzeit zu Besuch kommen können. Aber dann überlegte sich Onkel Quaye, daß Wut ein schlechter Ratgeber war, wenn er Togbe Ladepo dazu bringen wollte, dieses Kalebassenzeug wegzuschaffen, ohne ihn damit zu beleidigen. Denn schließlich meinte es Togbe Ladepo, der fest an seine Kalebasse glaubte, nur gut mit uns. Also nahm Onkel Quaye seine gesamte ihm zur Verfügung stehende Jovialität zusammen und besuchte Togbe Ladepo. Er bedankte sich zunächst für die Fürsorge seines Nachbarn, dann erklärte er ihm behutsam, daß er selbst aber an diesen Kalebassenunsinn nicht so recht glaube. Er steckte Togbe Ladope etwas Geld zu und schlug ihm vor, in Zukunft seine Kalebassen-Werde-Reich-Medizin dort anzuwenden, wo sie besser gewürdigt würde.

Togbe Ladepo steckte das Geld mit einem schiefen Grinsen ein, nahm seine Kalebasse und zog mit ihr nach Hause, immer noch dieses undurchsichtige Grinsen auf den Lippen.

Am nächsten Morgen stand die Kalebasse mit den Federn und dem Blut, den Fäkalien und den Kräutern wieder vor der Tür.

Offensichtlich glaubte Togbe, nun einen guten Weg zu schnellem Geld gefunden zu haben, und erwartete idiotischerweise von Onkel Quaye, daß er ihn dauerhaft für das Wegräumen seiner Kalebassen bezahlte. Onkel Quaye tat ihm den Gefallen nicht und räumte stattdessen die Kalebasse selbst weg.

Togbe zeigte sich geschockt, denn er hatte damit gerechnet, daß Onkel Quaye Angst davor haben würde, das Zeug auch nur zu berühren. Und er rächte sich auf äußerst bizarre Weise.

Eines Sonntagmorgens wachten wir auf, und uns schwirrte eine riesengroße Fliegenschar entgegen, die gerade eine Konferenz über einem Riesenhaufen menschlicher Fäkalien abgehalten hatte, der sich direkt vor unserer Tür ausbreitete.

Tante Mena fiel in Ohnmacht.

Die Gläubigen, die auf dem Weg zur Kirche bei uns vorbeikamen, machten den größtmöglichen Bogen um unser Haus und hielten sich die Nase zu. Und die, die rechtzeitig genug davon erfahren hatten, ersparten sich diese stinkende Zumutung, indem sie gleich einen anderen Weg wählten. Und was Onkel Quaye betraf, so hatte ich ihn nie zuvor so zornig gesehen wie an diesem Morgen.

Eine furchtbar peinliche Situation, hervorgerufen nicht nur durch den ekelerregenden Gestank des Haufens, sondern auch durch die absurde Menge. Es war, als hätte Togbe etwa hundert Leute engagiert, sich auf einen Eimer zu setzen und zu erleichtern.

Onkel Quaye rief die Polizei. Der Polizeiinspektor hörte ihm voller Mitgefühl zu, beschrieb die Situation auch korrekt als stinkende Unannehmlichkeit, um am Ende mitzuteilen, daß, auch wenn sich Onkel Quaye seines vollsten Verständnisses sicher sein dürfe, dies leider kein Fall für die Polizei sei. Das, so fügte er hinzu, sei vielmehr ein Fall für den Latrinenmann. Ich beobachtete, wie der frustrierte Onkel Quaye den Polizisten förmlich anflehte. Aber auch das half nichts. Erst mußte er ein hübsches Sümmchen «Dankeschöns» auf den Tisch legen, bevor der Polizist seinen Einfluß geltend machte und Togbe dazu brachte, die unglaubliche Schweinerei zu entfernen. Aufgrund der strengen Verwarnung durch die Staatsgewalt ließ uns Togbe von da ab für immer in Ruhe. Wir haben danach nie wieder miteinander gesprochen, und der Krieg des Schweigens mit unseren Nachbarn hatte seinen Anfang genommen.

Die Wohngebiete in Accra bestanden aus vier Kategorien. Es gab die entwickelten Gegenden, die nur etwa ein Prozent ausmachten, die sich entwickelnden Gegenden, darunter fiel unsere Nachbarschaft, die unterentwickelten Gegenden, die etwa die Hälfte ausmachten, und die noch nicht einmal unterentwickelten, wo der Hof gleichzeitig das Wohnzimmer sein konnte und das Wasser aus der Toilette des einen in das Schlafzimmer des anderen floß.

Onkel Quaye erweiterte und renovierte unser Haus sehr schnell, so daß es schon bald zu vornehm erschien für diese Gegend, aber doch wieder nicht gut genug, um in die entwickelte Gegend zu passen.

Unser Haus hob sich also verdächtig von den anderen ab. Außerdem parkten da noch der Pontiac und der Moskowicz im Hof, wie verbeult auch immer sie ausgesehen haben mögen. Daraus schlossen alle um uns herum, daß Tante Mena und Onkel Quaye auf einem großen Kuchen an Reichtum thronten. Und alle versuchten, ein Stück davon zu ergattern. An dieser Stelle kamen unsere südlichen Nachbarn, die Kaakyis, ins Spiel.

Von ihnen lebten wir nur durch eine gemeinsame Mauer getrennt. Ihr Haus war etwa halb so groß wie unseres, obwohl ungefähr doppelt soviele Personen darin lebten.

Tante Mena hatte in Tarkwa immer Hühner gehalten und sah nicht ein, warum sie das in Accra aufgeben sollte. Also ließ sie sich mit dem Einverständnis von Onkel Quaye hinter dem Haus einen Hühnerstall bauen, an der südlichen Grundstücksgrenze. Dort war jetzt eine kleine Hühnerfarm entstanden, und Tante Mena freute sich auf jede Menge gefiederten Nachwuchs.

Doch sah sie sich bald mit einem unerwarteten Problem konfrontiert. Der vorher dürre, meist hungrige Hund der Kaakyis präsentierte sich plötzlich wohlgenährt.

Aha!

Aha?

Nun, gleichzeitig waren einige von Tante Menas Hühnchen auf mysteriöse Weise verschwunden.

Aha!

Tante Mena schloß daraus, daß der Hund der Kaakyis nur auf Kosten ihrer schwindenden Hühner hatte zunehmen können. Also verlor sie keine Zeit und stattete Mrs. Kaakyi einen Besuch ab.

«Ein Gespräch von Frau zu Frau», nannte es Tante Mena.

Als «überflüssiges Geschwätz» bezeichnete es Mrs. Kaakyi. Das Schicksal wollte es eben, daß die beiden das Thema nicht aus dem gleichen Blickwinkel betrachteten.

«Wollen Sie etwa behaupten, daß ich nicht in der Lage bin, meinen Hund zu füttern?» schrie Mrs. Kaakyi.

Damit begannen die Spannungen.

Weihnachten stand vor der Tür, und ich war sehr aufgeregt bei dem Gedanken an eine ganze Flasche Coca Cola ganz für mich allein. So etwas gab es nur an Weihnachten. Auch Tante Mena freute sich auf das Fest, denn sie hatte fünf schöne ausgewachsene Hühner im Stall.

Eines davon hatte sie ihrer Mutter versprochen, ein weiteres ihrer Schwiegermutter. Das dritte würde unser Weihnachtsmahl werden, und das vierte war für Neujahr gedacht. Das fünfte wollte sie noch am Leben lassen, um es für eine andere Gelegenheit aufzuheben. Und so hätten sich am 24. Dezember noch drei ausgewachsene Hühner im Stall tummeln sollen.

In der Nacht vor Heiligabend gingen wir alle zeitig schlafen, und auch die Hühner zogen sich wie immer in ihren Verschlag zurück.

Wie jeden Morgen war auch heute Tante Mena die erste, die aufstand, um nach ihren Hühnern zu sehen.

Noch im Halbschlaf hörten wir, wie sie das Haus verließ und über den Hof zu den Hühnern ging.

Es war gegen fünf Uhr morgens.

Immer begrüßte sie ihre Hühner, wenn sie in den Stall kam.

Sie begrüßte sie?

Ja, natürlich.

«Guten Morgen, guten Morgen», so fing sie an, «wie geht es euch allen? Habt ihr schön geschlafen? Habt ihr Hunger? Oh, oh, oh, oh, eure Mama ist gekommen, um euch zu füttern! Also nicht weinen, ja? Ja, ja, jaajaja, kommt meine Kleinen! Oh ihr süßen Kleinen!»

Das ganze Gesäusel sollte diese dummen Hühner nicht davor bewahren, letztendlich auf dem Eßtisch zu enden. Nichtsahnend antworteten sie aufgeregt: «Gor... gor... gor.»

Herrin und Hühner drückten so die Freude über ihr Wiedersehen aus.

Wir lagen in unseren Betten und erwarteten die Begrüßungszeremonie. Doch stattdessen vernahmen wir einen durchdringenden Schrei, als ob jemand mitten ins Herz getroffen worden wäre. Wir sprangen alle auf und rannten zu Tante Mena. Hatte sie sich verletzt? Oder hatten die Hühner sie attackiert, weil sie gemerkt hatten, welches Schicksal auf sie zukam. Hatten sie Tante Mena zeigen wollen, daß sie doch nicht so dämlich waren?

Auch Onkel Quaye kam mit uns am Stall an. Die Tür zum Hühnerstall war offen, hier und da lagen ein paar Federn verstreut, überall waren Fußspuren zu sehen – aber keine Hühner!

Tante Mena war aschfahl im Gesicht, und wir hatten Angst um ihr Herz. «Welcher gemeine Dieb hat uns das angetan?» grübelten wir Kinder, «hätte er uns nicht wenigstens ein Huhn lassen können? Und wenn er schon stehlen wollte, warum ist er nicht früher gekommen, damit Tante Mena Zeit geblieben wäre, neue zu kaufen?»

Jetzt stellte sich die Frage: Was würden wir an Weihnachten essen? Während wir Kinder darüber nachdachten, was wir essen oder eher, was wir nicht essen würden an Weihnachten, inspizierten Tante Mena und Onkel Quaye das Terrain. Es war inzwischen hell geworden, und die Fußspuren waren deutlich zu erkennen. Sie führten zu den Kaakyis, der Dieb war offensichtlich von deren Haus aus über die Mauer auf unser Grundstück geklettert. Und doch kam es niemandem ernsthaft in den Sinn, daß sie die Hühner gestohlen hätten.

Gut, es ging ihnen nicht so gut wie uns. Ja, sie hatten ein kleineres Haus, und sie konnten keine Hühner halten. Okay, der ganzen Nachbarschaft war bekannt, daß die Kaakyis unter ernsthaften wirtschaftlichen Schwierigkeiten litten. Dafür sorgte schon Mrs. Kaakyi, indem sie für alle hörbar laute Beschimpfungen auf ihren Mann herunterregnen ließ, wie unnütz er wäre und daß er es nicht schaffte, genug für alle nach Hause zu bringen. Mr. Kaakyi hatte tatsächlich bessere Zeiten gesehen, wirklich gute Zeiten sogar. Damals hatte er die spätere Mrs. Kaakyi kennengelernt und zu seiner Frau gemacht. Doch jetzt waren schlechte Zeiten angebrochen. Mr. Kaakyi war inzwischen 65 Jahre alt, seine Frau erst 28, vor zehn Jahren hatten sie geheiratet, und er konnte sie wohl weder in der Küche noch im Schlafzimmer befriedigen. Es war wirklich hart für ihn. Er befand sich in einer Situation, in der er nicht einmal ein Huhn für das Weihnachtsessen beibringen konnte, und das vermittelte ihm das Gefühl, daß, wenn das Schicksal einen Feind auf dieser Welt hatte, er es war! All das machte die Kaakyis nicht zwangsläufig zu Hühnerdieben, doch es schloß sie genausowenig zwangsläufig von dem Verdacht aus.

In Tante Menas Augen jedenfalls trugen die Kaakyis auf jeden Fall Mitschuld, denn auch wenn sie selbst die Hühner nicht gestohlen hatten, schien doch ihr Grundstück zu einer Art Umschlagplatz geworden zu sein, wo Hinz und Kunz ein- und ausgehen konnte, und zwar zu jeder Tag- und Nachtzeit. Tante Mena kreidete den Kaakyis an, ihr Anwesen nicht vollständig von Mauern umgeben zu haben.

Tante Mena vergaß dabei, daß Leute, die sich nicht einmal zu Weihnachten ein Huhn leisten konnten, erst recht nicht in der Lage waren, eine Barrikade aus vier Mauern zu errichten.

Das war Punkt eins.

Punkt zwei: Sie bildete sich ein, daß sie dem Dieb eine Freude machen würde, wenn sie ihre Hühnerzucht aufgäbe. Arme Tante Mena. Warum hätte es dem Dieb gefallen sollen, wenn er von nun an anderswo nach seiner Beute hätte suchen müssen? Aber wie auch immer, wenn es irgendetwas gab, was Tante Mena unbedingt vermeiden wollte, dann war es, diesem Dieb einen Gefallen zu tun. Aber sie war sich auch darüber im klaren, daß sie dafür sorgen mußte, daß es keinem Dieb jemals wieder mir nichts, dir nichts gelingen durfte, einfach über die Mauer zu springen und Hühner zu stehlen.

Also suchte sie die Kaakyis auf, um mit ihnen zu besprechen, was zu tun sei, um für mehr Sicherheit zu sorgen, und bekam als Antwort eine Kostprobe des bitteren Zorns der frustrierten Frau in Mrs. Kaakyi.

Kaum hatte sie ihre Ausführungen beendet, fiel Mrs. Kaakyi mit bösen Worten über sie her, verfluchte und beleidigte sie.

«Erst machen Sie meinen Hund schlecht, und dann besitzen Sie auch noch die Frechheit, zu mir zu kommen und mir vorschreiben zu wollen, daß ich mit meinem kargen Einkommen eine Mauer errichten soll, nur um Ihre dämlichen, gottverdammten Hühner zu schützen!»

Tante Mena traf eine Entscheidung und gab schweren Herzens ihren Traum von einer Hühnerfarm auf. Und wie schon mit Togbe Ladepo hatten wir nun einen Krieg-des-Schweigens mit Nachbar Nummer zwei.

Jetzt warteten noch zwei weitere, um die Quadratur des Schweigens zu vervollständigen. Irgendwie ahnten wir alle, daß sie unvermeidlich auf uns zukommen würde. Es war nur eine Frage der Zeit.

Mit unserem Nachbarn an der nördlichen Seite verband uns keine gemeinsame Mauer, uns trennte ein kleiner gekiester Weg; darauf parkten jeden Tag der Moskowciz von Tante Mena und der Pontiac von Onkel Quaye.

Dieser Nachbar, Mr. Portufie, war ein konvertierter Moslem, der einst auf seinem Grundstück ein einfaches einstöckiges Haus errichtet hatte, mit seiner Familie eingezogen war und das Gebäude dann, ähnlich wie Onkel Quaye, vergrößert und erweitert hatte. Aber der Ausbau, den Portufie vorgenommen hatte, unterschied sich, wie sich bald herausstellen sollte, erheblich von dem, was Onkel Quaye mit unserem Haus gemacht hatte. Portufie hatte sich überhaupt nicht um das Fundament gekümmert und einfach ein paar Stockwerke daraufgesetzt, die er an verzweifelte Wohnungssuchende vermietete, meist Migranten aus den Dörfern. Natürlich hatte er sich nicht um ordentliche Baugenehmigungen der städtischen Behörden gekümmert. Und ehe wir uns versahen, stand an der Stelle des kleinen Zweizimmer-Bungalows ein ziemlich schiefer vierstöckiger Wolkenkratzer.

Portufie war nicht der erste und einzige Mensch in Accra, der ohne Genehmigung der entsprechenden Behörden gebaut hatte, aber er war doch ein ziemliches Risiko eingegangen, da das Haus sich wirklich verdächtig abhob. Und Portufie war außerdem ein fürchterlicher Geizhals, der anstatt einen Maurer zu beauftragen alles selbst gemacht hatte, mit Hilfe beider Söhne seiner ersten Frau und den Kindern aus der Nachbarschaft, die den Sand und die Steine, den Zement und das Wasser für ihn heranschleppten. Für jeden Eimer, den ein Kind herbeischaffte, bekam es einen Keks.

Eines Morgens schlich ich mich aus dem Haus, schloß mich Portufies Arbeitstrupp an und hatte schnell sechs Kekse zusammen. Zu Hause versteckte ich sie unter meinem Kissen, aber Mansa hatte es beobachtet und wollte einen davon haben. Ich gab ihr keinen ab, was sich als Fehler erwies. Am Abend wurde ich ins Wohnzimmer gerufen. Sofort als ich hereinkam und Tante Mena mit zusammengekniffenen Lippen und sechs Keksen in der rechten Hand erblickte, wurde mir klar, wer mich verraten hatte.

Ich zeigte mich sofort geständig, und als Lohn für meine Mühe erhielt ich zwei kräftige Abreibungen auf die Stirn, bevor Tante Mena sich auf den Weg zu Portufies Wolkenkratzer machte.

Kurz darauf kam sie zurück mit noch stärker zusammengekniffenen Lippen und ohne Kekse.

Genau drei Tage später sollten städtische Beamte an Portufies Tür klopfen.

Um sechs Uhr am nächsten Abend war Portufies Wolkenkratzer wieder zu einem Zweizimmer-Bungalow geschrumpft.

In dieser Nacht fand niemand Schlaf.

Die drei Frauen Portufies schrien die ganze Nacht garstige Beleidigungen und Obszönitäten zu uns herüber. Sie verfluchten uns vor allen Göttern, die sie kannten.

Jetzt sprachen wir nur noch mit einem einzigen Nachbarn. Und da er der letzte Nachbar war, der mit uns in Konflikt geraten konnte, stellte sich der Streit mit ihm als der absurdeste von allen heraus.

Unser westlicher Nachbar war ein Barbesitzer. Seine Bar hieß Go Gay! – Werde lustig! In großen grünen Buchstaben auf weißem Hintergrund prangte der Name auf einem Schild am Eingang. Von außen betrachtet erschien die Bar als ein Plätzchen, wo man sich abends eine oder zwei Flaschen genehmigen und sich ein bißchen amüsieren konnte. Doch drinnen blinkte dem Besucher auch der andere Name des

Lokals in roten großen Buchstaben auf weißem Hintergrund entgegen: Grease Ya Hips! – Massiere deine Hüften!

Onkel Quaye erfuhr das und wunderte sich: «Was hat Biertrinken mit massierten Hüften zu tun?»

Ohne Umschweife ergriff er die nächstbeste Gelegenheit und sagte dem Besitzer direkt ins Gesicht, was seiner Meinung nach dessen Bar in Wirklichkeit war.

Der Besitzer erwies sich als smarter Geschäftsmann und sich seines zweifelhaften Unternehmens durchaus bewußt. Also versuchte er, jedem Streit über sein Lokal aus dem Weg zu gehen, und ignorierte einfach diese Provokation. Schlau wie er war, grüßte er uns weiterhin ausgesprochen freundlich und pflegte den Smalltalk.

Und dann kam Sowah.

Sowah?

Sowah war der Neffe von Onkel Quaye und besuchte eine höhere Schule in Accra. Sowah bockte zu Hause, und sein Vater kam nicht mehr mit ihm zurecht. Deshalb sollte er eine Zeitlang bei uns wohnen. Sowah hatte seine Schulbücher und Schulkleidung schön säuberlich geordnet, zog jeden Morgen seine Uniform an und verließ mit der Schultasche voller Bücher das Haus, um in die Schule zu gehen. Dabei lächelte er zufrieden.

Doch Sowah kam nie in der Schule an.

Sowah in seiner Uniform und mit seiner Tasche voller Bücher ging jeden Morgen direkt von zu Hause in eine obskure Autowerkstatt, die einem dickbäuchigen Libanesen gehörte.

Sowah war überhaupt nicht an der Schule interessiert. Er war handwerklich beschlagen, und er wollte etwas Praktisches arbeiten. Doch Sowah fand nicht die richtigen Worte, um das zu rechtfertigen, also behielt er seinen Wunsch für sich. Er teilte sich weder seinem Vater noch seinem Onkel mit, stattdessen blieb er der Schule fern, so lange, bis die Schulbehörde selbst Onkel Quaye sein Schwänzen meldete.

Onkel Quaye sperrte ihn nicht etwa ein oder schlug ihn, so wie sein Vater es zuvor getan hatte.

Onkel Quaye erwirkte ein Jahr Befreiung von der Schule für seinen Neffen und besorgte ihm eine Arbeit. Sowah sollte nach diesem einen Jahr selbst entscheiden, ob er weiterhin arbeiten oder wieder zur Schule gehen wollte. Also fing Sowah in einer Autowerkstatt an. Er arbeitete für einen gewissen Mr. Tantula, einen Mann, der älter war als Sowahs Vater und verheiratet mit der dicksten Frau, die man je gesehen hat.

Dieser Tantula durchlebte gerade eine Krise.

Er haßte nicht nur die vielen überflüssigen Pfunde seiner Frau, er wurde auch das Gefühl nicht los, daß er viel zu jung geheiratet und viel versäumt hatte. Das kompensierte er jetzt und besuchte einmal in der Woche das Bordell.

Aber das reichte ihm nicht.

Er warf ein Auge auf die junge Putzfrau in der Kantine des Motorshops. Und er spürte ganz deutlich, daß er der Erfüllung seiner erotischen Träume ganz nah gekommen war.

Abena Bentu hieß die junge Frau eigentlich, aber noch vor zwei Jahren hatte sie als Haushälterin für zwei US-Amerikaner gearbeitet, die als Lehrer an einer Schule im nördlichsten Zipfel Ghanas tätig gewesen waren. Mit der Aussprache des Namens Abena Bentu waren die beiden Amerikaner überfordert gewesen, woraufhin sie das Problem auf typisch amerikanische Art gelöst hatten.

Beim Anblick von Abena Bentus überdimensionalem Busen waren sie sofort auf den Namen Miß Boobitis verfallen.

Abena Bentu selbst faßte diesen Namen fälschlicherweise als Kompliment auf, immerhin hatten Weiße ihn erfunden, und behielt ihn bis in jene Tage bei. In der Stadt hatte sie gehofft, einen besseren Job und ein besseres Leben beginnen zu können, denn immerhin befand sich in ihrem Bewerbungsunterlagen ein Stück Papier, das besagte, daß sie eine gewisse Zeit für Weiße gearbeitet hatte.

Aber auch damit brachte sie es nur zu diesem Putzjob.

Abena Bentu war nicht getauft. In der Stadt merkte sie schnell, welche Vorteile es brachte, Christin zu sein. Sie entschied sich für die Annahme weiterer Namen, die sie als eine solche ausweisen sollten.

Sie entschied sich für Mercy und Graciousness. Boobitis übernahm sie als Nachnamen, und so wurde aus Abena Bentu Miß Mercy Graciousness Boobitis.

Mit diesem Namen fühlte sie sich sehr zivilisiert. Und Tantula konnte nicht genug vom Anblick ihrer Möpse kriegen.

Tantula hatte kein Interesse an einer dauerhaften Beziehung mit Mercy Graciousness, und er wußte auch, daß das nicht in ihrem Interesse liegen würde.

Tantula sah in Mercy Graciousness nur die Antwort auf seine lang gehegten sexuellen Phantasien, und Mercy Graciousness ihrerseits sah in Tantula die Lösung ihres Problems mit dem Portemonnaie. Das Spiel war eröffnet, die Spieler waren bereit, was noch fehlte, war das Stadion, in dem das Ganze stattfinden konnte.

Ausgiebige sexuelle Höhenflüge mit Mercy Graciousness vor Augen wurde Tantula zum Nimmersatt. Er beschloß, mit beiden Augen in die Flasche zu schauen. Mit anderen Worten, anstatt loszugehen und ein Hotelzimmer anzumieten für sein Spiel mit Mercy Graciousness, sann er über Möglichkeiten nach, wie er das Geld, das normalerweise für das Hotelzimmer draufgegangen wäre, zur Finanzierung weiterer Schäferstündchen umfunktionieren konnte. Ein schlauer Gedanke, nur ein freies «Stadion» mußte er noch finden.

An dieser Stelle kam Sowah ins Spiel.

Mr. Tantula fand heraus, daß Tante Mena Mitglied einer Kirchengemeinde war, die sich «Jesus kleine Band» nannte. Er fand außerdem heraus, daß meine Tante zweimal in der Woche, jeden Dienstag und Donnerstag, deren Kirche zu besuchen pflegte, und daß dieses Gotteshaus ziemlich weit von unserem Anwesen entfernt lag. Über den ahnungslosen Sowah verschaffte er sich alle weiteren Informationen, die er benötigte, um seinen Plan zu schmieden.

Schließlich wußte er genau, daß Tante Mena immer das Haus gegen 14.30 Uhr verließ, wenn sie ihre Versammlung besuchte. Außerdem hatte er herausgefunden, daß Onkel Quaye immer am Nachmittag gegen 17.30 Uhr von der Arbeit heimkam, wir Kinder gegen 16.30 Uhr aus der Schule zurückkehrten.

Tantula kam ebenfalls dahinter, daß Sowah an diesen Tagen früher Feierabend machen mußte und stets gegen 14.30 Uhr daheim zu sein hatte, um einem Einbruch am hellichten Tag vorzubeugen. Sowah stand also in der Zeit zwischen 14.30 und 16.30 Uhr zweimal in der Woche das ganze große Haus alleine zur Verfügung. Folglich schlug ihm Tantula ein Abkommen vor.

Wenn Sowah ihm und Mercy Graciousness das Haus zwischen drei und vier Uhr zur Verfügung stellen würde, könnte er sich etwas Geld verdienen. Außerdem versprach Tantula, seinen Einfluß geltend zu machen und Sowah eine Menge Empfehlungen zu verschaffen, die Onkel Quaye davon überzeugen würden, den Jungen weiter im Motorshop arbeiten zu lassen. Und das war es, was sich Sowah zu diesem Zeitpunkt verzweifelt wünschte.

«Gut, einverstanden!» antwortete der Junge. Und der Deal war perfekt.

Also erlebten Tantula und Mercy Graciousness für drei aufeinanderfolgende Wochen aufregende Stunden in unserem Haus. Hätte Tantula bloß seinen Part auch erfüllt und seinen Preis bezahlt.

Einige Tage nach ihrem Rendezvous erhielt Mrs. Tantula, Tantulas dicke Frau, der vermeintliche Grund für sein ganzes Unglück, einen überraschenden Anruf. Es meldete sich Mercy Graciousness.

Mercy Graciousness litt unter einer ganzen Reihe von Problemen. Einer davon war ein Sprachfehler. Vor jeden Vokal setzte sie ein h, und aus jedem l wurde ein r. Sie sprach nur gebrochen Englisch, deshalb war sie äußerst vorsichtig mit Wörtern, die ihr nicht vertraut waren oder die sie nicht verstand.

Nun, die ahnungslose Mrs. Tantula hatte gerade ihr Baby gebadet, als das Telefon klingelte.

«Sind Sie Mrs. Tantura?» fragte die Stimme.

«Ja, die bin ich. Was kann ich für Sie tun?»

«Hich will sprechen Hihrem Mann, Madam Tantura!»

«Mistress!» Mrs. Tantula machte ruhig aber energisch deutlich, daß sie Mistress und nicht Madam genannt werden wollte. «Mrs. Tantula ist mein Name. Und es heißt Tan-tu-la, nicht -ra. Und darf ich bitte wissen, mit wem ich spreche?»

«Das hich nicht Hihnen mag herzählen, wer hist spricht», fauchte die Stimme.

«Warum?» bohrte Mrs. Tantula nach.

«Hach! Warum? Daß hich nicht Ihnen sagen wirr, wer hist spricht, genau wie hich nicht gesagt habe vor rangem? Hach, warum? Hich nicht mag sprechen mit Hihnen. Hich möchte sprechen mit Mr. Tantura, dem Herektrik-Mann!»

«Mit was für einem Mann? Mein Mann ist Elektriker, liebe Frau. Ich bin sicher, Sie meinen einen anderen Tantula!»

Und Mercy Graciousness schäumte: «Mada...!»

«Mrs.», korrigierte Mrs. Tantula geduldig; und das brachte Mercy Graciousness noch mehr in Rage.

«Mir schitegar, was Sie wollen, was hich sage zu Hihnen. Hich möchte sprechen mit Hihrem Mann. Das wirr Hich sagen. Dieser Mann von Hihnen, der hist wie jemand, der Kokosnuß kauft und Kokosnußfrau gibt hihm Kokosnuß, aber her muß hauch geben Gerd der Kokosnußfrau, doch her nicht wirr Gerd geben an Kokosnußfrau. Hund sagen Sie, Madam Tantura, das da, das Hihr Herektrik-Mann macht, ist das ordentriches Geschäft?»

Mrs. Tantula starrte ungläubig auf den Telefonhörer. «Ich glaube nicht, daß ich ganz verstanden habe, worüber Sie sprechen, wer auch immer Sie sind. Was ist das mit den Kokosnüssen? Sind Sie eine Kokosnußverkäuferin, der mein Mann ein paar Kokosnüsse abgekauft hat und nicht bezahlt?»

«Hach, hach, hach, Madam Tantura, warum Sie worren nicht verstehen richtig hüberhaupt, eh? Nicht direkt Kokosnuß hat Hihr Mann gekauft. Nur schrechtes Geschäft gemacht hat her, Madam Tantura! Hihr Mann ist schrechter, schrechter Geschäftsmann!»

Mrs. Tantula war nun doch sehr erstaunt. «Mein Mann ist kein Geschäftsmann», schrie sie ins Telefon. «Mein Mann ist Elektriker in der Asem Autowerkstatt in Kokomlemle. Und er heißt Tantula, la, nicht ra. Und wenn Sie sich nicht klar ausdrücken können, dann muß ich leider den Hörer auflegen.»

«Haufregen? Hich versteh nicht das, was Sie sprechen. Was sagen Sie?»

«Ich sagte, wenn Sie mir nicht sagen können, was Sie wollen, werde ich den Hörer auflegen.»

«Haufregen? Sie sagen mir dieses Haufregen wieder? Hach, Madam Tantura, hich nicht mag das hüberhaupt, daß Sie mich nicht kennen hund beschimpfen mich so. Was tue hich hihnen, eh, daß sie schimpfen mich so mit diesem Wort ‹haufregen› so, eh?»

«Auflegen. Ich sagte auflegen. Ich sagte, ich werde...»

«Hich sage ‹haufregen›, daß Sie mir haufregen sagen? Hich nicht spreche nur von Hihrem Mann, der was gemacht hat wie Kokosnuß kaufen von Kokosnußfrau und...»

Bamm!

Die Verbindung war tot. Mrs. Tantula hatte den Hörer auf die Gabel geworfen.

Dreißig Minuten später quietschten die Bremsen eines alten Taxis vor unserem Haus. Tante Mena, die gerade vom Markt zurückgekommen war, ging hinaus, um nachzusehen, und traf auf eine vollbusige junge Frau, die förmlich aus dem Taxi sprang und direkt zu beleidigenden Angriffen überging.

«Warum schimpfen mich ham Telefon, eh? Warum? Hich schimpfe Sie, weir Sie mich schimpfen? Weir du denkst bist gute Frau, du denkst dein dummer Mann Tantura mich hierherbringt, hum mit mir zu schrafen, wenn du nicht bist da! Du bist schrechte Frau, wenn nicht weiß, wie schräft mit Mann, das macht warum! Du bist schrechte Frau für Terefon und schrechte Frau für Bett. Und du bist schrechte Frau, daß du nimmst ganze Gerd von dein Mann, daß er nix hat hübrig, mich zu bezahren. Du bist...»

«Mein Mann? Mr. Tantura?» Tante Mena verstand überhaupt nichts. «Wer ist...?»

Doch Mercy Graciousness war schon zurück ins Taxi gesprungen und davongerauscht. Die geheimnisvolle vollbusige Besucherin beschäftigte jedoch Tante Mena, bis Onkel Quaye von der Arbeit heimkam.

Der hörte sich die Geschichte aufmerksam an und folgerte spontan, daß diese geheimnisvolle Frau eine Prostituierte sein mußte, die sich in der Adresse geirrt hatte. Aber warum sollte einer Prostituierten das ausgerechnet mit unserem Haus passieren? Natürlich weil unseres direkt hinter jenem *Go Gay with Grease Ya Hips* lag. Punkt.

Onkel Quaye stürmte sofort in das Etablissement und teilte dem schockierten Besitzer all das mit, was er ihm schon lange hatte sagen wollen. Der bestritt vehement, daß eine Prostituierte aus seiner Bar Tante Mena ins Gehege gekommen war. Doch Onkel Quaye war inzwischen schon wieder hinausgestürmt.

Aber er war offensichtlich zu weit gegangen.

Die Geduld des Barbesitzers, der sich sonst sehr unter Kontrolle hatte, war am Ende. Ja, und das war es dann.

Nun war die Quadratur des Krieg-des-Schweigens komplett.

Jetzt waren wir im wahrsten Sinne des Wortes auf uns allein gestellt, total umzingelt.

## 7

Nkrumah war entmachtet, und es bildete sich eine Interimsmilitärregierung, die sich selbst als «National Liberation Council» bezeichnete. Eigentlich hatte sich jedoch nichts im Alltagsleben des Durchschnittsghanaers geändert. Jeder ging wie gewöhnlich seiner Arbeit nach, was den Umstürzlern sicher gut gefiel. Sie waren zufrieden, daß die Ghanaer den Staatsstreich nicht als etwas Besonderes, etwas Schlechtes ansahen. Die einzigen Anzeichen, daß etwas passiert war in diesem Land, waren die gewalttätig zerstörten Statuen des Mannes, der uns beinahe gezwungen hätte, wie die Russen zu leben.

Vor dem Putsch hatten mehrere überlebensgroße Statuen von Nkrumah alle wichtigen Plätze und Kreuzungen in Accra geziert. Nachdem die Ghanaer Rache genommen hatten, lagen die Statuen bald in Einzelteilen dort herum, wo sie vor noch nicht allzu langer Zeit würdevoll aufrecht gestanden hatten.

Aber das war Nkrumahs Problem.

Ich hatte eigene Probleme, mit denen ich fertig werden mußte.

Immerhin, ich hatte den Sprung ins Akwapim Mädcheninternat geschafft. Dieses lag in einem Ort in den kalten Bergen Ostghanas, der nicht an die Stromversorgung angeschlossen war. Die Schule selbst verfügte über einen Generator, der Strom erzeugte. Der durfte aber nur für die Klassenzimmer, für die Schlafzimmer und den Speisesaal verwendet werden, und das auch nur zu bestimmten Tageszeiten. Das galt jedoch nicht für die Direktorin Madam Gyewu, die uneingeschränkten Zugang zur Stromversorgung hatte, vierundzwanzig Stunden lang.

Die Temperaturen lagen in den frühen Morgenstunden unter Null, aber von einem warmen Bad hatte die Schulleitung bis dahin noch nichts gehört, zumindest tat sie so. Dazu kam, daß die beiden Wasserhähne sich mehr oder weniger als Attrappen erwiesen, denn in den ganzen zwei Jahren, die ich dort verbracht habe, habe ich vielleicht insgesamt fünfmal diesen Hähnen Wasser entnommen. Also gingen wir jeden Nachmittag nach dem Unterricht mit unseren Eimern «down town», was soviel hieß wie: hinunter zu einem Fluß im Tal. Dort schöpften wir das Wasser, mit dem wir uns abends wuschen. Wir zogen noch ein zweites Mal los, um einen weiteren Eimer für das Bad am nächsten Morgen zu holen. Wir mußten uns alle zweimal am Tag gründlich waschen. Das war Vorschrift. Wir spionierten uns gegenseitig aus und verpetzten die Drückeberger. Madam Gyewu rief diese dann in die Mitte des Schulhofes, zog sie nackig aus und schrubbte sie von Kopf bis Fuß mit einer Scheuerbürste.

Kein sehr angenehmes Los, da diese Bürste sehr oft schmerzhafte Kratzer am ganzen Körper hinterließ. Dennoch lohnte sich das Risiko, und wir nahmen es immer wieder auf uns, denn die lange Strecke zum Fluß hinunter ins Tal mit leerem Eimer und wieder den Berg hinauf mit einem vollen Eimer Wasser, den wir auf dem Kopf balancierten, reichte uns wahrhaftig einmal am Tag. Zweimal diesen Weg zu bewältigen, war ganz sicher eine Zumutung, aber es war eine Lappalie gegen die Vorschrift, sich morgens in aller Frühe bei frostigen Temperaturen mit Wasser zu waschen, das über Nacht in der Eiseskälte gestanden hatte.

Das Schlimmste aber waren die Mädchen aus der letzten Klasse. Wir nannten sie die Seniorschülerinnen.

Wir Mädchen der ersten Klasse waren die «Greenhorns» und wurden traditionell von den Ältesten «willkommen» geheißen.

«Willkommenheißen» bedeutete nichts anderes, als daß sie uns Saures gaben. Zum Beispiel schickten sie uns nach dem «Licht-Aus» hinaus in die kalte Nacht. Dort ließen sie uns für ein oder zwei Stunden oder manchmal noch länger frieren, während sie selbst im Bett lagen und schön träumten. Oder sie nahmen uns unsere Eimer mit Wasser weg, wenn wir gerade von Down town zurückgekommen waren, weil sie meinten, wir könnten heute ruhig öfter als die üblichen beiden Male gehen. Die Schikane dauerte in der Regel nur ein Semester, denn im zweiten hatten die Greenhorns die schwachen Stellen der älteren Mädchen herausgefunden und konnten sich somit rächen. In meiner Zeit als Greenhorn gab es ein älteres Mädchen, Leticia Agyekum, die alle so sehr drangsalierte, daß sie sich den Spitznamen Bull Kum verdiente. Ich kann mich nicht an ein einziges Greenhorn erinnern, das nicht wegen Bull Kum Tränen vergossen hätte.

Aber der liebe Gott meinte es gut mit uns, und am Ende des ersten Semesters fanden wir heraus, daß Bull Kum allergisch gegen Pollen war. Wir begannen unseren Rachefeldzug mit einer Blume, die wir am Montagmorgen auf ihr Pult stellten. Die gleiche Blume, reich an Pollen, verfolgte sie fortan in ganzen Sträußen überallhin. Sie fand sie plötzlich auf ihrem Bett, mit den besten Grüßen von uns, oder in ihrer Schublade, und ein- oder zweimal hatte sie sogar den Weg in ihren verschlossenen Schrank gefunden.

Ich bin sicher, daß sie die Blume auch lange nach Ende ihrer Schulzeit nicht vergessen hat.

Was uns Bull Kum antat, war jedoch nur Teil der eisernen Disziplin. Davon hatte die Schule noch einiges mehr zu bieten, denn sogar das Essen, das sie uns anboten, schien Bestandteil dieses eisernen Disziplinierungsprogramms zu sein. Unter dem Motto: Iß wenig, iß fade und lerne, damit zu überleben!

Da saßen wir in den Akwapim Bergen und nahmen täglich fade grüne Kochbananen zu uns. Es verging kein Tag, an dem sie uns nicht aufgetischt worden wären. Wenn nicht zum Mittagessen, dann doch zum Abendbrot. Im Wechsel mit Auberginen oder Spinateintopf. Das Schlimmste aber war das Frühstück. Auch hier hatte der Kolonialismus seinen Tribut gefordert, und da es sich um eine Bildungsinstitution handelte, die nach englischem Vorbild funktionierte oder zumindest funktionieren sollte, servierten sie uns auch Tee und Brot zum

Frühstück. Ein weiterer Teil des Trainings, nach dem wir als zivilisiertere Menschen das Institut verlassen sollten.

Nur erwies sich die britische Lebensart als ein bißchen zu kostspielig für die Schulbetreiber. Also mußten, wo immer es möglich war, gewisse Anpassungen vorgenommen werden; dazu gehörte das mehrmalige Aufbrühen von Teeblättern, solange sie noch eine halbwegs bräunliche Farbe abgaben. Gemischt mit dem Magermilchpulver und dem trockenen braunen Zucker ergab das einen Witz von Tee, der sich eher als Abführmittel erwies.

Das, zusammen mit den lieblos geschnittenen Brotscheiben mit der dürftigen Orangenmarmelade, ließ lediglich die Idee eines englischen Frühstücks aufkommen. Und das mutete man uns zu nach den Strapazen, denen wir uns täglich ausgesetzt sahen, noch bevor der Unterricht begann.

Die Seniorschülerinnen waren die einzigen, die von jeglicher Arbeit befreit waren. Die Zweitältesten, also die Schülerinnen der Klasse 3, brauchten nur die, wie wir sie nannten, sauberen Arbeiten zu erledigen, und die Zweitjüngsten, die Schülerinnen der Klasse 2, und die Greenhorns sowohl saubere als auch schmutzige und die Greenhorns natürlich die schmutzigsten der schmutzigen Arbeiten. Und da ich nur zwei Jahre in diesem Internat verbrachte, mußte ich dort schmutzige Arbeiten verrichten vom ersten bis zum letzten Tag. Als saubere Arbeit galt Fegen und Abstauben, während zur schmutzigen Arbeit auch Scheuern und Unkrautjäten zählte. Ich trug unschöne Abzeichen auf meinen Händen davon, harte Schwielen, die einfach nicht mehr weggehen wollen. Ich selbst hatte sie erst gar nicht bemerkt. Sie wurden mir erst bewußt, als meine Großmutter mütterlicherseits jubilierte, wie vorteilhaft sich Schwielen bei der Suche nach meinem zukünftigen Mann erweisen würden. Wie sonst konnte eine Frau nachweisen, daß sie hart arbeiten und den Himmel auf Erden bewegen konnte, als mit diesen von Gott gegebenen Händen.

Daß man Schwielen auch als Nachteil begreifen konnte, erkannte ich erstmals, als Renate bei deren Anblick entsetzt aufheulte. Voller Mitleid und Verständnis erklärte sie: «Ich kann dir sehr gut nachfühlen, wie peinlich dir das sein muß.»

Ich war zunächst nur verwirrt. Doch dann riet sie mir: «In Ghana gibt es ja wahrscheinlich keine Handcremes. Nutze die Zeit hier, um alle nur denkbaren Handcremes auszuprobieren. So wirst du sie bestimmt los.»

Man kann sich leicht vorstellen, wie schockiert sie war, als ich ihr erklärte, daß diese harten Schwielen einen Vorteil für mich bedeuteten, weil sie als sicherer Fahrschein in eine gute Ehe zu betrachten seien, denn zarte Hände würden nur von Faulheit und Eitelkeit zeugen.

Wie auch immer – die Schwielen hatte ich mir jedenfalls in diesen zwei Jahren im Akwapim Mädcheninternat zugezogen, außerdem ist mir dort eiserne Disziplin eingebläut worden, und ich habe mich daran gewöhnt, wenig und geschmackloses Essen zu überleben. Am wichtigsten aber war, und ich meine wirklich am allerwichtigsten, daß ich meine ersten praktischen Lektionen in Sachen Sex erhielt.

Wie an Mädcheninternaten so üblich, gab es kaum Männer auf dem Campus. Ja, es existierte zwar noch das Akwapim Jungeninternat, aber das war absichtlich, wie ich glaube, sehr weit weg von uns errichtet worden. Soziale Kontakte zwischen Schülerinnen und Schülern waren nicht vorgesehen. Es gab nur eine Gelegenheit, bei der wir den Jungen begegneten: am Osterpalmsonntag während der Prozession durch die Stadt. Diese fand aber leider nur einmal im Jahr statt, und außerdem unter den wachsamen Blicken des Lehrerkollegiums beider Schulen, so daß ein näheres Kennenlernen praktisch nicht möglich war. Dann gab es noch den Gottesdienst, wobei wir uns immer gegenüber saßen, die Jungen auf der einen, die Mädchen auf der anderen Seite des Kirchenschiffs. Wieder unter den wachsamen Augen der Lehrer beider Schulen nahmen wir Blickkontakt auf und überließen den Rest dem Schicksal und der Zeit. In der Zwischenzeit mußten Träume und Phantasien die Sehnsucht nach dem, was noch kommen würde, ausfüllen. So fing ich an, von Tommy zu träumen und zu phantasieren!

Tommy! Ach, Tommy, der Junge mit dem runden Gesicht und der beneidenswerten Körpergröße, es war einfach eine Wonne, ihn auch nur anzusehen. Ich hingegen fühlte mich so unattraktiv und mager. Mir war klar , daß er mich nicht einmal bemerkte. Außerdem waren alle in Tommy verliebt; Tommy wußte das, also nahm er immer als letzter Platz in der Kirche und sorgte auf diese Weise dafür, daß er von allen Blicken gewürdigt wurde. Er konnte sich dieses Gebaren leisten, denn er war schon in der vierten Klasse und fungierte außerdem als stellvertretender Schulpräfekt.

Man hörte, daß Tommy alles in allem ziemlich starken Gebrauch machte von seinem guten Ansehen, und es liefen heiße Gerüchte um, daß er Verhältnisse mit den ältesten Mädchen pflegte, wobei niemand genau sagen konnte, wie er das anstellte. Denn sogar unser Weg nach Down town – die einzige Gelegenheit, die Schule ohne Probleme zu verlassen – war durch ein Abkommen mit der Verwaltung des Jungeninternats so abgesichert, daß sich unsere Wege niemals kreuzen sollten. Die einzigen Männer unter uns waren der Buchhalter und der Kassierer der Schule.

Der Buchhalter war mit drei Frauen verheiratet, die sich ständig stritten und mit denen er insgesamt vierzehn schreiende Kinder hatte. Deshalb, so glaube ich, war das Thema Frauen und Kinder für ihn nur noch ein übler Geruch in der Nase, so daß sein Gesicht von häßlichem Stirnrunzeln dauerhaft verunziert war. Ihm war der Appetit auf alles, was weiblich war, anscheinend für immer vergangen.

Was den Kassierer anging, nun, da war auch nichts mehr zu machen!

Er war einfach impotent, und es hieß, daß er die Stelle nicht zuletzt deshalb bekommen hatte. Manche sagten, er sei von seiner Mutter verhext worden, da er es abgelehnt hatte, die Frau ihrer Wahl zu heiraten. Andere schoben es auf einen Schlag unter die Gürtellinie durch einen Mann vom Volk der Ewe, der ihn angeblich eines Nachmittags in flagranti mit seiner Frau ertappt hatte.

Interessanter war da schon der Neffe der Direktorin, der, wie man sich erzählte, mit allen Seniorschülerinnen schlief. Er nahm eine nach der anderen in den Büschen hinter der Kantine der Schule. Beliebt war auch der Bruder einer Klassenlehrerin, der, und das war ganz sicher kein Gerücht, mit sechs Hübschen aus der Klasse 4 und den zwei Hübschesten aus der Klasse 3 hinter dem großen Baum im Schulpark geschlafen hatte.

Er hieß Nelson Kudo und sah verdammt gut aus. Aber als die «Konferenzen» hinter dem Baum etwas überhandnahmen, mußte ihn seine Schwester auf Anordnung der Direktorin aus dem Verkehr ziehen. Kudo landete bei einer zweifelhaften spirituellen Kirche in Accra, deren Anhänger zum größten Teil aus Frauen bestand. Dort gelang ihm ein schneller Aufstieg, und es wurde ihm großes Lob gespendet für seine spirituelle Führungskompetenz.

In welcher Form er diese spirituelle Führung umsetzte, blieb für viele ein Geheimnis.

Bekannt wurde er hingegen für seine Nachtwachen, besonders mit den, wie es hieß, weiblichen verlorenen Seelen seiner Gemeinde, denen er sehr bereitwillig, allzu bereitwillig, eine ganze Nacht opferte, um mit ihnen zu beten und zu meditieren, in seinem sehr begehrten Meditationsraum – allein!

Es war keine große Affäre, bis sich herausstellte, daß nur die jungen, hübschen Mitglieder der Kirche auf Kudos Seelentrösterliste standen.

Nun schöpften jene Ehemänner, die nur zu gut wußten, daß sie nicht gerade Hengste im Bett waren, Verdacht. Besonders wegen des Aufblühens ihrer Ehegattinnen nach den allnächtlichen Gebeten und Meditationswachen mit Kudo.

Sie fingen an, sich Sorgen zu machen. Große Sorgen!

Aber das war deren Problem. Sie mußten damit zurechtkommen.

Wir mußten mit dem Defizit an Männern auf unserem Campus zurechtkommen. Wir suchten die Lösung bei uns selbst. Und das Stichwort hieß «Supi».

Erklären wir es am Beispiel: Agnes wollte Monica als Liebhaberin, und Monica akzeptierte Agnes Antrag, dann bezeichnete man Agnes und Monica als jeweils deren Supi. Und man konnte durchaus zwei, drei oder sogar noch mehr Supis haben und erweckte dabei keinerlei Eifersucht. In diesem System hatte Eifersucht keinen Platz. Es existierte lediglich ein ziemlich einfacher Leitsatz, nach dem eine Juniorschülerin einer Seniorschülerin keinen Antrag machen durfte. Das war strikt tabu. Wenn eine Supi ihr Bett verlassen hatte, um in das einer anderen zu hüpfen, hieß es, sie sei wandern gegangen. Wir Kleinen durften nur jemanden aus unserem Kreis auswählen und auch niemanden in unser Bett einladen. Letzteres hing auch mit der Größe unserer Betten zusammen, die aus zwei langen Holzbrettern bestanden, welche auf zwei Holzpflöcke gelegt worden waren. Die Bretter bespannten wir mit unseren dünnen Decken und Laken. Das ganze Gebilde war keinen Meter breit, und wir mußten uns etwas einfallen lassen, um mit unserem sexuellen Appetit klarzukommen.

Einige unter uns waren schon von Seniorschülerinnen eingeladen worden und hatten dementsprechend keine Probleme. Aber wer von uns zu häßlich oder unattraktiv aussah und somit auch noch nicht umworben wurde, nun, die hatte ein Problem.

Bis zu meiner Zeit im Akwapim Mädcheninternat wußte ich über Sex, was mich Yaa Tumu in Tarkwa gelehrt hatte. Doch ich spürte ein Prickeln da unten, immer wenn ich mich wusch. Und auch wenn ich noch nicht ganz verstand, wie ich gebaut war, wußte ich doch, daß das Ding da unten zwischen meinen Schenkeln mehr war als nur eine Öffnung für den Urin.

Und dann erwischte ich Jennifer Awuni.

Beim Stehlen?

Natürlich nicht!

Diese Trips nach Down town zweimal am Tag waren manchmal einfach zu beschwerlich, und man versuchte, das ganze Elend auf ein einziges Mal zu reduzieren und dabei unentdeckt zu bleiben. Doch selbst wenn dies gelungen war, stand man immer noch vor dem Problem, daß Wasser für das Waschen am nächsten Morgen fehlte. Wir lösten es meistens mitten in der Nacht. Mit dem leeren Eimer in der einen Hand und einem kleinen Becher in der anderen stand die Down-town-Flüchtige gegen zwei Uhr morgens auf und klaute einige Becher voll aus den gefüllten Eimern, die auf der Veranda aufgereiht waren. Ungefähr zehn bis zwölf geklaute Becher voll Wasser ergaben einen ganzen Eimer. Also, so könnte man fragen, warum ging ich dann überhaupt noch down town? Warum ließ ich nicht die anderen den Knochenjob erledigen und versorgte mich einfach mitten in der Nacht?

Dafür gab es zwei Gründe.

Zunächst bestand immer das Risiko, erwischt zu werden, und dafür drohten zehn Schläge mit dem Rohrstock von Madam Gyewu. Der zweite Grund, sehr viel furchterregender als die Aussicht auf Schläge, waren die Geister!

Geister?

Das sagte man.

Man?

Ja. Man. Jedermann und niemand. Alle und keiner. Man eben.

Niemand wußte, wer wann damit angefangen hatte – einfach so, plötzlich und aus dem Nichts.

Der alte Friedhof lag genau hinter dem Schulhof; die armen alten Geister verspürten manchmal, so nahm ich an, einen Krampf und mußten ihre Beine und Muskeln ausstrecken. Wieviel Platz hatten sie schon für ihre Beine und Muskeln dort in ihren Särgen?

Leider sollte sich herausstellen, daß die alten Geister die Veranda unserer Schule für ihre Muskel- und Dehnübungen bevorzugten.

Aber wer vollkommen besessen war von dem Wunsch, sich Down town zu ersparen, den konnte weder die Aussicht auf zehn Stockhiebe noch die Wahrscheinlichkeit, einem Geist zu begegnen, davon abbringen. Also stand ich an diesem schicksalsschweren Tag nachts um zwei Uhr auf und schlich auf Zehenspitzen aus dem Schlafsaal, um meinen leeren Eimer zu holen, den ich vor dem Schlafengehen im Gebüsch versteckt hatte.

Es war wichtig, daß niemand den leeren Eimer entdeckte, bevor die Lichter ausgegangen waren. Jede von uns hatte ihren Namen stolz mit schwarzer Kohle auf ihren Eimer geschrieben. Es versteht sich von selbst, daß alle gewußt hätten, was ich in der Nacht vorhatte, wenn ich am Abend zuvor meinen leeren Eimer auf die Veranda gestellt hätte.

Da stand ich also auf der Veranda mit meinem leeren Eimer in der einen und meinem Plastikbecher in der anderen Hand und kam mit dem Umverteilen zügig voran, und bald schon war der Eimer halbvoll. Gleich bin ich fertig, dachte ich bei mir und wendete mich dem nächsten Eimer zu. Ich beugte mich gerade darüber, als ich ein Stöhnen vernahm.

Mein Herz begann wie wild zu klopfen, verzweifelt rief ich den lieben Gott um Rettung an.

Das war nicht klug, muß ich zugeben. Ganz allein mitten in der Nacht und gerade damit beschäftigt, die Sünde des Diebstahls zu begehen, außerdem kurz davor, von einem Geist bestraft zu werden – woher nahm ich die Unverschämtheit, Gott um Hilfe zu bitten?

Meine Gedanken rasten. Ich murmelte vor mich hin: «Warte, Geist. Nur noch vier oder fünf Becher, dann bin ich fertig und du hast wieder die Ruhe und den Frieden, den du dir wünschst für deine Dehnübungen, okay? Nur noch einen Moment bitte, bitte. Bitte warte.»

Geschwind beugte ich mich über den nächsten Eimer, tauchte meinen Becher hinein und hörte wieder ein «Hmmmm».

«Guter Gott! Geist, hättest du nicht noch einen Moment warten können, nur einen kleinen Moment?»

Ich hatte keinen Zweifel mehr, ich war jetzt dran. Ein Geist würde gleich auf mich springen. Also, was nun? Was machte man in einer solchen Situation? Was sollte ich tun? Stehenbleiben und warten, dem Geist begegnen, mit ihm sprechen und ihm erklären, daß es mir leid täte und daß ich niemals die Absicht gehabt hätte, ihn, sie, sie alle zu stören?

Und wie sollte ich das erklären? In Zeichensprache? Auf englisch? Auf *twi*? Und wessen Geist war es? Vielleicht der von Pastor Anakwa, der erst vor einem Monat gestorben war, nachdem sein Bauch auf geheimnisvolle Art angeschwollen war? Das wäre kein allzu großes Problem, überlegte ich. Er war ein Fanti gewesen, und die Sprache der Fanti sprach ich perfekt.

Das galt natürlich alles nur, wenn die Geister die gleiche Sprache sprachen, die sie als Lebende gesprochen hatten. Aber was, wenn es Kafui wäre, das Mädchen aus der anderen Klasse, die während der Osterferien gestorben war, nach einem Bienenstich. Das hätte zum Problem werden können, zumindest falls Englisch in der Unterwelt verboten gewesen wäre, denn außer Englisch hatte Kafui lediglich Ewe gesprochen, und da mußte ich passen. Nicht ein Sterbenswörtchen.

Ängstlich wartete ich. Ich wartete und lauschte. Dann hörte ich wieder das Stöhnen.

Was war das für ein Geist, der derartig stöhnte und sich doch nicht offenbarte und mir ins Gesicht sagen wollte, was in ihm vorging?

Er? Nein! Sie. Das mußte ein weiblicher Geist sein. Das mußte Kafui sein. Aber, Moment mal, warum sollte der Geist stöhnen?

Aha!

Sagte man nicht, daß Geister keine Schmerzen spüren? Oder war das gar kein Stöhnen vor Schmerzen?

Allmählich dämmerte es mir. Wahrscheinlich war das gar kein Geist, der da stöhnte, sondern ein durchaus lebendiges Wesen. Schließlich siegte die Neugierde über die Angst, und ich näherte mich der Geräuschquelle. Und dann sah ich den Schatten in der Dunkelheit. Die Person war so vertieft in das, was sie tat, daß sie mich nicht bemerkte. Ich ging näher, bis ich direkt vor ihr stand. Jetzt erkannte ich sie: Es war Jennifer Awuni.

Jennifer war eine Klassenkameradin, sie war aber größer als ich, auch größer und älter als alle anderen Schülerinnen unserer Klasse und erfahrener in weltlichen Dingen, als Madam Gyewu es sich überhaupt vorstellen konnte.

Jennifers Vater war Taxifahrer, der fleißig in den Straßen von Accra herumkurvte. Ihre Mutter war als eine wohlhabende Marktfrau bekannt. Und Jennifer selbst war sehr versiert in der Kunst des Angebens.

Schon allein deshalb war in der ganzen Schule bekannt, daß es ihre Mutter gewesen war, die ihrem Vater den Brautpreis zur Verfügung gestellt hatte, damit sie heiraten konnten. Und daß ihre Mutter auch das Taxi für ihren Vater gekauft hatte; und daß sie viel Schmiergeld hatte bezahlen müssen, um ihren Kindern eine gehobene Schulbildung zu ermöglichen, denn keines von ihnen hatte die Aufnahmeprüfung bestanden.

Bald sollte ich herausfinden, daß Jennifer bereits jetzt mehr über Sex wußte als meine Mutter in ihrem ganzen Leben.

Jennifer lehnte an einer Säule unter der Treppe, sie hatte ihre Unterhose herunter- und ihr Nachthemd hochgezogen bis zu den Schultern. Ihre Beine waren gespreizt, mit einer Hand spielte sie mit ihren Brüsten, mit der anderen rieb sie heftig ihre Vagina. Ich stand da, völlig verdutzt und eingeschüchtert. Jennifer, immer noch ganz vertieft, bemerkte mich nicht und machte weiter und stöhnte und stöhnte. Plötzlich schrie sie laut auf. Ich erschrak. Dann, so schien es, lachte und weinte sie gleichzeitig und gab diesen tierischen Laut von sich, der wie ein Röhren und ein Wiehern zugleich klang. Ich glaube, ihre Augen hielt sie fest geschlossen. Danach seufzte sie schwer und langsam, nahm die Hände von ihren Genitalien, öffnete die Augen und sah mich dastehen, vor Schreck erstarrt, mit meinem Plastikbecher in der einen und dem halbvollen Eimer in der anderen Hand.

Im ersten Moment war auch sie erschrocken, doch dann begriff sie, daß ja «nur» ich es war, und sie entspannte sich wieder. Sie sah mir direkt ins Gesicht und warnte mich sogleich: «Wenn du das auch nur einem Menschen erzählst, was du gerade gesehen hast, werde ich dich umbringen.»

Nun erst wurde mir bewußt, daß ich gar nicht wußte, was das war, was ich soeben gesehen hatte.

Ich fragte Jennifer: «Aber was war das, was du da gemacht hast, was war es?»

Sie zischte ungehalten: «Du blödes Greenhorn.»

Aber so leicht würde ich nicht aufgeben.

«Wenn du mir nicht sagst, was das war, was du gemacht hast, dann verrate ich dich», drohte ich. «Und danach kannst du mich umbringen.»

«Dich umbringen?» kicherte Jennifer. «Nein, das werde ich nicht tun. Ich habe eine bessere Idee. Ich werde sagen, daß du es warst, die ich bei dem erwischt habe, wobei du mich gerade erwischt hast.»

«Und du denkst, sie glauben dir?» forderte ich sie ein wenig heraus.

«Du bist lustig», sagte Jennifer lachend, «wenn du denkst, daß sie dir glauben, wenn du es ihnen sagst, warum denkst du dann, daß sie mir nicht glauben, wenn ich es ihnen sage?»

Sie hatte mich an die Wand gedrängt, und ich mußte meine Strategie ändern. Ich bettelte.

«Jennifer, bitte bringe es mir bei.»

Sie merkte, daß sie mich in der Hand hatte.

«Unter der Bedingung, daß du morgen meine Arbeit für mich machst.» Sie meinte natürlich heute.

Das Leben kann schon hart sein, dachte ich, und gemein dazu, wenn man etwas über Sex wissen will. Aber genau das war es, was ich wollte, und deshalb akzeptierte ich die damit verbundene Härte und Grausamkeit und somit auch Jennifers Konditionen und erledigte ihre Arbeit an diesem Morgen. Doch Jennifer lehrte mich nicht gleich, was ich lernen wollte. Sie stellte erst noch eine weitere Bedingung.

«Ich bringe es dir nur bei, wenn du heute auch mein Wasser holst von Down town», verlangte sie. Ich fand, daß das ein bißchen zu weit ging.

Wenn ich dem zugestimmt hätte, hätte das bedeutet, daß ich entweder einmal mit zwei leeren Eimern hin und zurück mit zwei vollen Eimern hätte gehen müssen, einen auf dem Kopf, gestützt mit der rechten Hand, und den anderen in der linken Hand. Oder ich hätte insgesamt viermal gehen müssen, was einfach unvorstellbar war. Oder ich wäre zweimal gegangen für das abendliche Bad, und die restlichen zwei hätte ich nachts stehlen müssen, und das wollte ich nicht schon wieder riskieren. Also überredete ich sie, das zu vergessen.

Zu meiner Überraschung bestellte mich Jennifer in der großen Pause in den Holzschuppen.

Dort wurde das Feuerholz für die Schulküche gelagert. Der Schuppen befand sich zwischen dem Schlaftrakt und Madam Gyewus Garten – offiziell eigentlich der Schulgarten. Ein verlassener Ort. Jennifer schien zu wissen, daß zu dieser Zeit niemand dort hinkam, was mir zeigte, daß sie schon öfter dort gewesen war.

Drinnen zog sie mich in eine Ecke hinter einem großen Holzstapel und verkündete ziemlich schroff, daß ich mich jetzt auf den «Unterricht» gefaßt machen sollte.

Mir war schon zuvor klar gewesen, daß sie mich aus diesem Grund hierher gebracht hatte, aber als sie es mir so auf den Kopf zusagte, fing ich vor Aufregung an zu zittern.

Und Jennifer?

Sie stand da und betrachtete mich, entspannt, sehr selbstsicher und mit einem wissenden, frechen, überheblichen und lüsternen Blick.

«Laß uns schnell machen, bevor es klingelt», erklärte sie plötzlich.

Ich stammelte ein jämmerliches «Ja, jaah...»

Kaum hatte ich es ausgesprochen, hatte Jennifer, schwups, ihre Unterhose schon heruntergezogen und befahl mir, das gleiche zu tun.

Damals waren Unterhosen der Marke St. Michaels modern, die natürlich aus, na woher schon? England kamen. Sie waren hochelastisch und lang, und es gab sie in allen Farben. Wenn man keine solchen Unterhosen trug, dann war es ausgesprochen peinlich.

Zu unserem Glück verwendeten wir beide St. Michaels Unterhosen, ihre knallrot und meine von kühlem Marineblau. Ich verbuchte einen klaren Pluspunkt, Jennifer verbarg ihre Bewunderung nicht.

«Oh, du hast auch St. Michaels?» fragte sie.

Nicht ganz ohne Stolz antwortete ich: «Ja.»

Plötzlich kommandierte Jennifer plötzlich: «Lehn dich an!»

Das kam so unerwartet für mich, daß ich ganz konfus wurde.

«Was?» fragte ich in meiner Verwirrung.

«Ich sagte, lehne dich an», wiederholte Jennifer. «Lehn deinen Rücken gegen die Säule und tu genau das, was ich auch tue.»

«Okay», antwortete ich.

Ich lehnte mich an die Säule und spreizte die Beine, genau wie sie.

«Und nun leg deine Hand dahin!»

«Wohin?»

«Dahin!» schnauzte sie mich an und zeigte auf meine Scham; sie wartete nicht auf mich, sondern legte ihre Hände dorthin, schloß ihre Augen und legte los mit ihren «Ohs» und «Ahs». Ich war so überwältigt, daß ich, anstatt erregt zu werden, ganz trocken wurde von Kopf bis Fuß und einfach nur dastand und zuschaute. Jennifer fuhr fort, mit ihrer Hand hart und schnell ihre Vagina zu reiben, ihre Hüften begannen zu vibrieren, und sie ohtc und ahte wie verrückt. Ihr zuzuschauen war elektrisierend. Irgendwann mittendrin öffnete sie die Augen und merkte, daß ich immer noch untätig dastand. Sie befahl: «Tu's auch. Mach schon!»

Ich zierte mich und schüttelte abwesend mit dem Kopf. Am liebsten wäre ich davongerannt, aber ich sah Jennifer, wie sie es tat, und es hatte eine enorme Wirkung auf mich irgendwo zwischen meinen Schenkeln, und das fühlte sich alles andere als unerfreulich an. Auch wenn es irgendwie verwirrend war, war es auf jeden Fall stark und siegte über meinen Wunsch davonzulaufen. Also blieb ich stehen.

Dann geschah es.

Jennifer hielt inne, nahm die Hand von ihrer Vagina, kam zu mir, stieß mich gegen die Säule, zog meine zu Gummi gewordenen Beine auseinander und steckte ihren Zeigefinger in meine Vagina. Sie schob ihn rein und zog ihn raus, rein und raus; dann spürte ich einen weiteren Finger an meiner erogenen Zone, der mich rieb und massierte. Dann überkam mich sehr plötzlich dieses unbeschreibliche Gefühl, das meinen ganzen Körper erschütterte, ich war wie entflammt, mein Kopf drohte zu platzen. Ohne jede weitere Anweisung oder jeden weiteren Befehl hörte ich mich selbst stöhnen, meine Hüften kreisten. Es geschah etwas mit mir, etwas Süßes, Wundersames; ich wollte nicht, daß es aufhörte.

«Ist es schön?» hörte ich Jennifer fragen.

Ich konnte nur stöhnen. Und Jennifer massierte mich und machte mich noch verrückter, bis das süße, wundersame Gefühl einen Höhepunkt erreichte. Meine Hüftbewegungen wurden wilder, mein Stöhnen kam in kurzen Abständen, immer schneller, immer lauter, und dann nahm Jennifer, ich weiß nicht woher, ein Taschentuch und stopfte es mir in den Mund.

Ich biß darauf wie eine Ratte.

Dann nahm sie meine Hand und legte sie auf ihre Vagina. Ich hielt inne, aber nur einen Moment lang, dann machte ich das mit ihr, was sie gerade mit mir gemacht hatte. Wir unternahmen eine gemeinsame Reise ins Paradies, unsere Körper aneinandergepreßt, und zusammen explodierten wir.

Es war unbeschreiblich und sündhaft süß; und als wir beide zurück zur Normalität fanden, hatte ich die gloriose Entdeckung meiner magischen, süßen kleinen Knospe gemacht.

Jennifer warf ihren Kopf zurück, seufzte und lächelte breit. Ich nahm das Taschentuch aus meinem Mund und lächelte zurück. Es entstand ein Pakt, der nicht auf dem Papier besiegelt werden mußte. Wir wußten beide, daß das nur der Anfang war.

Wir zogen unsere Unterhosen wieder hoch, unsere Uniformröcke wieder runter, begutachteten uns gegenseitig, lugten vorsichtig um die Ecke, ob uns auch niemand sah, und gingen zurück ins Klassenzimmer.

Die Klassenlehrerin faselte irgend etwas von der Pflanzenwelt. Ich hörte nicht zu. Ich war mit meinen Gedanken im Holzschuppen. Jesus! Das war was gewesen! Und dieses Ding, dieses knospenartige Ding...

Ich nahm ein Stück Papier, schrieb eine Frage darauf und reichte es weiter zu dem Mädchen, das vor mir saß und es weitergab, bis es bei Jennifer angekommen war.

Ich beobachtete, wie sie die Notiz in ihrem Schoß öffnete und sie las. Sie lächelte.

Dann nahm sie auch ein Stück Papier, schrieb etwas darauf und ließ es an mich weitergeben. Ich öffnete es in meinem Schoß und fand darin die Antwort auf meine Frage: «Das war deine Klitoris.»

# 8

Es gibt ein paar Begebenheiten, von denen ich mir manchmal wünsche, mich an den genauen Zeitpunkt erinnern zu können, an dem sie stattgefunden haben. Dann grabe ich in meinem Gedächtnis, um herauszufinden, ob sie mit einem eher außergewöhnlichen und dramatischen Ereignis in Zusammenhang stehen oder mit einem eher alltäglichen. Das nun wieder hilft mir, sie so nahe wie möglich an dem tatsächlichen Zeitpunkt zu plazieren.

Das, woran ich mich jetzt versuche zu erinnern, muß an einem Freitag passiert sein. Ich schrubbte gerade meine Zähne mit einer Paste aus Kochbanane und Holzkohle. Das machten wir immer am Freitagnachmittag, nachdem wir von Down town zurückgekommen waren und bevor wir uns zum Abendessen einfanden. Wenn wir die grüne Schale der Kochbananen abgeschält und das weiche Innere schaumig geschlagen hatten, stippten wir es in fein gemahlenes Holzkohlepulver und putzten damit unsere Zähne, um sie weißer zu machen. Es schützte sie außerdem vor Zahnbelag und diente so als wöchentliche Ergänzung zu unserem täglichen Zahnputzritual mit Kaustöckchen, Schwämmchen, der Zahnbürste und der viel zu teuren Zahnpasta. Damals war eine Marke mit dünnen roten Streifen, die sich durch die weiße Paste zogen, angesagt. Die anderen Marken, die nur weiß waren, schienen dagegen langweilig.

Der Februar war gekommen. Wie könnte ich je irgend etwas, das im Februar geschehen ist, vergessen, denn alles, was ich in meinem Gedächtnis unter dem Stichwort Limbotanz gespeichert habe, geschah an einem Tag im Februar. Ein Limbotanz ist ein Ereignis, das schon an sich Leben und Dramatik ausstrahlt. Unvergeßlich aber blieb es nicht so sehr deswegen, sondern weil die allmächtige Direktorin, Madam Gyewu, höchstpersönlich daran beteiligt war. Diese Frau verkörperte Macht, Autorität und Dominanz in einer Person, und sie war sich offensichtlich dessen sehr bewußt, denn es interessierte sie nicht im geringsten, ob und wem sie bei der Ausübung ihrer Autorität auf die Füße trat.

Erstens bestand ein Problem mit ihrem Namen. Die ganze Schule nannte sie immer einfach nur Madam. Und da alle wußten, daß sie verheiratet war und den Namen ihres Mannes trug, wußten auch alle ihren Nachnamen: Gyewu. Doch niemand kannte ihren Vornamen, der normalerweise ein christlicher war, wenn jemand getauft war – und das war Madam Gyewu –, oder ihren zweiten Vornamen, der normalerweise ein traditioneller ghanaischer Name war.

Eines Morgens während der Morgenandacht hatten wir eine Hymne mit dem Titel «Ich weiß, daß mein Erlöser lebt» zu singen.

Madam Gyewu stand schweigend dabei. Ob es das erste Mal war, daß sie dieses Lied hörte, kann ich beim besten Willen nicht sagen. Sie hörte zu, bis wir das Lied zu Ende gesungen hatten und befahl uns, es noch einmal zu singen, dann ließ sie sich ein Liederbuch geben. Sie schaute es durch und hieß uns, das Lied ein drittes Mal zu singen. Wir begannen:

Ich weiß, daß mein Erlöser lebt
Und immer für mich betet,
Er gibt mir den Beweis seiner Liebe,
Ein Pfand der Freiheit...

«Erlösung!!» brüllte Madam Gyewu, was bei uns allen, Schülerinnen wie Lehrpersonal, größte Verwunderung auslöste. Diese Frau hatte es nicht nötig, den Rohrstock zu benutzen. Daß man ihre Autorität spürte, dafür sorgte schon allein ihre Statur, ihr Körperumfang und ihre enorme Größe.

«Ich sagte, singt es noch einmal und singt es mit Erlösung!» schrie sie erneut. Das brachte uns alle nur noch mehr durcheinander.

«Welche Erlösung, Madam?» fragte Miß Apuff, die Klassenlehrerin der Greenhorns. Madam Gyewu wandte sich ihr in ihrer gesamten Körperfülle zu, blickte sie scharf an und bellte: «Ein Pfand der Erlösung!»

Miß Apuff war noch immer kein Licht aufgegangen.

«Es heißt doch im Liederbuch: Ein Pfand der Freiheit, Madam», entgegnete sie scheu.

«Und ich sagte gerade, ändert es in ein Pfand der Erlösung!» fuhr Madam Gyewu sie an. Und seitdem war aus Freiheit – Liberty – Erlösung geworden, denn, wie wir bald schon erfahren sollten, war Liberty der erste, der christliche Vorname von Gyewu.

Wenn dieser Mißbrauch ihrer Autorität der Presbyterianischen Mission nicht auf die Füße getreten war, dann weiß ich es allerdings wirklich nicht.

Offensichtlich konnten nicht nur wir Schülerinnen und das Lehrerkollegium ihrer Autorität nichts entgegensetzen, sondern auch ihr Ehemann. Der arme Kerl sollte das auf die harte Tour herausfinden in jener Samstagnacht im Februar.

Die Samstagabende waren sogenannte Vergnügungsabende. Wir Greenhorns räumten im Speisesaal alle Stühle und Tische so um, daß wir Sitzplätze und eine Tanzfläche vorfanden. Und wenn um sieben Uhr abends die Glocke läutete, trafen wir uns alle dort, um zu singen, zu trommeln und zu tanzen. Die diensthabende Lehrerin schaute ab und zu herein, um sicherzugehen, daß wir keinen Unsinn veranstalteten, doch im Grunde waren wir unter uns. Was Madam Gyewu betraf, hatten wir bisher den Eindruck, als hätte sie bis zu jenem Samstagabend überhaupt nichts von unseren regelmäßigen Festen gewußt.

An jenem verhängnisvollen Samstagabend jedenfalls hörten wir durch unser Klatschen und Trommeln hindurch Schritte, die wie Donnerschläge hallten – man könnte es auch Stampfen nennen –, die anküngigten, daß sie sich näherte. Daß sie sich manchmal ein Glas zuviel vom heimischen Gin genehmigte, war ein offenes Geheimnis an der Schule.

Gyewu stampfte also in den Speisesaal, und obwohl sie es gar nicht befahl, hielten wir angesichts ihres massiven Auftretens sofort inne mit unserem Trommeln und Tanzen. Ein paar Minuten später bemerkten wir hinter ihr ein Männchen, das sich als Mr. Gyewu entpuppte.

Mr. Gyewu war zwei Köpfe kleiner als seine Frau, insgesamt stellte er etwa die Hälfte von ihr dar. Er unternahm gerade den verzweifelten Versuch, sie zu überzeugen, «es» nicht zu tun.

Es? Was «es» war, fanden wir bald heraus.

«Du! Du!! Und Du!» zeigte sie auf verschiedene Schülerinnen, «geh und hol mir einen langen, geraden Stock!»

Einen langen, geraden Stock? Ungefähr zehn Mädchen standen eilfertig auf und liefen hinaus, um den Befehl auszuführen. Sie kamen mit dem Gewünschten zurück.

«Du! Und du!! Geht auf die Tanzfläche und haltet ihn fest!»

Zwei der Mädchen führten den Befehl aus.

«Etwas tiefer!» rief sie.

«Was?»

«Tiefer!!!» brüllte Gyewu. Ihr Mann redete mit aschfahlem Gesicht auf sie ein. Doch Madam Gyewu war bereits in ihre eigene Welt entrückt, gravitätisch unterstützt von der Kraft des Gins. Wir waren plötzlich alle mucksmäuschenstill, das Trommeln, das Tanzen, das Amüsieren war vergessen. Die beiden Mädchen, die den Stock an den beiden Enden etwa dreißig Zentimeter über dem Boden hielten, waren ziemlich verwirrt. Niemand wußte, was jetzt folgen würde.

Dann plärrte Madam Gyewu: «Adekum!!»

Wie von der Tarantel gestochen sprang die Schulpräfektin auf.

«Ja, Madam.»

«Einen Limbo!» befahl Gyewu.

Adekum stutzte. Limbo? Mr. Gyewus verzog säuerlich das Gesicht.

«Einen Limbosong!» befahl nun auch die Schulpräfektin und stimmte das Lied selbst an. Wir alle fielen ein, halb betäubt, viel zu perplex und schockiert, um ordentlich klatschen und singen zu können. Dann sahen wir Gyewu in die Mitte der Tanzfläche stampfen, mit trunkenem Blick. Ihr Mann senkte den Kopf. Wir verstanden allmählich, was geschehen würde, und unser Klatschen und Singen steigerte sich. Madam Gyewu warf einen stechenden Blick auf eines der Mädchen: «Schultern gerade!» bellte sie. Dann stellte sie sich vor dem Stock auf.

Mr. Gyewu drehte sich um, als Mrs. Gyewu sich bereitmachte, den Limbo zu tanzen. Sie beugte sich leicht zurück und brachte ihre Beine in Limbostellung. Wir waren so überwältigt von dem Anblick, daß wir vergessen hatten, wer wir waren und wer Madam Gyewu war. Wir beobachteten diese kraftvolle, mächtige, ernsthafte Direktorin, wie sie über den Stock gebeugt im Begriff war, mit ihrer enormen Körpergröße den Limbo zu tanzen. Das spornte uns an, und wir sangen und klatschten wie wild. Madam Gyewu wagte ihren ersten Sprung. Ein Aufschrei ging durch den Raum. Gyewus Unterhosen waren zu sehen gewesen. Sie sprang noch einmal, lehnte sich etwas weiter zurück, und ihr Kleid rutschte noch weiter hoch. Dann sprang sie nochmal und nochmal, und ihr riesiger Busen wabbelte wie Pudding. Dem schenkte sie jedoch keine Beachtung. Sie hatte ihre Brüste in riesigen Büstenhalterschalen untergebracht und geglaubt, dort seien sie sicher. Doch mit jedem Sprung wurde der Büstenhalter überstrapaziert und konnte irgendwann nicht mehr standhalten. Während sie also hopp-hopp machte, reagierten ihre Brüste flip-flap darauf, bis es – wups – passiert war. Der Verschluß riß, der Büstenhalter rutschte, und Madam Gyewus Busen lag entblößt über ihrem Brustkorb. Der Aufschrei von uns Schülerinnen war ohrenbetäubend, einige wollten mehr sehen.

«Zugabe! Zugabe!» schrien wir. Doch als sei sie aus ihrer Trance erwacht, beendete sie abrupt die Vorstellung, richtete sich auf und schaute uns alle der Reihe nach an. Wir fingen an zu schwitzen. Diejenigen, die «Zugabe» und «Wir wollen mehr sehen!» geschrien hatten, verfluchten sich innerlich, während diejenigen, die nicht geschrien hatten, jene verfluchten. Unsere ganze Begeisterung war plötzlich wie weggeblasen, und es wurde totenstill. Es kam uns wieder zu

Bewußtsein, wer und wo wir eigentlich waren, und die beiden Mädchen, die den Stock auf der Tanzfläche hielten, riefen heimlich ihre Götter an. Was würde Madam Gyewu mit ihnen machen? Sie schlagen? Sie treten? Sie ohrfeigen?

All das tat sie nicht. Sie zog ihr Kleid herunter, strich es glatt und sagte: «Amüsiert euch weiter». Stampfend verließ sie den Raum. Der verschüchterte Mr. Gyewu folgte ihr wie ein Lamm. Warum sie diese Vorstellung gegeben hatte, blieb für immer ein Rätsel. Uns Schülerinnen lieferte sie eine Gedächtnisstütze, was den Monat Februar anging.

Das, was ich an jenem Freitag im Februar tat, war zwar nicht so rauh wie das Schrubben meiner Zähne und auch nicht so dramatisch wie Gyewus Limbovorstellung. Nichtsdestotrotz ist es gleichermaßen wert, in Erinnerung zu bleiben. Es war nüchterner, reiner, unschuldiger, es gehörte in die Welt des Sonnenscheins, der schönen Schmetterlinge: Ich schrieb den ersten Liebesbrief meines Lebens!

Er war an Fula Gomba gerichtet, ein Greenhorn.

Da ich nun dank Jennifer in die Welt der intimsten Geheimnisse und der größten Sünden der Welt eingeführt worden war, spürte ich ein Verlangen danach und wollte mehr davon. Und ich war nicht bereit, Kompromisse einzugehen.

Seit der ersten Einladung Jennifers in den Holzschuppen war eine Menge passiert.

Ein Mann war in einem Taxi vorgefahren, hatte Jennifer besucht und sich als ihr Vater vorgestellt. Niemand zweifelte daran, denn alle wußten, daß ihr Vater Taxifahrer war. Der Mann parkte den Wagen neben dem Hauswirtschaftsgebäude, und er und Jennifer saßen darin und unterhielten sich. Bald wurde aber beobachtet, daß da noch mehr vonstatten ging als eine Unterhaltung. Sie zogen mit ihrem Tun die Aufmerksamkeit auf sich und wurden dabei erwischt, wie der Mann seine Hand in Jennifers Höschen schob. Jennifer wurde auf der Stelle der Schule verwiesen. Das mache ihr nicht die Bohne aus, erklärte sie. Sie haßte die Schule sowieso, wollte jetzt Handel treiben wie ihre Mutter und den Taxifahrer heiraten.

Und was machte mir das aus? Gar nichts!

Warum? Jennifer hatte mir zuvor den häßlichsten Stich versetzt, den man dem Herzen einer Geliebten zufügen kann. Aus keinem für mich ersichtlichen Grund – wenn es einen gab, ließ sie ihn mich nicht wissen – hatte sie mich plötzlich und unerwartet fallengelassen. Bumm! Einfach so, nachdem wir noch ein paar aufregende Augenblicke zusammen im

Holzschuppen erlebt hatten. Eines Tages in der Mittagspause folgte ich ihr zum Schuppen und erwischte Jennifer dabei, wie sie gerade ein anderes Greenhorn «einweihte». Unser Pakt wurde also gelöst, so stillschweigend und unbemerkt, wie er geschlossen worden war. Ich machte deswegen keinen Aufstand. Ich nahm all meinen Mut zusammen und entschied mich für ein anderes Greenhorn als Supi, dem ich einen schriftlichen Ein-Satz-Antrag stellte: «Möchtest du meine Supi werden?» Und Jamena, die Kleine mit der üppigen Figur, dem runden Hinterteil und mit zwei herausragenden Hügeln von Busen, versetzte mir einen Tiefschlag, und das mit nur einem einzigen wirkungsvollen Wort: «Nein!»

Mein Selbstvertrauen schmolz dahin wie Fett auf dem heißen Ofen. Ich nahm mir vor, vorerst keine Anträge mehr zu machen. Statt dessen begab ich mich vertrauensvoll in Jennifers Fußstapfen, stand mitten in der Nacht auf unter dem Vorwand, auf die Toilette zu müssen, setzte mich unter die Treppe und ging auf Selbstbefriedigungstrip. Dann war das Schuljahr zu Ende, ich bestand meine Abschlußprüfung und wurde in die nächste Klasse versetzt.

Nun war der Zeitpunkt gekommen, um den ersten Versuch für die «allgemeine Aufnahmeprüfung» zu unternehmen. Falls ich diese bestehen würde, wäre der Weg geebnet für die weiterführende Schule. Da ich jetzt nicht mehr zu den Greenhorns zählte, hatte ich jetzt als Supis nicht mehr nur meine Klassenkameradinnen zur Auswahl, sondern auch noch die Neulinge. Die Grundregeln blieben natürlich dieselben. Wir Halbneulinge mußten auf die älteren Mädchen warten, bis die ihre Auswahl getroffen hatten, bevor wir an die Reihe kamen. Diese brauchten dafür in der Regel das ganze erste Trimester, so daß wir erst im zweiten Trimester aktiv werden konnten, wenn klar wurde, wer übriggeblieben war. Unter den Neulingen fiel ein schönes Mädchen auf, von dem es hieß, ihr Vater sei ein Häuptling irgendwo im Norden des Landes.

Bereits am Ende der ersten Woche hatten nicht nur zwei ältere Mädchen sie zu ihrer Supi erwählt, sondern auch alle Schulpräfektinnen. Doch seltsamerweise war Fula Gomba genauso schnell, wie sie erwählt worden war, wieder von allen fallengelassen worden. Als Grund wurde ein merkwürdiges Gerücht, das über sie umging, angesehen: Fula Gomba, so wurde behauptet, hätte keine Vagina. Und das fanden alle, bei Gott, nun wirklich seltsam. Wie sonst qualifizierte sich eine Person als Frau, wenn nicht durch ihre Vagina. Hier war eine

Person, die aussah wie eine Frau, sich verhielt wie eine Frau, roch wie eine Frau, klang wie eine Frau, aber man sagte von ihr, sie habe keine Vagina. Ich wollte unbedingt wissen, was es mit diesem Gerede auf sich hatte und dachte daran, einfach zu ihr hinzugehen und sie zu fragen. Doch dies war dann doch leichter gesagt als getan. Deshalb kam mir der Gedanke, sie zu fragen, ob sie nicht meine Supi sein wollte; denn wie sonst, so überlegte ich, könnte ich an diesen intimen Bereich ihres Körpers herankommen. Die häßliche Erfahrung mit Jamena im Hinterkopf erkannte ich, daß diejenigen, die abendliche Schulstunden damit verbrachten, Liebesbriefe und Anträge zu schreiben und sich dabei vom Hohelied der Salome inspirieren ließen, wissen mußten, worauf es ankam. Ich beschloß, in ihre Fußstapfen zu treten, denn ich war besessen von der Idee, Fula als Supi zu gewinnen. Und Fula, die von allen anderen fallengelassen worden war, machte mir durchaus Hoffnung, daß ich sie gewinnen könnte, wenn ich nur die richtigen Anstrengungen unternahm. Also geschah es an jenem schönen Freitag im Februar, daß ich meinen allerersten Liebesbrief schrieb:

«Mein Liebling, mein süßer Paradiesapfel!

Dies schreibt Deine Dir Ergebene aus der zweiten Klasse, dritte Reihe, fünftes Pult, aus dem Schlafsaal zwei, südliche Reihe, siebzehntes Bett, überwältigt von überfließender Liebe zu Dir. Bitte schenke mir Dein Herz aus Gold, laß es in meine Brust voller Liebe kommen, und ich werde ihm für immer zugetan sein. Meine Liebe, mein Zukkerstück, bitte sage ja und sei meine Supi. Mein ganzes Herz gehört Dir allein und für immer und immer und in alle Ewigkeit.

Dein liebender Liebling und Deine Einzige.»

Zunächst überlegte ich, ihr das Schreiben durch eine dritte Person zukommenzulassen, so wie es üblich war. Aber wegen dieses Gerüchts und da sie von allen fallengelassen worden war, war ich mir des Spotts, den ich hätte erleiden müssen, bewußt. Also beschloß ich, den Brief selbst zu überbringen. Kurz bevor die Glocke zum Ende der Abendschulstunde läutete, stand ich auf und ging zur Klassenaufsicht, mein rechtes Bein über das linke gekreuzt hüpfte ich auf und ab und täuschte so ein dringendes Bedürfnis vor.

Die Klassenaufsicht murmelte noch bevor ich meinen Mund öffnen konnte: «Na, geh schon». Ich bedankte mich kurz und schoß hinaus in Richtung Schlaftrakt. Innerhalb weniger Sekunden befand ich mich im Schlafsaal 1, stand neben Fulas Bett, hob das Kissen hoch, um den Brief darunter zu schieben, als mir plötzlich eine Idee kam. Ich überlegte kurz und kam zu dem Schluß, ja, genau das würde mir wahrscheinlich ein «Ja» von Fula garantieren. Also machte ich den Brief noch einmal auf und schrieb schnell: «PS. Auch ich habe keine Vagina.» Und legte ihn unter ihr Kissen.

Ich weiß nicht, was die Sache so beschleunigte – die Ablehnung ihrer Person durch die anderen und die daraus folgende Einsamkeit, der Liebesbrief, das PS oder die Kombination aus allen drei Faktoren. Als ich am nächsten Tag vom Wasserholen zurückkam, fand ich jedenfalls Fulas Antwort schon unter meinem Kopfkissen vor.

Sie lautete schlicht und einfach: «Ich möchte auch gerne Deine Supi sein.»

Am darauffolgenden Samstagabend, als wir uns alle wieder im Speisesaal zu unserer Fete versammelten, sprach ich das erste Mal mit Fula und bekam gleich einen heiligen Schrecken, als sie fest behauptete zu wissen, daß das PS in meinem Brief gelogen war. Sie bestand darauf, daß ich eine Vagina hätte, aber daß sie trotzdem einverstanden sei, meine Supi zu sein, weil sie mich eben möge. Damit erwischte sie mich wirklich kalt, aber Fula und ich kamen uns bald näher.

Doch unsere Beziehung lag jenseits der Norm. Ja, schlimmer noch, mir wurde himmelangst vor dem, was mich erwartete, denn nun lag es in meiner Hand. Ich hatte Angst vor dem Unbekannten.

Wir fühlten einander sehr nahe, wurden allerbeste Freundinnen und unternahmen praktisch alles gemeinsam. Wir gingen zusammen zum Wasserholen, zum Essen, zur Samstagsfete, in den Abendunterricht. Es war unvermeidlich, daß die anderen dies mitbekamen. Eines Morgens hatte jemand mit weißer Kreide an die Toilettenwand geschrieben:

1 Sefa + 1 Fula = – 2 Vaginas! Ha! Ha! Ha! Haaaaaa!

Das Interesse an Fulas seltsamer Ausstattung war wiedererwacht, und das «1 Sefa + 1 Fula = – 2 Vaginas» wurde regelmäßig hinter uns hergesungen, egal wo wir hingingen. Diejenigen, denen ich nicht gewachsen war, ignorierte ich. Für andere, mit denen ich es aufnehmen konnte, setzte es Hiebe. Fula hingegen nahm die Dinge gelassen, zeigte sich aber ziemlich fasziniert von meinem Umgang mit den Spöttern. Ich glaube, das war es, was sie veranlaßte, mir den Gefallen zu tun und mich in das Geheimnis ihres kleinen seltsamen Eigentums einzuweihen.

«Ich möchte dir mein Nicht-Vagina-Ding zeigen», flüsterte sie mir eines Morgens beim Frühstück völlig unerwartet ins Ohr, als wir gerade beim wäßrigen Tee saßen. Mir stockte der Atem vor Aufregung. Ich schaute sie verwirrt an, und sie lächelte mich an und flüsterte: «In der Pause?»

Ich nickte.

«Wo?» fragte sie.

Mein Hirn arbeitete fieberhaft. «Im Holzschuppen», antwortete ich. Wir tauschten ein Lächeln und trafen uns später dort. Wir standen uns gegenüber und betrachteten uns gegenseitig. Wir waren nicht gekommen, um auf sündige Reise zu gehen, sondern um unsere Körper zu untersuchen.

Fula bat mich, mein Höschen auszuziehen. Das tat ich. Auch sie zog ihres aus. Dann hob sie ihre Uniform hoch, und zum ersten Mal in meinem Leben sah ich, was es bedeutete, wenn man von einer Frau behauptete, sie habe keine Vagina. Fulas Schamlippen waren total fest zugenäht. Im ersten Moment dachte ich, ich sähe nicht richtig.

«Was ist das?» hörte ich mich keuchen.

Fula entgegnete: «Laß mich deine sehen.»

«Meine? Meine ist wie die von allen anderen; wie die, die du täglich beim Baden siehst.»

«Ich schaue zwar», sagte Fula, «aber ich sehe nichts.»

«In Ordnung.» Ich gab nach und hob meine Uniform hoch.

Sie schaute sie sich genau an, befühlte sie mit ihren Händen und murmelte leicht enttäuscht: «Ach, genau wie Makuntas.»

«Ist Makunta deine Schwester?» fragte ich.

«Eine Freundin», antwortete sie.

«Wo?» wollte ich wissen.

«Zu Hause», antwortete sie.

«Und warum ist ihre wie meine und nicht wie deine?»

«Weil ihre Mutter nicht wollte, daß sie es bei ihr machen», sagte sie.

«Was denn?»

«Zu Matron Rahima in ihre Hütte gehen und es dort machen lassen.»

«Wer ist Matron Rahima?»

«Die Frau, die das macht.»

«Was macht?»

«Das eben. Das!» und sie zeigte auf ihre verschlossene Vulva.

Sie zog ihre Unterhose wieder an.

Ich tat es ihr nach und fühlte mich sehr unbehaglich.

Zusammen gingen wir zurück zu den Klassenräumen. Als wir uns unserem Klassenzimmer näherten, hörte ich hinter mir jemanden singen: 1 Sefa + 1 Fula ist gleich... bumm! landete meine rechte Faust direkt auf ihrer Nase und ließ die Sängerin augenblicklich verstummen. Sie machte sich eilig davon, leise fluchend.

Die Tage kamen mir vor wie ein Alptraum. Nacht für Nacht träumte ich von dieser alten, gesichtslosen Frau, die vor mir kniete und mit Gewalt meine Vulva mit Superklebstoff versiegelte. Schweißgebadet wachte ich auf, schrie und hielt meine Vagina fest.

Jetzt wurde das Lied, das hinter uns hergesungen wurde, noch durch ein: «Halt-sie-fest!» verlängert.

Zu Hause in den Sommerferien versuchte ich, meine Schwester Mansa an dem, was ich von Fulas Vagina gesehen hatte, teilhaben zu lassen. Mansa besuchte schon das Gymnasium in Accra.

Während wir im Mädcheninternat zu unserem eigenen Gesang und Trommeln tanzten, tanzten sie daheim zur Musik vom Plattenspieler. Und das war schon was!

Mansa und meine Stiefschwestern redeten pausenlos über die Beatles und die Rolling Stones, sie interessierten sich überhaupt nicht für meine seltsame Entdeckung an Fulas Vagina. Da waren sie, die drei Gymnasiastinnen, und stritten sich heftig über den Vornamen einer der Beatles. Hieß er Paul oder hieß er Saul? Und da war ich, unterbrach sie und sagte: «An meiner Schule gibt es ein Mädchen, das keine Vagina hat.»

Das wurde brutal ignoriert.

«Mansa, ich meine, er heißt Paul», sagte meine jüngste Stiefschwester.

«Und ich sagte, er heißt Saul, Saul Makante!» rief Mansa aus.

«Mansa», rief meine jüngste Stiefschwester, «der Mann ist Engländer, und du hast ihm gerade einen afrikanischen Namen gegeben. Der Name klingt so ähnlich, aber es ist ganz bestimmt nicht dieses Makante, wie du sagst.»

«Also», beharrte Mansa, «das habe ich aber so gehört. Und sein Vorname ist Saul.»

«Paul!»

«Ich bleibe dabei, er heißt Saul!»

So ging die Streiterei weiter, und das, worüber ich mir den Kopf zerbrach, fand keinerlei Beachtung.

Die Alpträume von der alten und gesichtslosen Frau, die mir mit Gewalt meine Vulva mit Superkleber versiegelte, ließen mich nicht los.

# 9

Wie kann man, so fragte ich mich eines Tages, einen Vater akzeptieren, dessen Gesicht man sich nicht einmal in Tagträumen ausmalen kann und dessen Familie man nur mit einem Toten in Zusammenhang bringt, mit dem Leichnam eines Mannes, der nackt auf einem Buschpfad lag, mit dem Gesicht nach unten, mit geschwärzten Hinterbacken, schwärzer als der Rest seines Körpers, und mit drei riesigen Truthahnfedern, die aus seinem Anus herausragten?

Ich wuchs heran, täglich wuchs ich ein Stück, meine Probleme aber vervielfältigten sich stündlich. Eine Sorge bildete die noch ausstehende Aufnahmeprüfung für das Gymnasium. Diese teilte sich wiederum in zwei Probleme; eines bestand darin, diese überhaupt zu bestehen, und das andere, in *welcher* Schule ich aufgenommen werden würde.

Tante Mena und Onkel Quaye wollten mich im Akwapim Mädchengymnasium unterbringen und zeigten keinerlei Skrupel wegen ihrer Beweggründe. Diese hatten nämlich nichts damit zu tun, daß ich schon die Akwapim Mittelschule besucht hatte.

Das Akwapim Mädchengymnasium konnte nicht nur auf eine englische Lady als Direktorin verweisen – eine Auszeichnung, mit der nur eine Handvoll Schulen im ganzen Land aufwarten konnten –, sondern auch auf mehr Ausländer als Ghanaer unter ihrem Personal. Die Vorlieben von Tante Mena und Onkel Quaye kamen nicht von ungefähr, denn die üblichen Unterhaltungen zwischen Eltern verliefen folgendermaßen:

«Und welche Schule besucht Ihr Sohn?»

«Sagten Sie K-Gymnasium? Ach, das? Ist das nicht eine von den Schulen, die nur schwarze Lehrer haben?»

Oder: «In welche Schule, sagten Sie, geht Ihre Tochter? Q-Gymnasium? Mensch! Haben Sie Glück! Ist das nicht eines der Gymnasien, die dieses Jahr noch mehr weiße Lehrer bekommen sollen?»

Doch ich, ich hatte andere Sorgen, und eine davon war, daß ich nicht im Akwapim Mädchengymnasium landen wollte. Ja, auch in diesem Internat würde es jede Menge grüner Kochbananen und Spinateintopf, die ich so abgrundtief zu verabscheuen gelernt hatte, geben. Aber das wäre noch auszuhalten gewesen. Meine Sorge hingegen erwuchs aus einem Minderwertigkeitskomplex; und ganz bestimmte Vorkommnisse an der Akwapim Mittelschule hatten nicht gerade dazu beigetragen, den Komplex zu lindern.

Tatsache Nummer eins: Niemand hatte mir einen Antrag gestellt, ihre Supi zu werden. Tatsache Nummer zwei: Bei Jennifer war ich nur dank Erpressung gelandet, und überdies hatte sie mich kurz darauf fallengelassen. Kaum hatte sie ein Auge auf Jamena geworfen, schon war ich vergessen gewesen. Und Fula? Warum war ich bei Fula gelandet? Ganz einfach. Weil sonst niemand sie wollte. Das war Fakt. Punktum. Und soweit ich wußte, kannten die Schülerinnen am Akwapim Mädchengymnasium keinerlei Minderwertigkeitskomplexe. Das waren Mädchen, um die sich schon auf der Mittelschule jede Menge älterer Schulkameradinnen aus den Klassen 3 und 4 und vielleicht sogar die älteste Schulpräfektin gestritten hätten.

Schülerinnen, die es bis dorthin schafften, oder soll ich sagen, die es wagten, dieses Gymnasium zu besuchen, kannten einfach keinerlei Minderwertigkeitsgefühle. Sie hielten ihre Nase hoch und streckten ihre Brust raus, denn ihre Direktorin war weiß, und die weißen Lehrer waren den schwarzen zahlenmäßig überlegen. Diese Schülerinnen gehörten einer bestimmten Gesellschaftsschicht an, die zumindest nicht in einer Gegend wohnte, wo irgendwelche verrückten selbsternannten Medizinmänner eines Tages aufstanden und ihren Nachbarn einen ekligen Haufen menschlicher Fäkalien vor die Tür setzten. Diese Schülerinnen kamen aus Familien, die in Stadtteilen residierten, wo man Schilder vorfand wie: «Die Residenz Ihrer Exzellenz, dem Botschafter der Schweiz» oder «Eigentum des Britischen Hochkommissars». Diese Familien waren an geteerte Straßen, satten gepflegten Rasen und sicher abgedeckte Drainagen gewöhnt. Die meisten ihrer Nachbarn waren entweder Weiße oder reiche Schwarze. Die Väter der Schülerinnen unternahmen regelmäßig Geschäftsreisen ins Ausland: London, Rom, München, New York und Paris; und immer brachten sie ihren Kindern irgendwelche kleinen, nichtigen und vornehmen Geschenke mit, Dinge, die man normalerweise in Ghana nicht bekam. Diese Schülerinnen aßen die grünen Kochbananen und den Spinateintopf in den Speisesälen ihrer Schulen, nicht weil sie sich nichts Besseres leisten konnten, sondern weil sie der Anweisung folgten, sich zu überwinden und dieses zu essen als Ausgleich für ihre ansonsten viel zu reichhaltige Ernährung. Was also hatte so jemand wie ich dort zu suchen? Über wen sollte ich sprechen, wenn meine Klassen- und Schlafraumkameradinnen über ihre Nachbarn herzogen: Seine Exzellenz hier und Herr Diplomat da und Herr Minister dort? Über «Go Gay a la Grease Your Hips»?

Und wie verhielt es sich mit der dringlichen Frage der Unterwäsche?

Die Marke St. Michaels hatte in der Mittelschule noch voll im Trend gelegen, aber eben auch nur dort. Am Gymnasium sah die Geschichte schon wieder anders aus. St. Michaels war da nicht weiter von Bedeutung, sondern die delikaten sexy Lollipop-Dinger, Tangas genannt. Es hieß, daß sie alle anderen Partien frei ließen außer dem wichtigsten einen. Dem großen...

Woher sollte ich diese Tangas bekommen? Von Tante Mena vielleicht? Dazu braucht man nur zu wissen, wie sie einmal darüber geurteilt hat. Voller Verachtung nannte sie Tangas Unterhosen, die gar keine seien, und behauptete, daß Mädchen, die so etwas trügen, so riesige Mengen an schlechter Luft aufnehmen würden, daß sie unter exzessiven, unkontrollierbaren Blähungen zu leiden hätten. Und das sei lediglich die gesundheitliche Seite. Zum finanziellen Aspekt erklärte Tante Mena klipp und klar, daß, wenn es nach ihr ginge, den Besitzern der Fabriken, die so etwas herstellten, die Hand abgehackt gehöre.

Was die Frage der Moral betraf, so stieß sie auf Widerspruch von ungeahnter Seite. Sie fragte ihren Mann, was er von diesen dummen kleinen Dingern, die man Unterhosen nannte, hielt und erwartete von ihm tiefste Verachtung für alle, die so etwas trugen. Onkel Quaye hingegen erwiderte zu ihrem Mißfallen, daß er beim besten Willen nicht sehen könne, was daran falsch sei. Die Höschen seien ganz in Ordnung, fügte er sogar noch hinzu. Daraus schloß Tante Mena, daß ihr Mann gerade nicht ganz bei Sinnen sei.

Nun stand ich also vor meiner Aufnahme am Gymnasium und machte mir keine Gedanken darüber, was ich dort lernen oder nicht lernen würde, wohl aber über Nachbarn und Tangas. Ich entschied mich, ein Gymnasium in Accra zu besuchen, von dem ich wußte, daß es dort von Leuten wie mir nur so wimmelte, die mit Menschen wie Ladepo Tür an Tür wohnten und deren Augen an den Anblick von staubigen roten Straßen, stinkenden Müllhaufen und veralgten Abflüssen gewöhnt waren.

Dort würde ich mich gut einfügen, ohne unter Komplexen leiden zu müssen. Dort müßte ich mir keine Gedanken machen wegen der Tangas und der Scham, die mich im Bad oder im Schlafsaal überkommen könnte, nur weil ich keine Tangas trug, denn dort würden die meisten auch keine tragen, und diejenigen, die welche haben würden, hätten sie höchstwahrscheinlich anderen, fragwürdiger Quellen zu verdanken als ihrem Elternhaus. Dort würde ich mich, dessen war ich mir sicher, wie zu Hause fühlen.

Jetzt begann ich die Tage in der Mittelschule zu zählen, ich wollte so schnell wie möglich weg vom Akwapim Mädcheninternat. Ich wollte weg von all den kalten Bädern, die mein Körper aushalten mußte, weg von den grünen Kochbananen und dem Spinateintopf. Und auch die wäßrigen Tees wollte ich schnell vergessen. Tief war mein Wunsch, diese Schule zu verlassen und niemals wieder zurückzuschauen. Zu stark waren die unangenehmen Gefühle, die ich mit dieser Einrichtung verband, so stark, daß sie alle guten und wundervollen Erfahrungen überschatteten.

Auch die Tatsache, daß mein leiblicher Vater aus den Akwapim-Bergen stammte, blieb irgendwo in einem schwarzen Kästchen meines Unterbewußtseins verschlossen. Während ich diese Tatsache zwar niemals richtig vergaß, ließ ich sie aber auch niemals wirklich in mein Bewußtsein.

Doch das Schicksal, so schien es, war wieder einmal der Steuermann hinter dem Lenkrad meines Lebens und verfolgte seine eigenen Pläne mit mir.

Es blieben nur noch einige wenige Tage bis zum Ende des Schuljahres. Nach zwei ganzen Schuljahren, in denen mir nie in den Sinn gekommen war, daß mein Vater und seine Familie gerade fünf Kilometer von mir entfernt lebten, fand ich völlig unerwartet einen Brief in einem kleinen khakifarbenen Umschlag vor. Ganz tief in meinem Innersten wußte ich sofort, daß der Inhalt dieses Briefes mich in eine Situation bringen würde, die von meinem Meister, dem Schicksal, vorgeplant war.

Der Brief stammte von meiner ältesten Schwester, Beya, mit der ich und Mansa, wie die meisten unserer anderen Geschwister, kaum Kontakt pflegten. Tatsache war, daß Beya zwar meine Schwester war, ich sie aber eher wie eine entfernte Verwandte empfand. Es war ihr erster Brief an mich überhaupt. Sie lebte bei der Großmutter mütterlicherseits und einer weiteren Schwester von Mutter und kam kaum nach Accra; genauso wie wir kaum jemals den Ort besuchten, wo sie lebten. Beya, erschien mir schon damals als ein höchst widersprüchliches Wesen.

Sie schaute auf unsere Mutter herab, verachtete diese abgrundtief und machte keinen Hehl daraus. Ihre Gründe schienen einfach und nachvollziehbar. Warum konnte unsere Mutter nicht lesen und schreiben? Warum hatte sie sich ausgerechnet Vater zum Mann genommen? Warum hatte sie so viele Kinder zur Welt gebracht, wo sie doch genau wußte, daß sie sie nicht versorgen konnte. Nur um ihre dämliche Familienpflicht zu erfüllen?

Warum hatte sie Beya zur Welt gebracht, damit sie später bei einer Tante und einer Großmutter aufwachsen mußte an irgendeinem obskuren Ort, den man nicht einmal auf der Karte fand? Beya, so schien es mir, quälte es, daß sie nicht als Tochter eines Diplomaten oder Ministers geboren worden war, daß sie nicht aufgrund ihrer Herkunft, in der Nachbarschaft großer Leute aufwachsen durfte, daß sie nicht nach Cambridge oder Oxford zur Ausbildung geschickt worden war. Und für diesen Makel machte sie alles und jeden verantwortlich, nur nicht sich selbst. Andererseits verhielt sich Beya, die bei der sehr traditionsbewußten Großmutter lebte, sehr konservativ und hielt Traditionen hoch.

Während sie also Mutter absolut verachtete, versäumte es Beya dennoch nicht, kleine Familienpflichten zu erfüllen, die ihr in ihrer Eigenschaft als älteste und inzwischen berufstätige Tochter zufielen. Gegenüber Großmutter verhielt sich Beya zwar nicht besonders respektvoll, doch wenn diese deutlich eine Bitte äußerte, dann gehorchte Beya ohne Murren.

Ich glaube, sie kam all den Familienpflichten nur deshalb nach, weil Großmutter es von ihr verlangte. Und auch nur deshalb hatte sie mir den Brief im kleinen khakibraunen Umschlag geschrieben. Darin fand ich eine Postanweisung, eine Ortsbeschreibung und weitere Instruktionen.

Ich wußte, daß mein Vater selten zu Hause bei seiner Familie weilte. Er arbeitete irgendwo außerhalb und kam nur nach Hause, wenn ihn die Familie rief. Ich wußte auch, daß Mutter nach meiner Geburt noch drei weitere Kinder zur Welt gebracht und dann endlich Vater verlassen hatte – zum Teufel mit den familiären Pflichten. Ich habe mich oft gefragt, warum sie überhaupt geheiratet hatten, da, nach allem, was ich gehört habe, Vater ein so schlechter Ehemann gewesen war, daß er und Mutter sich praktisch pausenlos in der Wolle hatten.

Ich habe auch nie verstanden, warum sie so viele Kinder in die Welt gesetzt haben und warum die Erfüllung der ehelichen Pflichten wichtiger war als die Situation, die dadurch entstanden war: uns Kinder getrennt voneinander aufwachsen zu lassen, so daß wir uns völlig fremd wurden.

Damals hielt ich meinen Vater schlichtweg für einen üblen Typen, der meiner Mutter jede Menge Kinder angedreht und ihr dann so sehr zugesetzt hatte, daß sie gar nicht anders konnte, als ihn zu verlassen. Dadurch konnte er mit einer anderen Frau zusammenleben, ohne als Schuldiger für das Scheitern seiner Ehe dazustehen.

Onkel Quaye war in meinen Augen an die Stelle des Vaters getreten. Mein leiblicher Vater war in Vergessenheit geraten, er war mir fremd, physisch und emotional. Mir war bis dahin niemals in den Sinn gekommen, etwas über seine Familie herauszufinden, und es war auch kein Geheimnis, daß Tante Mena und Onkel Quaye einen solchen Kontakt nicht unbedingt gefördert hätten. Darin mußte der Grund dafür liegen, daß Beya mich in dem Brief davor warnte, unsere Pläne Tante Mena oder ihrem Mann zu verraten. Sie wußte sehr wohl, daß sie mich damit in eine Zwickmühle brachte. Deshalb fügte sie in ihrem Brief hinzu, daß sie das, worum sie mich jetzt bat, ebensogut selbst hätte tun können. Aber, warum sollte sie eine Reise von 350 Kilometern unternehmen, wenn ich nur fünf Kilometer weit entfernt lebte und die Angelegenheit bequemer erledigen konnte. Ich holte das Geld mit der Postanweisung ab, steckte es in einen Umschlag, verschloß diesen sorgfältig und bereitete mich seelisch auf das Kommende vor.

Laut Beya war ein Bruder meines Vaters gestorben. Auch wenn Vater und Mutter getrennt lebten, waren wir Kinder dennoch verpflichtet, uns an der traditionellen Totenehrung zu beteiligen. Heute weiß ich, daß wir uns sonst der Mißachtung des Toten schuldig gemacht hätten. Und unserer Großmutter, so entnahm ich Beyas Brief, lag sehr daran, das zu vermeiden. Vielleicht würde es eines fernen Tages vor irgendeinem Ahnengericht eine Verhandlung geben wegen dieses Mannes, wobei wir womöglich gar nicht für schuldig befunden werden würden, denn, der Bruder des Toten, unser Vater also, hatte uns Kinder zuerst mißachtet, indem er sich nicht um uns gekümmert hatte.

Unsere Verpflichtung, der Beya nun durch mich Folge leistete, bestand in einem Beitrag zu den Bestattungskosten.

Sollte ich böse sein auf Beya, weil sie mich in die Situation brachte, mir das Haus meines Vaters anschauen zu müssen? Eher schon haderte ich mit meinem Schicksal, diesen Vater zum Vater zu haben. Ein Schicksal, das mich genau dort zur Schule gehen ließ, wo dieser Vater herstammte, und dafür gesorgt hatte, daß sein Bruder das Zeitliche segnete, noch bevor ich die Schule verließ. Hätte er verdammt noch mal nicht noch ein paar Tage damit warten können?

Ich bat zum letzten Mal um Ausgeherlaubnis und verließ das Schulgelände, um das Haus meines Vaters aufzusuchen. Ich blickte mißmutig, meine Stirn blieb auch noch gerunzelt, als ich das Haus gefunden hatte und davor stehenblieb. Ich stieg die kurzen Treppenstufen sehr vorsichtig hinab, da sie an einigen Stellen abgebröckelt waren und wirkten, als könnten sie jeden Moment nachgeben. Ich betrat den kleinen Innenhof. Eine Gruppe von etwa zehn Frauen in Trauerkleidung saß dort auf kleinen Hockern. Eine der Frauen sah mich kommen und flüsterte den anderen hastig etwas zu. Alle drehten sich zu mir um. Keine von ihnen schien zu wissen, wer ich war und was ich vorhatte, auch wenn zwei von ihnen, wie sich nachher herausstellen sollte, direkte Tanten von mir waren und die alte Dame meine Großmutter.

Ich stellte mich ihnen vor.

Zunächst herrschte absolutes Schweigen; dann konnte sich eine der Frauen nicht mehr beherrschen und begann zu weinen. Alle anderen fielen ein. Bei diesem Anblick schwand mein Groll auf das Schicksal. Welch eine bewegende Situation – meine Großmutter und meine Tanten lebten nur fünf Kilometer entfernt von mir, und wir hatten bis heute nichts voneinander gewußt.

Ich wurde umarmt, wieder und wieder, und meine Großmutter, die auf einem niedrigen Hocker saß, gab zu verstehen, daß sie sich erheben wollte. Sie schaffte es mit Hilfe ihres Gehstocks und zwei meiner Tanten. Dann winkte sie mich heran und umarmte mich mit der wenigen Kraft, die ihr noch geblieben war. Sie schaute mir tief in die Augen und flüsterte bewegt: «Willkommen zu Hause, meine Enkelin!» Ihre Augen füllten sich mit Tränen, und als ich das merkte, kamen mir auch die Tränen. Schließlich ließ sie mich los, ließ sich zurück auf ihren Hocker helfen und bedeutete, daß ich an ihrer Seite Platz nehmen sollte.

Sie boten mir ein Glas Wasser an und begannen mich auszufragen: Wie alt ich sei und wie es den anderen gehe? Wo war diese und wo war jene? Was tat die und die? Ich kam aus dem Internat? Ich war also Schülerin an der Mittelschule? Und ich hatte sie die ganze Zeit nicht besucht?

«Versprich mir», warf Vaters Mutter mit zitternder Stimme ein, «daß du uns jetzt, wo du weißt, wo wir wohnen, öfter besuchst, nach den Ferien, wenn die Schule wieder angefangen hat.»

Und ich antwortete: «Schade. Ich wünschte, das wäre möglich. Doch nach den Ferien werde ich aufs Gymnasium in Accra gehen.»

Großmutter hörte aufmerksam zu und nickte nachdenklich; dann murmelte sie, daß man den Göttern zumindest dankbar sein müsse, ihrem Sohn eingegeben zu haben, seine Kinder zur Schule zu schicken.

Die alte Frau fuhr fort: «Er war nicht gut zu euch. Er läßt euch für den Schmerz bezahlen, den eure Mutter ihm zugefügt hat, als sie ihn verließ. Aber es freut mich, es freut mein Herz, wenn ich weiß, daß er es zumindest dadurch ausgleicht.»

«Mieser Typ!» dachte ich. Der Mann schmückte sich mit Lorbeeren, die sich andere verdient hatten. Doch ich hatte auch gemerkt, wie der Gedanke, daß ihr Sohn uns eine Ausbildung ermöglichte, das Herz der alten Dame erfreut hatte. Ich wollte es nicht brechen, indem ich ihr verriet, daß Tante Mena und Onkel Quaye für uns gesorgt und uns aufgezogen hatten. Ich beließ es einfach dabei.

Ich kam nicht mehr dazu, die Witwen meines verstorbenen Onkels zu treffen. Er hatte zwei Ehefrauen hinterlassen. Mir wurde gesagt, daß sie für eine bestimmte Zeit in die Einsamkeit verbannt worden waren, um sich einem reinigenden Ritual zu unterziehen. Mir wurde erklärt, daß eine traditionelle Heirat dazu diene, einen Mann und eine Frau aneinander zu binden. Ihr Zusammenleben unter einem Dach sei nur ein Ausdruck ihrer formalen Verbundenheit, während das Miteinanderschlafen und Ineinanderdringen, das dazu dient, der Liebe Ausdruck zu verleihen und Kinder zu machen, geistige Verbundenheit erzeuge. Auf diese Weise sei das Blut, das durch die Adern des Mannes fließt, zum Teil auch das seiner Frauen und umgekehrt. So daß mit dem Tod eines Ehepartners das Blut des überlebenden Partners eine Reinigung mit Hilfe bestimmter Rituale und Opfergaben an die Götter und Vorfahren verlangte. Wenn diese Reinigung nicht erfolgte und der noch lebende Partner weiterhin mit dem ungereinigten Blut des Toten lebte, würde er unweigerlich zu einer Quelle schlechter Omen werden.

Die Witwen meines Onkels, so wurde mir erklärt, benötigten zusätzliche Reinigungsrituale, wegen der Art und Weise, wie ihr Ehemann gestorben war. Als ich mir diese Geschichte angehört hatte, folgerte ich sogar in meinem geheimsten Inneren, daß das Blut der beiden Witwen nicht nur dringend diese zusätzlichen Rituale, sondern eine verdammt intensive Reinigung brauchte.

Der Tote namens Kusi war, wie die meisten einigermaßen wohlhabenden Dorf- und Kleinstadtbewohner, ein Tausendsassa. Er war Bauer, Jäger und Sargschreiner in einer Person. Nach den gängigen Normen hatte er keineswegs viele Kinder, «nur» sechs, und das immerhin von zwei Frauen. Deshalb hätte er eigentlich mit seiner Landwirtschaft, dem Jagen, dem Sarggeschäft und einer relativ kleinen Familie ein recht zufriedener Mann sein müssen.

Lange Zeit war er das auch gewesen, bis er, plötzlich und zur Verwunderung der meisten, anfing, mehr Geld zu verbrauchen als bisher. Die Spur führte zu einer heißblütigen Jungfrau, von der Kusi als seiner dritten Ehefrau träumte. Der Traum endete mit dem Fund seiner Leiche auf einem Buschpfad, mit einem geschwärzten Hinterteil und drei riesigen Truthahnfedern, die aus seinem Anus herausragten.

Damals in Tarkwa, als ich noch Schülerin an der katholischen Grundschule war, hatte man Geschichten erzählt über einen Mann vom Volk der Ewe. Er lebte auf einer großen und einsam gelegenen Farm hinter dem Friedhof. Hier standen viele Mangobäume, doch der Mann ließ die Früchte in der Erntezeit einfach hängen, sie wurden reif und gelb und blieben ungepflückt, verführerisch. Niemand erntete sie, weder zum Essen noch zum Verkaufen noch zum Verschenken. Doch wehe dieser Mann erwischte jemanden, der sich davon nehmen, aus seiner Sicht also stehlen, wollte. Dann, so erzählte man, fesselte er den Übeltäter, machte etwas Kohlenstaub flüssig, schüttete das Gemisch in eine Kürbisflaschenpumpe, führte diese in den Anus seines Opfers ein und injizierte so den Kohlenstaub.

Das Ganze hatte damals nur als Gerücht gegolten.

Und jetzt saß ich hier bei der Familie meines Vaters und hörte von den mysteriösen Todesumständen meines Onkels, und ich war mir gar nicht mehr sicher, ob diese Geschichte über den Ewe-Mann wirklich nur ein Gerücht gewesen war. Jedenfalls hatte man festgestellt, daß mit Kusi auf die gleiche Art und Weise verfahren worden war, wie der Ewe-Mann in Tarkwa die Mangodiebe behandelt haben sollte.

Die Frage, die die Familie beschäftigte, war nicht etwa, ob es sich wirklich um Kohlenstaub gehandelt hatte. Das war unzweifelhaft. Die Frage, um die es ging, war: Wer hatte den Hals der Kürbisflasche in Kusis Anus gesteckt, um das fatale Zeug hineinzupumpen? Kusi selbst? Jemand anders? Und wenn es jemand anders gewesen war, um Himmels willen, wer? Und natürlich blieb die große Preisfrage: Warum? Die Suche nach einer Antwort auf diese rätselhaften Fragen lenkte große Aufmerksamkeit auf Kusis Aktivitäten während der letzten Wochen vor seinem unseligen Tod.

Offensichtlich besessen von der jungen leidenschaftlichen Frau verlor Kusi jedes Gefühl für das Mysterium des Todes. Er meinte, sein Traum vom schnellen Geld für das neue Eheglück ließe sich nur durch den Verkauf von mehr Särgen verwirklichen – ob sie nun gebraucht wurden oder nicht. Also verbrachte er zunächst mehr Zeit in seiner Sargwerkstatt, er arbeitete emsig und produzierte sehr viele Särge, sehr viel mehr als er eigentlich verkaufen konnte. Nur selten legte er eine Pause ein, während er die Farm vollständig seinen beiden Frauen und den beiden ältesten Söhnen überließ. Das Unvermeidliche ließ nicht lange auf sich warten.

Kusi konnte ein «beneidenswertes» Lager an Särgen in allen Größen vorweisen. Nun war es erforderlich, eine möglichst effiziente Verkaufsreise anzutreten. Diese nahm eine ehrgeizige, jedoch nicht minder unheilige Form an, kompromißlos gerichtet auf die Beschaffung von Käufern für seine fertigen Särge. Kusi wartete nicht länger auf die Trommeln, die den Tod ankündigten. Nein! Sobald er von jemandem hörte, der sehr krank geworden war, machte er sich auch schon auf den Weg zu dessen Bett und nötigte ihn, doch klugerweise seinen Sarg schon im voraus zu bestellen, bei ihm, zu einem unglaublich günstigen Preis.

Diese Verkaufsstrategie war jedoch nur in einigen wenigen Fällen erfolgreich. Außerdem hatten andere Männer ebenfalls ein Auge auf die heißblütige Jungfrau geworfen und warben um deren Aufmerksamkeit. All das trieb Kusi zur Verzweiflung. Und eines schönen Morgens kam ihm, voila! eine merkwürdige, für ihn jedoch sehr praktikable Idee. Ja! Warum war ihm das bloß nicht früher eingefallen? Wer sagte eigentlich, daß alle nur nach einer Krankheit sterben würden? Es gab doch viele, die plötzlich das Zeitliche segneten, unerwartet, und deren Familien sich an andere Sargschreiner wendeten. Andere Sargschreiner, die, aus Kusis Sicht, längst nicht so dringend Geld brauchten wie er? Nein! Seine Verkaufsstrategie war schlicht falsch oder unzureichend gewesen. Er hatte einfach nicht alle in Frage kommenden Leichname berücksichtigt. Er mußte aggressiver vorgehen. «Wenn ich zum Beispiel an Apotis arme, alte, vertrocknete Frau denke», murmelte er, «sieh dir an, wie sie gestorben ist, zack, einfach so, plötzlich und unerwartet durch den ekligen Biß eines Skorpions.» Man denke nur an Papa Gyakyes Sohn, der in einem Brunnen ertrunken war. Waren nicht diese beiden Familien zu diesem idiotischen Akwimo-Mann gegangen, um Särge für ihre Toten zu kaufen? Dieser Akwimo-Mann, der aus Kusis Sicht nicht nur keineswegs besonders dringend Bargeld benötigte, sondern darüberhinaus nicht einmal wußte, was er mit dem Geld, das in seine Hände gelangte, anfangen sollte. Kusi beschloß, keine weitere Sekunde zu verschwenden.

Cholera und Ruhr sorgten gelegentlich für blendenden Absatz. Solange die offenen Abflüsse durch die Häuser führten, wo jeder seinen

Haushaltsmüll hineinwarf und wo alle Kinder sich einfach hinhockten, konnte Kusi auch weiterhin hoffen. Auch die Malarialeichen, daran gab es keinen Zweifel, würden ihn so lange versorgen, wie das stehende Wasser, das wegen des Mülls, des Unrats und der Fäkalien nicht aus den Abflüssen entweichen konnte, den Moskitos eine ewigwährende Brutstätte garantierte. Diese Leichname, die regulären sozusagen, die hatte er sicher. Die meisten jedenfalls. Aber er wollte sie alle.

Deshalb machte er sich auf den Weg und suchte einen Medizinmann in einem anderen Dorf auf. Niemand wußte genau, welches Dorf er aufgesucht hatte. Kusi war zwar weithin bekannt als häufiger und regelmäßiger Besucher von geweihten Plätzen jeder Art. Im vorliegenden Fall war ihm jedoch offensichtlich bewußt, wie unheilig seine Absichten waren. Also ging er auf Nummer Sicher und vertraute sich lieber einem Medizinmann an einem weit entfernten Ort an.

Sein Anliegen war konkreter Natur: Der Medizinmann sollte ihm voraussagen, wer demnächst sterben würde. Ausgestattet mit diesen Informationen näherte sich Kusi diesen potentiellen Leichen, und auch wenn er sie in bester Verfassung und stark wie ein Pferd vorfand, redete er ihnen ein, daß ihr Tod bevorstehe und sie sich darauf vorzubereiten hätten, um ihre Ehre zu retten. In den meisten Fällen stieß er auf große Skepsis bei den Totgesagten. So griff er schon bald zum letzten Mittel und erinnerte an den Fall des Opanin Kwatre.

Opanin Kwatre war in dieser Gegend ein hochgeachteter Mann und ebenso ein überzeugter Nichtchrist. Er starb sehr plötzlich. Angeblich hatten die Geister ihn als Schöffen für ein Gerichtsverfahren in der Welt der Vorfahren angefordert und ihn deshalb so plötzlich abberufen. Der Obermedizinmann verschrieb gemäß Opanin Kwatres Bedeutung eine lange Liste von Gegenständen, die die Familie für die Ausübung bestimmter Rituale besorgen sollte. Diese Liste hatte es in sich, und Kwatres Familie mußte einsehen, daß sie sich die Anschaffungen einfach nicht leisten konnte. Der Medizinmann wurde überredet, die Liste etwas bescheidener ausfallen zu lassen. Doch auch die korrigierte Fassung war noch viel zu teuer. Ein Familientreffen, das einberufen worden war, um das Problem zu lösen, endete in einem gewaltsamen Zusammenstoß zwischen Mitgliedern der Familie, die unterschiedliche Standpunkte vertraten. Es mußte etwas geschehen, damit der Leichnam endlich beigesetzt werden konnte, ohne vorher zu verrotten.

Ein Teil der Familie traf sich nun hinter verschlossenen Türen und verkündete danach, eine sehr wichtige Entdeckung in einem Geheimfach in Opanin Kwatres Zimmer gemacht zu haben. Es wurde erklärt, daß aufgrund dieser Entdeckung für den Toten keinerlei Ritual vollzogen werden könne. Die Verwirrung war, gelinde ausgedrückt, riesig. Dann wurde das Geheimnis enthüllt. Opanin Kwatre war angeblich vor seinem Tod heimlich zum Islam übergetreten und hatte verlangt, im Falle seines Todes streng nach dessen Regeln behandelt zu werden. Die Konversion sei nur wenige Tage vor seinem Tod erfolgt.

Viele durchschauten den Trick, doch seine Frauen und die Familienmitglieder blieben beharrlich. Das Ergebnis? Kwatre wurde begraben, noch am gleichen Abend der schockierenden Enthüllung, zumal schon gemunkelt worden war, daß sein Begräbnis bereits lange überfällig sei. Es wurde keine Totenwache gehalten, keine kostspieligen Rituale wurden zelebriert; keine unnötigen Kosten waren entstanden. Und statt des Sargs aus Mahagoni und des Sterbehemds aus reiner Seide, das der Medizinmann empfohlen hatte, wurde Opanin Kwatre in einem einfachen weißen Tuch und ohne Sarg beigesetzt. Die Leute gaben sich keine Mühe, ihre Mißachtung zu verbergen. Nein, sie nahmen sich vor, diese Begebenheit in Erinnerung zu behalten. Sie schauten nicht nur voller Verachtung auf diejenigen herunter, die an dem Schwindel beteiligt gewesen waren, sondern ebenso auf den Toten, der ihrer Ansicht nach eben nicht nur hilflos der Entscheidung der Lebenden ausgeliefert gewesen war. Kurz, Opanin Kwatre ist nie verziehen worden, weder vom Rest seiner Familie noch von allen anderen.

Im allgemeinen darf man nicht schlecht von den Toten sprechen. Das ist tabu. Doch bei Opanin Kwatre machte man eine Ausnahme. Die Leute schauten verächtlich hinab auf seinen Geist, und sie tun es bis heute. Man sagte, daß seine Seele von den Ahnen zurückgewiesen worden war. Es hieß, er sei tief in deren Ungnade gefallen. Was jedoch war aus dem Gerichtsverfahren geworden, für das sie ihn so plötzlich abberufen hatten?

Wie auch immer, mein Onkel Kusi bekam, was er wollte, wann immer er von dem bösen Schicksal, das Opanin Kwatre ereilt hatte, erzählte. Viele bestellten daraufhin ihre Särge, sie bezahlten und fingen so an, sich auf ihren Tod vorzubereiten. Immerhin, wer hatte keine Angst davor, von den Vorfahren in der Unterwelt abgelehnt zu werden? Es gab also viele, die bereits belastet mit ihren Särgen auf ihren Tod warteten, aber der bluffte und spielte Versteck mit ihnen. Der genaue Zeitpunkt ihres Todes, so hatte Kusi sie informiert, sei vom Medizinmann vorausgesagt worden. Und der kam und ging vorüber. Die Totgesagten fanden sich noch immer sehr lebendig und standen gesund, kräftig und aufrecht neben ihren preiswerten Särgen – keine Skorpionbisse, keine Ruhr, keine Malaria, keine Cholera, keine Toten! Sie fühlten sich betrogen.

Allmählich verwandelte sich dieses Gefühl in bittere Rachsucht. Inzwischen war der alltägliche Rhythmus vieler angesichts ihres vorhergesagten Todes völlig durcheinandergeraten. Wer konnte schon noch ein normales Leben führen, heute so wie gestern, wenn ihm vorausgesagt worden war, daß er morgen sterben würde?

Und was noch schlimmer war: diejenigen, die sich entschlossen, ihren Sarg zu Kusi zurückzubringen und ihr Geld zurückzuverlangen, stießen nicht nur auf Ablehnung, sondern wurden auch noch mit Beleidigungen nur so überhäuft. Nun war es nur noch eine Frage der Zeit, wann einer der Betrogenen die Sache in die Hand und Rache an Kusi nehmen würde. Doch daß sich diese Rache in Form flüssigen Kohlenstaubs vollziehen würde, damit hatte sicher niemand gerechnet. Und warum die drei riesigen Truthahnfedern aus seinem Anus herausragten – das blieb ein Geheimnis. Um sich einen Spaß zu erlauben? Und wenn, über wen wollte man sich lustig machen? Die Vorfahren? Den Tod? Oder waren sie hineingesteckt worden, um eine Nachricht zu übermitteln. Aber an wen?

Fünf Tage später verließ ich die Akwapim Mittelschule für immer. Doch mein Besuch bei der Familie meines Vaters hatte unangenehme Spuren bei mir hinterlassen, der Tod meines Onkels nagte an mir. Meinem Vater fühlte ich mich fremder denn je zuvor. Emotional hatte ich ohnehin in ihm nur den Spender des Samens gesehen, der das Ei befruchtet hatte, um mich zu zeugen. Das schien mir plötzlich noch nicht distanziert genug. Ich begann mich zu schämen für alles, was mit ihm zu tun hatte; dafür, daß er der Bruder eines Mannes war, der eines so unseligen Todes gestorben war. Ich verabscheute sie beide. Mir war klar, daß es lange dauern würde, bis ich diese Familie wieder besuchen würde, wenn überhaupt jemals. Und noch länger, bis ich über all das hinwegkommen würde.

Inmitten dieser Scham und Verachtung erwachte in mir mit der Zeit ein noch intensiveres Gefühl, das ich mir zunächst gar nicht erklären konnte. Doch einmal schreckte ich aus dem Schlaf hoch mitten in der Nacht, schweißgebadet vor Angst, geweckt von etwas wie einem Alptraum, und plötzlich dämmerte mir, was mich die ganze Zeit so bedrängt hatte. Ich befand mich in einer Situation, die einfach und kompliziert zugleich war. Ich wollte meinen Vater hassen, dafür, daß er mein Vater war. Kompliziert. Doch ich hatte auch Angst davor. Einfach. Dazwischen sah ich mich gefangen. Das Schicksal, so schien es, spielte eine Partie Schach mit mir.

## 10

Ich war schon vier Tage daheim, als meine beiden Stiefschwestern und meine Schwester Mansa von ihren Schulen zurückkehrten. Eines Abends, als wir alle vier unter dem Mangobaum, der mitten in unserem Innenhof stand, saßen, versuchte ich, das Thema auf meinen Besuch bei der Familie meines Vaters zu lenken.

Ich erklärte, daß dort alles anders gewesen sei als in meinen Vorstellungen und daß sie mich voller Wärme empfangen und mir sogar Abendessen angeboten hatten. Mansa unterbrach mich: «Ich würde auch nicht schlecht über Leute sprechen, die mich zum Abendessen einladen.»

Das fand ich sehr sehr gemein von ihr.

Sie nahm mich nie ernst, nur weil ich die kleine Schwester war. Schon allein deshalb fühlte ich mich großartig, als ich nur wenige Wochen nach Ferienbeginn eine große und wichtige Veränderung in meinem Körper feststellte.

Ich erinnere mich, als ich mit Renate zum ersten Mal über den Zeitpunkt sprach, an dem ich zu einer richtigen Frau wurde. Ich stieß damit sofort auf ihr gesteigertes Interesse, mit strahlendem Gesicht streckte sie ihren Kopf vor und bestand eifrig darauf, daß ich die ganze Geschichte erzählte, und zwar die ganze wahre Geschichte. Sie wollte genau wissen, wer der Glückliche gewesen und wo es passiert war.

«Unter einer Palme vielleicht?» wollte sie wissen.

Erst nach einer Weile verstand ich. Dann seufzte ich lüstern und erwiderte atemlos, ja, es sei unter einer sehr großen Palme passiert.

«Und Renate», fügte ich hinzu, «du wirst es mir nicht glauben, aber kannst du dir vorstellen, daß wir dabei umringt waren von Löwenpärchen und Hyänen und Kobras und Termiten, die es ebenfalls taten?»

Erst jetzt merkte Renate, daß ich sie auf den Arm nahm.

Ein starkes Interesse an diesem Thema habe ich jedoch nicht nur bei Renate bemerkt. Mir erscheint es als eines, bei dem sich eine Chinesin sofort mit einer Griechin und eine Eskimofrau sogleich mit einer Frau aus Botswana verständigen kann.

Doch eben das hatte ich gar nicht gemeint. Es ging mir vielmehr um meine erste Menstruation.

Nun war es damals nicht so, daß ich überhaupt noch nichts von dieser Angelegenheit mitbekommen hatte. Meine beiden Stiefschwestern und auch meine Schwester Mansa hatten sie schon. Ich hatte sogar bereits beobachtet, wie die jüngste von Tante Menas Stieftöchtern immer, wenn sie sie hatte, stundenlang im Bett lag, sich an ihren Unterleib faßte und vor Schmerzen stöhnte.

Tante Mena versuchte ihre Stieftochter davon abzuhalten, zu viele Schmerztabletten einzunehmen, und erklärte ihr, daß das Schmerzen seien, die eine Frau lernen müsse auszuhalten.

Als ihre älteste Stieftochter ihre ersten Tage bekommen hatte, rief Tante Mena uns alle zusammen. Erst murmelte sie, daß unsere älteste Schwester jetzt eine Frau geworden sei; dann ordnete sie an, daß wir von nun an unser gemeinsames Schlafzimmer immer zu verlassen hatten, wenn sie von der Toilette zurückkam. Und wenn sie bereits im Schlafzimmer war, sollten wir erst anklopfen, bevor wir eintraten.

Als unsere jüngere Stiefschwester dran war, wurden Mansa und ich wieder zur Konferenz gerufen. Schließlich blieb nur noch ich übrig.

Es passierte mitten in der Nacht, genau wie bei den drei anderen vor mir. Tante Mena hielt das für Zufall, aber ich erinnerte mich Jahre später daran, daß meine Großmutter es einen Segen genannt hatte. Sie behauptete, daß mitten in der Nacht Gott die Ruhe fände, um unbemerkt zur Erde zu kommen, den Schlauch bei denjenigen, für die er sich entschieden hatte, anzulegen und das unreine Blut aus ihnen herauszupumpen. Scheinbar hatte Gott sich dafür entschieden, diese Pumperei bei mir in jener Nacht zu erledigen. Mitten in der Nacht wachte ich auf und verspürte das Bedürfnis, meine Blase zu leeren. Ich ging also auf die Toilette, zog meine Unterhose runter, und da entdeckte ich es. Da ich nicht gleich verstand, was es war, dachte ich sogar zuerst an ganz etwas anderes! Hexerei! Was sonst? Ich stellte mir vor, daß vielleicht irgendein enttäuschter Verwandter, der mich überhaupt nicht leiden konnte, sich in einen Geier verwandelt und heimlich in meinen Körper hineingestohlen hatte, um mein von Gott gegebenes Blut herauszusaugen. Diese Gedanken machten mich ganz verrückt. Was sollte ich tun?

Dann schaute ich noch einmal genauer hin, und dieses Mal dämmerte es mir. Ja, das war es. Das mußte es sein, das große Es. Ich war sofort ein bißchen peinlich berührt, als ich mir in Erinnerung rief, daß alle meine Schwestern ebenfalls ein wenig verlegen gewesen waren.

Ich saß auf der Toilette, und meine Gedanken drehten sich. Verschiedene Gedanken, angenehme und unangenehme, furchterregende und verlockende, rasten durch meinen Kopf wie ein Jaguar auf der Flucht. Es würde ein paar kleine Veränderungen geben. Ich würde nicht mehr anklopfen müssen, bevor ich unser Schlafzimmer betrat. Ich war jetzt eine der Musketiere. Das war nicht schlecht. Aber ach, was würde aus all den kleinen Privilegien werden, die ich bis jetzt genossen hatte? Den Zärtlichkeiten, den Extraportionen beim Essen? So rosig war es auch wieder nicht, eine Frau zu sein, oder?

Ich wußte, es gab so etwas wie Hygienebinden, die man sich zwischen die Beine steckte. Doch die waren gerade weit und breit nicht zu sehen, und so griff ich eben auf das zurück, was mir zur Verfügung stand: Ich faltete Unmengen von Toilettenpapier zusammen, dann watschelte ich zurück in unser Zimmer mit einem Gefühl, als hätte ich eine Tonne zwischen meinen Beinen, und weckte meine Schwester.

«Mansa! Mansa!» zischte ich ihr ungeduldig ins Ohr.

Sie schlief tief und fest.

«Mansa. Ma... »

«Hm?» schreckte sie auf, «was, was ist los!»

«Komm mit», flüsterte ich und bedeutete ihr, mir zu folgen. Doch mit Mansa konnte man das nicht machen. Wenn man sie am meisten brauchte, stellte sie sich besonders dumm.

«Wohin?»

Und ich zeigte auf die Tür, in der Hoffnung, sie werde es kapieren. Doch sie hatte jetzt meinen komischen Wackelgang bemerkt und schnauzte mich an: «Was ist los? Schlafwandelst du, oder was?»

Ich wandte mich erneut verzweifelt um und flüsterte: «Scheiße, Mansa, ich schlafwandle nicht. Es ist passiert.»

«In Ordnung», entgegnete sie. Und fiel erneut in Schlaf.

«In Ordnung?»

«Mansa!»

«Was?» Sie fuhr erneut hoch, dieses Mal sichtlich genervt.

«Was, hey? Was ist los mit dir? Warum läßt du mich nicht in Ruhe schlafen, sondern rufst dauernd Mansa, Mansa, Mansa hier und Mansa dort, Mansa überall?»

Ich war verzweifelt.

«Hast du mich nicht verstanden? Ich sagte, ich hab es geschafft!» flüsterte ich angestrengt.

Jetzt war sie etwas wacher. «Was geschafft?»

«Na, es. Es ist gekommen.»

«Was denn?»

«Mein Blut.»

«Blut?» rief sie.

«Ja», zischte ich, «mein Menstruationsblut.»

Sie reagierte langsam, aber als sie es allmählich vollständig begriffen hatte, heulte sie auf: «*Du* hast deine Menstruation?»

Bevor ich mich versah, waren alle wach.

«Sie hat ihre Menstruation?» fragte die eine.

«Sie hat ihre Periode?» wollte die andere wissen. «Hast du es schon Mutter gesagt?»

Sie meinte Tante Mena, aber für uns war sie eben die Mutter.

«Sefa hat es mir gerade erst verraten», antwortete Mansa.

Jetzt kamen der jüngeren Stiefschwester Zweifel und sie forderte: «Ach, Mansa, geh lieber und guck mal nach, ob sie auch wirklich weiß, wovon sie spricht.»

Ich dachte bei mir: Jesus, was zum Teufel soll das? Ob ich wußte, wovon ich sprach?

Meine ältere Stiefschwester riet: «Geh und wecke Mutter, Mansa.»

Mansa stand sofort auf und gehorchte. Ich hörte, wie sie anklopfte und ein paar murmelnde Geräusche von Tante Mena und Onkel Quaye. Sie machten Licht, und Tante Mena rief: «Was ist los? Wer ist da?»

«Ich bin es, Mansa», rief Mansa. Und rückte sofort mit der Neuigkeit über mich heraus.

Es war gegen drei Uhr morgens.

Tante Mena stand sofort auf und stürzte in unser Schlafzimmer, gefolgt von Mansa.

«Hast du Schmerzen?» fragte sie mich.

«Nein», antwortete ich.

«Hat sie schon was an?» fragte Tante Mena in den Raum.

Und Mansa antwortete kichernd: «Klopapier.»

Ich ignorierte ihr Geschwätz.

«Ist genug Yams da?» fragte Tante Mena ihre ältere Stieftochter, die sich gleich davonmachte, um nachzuschauen.

«Und sieh auch nach dem Palmöl», fügte Tante Mena noch hinzu.

Und an uns alle gewandt wollte sie wissen: «Hat eine von euch eines der Eier angefaßt, die ich gestern gekauft habe?»

«Nein», erwiderten wir wie aus einem Mund.

Dann drehte sie sich zu mir und schickte mich ins Badezimmer. Als ich mich umwandte, vernahm ich Mansas Gekicher hinter mir.

Tante Mena kam zu mir ins Badezimmer und ordnete an: «Zieh dich aus!» Sie reichte mir ein Stück Seife, einen neuen Schwamm und ein frisches Handtuch, Symbole für meinen Neubeginn.

Sie packte meinen alten Schwamm in mein altes Handtuch und legte beides auf die Fensterbank. Die würde jetzt das Hausmädchen bekommen. Sie blieb in der Badezimmertür stehen und schaute mir dabei zu, wie ich mich wusch, und das war mir sehr peinlich. Es war nicht das erste Mal, daß sie mich nackt sah, aber mir wurde zum ersten Mal ihre Anwesenheit richtig bewußt. Sie hieß mich, meinen Genitalbereich mehrmals zu waschen, und erklärte mir, wie man die Vagina duscht. Sie sagte, das müsse ich jetzt jeden Monat einmal nach meiner Periode machen, mit frisch gepreßtem Zitronensaft, verdünnt mit lauwarmem Wasser. Von nun an, so unterwies sie mich weiter, müsse ich auch täglich meine Achselhöhlen nach dem Waschen mit einer Scheibe Zitrone abreiben, als Ersatz für Deodorant, bis ich mir selbst so etwas kaufen könne. Ich trocknete mich ab, und sie erklärte mir, wie ich meine erste hygienische Binde tragen mußte. Ich war also eine Frau.

Ich ging wieder zu Bett, aber Tante Mena stand noch in der Küche. Den klappernden Geräuschen entnahm ich, daß sie mein Otor vorbereitete. In unserem Zimmer war es mucksmäuschenstill. Ich war gerade am Wegdösen, als Mansa plötzlich sagte: «Jetzt bist du kein kleines Mädchen mehr, und jetzt mußt du auch beim Stampfen helfen.»

Verdammt, Mansa, dachte ich bei mir. Welche ghanaische Frau mag schon diese Plackerei? Stück für Stück legt man die Tomaten, Paprikaschoten oder was auch immer man stampfen will auf den großen, flachen Stein, beugt sich darüber und mahlt alles mit einem kleineren Stein, mahlt es, bis es zu einer glatten Paste wird: die Haut, die Kerne, alles. Wer macht das schon gern? Mansa ganz bestimmt nicht, und im Moment war sie gerade für diese Aufgabe zuständig.

«Und wenn ich das übernehme, was machst du dann?» fragte ich.

«Dann helfe ich Ma T beim Suppekochen», behauptete sie.

Ma T hieß meine jüngere Stiefschwester.

Schwester KB, meine ältere Stiefschwester, lachte.

«Mansa, du glaubst doch nicht im Ernst, daß Mutter zuläßt, daß du das machst, oder?» fragte sie.

«Warum nicht?» fragte Mansa.

«Ich sage nur Durchfall!» warf Ma T provozierend ein.

«Du denkst wohl, ich kann nicht so gut Suppe kochen wie du?» verteidigte sich Mansa.

«Natürlich kannst du das. Wer könnte das nicht? Jeder kann eine Suppe kochen, sogar Sefa», wandte sie sich an mich, «die Frage ist nur, ob man sie auch essen kann.»

«Wir hatten Kochen in der Schule», beharrte Mansa erneut, sie wollte nicht aufgeben.

«Oh, na ja, dann kannst du bestimmt die Soßen übernehmen», sagte Schwester KB beschwichtigend.

«Erhitze das Öl, füge kleingehackte Zwiebeln hinzu, Pfeffer, in Scheiben geschnittene Tomaten, dann drehe die Hitze herunter, den Deckel drauf, und das ist schon alles», diktierte Ma T spöttisch.

«Falsch», sagte Mansa triumphierend, «du hast das Salz vergessen!»

«Sehr beeindruckend», sagte Schwester KB, «du solltest wirklich mit der Soße anfangen.»

Ma T kicherte.

Die Küchentür war zugefallen. Offensichtlich hatte Tante Mena mein Otor zubereitet.

Es besteht aus gestampftem Yams, gemischt und gefärbt mit Palmöl, und wird mit Salz und Pfeffer abgeschmeckt. Eine rituelle Mahlzeit, die für die Götter und Ahnen verstreut wird, während bestimmte Rituale ausgeübt werden. Normalerweise wird es an Festtagen wie Geburts- und Feiertagen zum Frühstück gegessen oder, wie in meinem Fall, am ersten Tag der Menstruation. Und zu Otor müssen an diesem besonderen Tag hartgekochte Eier gegessen werden.

Yams ist eine eßbare Wurzel. Und weil es unter der Erde wächst, heißt es, es wachse in der Gebärmutter von Mutter Erde. Sein weißlicher, eßbarer Teil ist von einer Weiße und Unschuld und von feinerem Geschmack als andere eßbare Wurzeln. Die flaumige Weichheit der zerstampften Yamswurzel entspricht der Weiblichkeit. Und während die starke rote Farbe des Palmöls mit dem zerstampften Yams gemischt wird und mit deren zarter Erscheinung kontrastiert, zerstört es doch nicht seine weiche Qualität. Otor, zu Beginn der Geschlechtsreife gegessen, dient als Symbol für die weichen und die starken Seiten der Weiblichkeit. Die Palmnüsse, aus denen das Palmöl erzeugt wird, verleihen dieser Speise die Würze, den Charakter. Das Palmöl wird aus dem Fruchtfleisch der Palmnüsse gewonnen, danach werden die Schalen getrocknet und zum Feueranzünden benutzt.

Die extrahierte Flüssigkeit aus dem Palmöl wird für Suppen verwendet – Palmnußsuppe, deren Verzehr jungen Müttern sehr ans Herz gelegt wird, um den Milchfluß in ihrer Brust zu stimulieren. Und das Palmöl selbst findet auch Verwendung bei der Herstellung von Seife. Und was die Nuß selbst angeht, so wird ihr hartes, schwarzes äußeres Mark zum Feuermachen von den Schmieden gebraucht, und von dem Kern im Fruchtmark kommt das in Ghana zum Kochen so beliebte Öl. Und bei jeder Gelegenheit, zu der Otor gegessen wird, haben alle oder zumindest fast alle Beilagen symbolische Bedeutung. Das Geschlechtsreiferitual hat etwas mit Fruchtbarkeit zu tun, und der Genuß von Otor steht für Mutterschaft und Fruchtbarkeit.

Hier lebte eine Tradition, auf deren Einhaltung Tante Mena streng achtete, die energischen Proteste ihres Mannes ignorierend, der diese Riten verachtete und als ausgesprochen primitiv und rückwärtsgewandt abtat. Aber meine Tante erklärte, daß, selbst wenn sie auch nicht dem mit diesen Riten verbundenen Aberglauben vertraue und selbst wenn sie uns dazu erzogen habe, dem Aberglauben nicht zu folgen, dies eine Ausnahme darstelle. Sie jedenfalls würde niemals einer ihrer Pflegetöchter den Verzehr von Otor und gekochten Eiern beim Eintreten ihrer Menstruation vorenthalten, solange niemand dabei geschädigt würde.

War hier die empfindliche Stelle einer unfruchtbaren Frau zum Vorschein getreten?

Was Onkel Quaye am meisten mißfiel, war die Anordnung, das Otor nicht von Tellern zu essen, was wir normalerweise taten, sondern aus irdenen Schalen, wie es die Tradition vorschrieb. Wir durften es auch nicht am Eßtisch zu uns nehmen, sondern auf niedrigen Hockern knapp über dem nackten Fußboden. Und das alles ohne Besteck, nur mit den Händen.

Wie erwartet und wie von Mansa erhofft, hatte meine Menstruation kleine Veränderungen zur Folge. Meine Schwester bekam ihren Willen. Ich mußte stampfen. Doch von viel größerer Bedeutung war das Verhalten von Tante Mena mir gegenüber. Ihre Abreibungen auf der Stirn bekam ich fortan nicht mehr zu spüren, dafür aber herbe Rügen und allerhand Mäkeleien.

Und Onkel Quaye? Nun, vergessen wir es. Menstruation? Übergang zum Erwachsenwerden? Was war das schon? Auf jeden Fall hatte er uns nie geschlagen, also mußte er die Anerkennung meines Erwachsenwerdens nicht dadurch beweisen, daß er damit aufhörte. Und, wie mir schien, blieb ich noch für lange Zeit sein kleines Mädchen, bis es ihm eines Tages dämmerte, daß ich es gar nicht mehr war.

Die Veränderungen waren nämlich nicht nur symbolischer, sondern durchaus auch physischer Natur. Mein Körper veränderte sich stetig von einem mageren in einen vollen und reifen. Meine Hüften waren beinahe über Nacht aufgeblüht, einfach so, peng! herausgeschossen. Das machte Onkel Quaye große Sorgen.

«Was, zum Teufel, hast du in letzter Zeit gegessen?» fuhr er mich eines Morgens fassungslos an und sah dabei verächtlich auf meine Hüften. Ich glaube, nur weil ich vorher so mager war, fielen meine gerundeten Hüften plötzlich so deutlich und als offensichtlich obszön auf. Onkel Quaye suchte gleich verzweifelt nach einer Lösung:

«Du mußt dem Mädchen sobald wie möglich ein Korsett kaufen», hämmerte er ohne Unterlaß auf Tante Mena ein, «und sie muß es auch sofort anziehen, bevor das alles noch außer Kontrolle gerät...», wobei er es vermied, sich dabei ausdrücklich auf mein Hinterteil zu beziehen.

Ma T starrte dafür eines Tages ganze fünf Minuten darauf und fragte ihre Schwester KB, ob ich vielleicht an irgendeiner Krankheit leide. Und Streithammel Mansa, die daneben stand, packte die Gelegenheit beim Schopf.

«Es heißt, daß dicke Hintern, so wie bei dir, ein Symptom für Lepra sind», warf sie unerwartet ein.

Ich fiel beinahe in Ohnmacht.

KB sagte nur: «Ein großer Hintern und Lepra? Dann müßten drei Viertel aller afrikanischen Frauen an Lepra erkrankt sein.»

«Erspare uns deine abartigen biologischen Fehlinformationen, Mansa», ergänzte Ma T vorwurfsvoll.

Mansa lachte.

Ich zog jetzt die Aufmerksamkeit der Männer auf mich und fragte mich dauernd, ob Tommy mich jetzt noch immer übersehen würde. Besonders nachdem zum ersten Mal ein junger Typ im Rhythmus meines wackelnden Hinterteils hinter mir hergesungen hatte: «Zu wem, zu wem, zu wem gehörst du?»

Das Ganze ging noch weiter. Onkel Kob, ein Freund von Onkel Quaye, kam zu Besuch. Onkel Kob war Zahnarzt mit einem sehr guten Ruf; aber er war klein, dick, hatte einen Bart und war krank, krank nach Frauen. Durch ihn erst kam Onkel Quaye der Gedanke, daß auch seine Freunde auf mein Hinterteil aufmerksam werden könnten.

«Mann», schrie Onkel Kob und schlug Onkel Quaye ziemlich heftig auf die Schulter, nachdem dieser ihm brav seine dritte Flasche Bier serviert hatte.

«Dieses kleine Mädchen von dir, noch zwei Jahre, und sie wird dir ernsthafte Kopfschmerzen bereiten!»

Er sagte es absichtlich so, daß ich mithörte, und Onkel Quaye wußte nicht so recht, wie er reagieren sollte.

«Mein kleines Mädchen ist nicht so eine!» sagte er leise und abwehrend.

Offensichtlich hoffte er verzweifelt, daß Onkel Kob den Hinweis verstehen und seinen Mund halten würde, doch der hatte schon zwei große Flaschen Bier intus und brauchte augenscheinlich mehr als nur vorsichtige Unmutsbekundungen, damit er schwieg.

«Darauf kommt es nicht an», rülpste er, «die Männer sind hier die Entscheidenden. Ich sage dir, noch ein paar Monate, und sie werden zu Dutzenden hinter ihr her sein, alle in der Hoffnung, einmal in ein Stück von diesem Hintern kneifen zu dürfen.»

Dem folgte ein lautes prustendes Gelächter, mit dem er seine Spucke in alle Richtungen verteilte.

Onkel Quaye hatte geduldig zugehört und sich inzwischen etwas Gemeines ausgedacht. Überraschend und mit einem ziemlich besorgten Gesichtsausdruck konterte Onkel Quaye: «Kob, ich hoffe wirklich, daß deine alte Dame durchhält!»

Das Lächeln auf Onkel Kobs Gesicht war wie weggeblasen. Seine Mutter lag mit einer mysteriösen Krankheit, die ihren ganzen Körper aufgeschwemmt hatte, im Krankenhaus. Onkel Kob hing sehr an seiner Mutter. Er verstand.

Es blieben noch drei Wochen bis zur Einschulung am Gymnasium. Als die Mitteilung eintraf, daß ich an der Capital Girls Oberschule angenommen worden war, machten Tante Mena und Onkel Quaye lange Gesichter. Sie hatten ihre Gründe dafür.

Capital Girls befand sich mitten im Zentrum von Accra, leicht zu erreichen für Accras suchende Männer, ob verheiratet oder nicht. Unter moralischen Gesichtspunkten war es eine sehr umstrittene Schule, und ihr Ruf basierte sowohl auf Tatsachen als auch auf Gerüchten.

Viele hübsche Mädchen Accras besuchten dieses Institut. Das war Tatsache. An vielen öffentlich bekannten und heiß diskutierten Liaisons waren Mädchen aus dieser Schule beteiligt. Das war auch Tatsache. Verschiedene Herren der gesellschaftlichen Spitze, Personen von öffentlichem Interesse, einflußreiche Männer, von denen die meisten nach christlichem Glauben verheiratet waren – also keineswegs polygam – unterhielten offen intime Beziehungen zu Mädchen dieser Schule, holten sich Sex gegen Geld. Auch eine Tatsache. Also gab es Politiker, Manager großer Firmen, erfolgreiche Geschäftsmänner, die regelmäßig an der Schule vorfuhren. All das waren Tatsachen.

Und dann gab es natürlich noch die Gerüchte.

Beiden Schulportiers wurde nachgesagt, daß sie regelmäßig Schmiergelder annahmen, um Schülerinnen nachts ungehindert das Verlassen des Schulgeländes zu ermöglichen.

Aber besonderes Aufsehen hatte die sogenannte Hundeaffäre erregt. Jeder, der Ghana in diesen Jahren besuchte, kam nicht umhin festzustellen, daß Accra von Syrern, Indern und Libanesen überlaufen war. Sie beherrschten die gesamte Wirtschaft, ihnen gehörten die besten Geschäfte, die größten Kinos, sie kontrollierten Ghanas Außenhandel, und so trampelten sie gnadenlos auf dem Stolz und der Würde der Ghanaer herum. Sie waren furchtbar arrogant, und sie bekamen alles, was sie wollten, denn die Ghanaer waren zu engstirnig, um zu erkennen, daß dort, wo die Einwanderer herkamen, keineswegs das Paradies auf Erden herrschte. Ghanamann hat einen ganz schwachen Punkt: Jeden, dessen Haut heller ist als seine, betrachtet er als einen Weißen. Und für Ghanamann ist jeder Weiße ein Master, ein Herr. So daß jeder heruntergekommene Inder, der seine letzten Rupien zusammengekratzt hatte, um seinem vergammelten Ghetto gen Afrika zu entfliehen, zu seiner eigenen Verblüffung feststellte, daß er schon innerhalb weniger Tage sich als großer Herr aufspielen konnte, daß man sich vor ihm verneigte, als sei er Lord Champion persönlich. Bei den Ghanaern erweckte er den Eindruck, nur nach Ghana gekommen zu sein, um den Einheimischen einen Gefallen zu tun. Sozusagen ein Akt der Wohltätigkeit, ein Opfer, sich so weit herabgelassen zu haben, hierherzukommen und unter solchen Narren wie uns sein Leben zu fristen.

Sie beherrschten uns, sie machten uns zu Bürgern zweiter Klasse in unserem eigenen Land und behandelten uns wie Hunde. Und wenn ich sage wie Hunde, dann meine ich es genauso, wortwörtlich, wie Hunde eben.

Einer jener reichen Libanesen – sie waren fast alle reich – lud eine ghanaische Prostituierte über Nacht in sein Haus ein. Anfänglich hieß es, es habe sich um eine Schülerin von Capital Girls gehandelt; später wurde gemunkelt, es sei eine Angestellte der Schule gewesen, dann wieder sollte es die Verwandte einer Lehrerin der Schule gewesen sein, und zum Schluß bezweifelte man, daß die Frau überhaupt in Verbindung zu dieser Schule gestanden hatte. Doch als diese letzte Version herauskam, zeigte niemand mehr Interesse an der Affäre. Für viele war es egal, ob Schülerin, Angestellte oder Verwandte einer Lehrerin. Fest stand für sie, daß die Prostituierte auf die eine oder andere Weise etwas mit der Capital Girls Oberschule zu tun hatte. Und nur das zählte.

Die junge Frau war hocherfreut gewesen, von einem Libanesen eingeladen worden zu sein, denn ghanaische Mädchen, die mit Libanesen oder Syrern fest liiert waren, galten als «in».

Sie wurde zur verabredeten Zeit am verabredeten Ort abgeholt und in das luxuriöse Haus des Mannes kutschiert. Doch die süßen Träume verwandelten sich bald in einen schrecklichen Alptraum, denn die unvergeßliche Nacht, die sich die Prostituierte ausgerechnet hatte, sollte sich auf brutale Weise ganz anders gestalten.

Der Libanese, so stellte sich heraus, hatte nicht die Absicht, mit dem Mädchen zu schlafen, sondern er wollte, daß sein Schäferhund unter seinen Augen mit ihr kopulierte. Er bot der Frau viel Geld an und bekam schließlich, was er wollte.

Das alles wäre sicherlich unter dem Teppich geblieben, wäre nicht einige Tage später etwas höchst Unerwartetes geschehen.

Wieder zu Hause litt die Prostituierte plötzlich unter Erstickungsanfällen und Krämpfen.

«Was ist geschehen? Was ist bloß geschehen?» fragten die Verwandten und Freunde.

Und was war geschehen? Dieser verdammte Hund hatte Tollwut, in seiner Ekstase der Frau einige «Liebesbisse» zugefügt und sie dabei angesteckt.

Der Libanese behauptete zuerst, keine Ahnung zu haben, daß sein Hund an Tollwut erkrankt sei. Später erklärte er, er sei ganz sicher, daß sein Hund keine Tollwut habe, denn der sei sein ein und alles, und er hätte niemals das Leben des Hundes aufs Spiel gesetzt, indem er ihn nicht gegen Tollwut hätte impfen lassen. Sämtliche Zeitungen griffen die Geschichte auf und waren damit einige Zeit beschäftigt. Wie konnte sich eine Frau dermaßen erniedrigen, fragten sich alle. Der Libanese hatte von nun an keine Sekunde Ruhe mehr, denn nachdem das Gerücht in den Zeitungen aufgetaucht war, waren sie alle hinter ihm her.

In einem Artikel hieß es über ihn, er sei mehr darüber besorgt, daß man glauben könnte, sein Hund sei nicht gegen Tollwut geimpft, als darüber, was über seine abwegigen sexuellen Vorlieben geschrieben wurde. Es hieß weiterhin, daß er zwei Reportern gegenüber, die sich als wohlgesonnen ausgegeben hatten, bemerkt hatte, überhaupt nichts Falsches an seiner sexuellen Neigung zu finden und daß ihm das ganze Getue als eine Überreaktion erscheine, die nur beweise, wie engstirnig die Ghanaer doch seien. In Europa und Amerika stünden doch weitaus härtere Praktiken auf der Tagesordnung. Die Leute dort würden das einfach akzeptieren, und solche Praktiken kämen ihnen nicht seltsamer vor als Brot mit Erdnußbutter. Als Schlußfolgerung fügte er noch hinzu, daß er ein Recht auf seine sexuellen Neigungen habe, genau wie jeder Mann, der Frauen bevorzuge, oder jeder Mann, der einen Mann bevorzuge, oder eine Frau, die eine Frau bevorzuge. Sein Hund, der nach dem Ereignis eingeschläfert worden war, so soll der Libanese gejammert haben, sei für ihn ein unersetzlicher Verlust. Dann habe er vor den Augen der Reporter um das Tier geweint wie ein Baby. Aber dann setzte er etwas in die Welt, das ihm die blutrünstige Feindschaft von Ghanamann eintragen sollte. Seiner Meinung nach war es auch gut möglich, daß die Prostituierte seinen Hund angesteckt hatte! Vielleicht hatte sie es schon vorher mit einem anderen Hund getrieben, mit irgendeinem Straßenköter sicherlich.

Als die ersten feindseligen Reaktionen auf diese Veröffentlichungen zutage traten, rieten ihm einige wohlwollende libanesische Landsleute, das Land zu verlassen, um sein Leben zu retten. Er floh nach Togo. Danach hat man nie wieder etwas von ihm gehört. Der Schuldige war fort, die Prostituierte tot, aber die ghanaischen Männer richteten ihre Wut jetzt gegen die ghanaischen Frauen. Sie erklärten uns inoffiziell den Krieg, und sie brauchten dafür keine Macheten oder Gewehre oder Pfeil und Bogen. Jede Frau war von nun an massiver sexueller Anmache ausgesetzt. Wenn sie sich wehrte oder die Belästigung einfach ignorierte, sollte sie schon im nächsten Moment bereuen, überhaupt als Frau auf diese Welt gekommen zu sein.

«Wau, wau, wau», bellte Mann hinter ihr her.

Und wenn ich jemals erlebt habe, was Solidarität bedeutet, dann damals. Die ghanaischen Männer waren sich total einig. Fing einer an mit: «Wau, wau, wau», dann boten sämtliche Männer in Hör- und Sichtweite ihre vielstimmige Unterstützung an. Irgendwann gab ich den Kampf als hoffnungslos auf, und zwar an dem Tag als Ntomo, der Latrinenmann, hinter mir herbellte: «Wau, wau, wau», wobei er seine grünlich belegten Zähne entblößte. Man hätte meinen können, daß sämtliche Algen Ghanas dort ein Picknick abhielten. Und ich, absolut verblüfft von seiner Unverschämtheit, musterte ihn so überheblich, wie es nur ging. Dieser Mann hätte vor der sogenannten Hundeaffäre nicht einmal gewagt, sich meinem Schatten zu nähern.

Trotz alledem freute ich mich auf Capital Girls und darauf, daß ich dort ein wenig mehr Freiheit genießen würde als auf anderen Oberschulen.

Ich bereitete mich auf die Schule vor, indem ich begann, mir Gedanken über meinen unvollkommenen Busen zu machen. Ich hoffte, er würde ein bißchen schneller wachsen, damit er besser zu meinen Hüften paßte und die Proportionen wieder stimmen würden. Mir kam die Idee, die Dienste der großen roten Ameise in Anspruch zu nehmen. Es gab Unmengen davon im Mangobaum, und man sagte, daß schon ein paar Stiche von ihr genügen würden, um den Busen wie durch ein Wunder zu vergrößern. Also nahm ich all meinen Mut zusammen, erwischte ein schönes Pärchen und setzte es auf meine Brust. Doch am Ende war ich am ganzen Körper zerbissen und angeschwollen, nur nicht dort, wo ich es haben wollte.

Ich war bereit für Capital Girls. Ich hatte meine erste Menstruation hinter mir und auch mein Otor gegessen mitsamt den gekochten Eiern. Ich hatte sogar schon einen wunderbaren Teil von mir selbst kennengelernt, der da hieß: Klitoris. Ich hatte Tante Mena, meine Adoptivmutter, die für mich alles war, was eine Mutter für eine Tochter sein konnte. Und ich hatte Onkel Quaye, der im wahrsten Sinne des Wortes ein richtiger Vater für mich war. Und doch nagte irgend etwas unaufhörlich an mir.

Bis dahin hatte ich mir niemals die Zeit genommen und wohl auch die Mühe gescheut, mir vorzustellen, was ich dabei empfinden würde, jeden Morgen der Frau «Guten Morgen» zu sagen, die mich ganze neun grausame Monate lang getragen und mich durch die Öffnung zwischen ihren müden Schenkeln unter Schmerzen auf diese Welt gebracht hatte. Doch jetzt begann ich, darüber nachzudenken und noch über eine ganze Menge mehr.

Zum Beispiel, ob ich jetzt genauso vor der Tür zur Capital Girls Oberschule stünde, wenn ich bei ihr aufgewachsen wäre. Oder ob das Otor genauso geschmeckt und ausgesehen hätte, wenn sie es zubereitet hätte. Hätte sie die gleiche Menge Salz genommen? Oder vielleicht ein bißchen mehr Pfeffer hinzugegeben? Oder wie hätte sie reagiert auf mein Erwachsenwerden?

Ach! Was wollte ich eigentlich? Warum ging mir das alles durch den Kopf? Was tat ich, wenn auch nur in Gedanken, meiner Tante und meinem Onkel an? Nach allem, was sie für mich getan hatten, war es da nicht undankbar von mir, solche Gedanken zu hegen?

Moment! Undankbar? War ich undankbar? War es etwa undankbar, wenn man an seine eigene Mutter dachte, während man in der Obhut der anderen blieb? Sollte ich mir also meine Schuldgefühle aus dem Kopf schlagen? Warum aber dachte ich überhaupt plötzlich an Mutter?

Ich weinte mich in den Schlaf in dieser Nacht und verstand selbst nicht so recht, warum.

## 11

Ghana, so schien es, hatte die Prüfung seines ersten Staatsstreiches erfolgreich bestanden.

Die Russen unter Accra zumindest waren verschwunden. Was mit ihnen geschehen war, wußte nur der liebe Gott, obwohl man natürlich auch jetzt hier und da «Es-heißt-es-heißt»-Gerüchte vernahm. Man hörte, daß einige von ihnen erwischt worden seien, als sie den Gott namens «Kankan Nyame» zu retten versuchten, von dem man wiederum sagte, er sei der Schutzgott von Nkrumah gewesen.

Wörtlich übersetzt bedeutet Kankan Nyame: Stinkender Gott. Und während ich mir beim besten Willen nicht vorstellen konnte, warum jemand seinem Gott einen solchen Namen gab, insbesondere einem, dem man sich zum Schutz anvertraut hatte, beließ ich es dabei, daß das Nkrumahs Problem war, der sich nun in Guinea aufhielt, in den sicheren Armen von Sékou Touré.

Nur eine Frage blieb unbeantwortet: Warum sollten die Russen ein Interesse daran haben, einen Gott zu retten oder an Göttern überhaupt interessiert sein? Und warum an einem primitiven Gott, wenn, wie es hieß, in Rußland die Leute nicht einmal an den Einzigen Gott selbst glaubten, geschweige denn an seinen Sohn, den großen J. C.?

Es sei denn, Kankan Nyame war mehr als ein Gott oder eher noch, er war alles andere, bloß kein Gott.

Es waren Gerüchte im Umlauf, die besagten, daß dieser Gott eine Statue sei, die nach dem Bild von Nkrumahs Mutter geschnitzt worden war. Andere behaupteten, sie sei sehr schwer und aus Ebenholz gefertigt. Schließlich kam ein Gerücht auf, das noch am meisten Sinn machte: Der «Gott» sei gar kein Gott, sondern eine wertlose Schnitzerei aus Ebenholz, schwer, grausig und todbringend. Einige derer, die sie unerlaubterweise angefaßt hatten, waren angeblich sofort gestorben. Der «Gott», so hieß es, versetze elektrische Schocks.

War das wahr?

Wirklich! Die Russen mochten zwar unter Accra gelebt haben, aber sie waren doch nicht dumm. Heute denke ich: Wenn ich in ein Land käme, wo die Leute aus Aberglauben Angst vor Fröschen hätten und ich etwas sehr Wichtiges zu verstecken hätte, wäre ich dann nicht dumm, dies nicht zwischen tausendundeinem Frosch zu verstecken?

Die Interims-Militärregierung – das National Liberation Council, abgekürzt NCL –, die sich nach Nkrumahs Sturz gebildet und versprochen hatte, so schnell wie möglich die Macht einer zivilen Regierung zu übergeben, war drauf und dran, ihr Versprechen einzulösen. Im Land herrschte Wahlfieber.

Das «Es-heißt-es-heißt»-Gerede ging jedoch weiter, jetzt über Vorfälle vor, während und nach dem Putsch.

Die beiden Anführer des NLC hießen Afrifa und Akrah. Der eine gehörte dem Volk der Akan an, der andere war ein Ga. Das war Fakt, kein Gerede. Afrifa war gemeinsam mit einem Ewe namens Kotoka die Schlüsselfigur des Putsches gewesen. Und das war wieder so ein «Es-heißt-es-heißt»-Gerede.

Wer die geistigen Führer und Initiatoren des Putsches gewesen waren, wurde heiß diskutiert. Kotoka und Afrifa selbst? Das «Es-heißt-es-heißt»-Gerede bestimmte: Nein!

Wenn also *nicht* die, *wer* dann?

Cia.

Wer?

Cia. Ein gewisser reicher Mann aus Amerika mit dem Namen... wie? Cia? Klang das nicht eher nach irgendeinem frustrierten Chinesen aus Chinatown?

Nein! Cia, so stellte sich durch das «Es-heißt-es-heißt-»Gerede bald heraus, hieß nicht etwa chia, wie viele es aussprachen, sondern es handelte sich um einen CIA.

Jesus! Warum? Warum all diese Initialen? Gestern KGB, heute CIA. Was würde morgen kommen?

Doch zu diesem Zeitpunkt interessierte Ghanamann nicht mehr, wofür CIA oder KGB standen oder welche Spiele diese nun in Ghana spielten oder auch nicht. Ihn interessierte der Tod von *ihm*, der zusammen mit Afrifa die Ghanaer davor «bewahrt» hatte, wie die Russen leben zu müssen – *er*, Kotoka.

Ja! Kotoka war tot, nicht an Cholera oder an Ruhr gestorben, sondern durch die Kugeln eines Gewehrs. Und die Leute wollten wissen, wer befohlen hatte, abzudrücken.

Die Russen hatten ihn getötet. So lauteten die ersten Gerüchte. Mr. KGB hatte die Russen beauftragt, ihn zu töten als Vergeltung für seine Schlüsselrolle im Putsch. Und aufgrund dieser Enthüllung hatten die Ghanaer, ehrlich gesagt, die Nase so voll von den Russen, daß, wenn einer von ihnen als solcher erkennbar auf der Straße aufgetaucht wäre mit einem erkennbarem Kopf auf einem erkennbaren Hals, sie hätten ersteren abgehackt mit der schärfsten Axt, die sie hätten finden können.

Es tauchten weitere Gerüchte auf, wer wirklich hinter dem Tod von Kotoka stand, und legten einen Schatten des Zweifels über das erste Gerücht. Doch jetzt waren die Ghanaer schon beschwichtigt, sowohl ihre Wut als auch ihr Interesse daran, wer den Mann getötet hatte, waren verebbt.

Was hatte sie beschwichtigt?

Ghanas einziger internationaler Flughafen wurde nach dem Toten «Kotoka International Airport» benannt. Punkt.

Doch es gab nach wie vor einige ruhelose, gespitzte Ohren, die sorgfältig auf die zweite Welle der Gerüchte hörten. Nun hieß es, Kotokas Tod könnte ja vielleicht, nur vielleicht, eher auf stammesbedingte als auf politische Ursachen zurückzuführen sein.

Zwei Männer am «Platz der Befreiung», vor dem Putsch «Kwame-Nkrumah-Platz genannt, redeten sich die Köpfe heiß:

«Zur Hölle, du willst doch nicht etwa sagen, daß du an diesen Bockmist glaubst. Von den Russen, die den guten alten Kotoka getötet haben, oder?»

«Du meinst, warte mal! Was willst du eigentlich sagen? Wenn sie es nicht waren, wer war es dann?»

«Wer? Komm, stell dich doch nicht blöd. Die Schuldigen, die tanzen genau vor deiner Nase herum. Siehst du das nicht?»

«Was, wo, vor meiner Nase?»

«Wo? Guck doch unter deine Nase, Mensch! Afrifa ist der Täter!»

«Afri..., ach, auf keinen Fall! Nein! Und nochmals nein. Davon kannst du mich nicht überzeugen. Afrifa, der Täter?»

«Wenn ich es dir sage. Er hat es geplant. Glaubst du, ein Akan wie er mit seiner Ashanti-Hochnäsigkeit hätte sich ins Bett gelegt und ruhig geschlafen nach dem Putsch, in dem Wissen, die Macht über das Land mit einem Ewe teilen zu müssen?»

«Scheiße! Daran habe ich noch gar nicht gedacht.»

«Scheiße! Keiner hat daran gedacht!»

«Lang lebe der Kotoka International Airport!»

«Ja, Bruder. Lang lebe der Kotoka International Airport!»

Und das war es dann. Punktum. Schluß. Akte geschlossen. Die Gleichgültigkeit hatte wieder die Oberhand gewonnen.

Die Ghanaer hatten jetzt an Wichtigeres zu denken. In den Geschäften gab es weiterhin jede Menge Peak-Milch und Horlick-Drinks zu kaufen. Also wen scherte es eigentlich, daß es nicht die Russen gewesen waren, die Kotoka umgebracht hatten?

Und warum sollte man sich noch weiter Gedanken machen, wenn der ehrwürdige Geist von Kotoka angemessen gewürdigt und der Flughafen nach ihm benannt worden war? Die Ghanaer bliesen also wieder voller Freude in ihr Horn, priesen Gott und brachten den Vorfahren Trankopfer dar als Dank für den Putsch, der sie davor bewahrt hatte, so wie die Russen leben zu müssen. Daß seinerzeit einige junge Offiziere blindlings den Befehlen eines gewissen Herren gefolgt waren, dessen Identität, Ziele und Motive sie zwar kaum kannten, der ihnen jedoch mittels eines Kontaktmannes versichert hatte, daß alles gut gehen würde, war Ghanamann inzwischen egal. Er vergaß den Putsch innerhalb des Putsches. Und daß es Afrifa gewesen war, der diesen Putsch gegen den von Kotoka und ihm selbst angeführten Putsch geplant hatte, blieb eben nur ein Gerücht. Ob die beiden großen Unbekannten alias KGB und CIA etwas davon gewußt hatte, blieb ebenfalls unklar. Doch daß Afrifa sich gerade «zufällig» an einem sicheren Ort aufhielt, als die rebellierenden und bis an die Zähne bewaffneten jungen Offiziere ihn und Kotoka aufsuchen wollten, das war kein Gerücht.

Afrifa war nicht daheim. Aber Kotoka. Die Rebellen forderten von ihm den Zugang zu einem Waffendepot, und nachdem er diesen angeblich verweigert hatte, mußte er mit seinem Leben bezahlen.

Für die Rebellen sollte sich der Alptraum bald fortsetzen. Schnell wurden sie von einem hastig zusammengerufenen Tribunal schuldig gesprochen. Sie fanden ihren schnellen Tod durch Erschießen, bevor sie dem Ghanaer auf der Straße überhaupt begreiflich machen konnten, daß sie nur Marionetten waren in einem Spiel, das sie selbst nicht ganz durchschaut hatten.

Ein wütender Ghanaer auf der Straße schrie: «Haltet Mr. Cia und Mr. *K*ojo *G*ama *B*odobodo da raus. Das war nur eine dumme Geschichte zwischen den Stämmen. Fertig.»

Die Akan machen etwa fünfundvierzig Prozent von Ghanas Bevölkerung aus, die Ewe hingegen nur etwa dreizehn. Und das Schlimme war, daß die Ewe allmählich genauso unbeliebt geworden waren wie die Leute aus dem Norden; vielleicht umso mehr, als sie verdächtigt wurden, der berüchtigten *Juju*-Medizin nachzugehen.

Die Akan setzen sich zusammen aus den Ashanti, den Fanti und den Brongs, wobei die Ashanti als die «Großkotzigsten» gelten. Es war absurd, sich vorzustellen, daß ein großkotziger Ashanti wie Afrifa freiwillig die Macht mit irgendeinem zwielichtigen juju-behafteten Ewe geteilt hätte. Das war zumindest eine gängige Ansicht.

Die beiden Männer auf dem Platz der Befreiung hingen weiter ihren Gedanken nach.

«Mann, kannst du das alles verstehen? Ich meine, warum sollte das allmächtige, große Amerika, falls der CIA wirklich hinter dem Putsch steckt, Interesse haben an einem so kleinen und obskuren Land wie Ghana?»

«Warum? Das große Amerika will überhaupt nichts von dem kleinen obskuren Ghana, Mensch. Aber das gilt nur so lange, und zwar genau solange, wie das große Rußland seine großen Eier in seiner großen Hose läßt. Wenn der CIA wirklich hinter diesem Coup steckte, dann bestand sein einziges Interesse darin, die Russen unter Accra loszuwerden, bevor sie zu tiefe Wurzeln in Ghanas Erdboden schlagen konnten, um dann womöglich ihre Zweige über ganz Afrika auszubreiten.»

Das war auch eine Ansicht.

Denn wer nun Ewe war und wer Ashanti, und wer was für wen bedeutete, interessierte den CIA in keinster Weise. Die Amerikaner wollten lediglich Nkrumahs Flirt mit dem Sozialismus ein wenig stören. Ihnen erschien er wie eine Hure, die aus ihrer Sicht den falschen Kunden umwarb. Das mußte kontrolliert und gestoppt werden. Irgendwelche regionalen Streitereien zwischen den Völkern waren deren Probleme.

Was mich und meine Familie betraf, hatte die Veränderung in der politischen Landschaft bei Tante Mena und Onkel Quaye scheinbar Wunder bewirkt. Beide bekannten sich offen zur Fortschrittspartei, der Progress Party, kurz PP.

Der Parteiführer hieß Dr. Busia, ein in England ausgebildeter Wissenschaftler. Seinen Mund umrahmten die markantesten afrikanischen Lippen, die man jemals gesehen hatte. Man sagte ihm einen so hohen

IQ nach, daß er angeblich sogar auf die großmauligen Engländer ziemlich unafrikanisch gewirkt haben sollte.

Tante Mena wurde von einem fanatischen politischen Eifer befallen, den ich ihr niemals zugetraut hätte. Das Haus quoll über von PP-Zubehör: Poster, Anstecknadeln, Mützen, Taschen... nenne mir irgend etwas, meine Tante besaß es. Dazu kaufte sie noch ungefähr sechs Meter PP-Stoff, der mit PP-Emblemen bedruckt war und mit Busias Porträt. Daraus nähte sie sich ein hübsches geschliztes-Kleid. Es verging kein Samstag, an dem sie darin nicht zusammen mit ihrem Mann an irgendeiner PP-Veranstaltung teilnahm. Wenn sie von dort heimkehrten, war sie noch immer so aufgedreht, daß sie erst einmal zwei Flaschen Bier trinken mußte. Die gaben ihr den Rest, und sie rief durchs ganze Haus: Fortschritt! Sicher! Fooortschritt! Ganz klar! Fort... Klar!

Es schien, als zählte sonst überhaupt nichts mehr.

Ich machte mir damals nicht viele Gedanken über Politik. Mir war egal, wer jetzt die Macht übernehmen würde und wer nicht, solange mein Onkel weiterhin meine Schultasche mit ausreichend Milchdosen und Sardinen ausstattete. Doch da er es war, der für die Kosten aufkam, und da er für die PP eintrat, beschloß ich, auch für die PP zu sein. Mit dieser Haltung trat ich in Capital Girls ein und ahnte noch nicht, was es mich emotional kosten würde.

Mit einem einzigen Satz, wenn auch einem langen, verpaßte mir Sabastina Ogoli, eine Klassenkameradin, gleich einen so gemeinen Schlag unter die Gürtellinie, daß sie mich in ein Meer heller Aufregung stürzen sollte.

Sabastina war ein sehr hellhäutiges Mädchen, was ihr den Spitznamen Saba Red eingebracht hatte. Ihre Mutter war eine Vollblutghanaerin und ihr Vater halb Ghanaer und halb Nigerianer. Sabas Gesicht war mit Pickeln übersät. Sie gab sich als eine glühende Anhängerin der Nationalallianz der Liberalen, der National Alliance of Liberals, NAL, aus, wahrscheinlich, weil ihre Eltern mit dieser Partei sympathisierten. Gemeinsam mit ihrer Clique unternahm sie einen idiotischen Kreuzzug, um Gott und die Welt zu überreden, sich ebenfalls der NAL anzuschließen.

Saba war daran gewöhnt, ihren Kopf stets durchsetzen zu können, und sie genoß für ein Mädchen, das gerade die erste Klasse des Gymnasiums besuchte, einfach zu viele Freiheiten. Hauptsächlich waren zwei Umstände dafür verantwortlich: Erstens hatte sie eine

Schwester in der fünften Klasse, und zweitens war die Speisesaalvorsteherin ihre Supi. Doch es gab noch einen weiteren Grund, der etwas mit Saba Reds Essensbox zu tun hatte.

Genau wie bei ihrer Schwester sprach man von Saba Reds Essensbox als einem Minivorratskeller. Die Ursache lag bei einem reichen Gebrauchtwagenhändler, dem «Sugar Daddy» von Saba Reds Schwester. Dieser, so hieß es, versorgte nicht nur seine Freundin und Saba Red, sondern auch weitere Mitglieder ihrer Familie. Viele Mitschülerinnen fühlten sich zu Saba Red hingezogen. Nicht etwa, weil sie sie besonders gern mochten, sondern wegen ihrer attraktiven Essensbox. Und Saba Reds Großzügigkeit war bekannt. Als Gegenleistung für die vollen Bäuche verlangte sie aber absolute Loyalität. Und, beim Allmächtigen, die bekam sie. Wenn man all dies in Betracht zog, dann war Saba Red die Letzte, mit der ich in Konflikt hätte geraten dürfen. Doch wie das Schicksal es wollte, gehörten unsere Eltern und somit auch wir unterschiedlichen politischen Parteien an.

Saba Red – fest überzeugt, nicht irgendwer zu sein – nahm sich genau wie ich das Recht heraus, ihre NAL-Slogans zu schreien, wie und wann immer sie es wollte.

Eines Tages diskutierten wir in einer kleinen Gruppe auf unsere naive Weise über Politik. Ein Mädchen erzählte von ihrem aufmüpfigen Bruder, einem NAL-Anhänger, und ihrem Vater, einem PP-Anhänger. Eines Tages sei ihr Bruder von einer NAL-Veranstaltung mit einem Plakat nach Hause gekommen und habe dieses an seiner Zimmertür angebracht, nur um seinen Vater zu provozieren. Dieser habe ihn daraufhin fast zur Tür hinausgeworfen und seinen Sohn gewarnt, daß er nur PP-Plakate in seinem Hause dulde, und wenn er sich nicht daran hielte, er ausziehen und sich eine eigene Bleibe suchen müsse.

Ein anderes Mädchen wußte von einer ähnlich dummen politischen Streiterei, die zwischen ihrem Bruder und dessen Frau entbrannt war und die beinahe zur Trennung geführt hatte. Und ich berichtete von einem Display, den meine Tante immer aufstellte, wenn sie von einer ihrer Parteiversammlungen zurückkam. Ich äffte sie nach, wie sie dabei ihre Biere herunterstürzte und pausenlos rief: «Fortschritt! Sicher! Fooortschritt! Sicher! Sicher! Sicher!» als plötzlich hinter mir Saba losschrie: «Halt deinen stinkenden Mund und verschone uns mit deinem dämlichen ‹Fortschritt!-Fortschritt!-Sicher!›-Blödsinn.» Sofort herrschte absolute Stille.

Die Verblüffung, die daraufhin alle ergriffen hatte, verwandelte sich augenblicklich in totale Sprachlosigkeit, bis sich ein Mädchen aus meiner Gruppe ein Herz faßte und verächtlich in Sabas Richtung kicherte: «Nur weil deine Schwester einen reichen Sugar Daddy hat, hast du hier nicht über alles zu bestimmen, kapiert?» Noch bevor Saba Red etwas erwidern konnte, hänselte meine engste Freundin Aileen: «Su... su... sugar me do... sugar me dee... sugar me daddy!»

Alle mußten lachen, sogar die Mädchen aus Saba Reds Lager. Ihnen fiel jedoch schnell wieder ein, wem sie Loyalität schuldeten, und sie rissen sich zusammen. Saba Red war unterdessen ruhig geblieben, so ruhig, daß ich nur auf eine ihrer Gemeinheiten wartete.

Sie blickte mir direkt ins Gesicht, um klarzustellen, daß das, was nun folgen sollte, mich und zwar ausschließlich mich etwas anging. Dann erklärte sie mit irritierender Gelassenheit: «Selbst wenn meine Schwester einen Sugar Daddy hat, und einen sehr reichen dazu, solltest du, ja du da, nie vergessen, daß deine eigenen Eltern dich verlassen haben! Und hättest du nicht eine so gütige Tante, dann wärst du immer noch verlassen und würdest wahrscheinlich vorm *UTC*-Kaufhaus herumkriechen und um Almosen betteln. Glaubst du wirklich, daß man eine wie dich ernstnehmen muß?»

Meine Verletztheit spiegelte sich augenblicklich auf meinem Gesicht wider, und Saba Red merkte, daß sie mit ihrer Attacke voll ins Schwarze getroffen hatte. Sie brach in ein lautes, ordinäres Gelächter aus. Nicht eine einzige aus ihrer Gruppe schloß sich ihr an. Auch meine Gruppe schien nicht zu wissen, wie sie reagieren sollte.

Verlassen?

Das war mir noch nie in den Sinn gekommen. Es war überhaupt kein Geheimnis, daß ich bei meiner Tante und meinem Onkel aufwuchs. Aber das meinen Eltern als böswilliges Verlassen auszulegen und es mir so brutal ins Gesicht zu sagen, in voller Absicht, mich zu verletzen, das war mir noch nicht passiert.

Tage und Wochen vergingen, doch das Wort «Verlassen» wurde ich nicht wieder los. Es verfolgte mich gnadenlos und bedrückte mich sehr. So sehr, daß ich schließlich einen Brief an Mansa schrieb, wobei ich nicht genau wußte, was ich mir davon versprechen durfte. Ich wollte von ihr erfahren, ob sie vielleicht eine Idee hätte, wie wir mit unseren Eltern Kontakt aufnehmen könnten.

Ganz tief in meinem Innersten wußte ich, daß Mansa darauf keine Antwort hatte, und selbst wenn sie eine gehabt hätte, sie mir diese verweigern würde. Doch das Wort «Verlassen» hatte mich so in Besitz genommen, daß ich unbedingt herausbekommen mußte, wie ich mich wieder davon befreien konnte.

Verlassen!

Der Brief an Mansa war ein massiver Ausdruck dieser Verzweiflung. Mansas Antwort, die etwa nach zwei Wochen eintraf, war nicht weniger massiv.

Meine Seele hatte sich inzwischen etwas von der Verletzung erholt, und ich konnte wieder klarer denken, so daß mich ihre Antwort nicht völlig unvorbereitet traf.

Zunächst setzte sie meinem Gewissen zu.

Augenblicklich, so schrieb sie, sollte ich auf die Knie fallen und den lieben Gott um Verzeihung bitten, daß ich es auch nur gewagt hatte, mit dem Gedanken zu spielen, hinter dem Rücken von Tante Mena und Onkel Quaye Kontakt mit unseren Eltern aufzunehmen. Wem, glaubte ich wohl, damit eins auswischen zu können? schrieb sie weiter. Sie machte unmißverständlich deutlich, daß sie unter keinen Umständen an irgendeiner Undankbarkeit gegenüber Tante Mena und Onkel Quaye beteiligt sein wollte. Deshalb möge ich bitte niemals (in Großbuchstaben), NIEMALS mehr an sie schreiben und mit einer derart gemeinen Bitte an sie herantreten. NIEMALS! (wieder in Großbuchstaben). Im PS fügte sie hinzu, daß sie meinen Brief zerrissen habe. Auch ich solle das mit ihrem tun, sofort, nachdem ich ihn gelesen hätte. Lieber wollte sie sterben, als den Schmerz erleben zu müssen, der damit Tante Mena zugefügt werden würde.

Ich beherzigte ihren Rat und zerriß den Brief. Ich behielt mein Problem für mich, vergrub es tief innen und hoffte, daß die Zeit die Wunden heilen würde. Sie tat es nicht.

So vertraute ich mich eines Tages Aileen an.

Aileen staunte, daß dieser «kleine» Vorfall, der schon so lange zurücklag, mich immer noch so sehr beschäftigte. Doch sie hörte mir aufmerksam zu, unterbrach mich nicht ein einziges Mal und gab mir am Ende einen seltsamen, völlig unerwarteten Rat: «Suche dir einen Mann oder wenigstens einen Freund», schlug sie vor.

«Einen Freund? Einen Mann oder einen Freund?»

Aileen lächelte.

Später, allein mit meinen Gedanken, dachte ich über den Ratschlag nach. Was konnte ein Freund an meinem Dilemma ändern? Ein Mann?

Ich überlegte und überlegte, dann mußte ich grinsen. Ja, wirklich, die Idee war gar nicht so schlecht, oder? Wenn man alles recht bedachte, könnte es sogar ganz angenehm werden. Es würde bestimmt lustiger sein, sich über Männer, mit denen man ausgehen wollte, zu unterhalten als über Parteipolitik, die ich sowieso nie richtig verstanden hatte, oder? Und überhaupt war es nicht Politik gewesen, die der pickeligen Saba Red dazu verholfen hatte, mir die bittere Wahrheit – wenn sie es denn war? – auf diese Weise ins Gesicht zu sagen?

Freunde! Männer! Ein Freund!

Ich fing an, mich für die Idee zu erwärmen.

Männer waren bisher für mich etwas Seltsames und Unerreichbares gewesen. Am nächsten war ich ihnen in Träumen und Phantasien gekommen. Capital Girls war mit Sicherheit der richtige Ort, um das zu ändern. Capital Girls war ein Mädcheninternat, und es gab entsprechende Supi-Affären. Doch diese nahmen sich unbedeutend aus im Vergleich zu den nur allzu gut bekannten Affären mit Männern.

Männer jeden Alters und jeder Größe hingen während der Besuchszeiten, jeden Sonntag zwischen drei und fünf Uhr nachmittags, auf dem Schulgelände herum. Es verging keine Besuchszeit, die nicht mit irgendeiner Skandalgeschichte endete.

«Hast du schon gehört? Es heißt, Schwester Agatha wurde von Schwester Lydia dabei erwischt, wie sie es hinter dem Chemielabor mit ihrem Freund getrieben hat. Hey, weißt du schon das Neueste? Es heißt, Schwester Martha hat Schmiere gestanden im Klassenzimmer der 4b, während es ihr Bruder mit ihrer Freundin, Schwester Kate, gemacht hat!»

Die aufregendsten Klatschgeschichten hatten immer etwas mit Sex zu tun, und die Mädchen, die daran beteiligt waren, waren meist Schülerinnen aus höheren Klassen.

«Männer!» wiederholte Aileen immer und immer wieder und sorgte auf diese Weise dafür, daß mich beim Essen und Trinken, beim Baden und Schlafen das Wort Männer nicht mehr losließ.

«Sie sind der einzige Ausweg aus deinem Gefühlswirrwarr.»

Ich glaube, sie wußte, wovon sie sprach.

Aileen selbst hatte so viele emotionale Wechselbäder erlebt, von einer anderen Art zwar, doch nicht minder herzzerreißend, deren Ausmaß sich eines Tages in der Geographiestunde äußerte, als sie auf die Frage, wo Finnland liege, antwortete: «In Mali.»

Die Geographielehrerin, eine freundliche Mulattin, die von Aileens verworrenem Gefühlsleben wußte und Verständnis für sie zeigte, schickte sie zurück aufs Zimmer, damit sie sich alles von der Seele weinen und ausschlafen konnte.

Aileens Mutter war tot, sie war gestorben an gebrochenem Herzen, nachdem sie von der Affäre ihres Gatten mit dem Hausmädchen erfahren hatte.

Sechs Monate nach ihrem Tod heiratete Aileens Vater wieder. Und wen? Das Hausmädchen!

Über Nacht wurde das ehemalige Hausmädchen, das vorher von Aileen Anweisungen entgegengenommen hatte, ihre Stiefmutter, die jetzt ihr Anweisungen gab. Das war mehr, als Aileen verkraften konnte. Sie versuchte, sich zu betäuben, mit kleinen Schlucken aus der Whiskyflasche ihres Vaters. Aber nur so lange, bis er es merkte. Aileen hatte insgeheim gehofft, daß ihr Vater entsetzt reagiert und sich ihr wieder mehr gewidmet hätte. Statt dessen stellte er, unterstützt vom zur Gattin aufgestiegenen Hausmädchen, die tief enttäuschte Aileen vor die Wahl, sofort die Finger von Vaters Whiskyflasche zu lassen oder zu verschwinden, wohin immer sie wolle. Und sei es zu ihrer Mutter, ein paar Meter weiter unten. Ihrem Vater, so schien es, war es verdammt egal, ob seine Tochter süchtig war oder nicht, solange es nicht auf seine Kosten ging.

Tief enttäuscht von der Welt und mit einer Zunge, die sich schon früh an den scharfen Geschmack von Whisky gewöhnt hatte, suchte Aileen verzweifelt nach Lösungen für ihre Misere. Sie fand sie bei Männern, jungen und alten.

Zu ihrer großen Genugtuung stellte sie fest, daß diese ihr nicht nur das Bargeld, das sie für ihren Rausch benötigte, zur Verfügung stellten, sondern irgendwie auch die Leere füllten, die die Vorkommnisse vor und nach dem Tod der Mutter bei ihr hinterlassen hatten. Ich folgerte, daß ich aus ihren Erfahrungen eine Menge lernen konnte, und begann, zu ihr aufzuschauen.

Das Schuljahr ging zu Ende, und die bevorstehenden langen Schulferien machten mir angst, denn wahrscheinlich würde ich Aileen die ganze Zeit nicht zu Gesicht bekommen. Ich hatte sie auch in den vorangegangenen Schulferien nie gesehen. Aber diese hatten nicht lange gedauert, und deshalb war es leicht auszuhalten gewesen.

In den nun kommenden großen Ferien konnte ich Aileen nicht einfach mit nach Hause nehmen und stolz als meine Freundin vorstellen. Mir war klar, daß Tante Mena und Onkel Quaye sich große Sorgen machen würden, wenn sie herausfänden, daß jemand wie Aileen meine beste Freundin war. Ich hingegen war mir bewußt, daß ich Aileen dringend brauchte. Sie war mein großer Halt, ich brauchte sie so sehr, weil ich noch immer von Pickel-Saba-Reds tödlichem Wort verfolgt wurde: «Verlassen».

Dann kam ich nach Hause, und das Schicksal schlug erneut zu. Es lieferte meiner Befürchtung, daß Saba Red vielleicht doch recht haben könnte mit ihrer Behauptung, daß ich ohne die Güte meiner Tante und meines Onkels beim UTC-Kaufhaus herumhängen und um Almosen betteln würde, neue Nahrung.

Unsere jüngste Schwester, Aba, war weggegeben worden zu einer anderen kinderlosen Tante.

Unsere Großmutter hatte sieben Kinder zur Welt gebracht. Das Erstgeborene, eine Tochter, bekam nur ein Kind, auch eine Tochter, die wiederum nur einen Sprößling hatte, einen Sohn. Alles in allem war das einfach eine Nummer zu klein für eine afrikanische Familie.

Großmutters zweites Kind, ein Sohn, heiratete zwei Frauen und hatte mit ihnen insgesamt acht Kinder.

Dann folgte das Desaster. Die erste Frau, eine Fischhändlerin, verließ ihn plötzlich und ohne jede Vorwarnung, heiratete kurz danach erneut und holte alle Kinder zu sich, die sie mit meinem Onkel zusammen hatte. Mein Onkel unternahm keinen Versuch, seine Kinder zurückzubekommen, zum Mißfallen von Großmutter.

Nicht lange darauf verließ ihn auch seine zweite Frau und zog in eine andere Stadt. Wochen später sickerte das Gerücht durch, daß sie in eine intime Liebesbeziehung mit dem Pastor einer spirituellen Kirche verstrickt war. Die Nasen fingen schon an zu jucken in der Erwartung, daß ein fauliger Geruch entweichen würde. Er entwich schon bald.

Kurz nach der Heirat mit seiner ersten Frau, so hieß es, sei es mit meinem Onkel sexuell bergab gegangen. So schlimm bergab, daß jeder verstand, warum seine vier Kinder, die er mit der ersten Frau hatte, alle total verschieden aussahen. Eine Tochter hätte man mit Fug und Recht als Mulattin bezeichnen können.

Damit wurde auch plausibel, warum mein Onkel keinerlei Anstalten gemacht hatte, seine Kinder zurückzuholen.

Großmutters drittes Kind, auch eine Tochter, heiratete ziemlich jung und bekam ebenfalls eine Tochter, die gestorben war, noch bevor sie das zweite Lebenjahr erreicht hatte. Danach wurde sie nie wieder schwanger.

Großmutter machte natürlich Hexerei und dunkle Medizin dafür verantwortlich. Tante Mena hingegen erklärte es mit Schockerlebnissen. Sowohl mit dem Schock über den unerwarteten Verlust ihres Kindes als auch über die schreckliche Behandlung, die ihr Mann ihr zuteil werden ließ, nachdem es ihr danach einfach nicht gelang, erneut schwanger zu werden.

Großmutter bezeichnete die Theorie meiner Tante als unverzeihlichen Unsinn und tat diesen Versuch einer Erklärung verächtlich ab.

«Was soll das?» maulte Großmutter Tante Mena an, als diese versuchte, ihren Standpunkt zu erklären. «Was redest du für einen Unsinn, warum deine Schwester nicht mehr schwanger wird. Als ob das was mit dem Kopf zu tun hätte und nicht mit dem Bauch!»

Diese Schwester hieß Ma Anaba, und meine jüngste Schwester sollte also bei ihr aufwachsen.

Tante Ma Anaba war eine sehr reiche Frau. Obgleich Analphabetin, hatte sie sich als geschickte Verkäuferin erwiesen. Sie handelte mit Tabak und Jagdmessern. Als nach etlichen Familienversammlungen die schlechte Behandlung durch ihren Mann nicht aufhörte, verließ sie ihren Gatten von heute auf morgen.

Sie fühlte sich allein und einsam, ohne Ehemann und ohne eigene Kinder, verfügte aber über mehr Geld, als sie verbrauchen konnte. In dieser Verfassung lernte sie diesen Halbanalphabeten, Mr. Kansen, kennen, von dem niemand genau wußte, was er eigentlich arbeitete. Er schien es selbst nicht genau zu wissen. Mr. Kansen besaß kein Geld, aber er war charmant und sah verdammt gut aus, und er konnte Auto fahren. Diese Kombination, sah man einmal vom Geld ab, faszinierte Tante Ma Anaba so sehr, daß sie sich Hals über Kopf in ihn verliebte. Ehe sie sich versah und verstand, was mit ihr geschah, war sie schon an ihn gebunden, mit Leib und Seele.

Mr. Kansen hatte angeblich achtzehn Kinder mit verschiedenen Frauen, allesamt Früchte frivoler Verbindungen. Doch das störte Ma Anaba nicht. Sie tröstete sich damit, daß alle diese Kinder bei ihren leiblichen Müttern lebten. Also, was gingen sie die Gören an? Und sie hatte sich geschworen, ihr Leben voll auszukosten.

Kansen bewies auch gute rhetorische Fähigkeiten, denn als nächstes erlebten wir, wie er mit der finanziellen Unterstützung von Ma Anaba ein Haus in Accra baute. Mit einer weiteren Finanzspritze von Ma

Anaba erwarb Mr. Kansen bald einen Gebrauchtwagen, groß und unförmig, aber sehr schnell. Und wenn Ma Anaba ihn hinter dem Steuer sitzen sah, hing ihr Himmel voller Geigen.

Genau wie Ma Anaba selbst war ihr erster Mann ein vollkommener Analphabet gewesen, ein stellvertretendes Oberhaupt einer Dorfgemeinschaft, das sich niemals hätte vorstellen können, hinter einem Lenkrad zu sitzen. Mit Kansen an ihrer Seite konnte Ma Anaba jetzt ihr Leben in vollen Zügen genießen, wie sie es sich geschworen hatte. Sie folgerte daraus, daß die guten Götter es waren, die dafür gesorgt hatten, daß ihr erster Mann sie so mißhandelt hatte, daß er ihr Grund gegeben hatte, ihn zu verlassen, denn sonst hätte sie nie diesen von Gott gesandten Mr. Kansen gewonnen.

Immer wenn sich eine Gelegenheit ergab, neben Kansen im Auto auszufahren, bot das Anlaß genug, sich herauszuputzen, als befände sie sich auf dem Weg zum Karneval. Als Ma Anaba Kansen geheiratet hatte und auf einem Familientreffen beschlossen wurde, daß unsere kleinste Schwester Aba an sie abgegeben werden sollte, war Tante Mena die einzige, die vehement dagegen protestierte. Sie hegte tiefes Mißtrauen gegenüber ihrer Schwester. Sie befürchtete nämlich, daß Ma Anaba durch ihre Besessenheit von ihrem Ehemann zur unsicheren Kantonistin geworden sein könnte.

Doch die Mehrheit setzte sich durch, und Aba landete bei Ma Anaba und Kansen. Mit lediglich dem Pflegevater Kansen, der Pflegemutter Ma Anaba, dem Pflegekind Aba und einem Hausmädchen plus einem eigenen Blockhaus, dazu noch Vater Kansens Auto im Hof und Mutter Ma Anabas Reichtum im Rücken, glaubte man, ein beneidenswertes Zuhause für Aba gefunden zu haben.

Tatsächlich wurde Aba anfangs sehr verwöhnt. Aber Ma Anaba hatte nicht mit Kansens gewaltiger Habsucht gerechnet. Sie griff tiefer für ihn in die Taschen, als sie es hätte tun dürfen, und schon bald war ihr Reichtum aufgebraucht. Erst gingen die Rücklagen drauf. Dann ihr Profit. Allmählich ging es an ihr Kapital, und Ma Anaba wurde nervös.

Sie wußte, daß sie ihre Reserven nicht länger angreifen durfte. Eines Morgens wachte sie auf und stellte fest, daß nichts mehr da war, um es auszuteilen. Kansen war längst zu einem verwöhnten Kind geworden, das sofort bekommen mußte, was er verlangte. Andernfalls verbreitete er schlechte Laune und drohte damit, Ma Anaba zu verlassen.

Diese Aussicht schien ihr unerträglich. Sie fürchtete, daß Kansen alles, was sie ihm vorenthielt, woanders suchen, es dort auch finden und dann fortbleiben würde. Der Gedanke, Kansen zu verlieren, verfolgte Ma Anaba wie ein Alptraum. Kansen, so schien es, hatte Besitz von ihrem Körper und ihrer Seele ergriffen. Sie war ihm verfallen.

Sie begriff, daß sich ihre üppigen privaten Aufwendungen negativ auf das Geschäft auswirkten, sie geriet in Panik und suchte verzweifelt nach einer Lösung. Überall suchte sie die Schuld, nur nicht bei dem einzig Schuldigen, Kansen.

Als erstes brach Ma Anaba den Bau eines Hauses ab und verkaufte es an einen ghanaischen Rechtsanwalt, der mit einer Schweizerin verheiratet war. Sie brauchte das Geld, um Kansen zu halten. Schlimmstenfalls, so dachte sie, besaß sie ja noch das Haus, in dem sie mit Kansen und Aba wohnte. Eben das Haus, welches Kansen gebaut hatte.

Doch bald fand sie heraus, daß ihr ein Irrtum unterlaufen war, daß Kansen das Gebäude auf seinen Namen überschrieben hatte, auf seinen Namen allein, und nicht, so wie er sie glauben gemacht hatte, auf beider Namen. Jetzt hatte sie das andere Haus schon verkauft und das Geld Kansen gegeben.

Ihr selbst war kaum noch etwas geblieben.

Diese schockierende Enthüllung steigerte ihre Verzweiflung weiter. Wenn sie jetzt Kansen verlöre, war das nicht mehr nur eine Angelegenheit von Liebe und Obsession, sondern eine des Überlebens. Nur wenn sie ihn zu halten vermochte, würde sie weiterhin in dem Haus leben können, das Kansen allein gehörte.

Der merkte, daß er die Oberhand gewonnen hatte, und weigerte sich konstant, sich zu bessern oder Kompromisse einzugehen. Wenn Ma Anaba wolle, daß er bleibe, dann habe sie dafür zu sorgen, daß er bekomme, was er verlange und wann er es verlange. Ma Anaba mußte ihren Gürtel immer enger schnallen, Abstriche und Einsparungen vornehmen und somit Geld beschaffen, wo immer sie etwas bekommen konnte.

Schließlich traf es auch Aba, denn Ma Anaba beschloß, daß die Grundschule, die Aba besuchte, zu teuer war. Sie beschloß, Aba in eine billige Schule mit niedrigerem Niveau zu schicken. Dahin, wo die Anwesenheit von Lehrern in den Klassenzimmern eine ziemliche Seltenheit war und ein Schüler in der dritten Klasse auf die Frage, wieviel zwei und zwei mache, mit «zehn» antwortete.

Die kleine Aba verstand die Welt nicht mehr und geriet zunehmend aus der Bahn. Sie verließ morgens das Haus, um in die Schule zu gehen, doch in Wirklichkeit lungerte sie herum, meistens landete sie auf dem Müllplatz, wo sie die stinkenden, von Fliegen übersäten Müllhaufen durchwühlte. Sie suchte nach nichts Bestimmten. Mit manchem, was sie fand, spielte sie, manches versteckte sie an geheimen Orten und manches aß sie. All das passierte, während Tante Mena hinter ihren Bierflaschen ständig «Progress! Fortschritt! Sicher! Prooogresss! Sicher! Sicher! Sicher!» rief .

Sie ahnte nicht, was die kleine Aba gerade durchmachte.

Ich war zu dieser Zeit gerade auf Ferien zu Hause und überlegte, wie ich Onkel Quaye dazu bringen könnte, demnächst mehr Milchdosen und Sardinenbüchsen für meine Essensbox zu spendieren. Mansa hatte ein hübsches Paar schwarzer hochhackiger Schuhe gesehen, auf die sie scharf war, denn sie gehörte jetzt zu den älteren Schülerinnen und besuchte auch Partys und Tanzbälle an anderen Schulen. Keine von uns wußte, wie es Aba da draußen erging, hungrig und vernachlässigt in anderen Straßen desselben Accra, in dem wir alle wohnten. Daß sie Müllhalden durchwühlte, um etwas zum Essen oder zum Spielen zu finden.

«Progress, Fortschritt! Sicher!» rief Tante Mena gerade gutgelaunt auf einer Parteiversammlung, als ihr von hinten eine Frau auf die Schulter tippte und fragte, ob sie zufällig in letzter Zeit etwas von ihrer kleinen Nichte gehört oder gesehen habe.

Sie erwiderte: «Nein, das habe ich nicht. So gern ich das möchte, aber es ist nicht möglich, denn wenn ich meine kleine Nichte besuchen würde, käme ich nicht umhin, auch meiner Schwester Ma Anaba zu begegnen und wahrscheinlich auch diesem Kansen. Ich habe selbst genug Sorgen, das ist das letzte, was ich gebrauchen kann.»

Nun, entgegnete ihr die Frau, dann müsse meine Tante wohl ihre persönlichen Differenzen mit ihrer Schwester mal hintanstellen und nach ihrer Nichte sehen, denn aus der Situation, in der sich diese gerade befinde, könne ihr niemand sonst heraushelfen.

Tante Mena verstand überhaupt nichts mehr.

«Helfen? Sagten Sie helfen?» fragte sie die Frau.

Diese nickte. Tante Mena habe schon richtig gehört, sie habe helfen gesagt. Tante Mena war die schöne Versammlung verleidet. Sie ging sofort nach Hause, um mit ihrem Mann zu sprechen, verfolgt von dem Wort «helfen».

Tante Mena war klar, daß diese Frau, die ihr die besorgniserregende Mitteilung gemacht hatte, sehr recht mit der Behauptung hatte, daß nur sie Aba helfen könne. Mutter lebte schließlich irgendwo im Norden, sie kam kaum in den Süden und schon gar nicht nach Accra. Davon abgesehen hatten wir auch keinen Kontakt zu ihr, eine Situation, die wir wohl dem Familienrat zu verdanken hatten, der uns Kindern Loyalitätskonflikte ersparen wollte. Der Familie ging es hauptsächlich darum, daß wir unsere Adoptivmütter voll und ganz akzeptierten. Sie kümmerte sich wenig darum, was es für Mutter bedeutet haben mochte, die Kinder abgeben zu müssen, die sie neun schwere Monate lang getragen hatte und denen gegenüber sie jetzt so tun sollte, als ob sie nichts mit ihr zu tun hätten oder gar nicht existierten.

Was Vater betraf, wußten wir lediglich, daß er an einem Ort lebte, den wir nicht kannten. Aber immerhin war er wohl noch am Leben.

Großmutter und die anderen Tanten lebten alle weit entfernt von Accra. Wenn also Ma Anaba ausgerastet war und Aba Schaden zugefügt hatte, dann war Tante Mena gefordert.

Auf Anraten von Onkel Quaye schlief Tante Mena eine Nacht darüber und machte sich am nächsten Tag auf den Weg zu Ma Anaba.

Es war ein Sonntag, und Ma Anaba bereitete ihr erwartungsgemäß einen frostigen Empfang.

«Ich war gerade in der Gegend und dachte, ich schaue mal vorbei und guck mal, wie es Aba geht», sagte Tante Mena.

«Es geht ihr gut», antwortete Ma Anaba abweisend, «also kannst du wieder gehen, genauso plötzlich und unaufgefordert, wie du gekommen bist.»

Tante Mena ließ sich nicht beirren.

«Ich habe nach ihr gefragt», sagte sie, «und sobald ich sie gesehen habe, werde ich schnell und ohne große Worte wieder gehen. Genau wie ich gekommen bin.» Der sarkastische Unterton in den Worten von Tante Mena blieb Ma Anaba nicht verborgen.

«Scher dich zum Teufel!» schrie Ma Anaba Tante Mena an.

Jetzt wurde Tante Mena richtig wütend.

«Ist das alles, was du mir zu sagen hast? Ich habe dich gefragt, wo sie ist, und darum gebeten, sie zu sehen, und alles, was du mir zu sagen hast, ist: Scher Dich zum Teufel?»

«Ja», erwiderte Ma Anaba ungerührt und sah nicht einmal hoch von der Kokosyamswurzel, die sie gerade schälte.

«Ich will sie sehen», wiederholte Tante Mena. «Ich werde nicht eher gehen, bis ich sie gesehen habe», erklärte sie bestimmt.

Doch Ma Anaba war offensichtlich nicht bereit, nachzugeben.

«Dann wird es lange dauern, bis du gehen kannst», bemerkte Ma Anaba. «Und was mich betrifft», fuhr sie fort, «solange du dich von meiner Veranda entfernst und dich außerhalb meines Hauses aufhältst, habe ich überhaupt nichts dagegen, daß du ewig und drei Tage wartest.»

Ihr Verhalten machte Tante Mena immer stutziger.

Aba ist überhaupt nicht daheim, dachte sie, sonst wäre sie schon längst aufgetaucht. Dieser Verdacht beunruhigte Tante Mena sehr, denn, wenn die Kleine nicht hier im Haus war, wo war sie dann? Warum sträubte sich Ma Anaba dermaßen, auch nur etwas über Aba zu erzählen?

Offensichtlich hatte sich das Verhältnis zwischen Ma Anaba und Kansen verschlechtert. Kansen hatte sorgfältig abgewägt und war wohl zu dem Schluß gekommen, daß es ihm besser gehen würde ohne Ma Anaba. Das Bargeld floß nicht mehr wie früher, und was er ihr sonst noch hätte wegnehmen können, das Haus, befand sich ohnehin schon in seinem Besitz.

Doch immerhin war Ma Anaba seine Ehefrau, die er nicht einfach so hinauswerfen konnte. Was er unter diesen Umständen aber tun konnte, war, ihr das Leben so schwer und unerträglich zu machen, daß sie selbst darauf kommen würde, ihren Gatten besser zu verlassen. In diesem Fall konnte ihn keiner beschuldigen, gegen die traditionellen guten Sitten verstoßen und seine Frau hinausgeworfen zu haben. Einen Schritt in diese Richtung bildete seine Entscheidung, Aba nicht länger in seinem Haus zu dulden, weil sie immer so laut weine. Doch selbst geschickte Redner und Rechner wie Kansen begehen manchmal Fehler. Kansen hatte offensichtlich unterschätzt, wie sehr seine Frau an ihm hing, und sich vorgestellt, daß Ma Anaba Aba verteidigen würde, wenn es hart auf hart käme. Das hätte ihm dann den Anlaß für einen Streit, dem immer weitere folgen sollten, geboten.

Doch Ma Anaba reagierte anders als gewünscht. Sie schickte Aba aus dem Haus und brachte sie zu einer Nachbarin. Sie hatte beschlossen, für Kansen alles, was diesem auf die Nerven ging, aus dem Weg zu räumen.

Tante Mena kehrte also unverrichteter Dinge zurück zu Onkel Quaye.

Nun heckten die beiden einen Plan aus.

Jene Frau, die Tante Mena auf der Parteiveranstaltung den Tip gegeben hatte, kannte die Besitzerin es kleinen Kiosks genau gegenüber Kansens Haus. Die Kioskbesitzerin beobachtete das Haus eine Woche lang sehr genau und bemerkte kein Lebenszeichen von Aba. Die Angelegenheit entwickelte sich immer besorgniserregender. Tante Mena konnte die Anspannung nicht länger ertragen und beschloß, die Dinge jetzt selbst in die Hand zu nehmen. Sie kam mehr und mehr zu der Überzeugung, daß Aba überhaupt nicht mehr in dem Haus lebte.

Verkleidet mit Perücke und Sonnenbrille verließ sie jeden Morgen unser Haus und bezog in dem Kiosk Stellung, um Kansens Haus zu beobachten. Zwei Tage lang passierte nichts Auffälliges. Am dritten Tag trat Ma Anaba aus dem Haus, kurz nachdem ihr Mann mit dem Auto weggefahren war. Sie hielt inne, sah nach links und rechts, offensichtlich um sicherzugehen, daß Kansen wirklich weg war. Dann ging sie die Straße hinunter. Tante Mena wartete ab, bis sie sich ein Stück entfernt hatte, dann verließ sie den Kiosk und folgte ihr in angemessenem Abstand. Ma Anaba blieb vor einem Haus stehen, sah sich kurz um, dann ging sie hinein. Tante Mena wartete draußen in sicherer Entfernung.

Etwa zwanzig Minuten später kam Ma Anaba wieder heraus, allein. Einen Moment lang dachte Tante Mena, sie sei einem Irrtum zu Opfer gefallen, und es sei nichts dabei herausgekommen. Doch dann passierte es. Ein kleines Mädchen in einem ausgeblichenen Stück Stoff, das im Nacken zusammengebunden war, und dessen linker Arm über ihrem Kopf in einer Schlinge festgebunden war, lief aus dem Haus und schrie laut nach Ma Anaba. Diese jedoch ignorierte das weinende Kind und schritt hastig davon.

Dann kam eine Frau zum Vorschein, schimpfte mit dem Mädchen und zerrte es grob in das Haus zurück. Tante Mena verstand nicht genau, was hier eigentlich gespielt wurde, doch sie hatte Aba erkannt. Ihr kamen die Tränen.

Sie erzählte Onkel Quaye, was sie gesehen hatte, und beide berieten sich erneut mit der Kioskbesitzerin. Diese versprach, weiterhin Augen und Ohren aufzuhalten. Bereits am nächsten Tag wartete sie mit dem Ergebnis ihrer Nachforschungen auf. Aba, so enthüllte sie, lebte jetzt bei dieser Frau. Ma Anaba besuchte sie alle drei Tage.

«Nun», sagte Onkel Quaye, «wenn es mit gutem Zureden nicht geht, muß man Gewalt anwenden. Ma Anaba scheint nicht bereit zu sein, sich von uns überzeugen zu lassen.»

Die Entscheidung war gefallen.

Am verabredeten Tag fuhr Tante Mena in ihrem alten, klapprigen Wagen zu dem Haus, in dem Aba jetzt lebte. Sie stellte sich wahrheitsgetreu als Ma Anabas Schwester vor und fragte einfach nach Aba. Aba wurde herbeigerufen. Noch immer war dieses Stück Stoff um ihren Nacken gebunden. Das Mädchen stank penetrant, sie war schmutzig und lief barfuß. Ihr elender Anblick erschütterte Tante Mena.

Jetzt bemerkte sie, daß Abas Arm immer noch über ihrem Kopf befestigt war. In ihrer Achselhöhle prangte ein Furunkel, aus dem übelriechender gelber Eiter floß. Tante Mena schluckte.

Sie verabschiedete sich wieder von der Frau. Wenn Aba keine Anstalten gemacht hätte, ihr zu folgen, Tante Mena hätte sich eine neue Strategie einfallen lassen müssen.

Tante Mena bat die Frau, ihre Nichte möge sie doch zum Auto begleiten, es sei direkt vor der Tür geparkt. Die Frau erklärte sich nach einigem Zögern einverstanden.

«Wenn du nicht sofort wieder reinkommst und ich dich auf dem Müllplatz erwische, kannst du was erleben!» ermahnte sie Aba.

An Tante Mena gewandt klagte sie: «Sie macht uns viel Ärger, Ihre Nichte. Sie spielt auf der Müllkippe und bringt Abfall mit. Ich habe sie schon geschlagen deswegen, aber sie hört nicht auf damit. Und sehen Sie nur, was sie außerdem von dort mitgebracht hat.» Dabei zeigte sie auf Abas Achselhöhle.

Tante Mena lächelte mitleidig und ging nach draußen. Aba folgte ihr.

Sie lehnte sich gegen das Auto und starrte Tante Mena an. Mit einem leeren Blick, ohne jede Mitteilung, ohne jeden Ausdruck. Einfach ein leerer Blick.

«Möchtest du dich ins Auto setzen?» fragte Tante Mena. Sie wartete nicht die Antwort ab, sondern öffnete die Beifahrertür.

Aba stieg ein. Tante Mena schloß die Tür, ging um den Wagen herum, setzte sich auf den Fahrersitz, ließ das Auto an und fuhr davon.

Wir waren alle zu Hause, als sie ankamen.

Tante Mena nahm sich Abas persönlich an. Bei genauer Betrachtung stellte sie noch zwei weitere entzündete Stellen an Abas Knien fest. Außerdem war das Kind völlig verlaust. Zuerst wusch Tante Mena ihr gründlich die rechte Hand und gab ihr etwas zu essen. Wir beobachteten mit großer Verblüffung, wie Aba das Essen hinunterschlang. Wie jemand, der einen Monat lang nicht einmal Nahrung gerochen hatte. Dann erklärte ihr Tante Mena geduldig, daß sie sie jetzt waschen und

Medizin auf ihre Wunden und Furunkel träufeln müsse. Und daß das sehr weh tun werde, fügte sie noch hinzu, und ob Aba versprechen würde, nicht allzu sehr zu weinen?

Aba versprach, überhaupt nicht zu weinen und weinte die ganze Zeit.

Dann bekam sie noch ein paar Spritzen. Alle Wunden und Geschwüre wurden behandelt. Schließlich bereitete Tante Mena eine Tasse warme Ovomaltine zu, um das Essen abzurunden, und kaum hatte Aba einen Schluck genommen, döste sie ein. Tante Mena machte ihr ein bequemes Bett zurecht und trug das Mädchen ins Schlafzimmer. Aba schlief zehn Stunden durch.

Ma Anaba benötigte genau drei Wochen und vier Tage, um sich zu uns zu bemühen und sich nach Aba zu erkundigen.

Tante Mena war empört und angewidert von Ma Anabas Gleichgültigkeit und schrie gereizt:

«Was hättest du eigentlich gemacht, wenn du sie nicht bei mir gefunden hättest? Sie hätte sonstwo sein können, ist dir das klar? Irgendwo! Überall!»

Ma Anaba schien ungerührt.

«Die Leute haben gesehen, wie du sie gestohlen hast», antwortete sie kühl.

«Das war genug Grund für dich, ganze drei Wochen und vier Tage abzuwarten. Oder wie?» entgegnete Tante Mena.

«Nun, ich mußte dir doch ausreichend Zeit geben, mit ihr fertig zu werden, meinst du nicht? Jetzt müßte sie doch wieder gesund sein, oder?»

Tante Mena mußte tief Luft holen, um nicht völlig die Beherrschung zu verlieren.

«Du hast gewartet, bis ich sie gesund gepflegt habe, und erst dann wolltest du hierherkommen?»

«Wer ist denn hier die ausgebildete Krankenschwester? Du oder ich?» antwortete Ma Anaba.

Aba schlief währenddessen tief und fest. Tante Mena verzichtete darauf, noch länger unfruchtbare Diskussionen mit ihrer Schwester zu führen. Sie hatte beschlossen, keinen weiteren Atemzug mehr zu verschwenden.

«Okay», sagte sie, «möchtest du sie sehen? Du kannst sie sehen. Doch im Moment schläft sie. Sie scheint nicht genug Schlaf bekommen zu haben, bevor sie hierherkam. Ich habe keinesfalls vor, ihr diesen wieder zu rauben. Also, solange sie sich ausschläft, rate ich dir, dich von meiner Veranda zu entfernen und draußen unter dem Mangobaum zu warten.»

Ma Anaba kicherte verlegen und machte sich davon.

Als Aba aufwachte, verriet ihr Tante Mena, daß Ma Anaba draußen unter dem Mangobaum auf sie wartete; sie sei gekommen, um sie mitzunehmen.

Natürlich rechnete Tante Mena damit, daß Aba nicht dahin zurückkehren wollte, wo sie hergekommen war. Sie sollte recht behalten. Doch die Art und Weise, wie Aba reagierte, überraschte selbst Tante Mena. Die Begegnung mit Ma Anaba unter dem Mangobaum löste bei Aba einen hysterischen Anfall aus. Sie trat wild um sich und heulte wie verrückt; sie schrie, weinte und bettelte, bei Tante Mena bleiben zu dürfen.

Nach dieser Szene war Ma Anaba wie verwandelt. Schockiert und erschüttert begriff sie, zu spät, daß sie zu vieles als selbstverständlich betrachtet hatte. Sie drehte sich um und verschwand, eine völlig verwirrte und erschöpfte Frau. Und sogar Tante Mena empfand irgendwie Mitleid mit ihr.

Ich sehnte mich verzweifelt nach Aileen.

Und ich versuchte zu verstehen, warum eine Frau so viele Kinder in die Welt gesetzt hatte, sei es aus Tradition oder Pflichtgefühl oder einer Mischung aus beidem, um sie anschließend wie Brotscheiben an eine Handvoll unfruchtbarer Schwestern zu verteilen.

Saba Reds Beleidigung kam mir wieder in den Sinn. Sie verfolgte mich, denn sie enthielt die Wahrheit. Jene Jungen und Mädchen, die vorm UTC-Kaufhaus herumhingen und um Almosen bettelten – ich unterschied mich wenig von ihnen. Ich hatte lediglich mehr Glück gehabt!

## 12

Die Fortschrittspartei ging aus den Wahlen als Sieger hervor, und Ende 1969 wurde Dr. Kofi A. Busia, der Parteiführer, zu Ghanas neuem Premierminister ernannt.

Bereits ein Jahr nach seiner Machtübernahme begann alles schiefzugehen. Das «Fortschritt! Sicher! Fortschritt! Sicher! Fooortschriiitt! Sicher! Sicher! Sicher!» verwandelte sich langsam zur Kröte im Hals derer, die es damals aus Überzeugung geschrien hatten. Auch bei denjenigen, die es aus Loyalität gegenüber ihren Eltern gerufen hatten

– ob das nun Pflege-, Adoptiv- oder leibliche Eltern waren – und deren Gefühle dafür vielleicht auch noch in den Dreck gezogen worden waren, weil sie sich verletzende Beschimpfungen wie «verlassenworden» hatten anhören müssen.

Es war offensichtlich versäumt worden, Busia davor zu warnen, ein paar schwerwiegenden Fehlkalkulationen aufzusitzen. Irgend jemand aus seinem Lager hätte ihm erklären müssen, daß Ghanamanns Einschätzung, was gute oder schlechte Politik ausmachte, weitestgehend von zwei Faktoren abhing: der Fähigkeit des Mannes an der Macht, dafür zu sorgen, daß regelmäßig ausreichende Mengen an Milchdosen, Sardinenbüchsen und Zuckerpäckchen verfügbar waren. Und zweitens: wieviel Geld er Ghanamann zugestand, damit der sich soviel davon kaufen konnte, wie er wollte.

Ich glaube, Nkrumah hatte dies weitgehend verstanden, dieses einfache politische Know-how von Ghanamann, und entsprechend gehandelt. Leider hatte er dabei über seine und Ghanamanns Verhältnisse gelebt. Es war trotzdem alles nach Wunsch gelaufen für Nkrumah, bis er beschlossen hatte, Amerika ein bißchen an der Nase herumzuführen, indem er Rußland ein bißchen zulächelte. Wobei er leider, leider die Nervosität von Big Amerika alias Mr. CIA unterschätzt hatte. Die Militärjunta, das NLC, entmachtete den großen Nkrumah, behielt aber strikt das beschränkte politische Know-how von Ghanamann im Auge. Sie stellte den Nachschub von Milchdosen, Sardinenbüchsen und Zuckerpäckchen sicher, und es wurde ihr auch noch der Rauswurf der Russen zugutegehalten. Sie hatte die ideale Formel gefunden, damit sich die Ghanaer Hals über Kopf in sie verliebten. Bis zu dem Tag, als sie die Macht an die neu gewählte Regierung übergab, sangen die Ghanaer Liebeslieder auf das NLC. Und dieses lächelte.

Es lächelte gleich zweimal. Erstens, um seinen Dank für die Liebeslieder auszudrücken und zweitens, um seinen Sternen zu danken und sich selbst zu gratulieren, daß jemand anders den Preis zahlen und die Suppe auslöffeln würde.

Preis? Welchen Preis?

Nun. Die Männer in der Tarnkleidung waren nur mit Hilfe ihrer Gewehrläufe an die Macht gekommen, aber was Politik betraf, erwiesen sie sich als alles andere als dumm. Sie wußten, daß unvermeidlich der Tag der großen Frage kommen und es der neue Machthaber sein würde, an den sich die Ghanaer wegen einer Antwort wenden würden.

Sie wußten auch, daß diese Antwort sich in den Ohren von Ghanamann gar nicht gut anhören würde.

Ghanamann würde, das stellten sie sich vor, sehr böse werden auf den Antwortgeber. Er würde ihn mit seinem Zorn überschütten und ihm wahrscheinlich niemals vergeben. Aus diesem Grund stellte der NLC-Klüngel sicher, daß, egal, was kommen würde, nicht er die Antwort würde geben müssen. Er trat ab, bevor der Tag der Rache kam. Und gab es eine feinere Art, abzutreten, als Wahlen à la Westen zu ermöglichen und die Macht mit Pomp und Prunk zu übergeben?

So kam Busia an die Regierung, und kaum hatte er ein paarmal mit der Wimper gezuckt, war der Tag der Rache gekommen, und es kitzelte ihm heftig in der Nase.

Busia, wenn man mich fragt, hatte wahrscheinlich zu lange in England gelebt, um politisch überleben zu können. Der Mann hatte dort die Fähigkeit erworben, Dinge aus «verschiedenen Blickwinkeln» zu betrachten – «zu viele verschiedene Blickwinkel» für Ghanamanns Geschmack. Er war außerdem in der Lage, Dinge von einem höheren intellektuellen Standpunkt aus wahrzunehmen, was Ghanamann einfach mit «zu gebildet» abtat.

Am Ende konnte man von Busia nur das eine sagen. Er hatte leichtsinnigerweise eine Regel der Politik à la Ghana übersehen: Ghanamann konnte nicht allein mit einem hohen IQ regiert werden. Als er damals mit seinem «Fooortschritt! Sicher!...» auftrat, in Westminster-Manier, mit seinen in Tweedjackets gekleideten Anhängern, die ihm das «Sicher! Sicher!»-Echo entgegenriefen, stand er bei vielen Leuten für den Fortschritt schlechthin. Eine Persönlichkeit mit englischer Ausbildung und solch hohem «unafrikanischem» IQ, wie hätte man an dem reibungslosen Nachschub von Dosenmilch und Ölsardinen zweifeln können? Selbst der Dümmste hätte nichts gegen den Fortschritt einwenden können.

Doch wie es schien, hatte Busia über eine andere Art des Fortschritts gesprochen. «Nationalstolz» nannte er ihn. Immerhin hatte er die Möglichkeit gehabt, Ghana aus genügend «verschiedenen Blickwinkeln» zu betrachten, um zu erkennen, daß das Land nichts als eine Marionette in den Fingern seiner Herren war. Und er wollte diesem Puppenspiel Einhalt gebieten.

Fein!

Eine noble Idee. Dagegen gab es nichts zu sagen. Nur hätte Busia wissen müssen, wie der Ghanamann auf der Straße dachte; und

Ghanamann auf der Straße bildete nun einmal die Mehrheit. Hätte er alle Daten ernsthaft überprüft, hätte er erkannt, daß er ein Land regieren sollte, auf dessen Waage – wenn man die, die lesen und schreiben konnten, auf die linke und die Analphabeten auf die rechte Seite gestellt hätte – das Gewicht auf der rechten die leichtgewichtige linke Seite so weit hochgeschleudert hätte, daß der Große Gott oben im Himmel bei seinem Nickerchen einen ziemlichen Stoß an der Nase verspürt hätte. Vorausgesetzt, der Große Gott hat überhaupt eine.

Ghanamann wußte natürlich, was Stolz und nationale Identität bedeuten. Das Problem lag eher darin, daß Ghanamann und Busia nicht dasselbe meinten, wenn sie über Stolz sprachen. Denn Stolz bedeutet bei den verschiedenen Völkern in Ghana jeweils etwas anderes. Für die Ashanti bedeutet Stolz, ihr Oberhaupt doppelt so schwer wie sein Eigengewicht mit dem sprichwörtlichen Goldschmuck behängt zu sehen. Er mag vielleicht schwer daran zu tragen haben in der afrikanischen Hitze. Doch er nimmt es gerne auf sich, denn er weiß, daß unter der Last all dieses wertvollen Metalls er seinem Ashanti-Volk vor allem eines vermittelt: Stolz. Stolz auf Schmuck, Stolz auf Reichtum, Stolz auf Gold. Ashanti-Stolz.

Bei den Ewe bedeutet Stolz, wenn der Juju-Mann jemanden bestraft, der einen Ewe so beleidigt hat, daß man ihm nicht mehr vergeben kann. Der Juju-Mann verurteilt den Schuldigen zum Tod durch den nächsten Blitzschlag, und der Schuldige wird beim nächsten Gewitter vom Blitz erschlagen, genau vor den Augen der Leute, die er so beleidigt hat. Wie vorhergesagt. «Böse, primitive Hexerei» würden die Ashanti das nennen. Als «Beweis der übernatürlichen Macht der Ewe» würden sie selbst es bezeichnen, stolz auf die Fähigkeit ihres Juju-Mannes, die Macht der Geister zu beschwören, egal ob diese nun destruktiv oder konstruktiv wirkt. Worüber Busia jedoch sprach, war eine andere Art von Stolz. Er sprach vom Stolz aller Ghanaer. Er erklärte, erst wenn sich Ghana aus der Abhängigkeit von den Herren löste, deren unsichtbare Hände die Fäden zogen, würde das Land wirklich frei sein.

Frei?

Moment mal! Waren wir denn immer noch nicht frei? War es nicht erst ein paar Jahre her, daß Nkrumah uns zugerufen hatte, daß es ihm gelungen war, die eingebildeten Engländer dazu zu bringen, die Sachen zu packen? War diese «Freiheit» eine andere Art von «Freiheit»? Doch Busias Sermon ging immer weiter, er sprach von neuen Dimensionen und Proportionen. Alles unter der Parole: «Stolz in Freiheit durch weniger Abhängigkeit». Ghanamanns ruhiger Schlaf war plötzlich empfindlich gestört. Wohin sollte das alles führen?

Die Dinge wurden gedreht und gewendet und in schöne Worte gepackt, doch sie endeten immer in derselben Schlußfolgerung, und die klang gar nicht angenehm in Ghanamanns Ohren: «... um eures Nationalgefühls und eurer Würde willen, geehrte Bürger, seid bereit, den Gürtel enger zu schnallen!»

Ach was?! Darum ging es also! Jesus! Deshalb mußten wir die Russen loswerden? Nur um den Gürtel enger zu schnallen?

Ghanamann bekam rote Augen.

Das Geleier ging weiter: «Unser Nationalstolz und unsere Würde sind nur noch ein Trümmerhaufen, wegen unserer immensen Auslandsschulden, die uns zwingen, uns nach den Launen der Gläubiger zu richten. Diesen Stolz und diese Würde werden wir nicht wiedererlangen, wir, die stolze Nation von Ghana, bevor wir nicht unsere riesigen Schulden bezahlt haben. Und deshalb müssen wir unsere Gürtel enger schnallen.»

«Fein! Eine sehr schöne und noble Idee», rief ein Ghanamann, dessen Augen sehr rot geworden waren. «Schließlich», und er rang verzweifelt seine Hände, «wer hat schon gerne Schulden? Aber», und jetzt fing es an, in ihm zu kochen, «du dicklippiger Landesboß, kannst du dir vielleicht denken, wie leicht es jemandem fällt, mit leerem Magen über die Wiedererlangung von Nationalstolz nachzudenken? Ist ein hungriger Mann nicht ein zorniger Mann? Und der aufgebrachte, zornige Mann schert sich einen Dreck um Nationalstolz und Würde!»

Busią kratzte ganz offensichtlich an den Wunden der Leute. «Seid bereit, die Gürtel enger zu schnallen», predigte er dennoch unnachgiebig und brachte Ghanamann damit bloß noch mehr auf die Palme.

Er plane, einen Kredit aufzunehmen, verkündete er, um den Kredit, den Nkrumah aufgenommen und verschwendet hatte, zurückzuzahlen. Dann wäre Ghana in der Lage, einen neuen Kredit zu bekommen – einen höheren und besseren –, den er, da er ehrlicher und glaubwürdiger sei als sein Vorgänger, geschickter anlegen würde. Das Geld, das er somit beschaffen würde, würde er dann für die Rückzahlung aller Kredite verwenden, bis Ghana keinen Pfennig Schulden mehr habe. Und dann, und erst dann, könne in Ghana die Wiedererweckung von Nationalstolz und Würde beginnen, und man könne davon sprechen, frei zu sein. Wirklich frei!

Schön gesprochen. Applaus, Applaus! Ghanamann war nun vollends durcheinander. Das machte alles keinen Sinn mehr. Wie war das nochmal? Einen Kredit aufnehmen, um einen Kredit zurückzubezahlen, damit man einen neuen Kredit aufnehmen konnte, mit dem dann alle Kredite zurückgezahlt würden? Ghanamann war noch immer damit beschäftigt, mit diesem Durcheinander klarzukommen, als plötzlich ein neuer Schock die ohnehin schon sehr besorgniserregende Atmosphäre erschütterte: Inflation.

Entschuldigung! Infla... was?

Jeder murmelte dieses fremde Wort verhalten in sich hinein und schüttelte den Kopf. Warum nur hatten wir uns von Nkrumah losgesagt? Okay, er hatte die Russen ins Land geholt, die uns beibringen wollten, zu leben wie sie. Also jagten wir ihn davon, um die Russen davonzujagen. Schön. Aber wer sprach damals, sogar als die Russen noch da waren, schon über Inflation? Wer? Und wo war Afrifa? Wo zum Teufel war dieser Afrifa, der gekommen war, um uns vor der Bratpfanne – nämlich so wie die Russen leben zu müssen – zu retten, nur um uns jetzt in das Feuer von Gürtel-enger-schnallen und Inflation zu stoßen? Wo zum Teufel steckte er? Warum hatte er freiwillig die Macht an diesen dicklippigen Busia-Konfusmacher abgetreten?

Die Antworten variierten und erreichten uns via «Man sagt, man sagt». Eine Variante lautete, Afrifra habe sich aus dem aktiven Leben zurückgezogen und führe ein zufriedenes, stilles Leben auf einer Ranch irgendwo im Landesinneren; die zweite Variante behauptete, er sei zu seinen Wurzeln zurückgekehrt, habe sich im Dorf seiner Mutter niedergelassen und dieses in einen ultrahochmodernen Ort verwandelt.

Was auch immer davon wahr war, soviel stand fest: Nach dem Putsch und der anschließenden kurzen Regierungszeit hatte sich der Mann in fabulösem Reichtum zurückgezogen und lebte irgendwo friedlich und ungestört. Das ließ nur eine einzige Schlußfolgerung zu: Er hatte gewußt, was kommen würde. Er hatte gewußt, daß dieses Zeug mit der Inflation unvermeidlich war, und er wollte nicht derjenige sein, der auf dem heißen Stuhl saß, wenn es den Ghanaern nahegebracht werden mußte.

Als wir die Engländer hinauswarfen, zogen wir kaum in Betracht, daß es uns weiterhin so sehr nach ihrer Dosenmilch, ihren Ölsardinen und Baked Beans gelüsten würde, ganz zu schweigen von den Horlicks- und Ovomaltine-Getränken. Nkrumah hatte kapiert, was es bedeuten würde, Ghanamann zu erklären, er solle zurückkehren zu seiner Kokosyamswurzel und seinem Spinateintopf und einfach die Dosen des weißen Mannes vergessen. Es hätte bedeutet, sein eigenes politisches Grab zu schaufeln. Also brachte er weiterhin Dosen ins Land, koste es, was es wolle, und stellte damit sein politisches Überleben sicher. Währenddessen sollte aber auch das Land entwickelt werden. Der Akosombo-Staudamm mußte gebaut werden und die Häfen von Tema und Takoradi; Fabriken und Straßen mußten errichtet werden. Und trotzdem wurde Geld ausgegeben für Dosenmilch und Horlicks.

Wenn man nicht viel hat, kann die Wahl zwischen einem Dach über dem Kopf und einem Tropfen Honig auf der Zungenspitze dramatisch sein wie ein Kampf der Giganten. Insbesondere, wenn man sich mit seinem Geld nur das eine oder das andere leisten kann. Also mußte Nkrumah Geld leihen, um die Gelüste von Ghanamann nach etwas Süßem zu befriedigen. Gleichzeitig trieb er die ehrgeizigen Entwicklungsvorhaben voran, mit denen er beweisen wollte, daß wir selbst unser Schicksal in der Hand hielten und daß wir mit ihm an der Spitze in ein Wunderland steuern und es den eingebildeten, langnasigen Engländern zeigen könnten. Zeigen nämlich, daß Ghanamann sehr wohl ohne sie auskommen würde, vielen Dank auch, ja, daß es Ghana sogar besser gehen würde in den Händen von Ghanaern wie ihm. Nkrumah hatte triftige Argumente. Aber wenn man seinen Finger in den Mund eines anderen steckt, dann haut man diesem nicht auf den Kopf, egal, wie sehr man ihn verachtet; aus einem einfachen Grund: sonst ist der Finger schnell ab. Noch schlimmer ist es, wenn man gar nicht merkt, wie tief der Finger im Mund steckt.

Wir liehen uns also Geld von genau den Leuten, die wir hinausgeworfen hatten, um es eben bei ihnen wieder auszugeben. Und dann hauten wir ihnen auf den Kopf, und das zu einer Zeit, in der wir noch nicht die Technik beherrschten, das Gold aus unserer Erde zu bergen, und auch nicht das Wissen hatten, wie wir die Kakaosamen aus unseren eigenen Schoten zu unserem Vorteil nutzen konnten.

Unsere Finger waren noch immer im Mund der Briten, doch unsere Verachtung, unser Haß ihnen gegenüber für das, was sie uns angetan hatten, wie sie unsere Oberhäupter gedemütigt hatten, wie sie uns in unseren Hinterhöfen versklavt hatten, war stärker als die Geduld, so lange zu warten, bis wir unsere Finger wieder aus dem Mund nehmen konnten.

Wir schlugen also zu, und schon bald standen wir schlimm in ihrer Schuld; wir waren in der Schuld der Leute, die wir so verabscheut hatten. Und sie, sie ließen uns an einer sehr langen Leine, weil sie wußten, was sich an deren Ende befand. Sie lehnten sich zurück und beobachteten uns mit trockenem und wissendem Lächeln. In aller Ruhe konnten sie uns nun demonstrieren, wer in Wirklichkeit die ganze Zeit die Macht über uns gehabt hatte. Ruhig und gelassen bewiesen sie uns, daß, auch wenn sie nicht mehr auf den hohen Stühlen in unserem Regierungspalast thronten, es immer noch sie waren, die die Geschicke unseres Landes lenkten. Und es kam der Zeitpunkt, an dem die Rechnung nach ihren Regeln, zu ihren Bedingungen, beglichen werden mußte.

Mit der Inflation.

Wenn Ghana den Fortschritt wolle, dann müsse die Landeswährung, der Cedi, mit der Inflation fertig werden, erklärte man uns. Die Auswirkungen für Ghanamann waren jedoch, gelinde gesagt, brutal. Er sah sich einem Angriff auf seinen Geldbeutel gegenüber, den er sich nie hätte träumen lassen.

Die gleiche Summe Cedis, mit der man gestern noch zwei Dosen Milch hatte kaufen können, reichte plötzlich nur noch für eine. Und die, die das zuerst zu spüren bekamen, waren diejenigen, aus deren Taschen das Geld für das Essen kam – die Väter. Plötzlich hatten sie es mit Forderungen von kompromißlosen Ehefrauen zu tun, die mehr Haushaltsgeld verlangten.

Dann kamen die, die nach wie vor die gleiche Anzahl von Mäulern zu stopfen hatten, jedoch mit halb soviel Geld – die Mütter. Die hatten ihrerseits mit sturen und kompromißlosen Ehemännern zu tun, die es schlichtweg ablehnten, das Haushaltsgeld zu erhöhen, weil trotz dieser Inflation ihre monatlichen Lohntüten die gleichen geblieben waren.

Eines Morgens trat Onkel Quaye aus dem Badezimmer, noch tropfend in ein großes olivfarbenes Handtuch gehüllt, und verkündete, daß wir Kinder, wegen der Inflation, auch unsere Gürtel enger schnallen müßten. Mit anderen Worten, wenn es bisher immer vierundzwanzig Dosen Milch gewesen waren, die wir pro Trimester mit zur Schule genommen hatten, dann sollten wir jetzt mit zwölf auskommen, da der Cedi nur noch genau die Hälfte wert war. Und das betraf den restlichen Inhalt unserer Essenspakete ebenso.

Und schuld war... natürlich Tante Mena. Sie hatte mich damals dazu verleitet «Fortschritt! Sicher!» zu rufen. Konnte man vierundzwanzig

Dosen Milch im ersten und zwölf Dosen Milch im nächsten Trimester Fortschritt nennen? War das nicht eher «Rückschritt! Sicher?»

Nachdem er das alles verdaut und sich an den Stand der Dinge gewöhnt hatte, versuchte Ghanamann, das Unvermeidliche zu akzeptieren.

Wollten es uns die Engländer jetzt zeigen, weil wir es gewagt hatten, es ihnen auch einmal zu zeigen? Und sie hatten noch einige weitere Antworten parat. Danach lag das Problem nicht an den Engländern allein, sondern weit darüber hinaus beim IWF. Oh. Oh. Oh. Bitte! Bitte, anhalten! Genau hier anhalten! Warum? Was war das jetzt? Was hatte es nun wieder mit diesen drei Initialen auf sich?

Die Engländer, so erklärte man, stellten einige Kredite zur Verfügung. Aber Ghana brauche noch mehr, und deshalb müsse es sich an diesen IWF wenden.

Und der, war der auch etwas Britisches?

Nein. Der war international.

International. Was war das für ein Stamm?

Stamm? Nein, kein Stamm. Das war ein Fonds, eine Geldquelle, die es gab, um die ganze Welt zu versorgen.

Ach so! Und was war mit Ghana? Gehörte Ghana etwa zum Mars?

Und wenn der IWF Ghana Geld geliehen hatte, damit es «kürzertreten» konnte, bedeutete das, daß er Ghanamann damit entwürdigen wollte, indem er ihn zwang, den Gürtel enger und enger zu schnallen? Okay, seufzte Ghanamann, Inflation oder auch nicht Inflation, er würde es schon überleben, großes Ehrenwort! Ghanamann schwor diesen Eid in vollem Vertrauen, daß alle Ghanaer sich diesem Auftrag unterwerfen würden, auch Busia und seine Gefolgsleute. Doch hier war Ghanamann auf dem Holzweg; er hatte zuviel erwartet. Und Busia unterlief der unverzeihlichste und schlimmste Fehler seines Lebens.

Er predigte weiterhin, man müsse die Gürtel enger schnallen. Und wahrscheinlich in dem Bemühen, den Tourismus zu fördern, in der Hoffnung, ausländische Investoren anzulocken und den Namen Ghana international bekannt zu machen, gab er die Zustimmung zu der größten jemals von der Regierung gesponserten Pop-Extravaganz: Das Soul-to-Soul-Festival.

Auf der Gästeliste standen Leute wie Ike und Tina Turner, die Staple Singers, also Papa Staple und seine drei hübschen Töchter, und Santana, dessen Samba Pati damals jedem ghanaischen Studenten auf der Zunge lag. Also kein Pappenstiel, sowohl was das Niveau als auch was die Kosten betraf. Am Anfang hatte Ghanamann nichts dagegen. Nein, Ghanamann fühlte sich sogar geschmeichelt, daß amerikanische Künstler solchen Kalibers zugesagt hatten, in seinem Land eine Vorstellung zu geben. Ein Unterfangen, wie um Aschenputtel in die Wirklichkeit zu holen, denn die Soul-to-Soul-Extravaganz war gigantisch, konkurrenzlos, ohne Beispiel. Die Ghanaer schwammen im Traumland à la American Showbiz und hatten eine phantastische Zeit, eine phantastische Show und eine phantastische Pause von Monsieur IWF und seiner verhaßten Geldwertvernichtungstaktik.

Und nichts weiter als eine schöne Erinnerung an eine Verschnaufpause vom grauen Alltag wäre geblieben, wenn die Gerüchteküche «Es heißt, es heißt...» nicht wieder zum Kochen gebracht worden wäre. Eines dieser «Es heißt, es heißt»-Gerüchte ging etwa so: Ghanamann schlendert an einem alten und verlassenen Lastwagen mit der Aufschrift: «Leide, um zu gewinnen» vorbei. Ein Gedanke durchfährt ihn, er hält abrupt inne, und er denkt gemeinsam mit seinem Freund laut nach.

«Mann!» sagt er, «hast du dich schon einmal hingesetzt, ich meine, wirklich hingesetzt und dir vorgestellt, wie viele wertvolle Devisen es dieses Land gekostet hat, all diese Leute aus Amerika hierherzuholen, mit all ihren Gitarren, Schlagzeugen und Kostümen? Und was ist mit ihren Gagen, Mann? Ihren Unterbringungskosten, ihrem Taschengeld? Jesus! Mann! Meinst du, die Eintrittsgelder in Cedis hätten für alle Devisen, die ausgegeben wurden, gereicht? Und weißt du, warum Busia all dem zugestimmt hat? Diesem ‹Soul-to-Soul›-Kram? Trotz all seiner Predigten vom Gürtel enger schnallen?»

Der Freund antwortet bestimmt, daß er es natürlich ganz genau wisse, daß Busia mit dieser Extravaganz Ghanamann von dieser blödsinnigen Inflation und den damit einhergehenden Härten ablenken hatte wollen. Was sonst?

«Was sonst?» ruft der «Es-heißt-es-heißt»-Mann.

«Das glaubst du wirklich? Glaubst du nicht, Busia schert sich einen Dreck darum, ob du deinen Gürtel so eng schnallst, bis er in deinen leeren Magen einschneidet? Mein Freund, er hat das nicht für mich oder für dich getan. Er tat es für seine Tochter. Und sei gewiß, Mann, glaube es mir, mir ganz allein, daß sie der einzige Grund war, warum er es tat. Punktum!»

«Seine Tochter», wundert sich der Freund, «wie paßt das zusammen?»

«Wie das zusammenpaßt? Wie es eben paßt. Es heißt, daß sie seine Lieblingstochter ist, Mann. Eines Morgens ist sie zu ihrem Papa ins Bett gekrochen und hat ihm angefleht, daß er sie unbedingt ins amerikanische Showgeschäft bringe. Das reichte schon, und dein Premierminister versprach seiner Tochter, ihr einen guten Start zu ermöglichen. Und jetzt sag mir, was gibt es für einen besseren Start, als ein paar Stars hierherzubringen, sie auftreten zu lassen und sie mit der Tochter des Premierministers bekanntzumachen?»

Der Kumpel zeigt sich noch nicht ganz überzeugt.

«Das klingt mir ein bißchen zu banal», sagt er.

«Gut», erwidert der «Es heißt-es heißt»-Ghanamann etwas gereizt, «dann bleibe hier sitzen, lege die Arme auf deine knochigen Oberschenkel, seufze niedergeschlagen vor dich hin und nenne alle Wahrheiten banales Zeug.»

«Also ist das die Wahrheit?»

«Warum sollte ich dich anlügen? Ausgerechnet ich?»

Der Freund sieht es ein und wird wütend auf Busia.

«Verdammt. Verfluchter Kerl! Verflucht sei dieser dicklippige, übergebildete Kerl!»

Und «Soul-to-Soul» hatte auf einmal einen schrägen Unterton bekommen. «Dieser verfluchte Busia, so hat er uns alle verschaukelt, was? Gibt das ganze Geld aus und erzählt uns, daß er es für uns tut und daß wir uns alle an den Händen halten sollen und ihm helfen, indem wir unsere Gürtel enger schnallen, immer enger, um ihn in die Lage zu versetzen, die aufgelaufene Rechnung zu begleichen. Das behauptet er, obwohl er die Extravaganz nicht für uns organisiert hat, sondern für seine Tochter. Und das nennt er Fortschritt?»

Während Ghanamann und sein Freund noch murrten, schäumten auch einige Offiziere in den Kasernen vor Wut. Erst hatte sie Busia gedemütigt, indem er ihnen zu verstehen gegeben hatte, außerhalb der Kasernen seien jetzt Intellektuelle gefragt und keine Soldaten. Sie sollten die schönen Zeiten, die sie unter der NLC genossen hatten, schnell vergessen. Und schließlich stellte sich dieser Mann auch noch als unglaubwürdig heraus!

In der Zeit nach Nkrumahs Sturz waren die Kasernen Ghanas ein kleines Paradies gewesen. Wenn man zur Armee gehörte oder gute Beziehungen zu ihr unterhielt, war man fein raus. Für diese kurze Periode überflügelten die Militärs die Libanesen und Syrer, was die Beliebtheit bei den jungen Mädchen anging. Und dann kam der

Londoner Gentleman Busia daher, ein Politiker, der offensichtlich an die Macht des Wissens glaubte und nicht an die der Waffen, und die herrlichen Zeiten der Militärs waren zu Ende.

Ghanas Soldaten also kochten innerlich. Doch bis das Gerücht über «Soul-to-Soul» aufgekommen war, hatten auch sie nicht allzu viele Gründe, sich zu beklagen. Wenn auch Busia ihr Budget um die Hälfte gekürzt und auch ihnen verordnet hatte, den Gürtel enger zu schnallen, glaubten doch auch die Soldaten, daß selbst Busia und alle, die ihm nahestanden, sich ebenfalls zum Wohle des Landes einschränken würden.

Doch teure amerikanische Showbiz-Prominenz einzufliegen, sie angemessen unterzubringen, entsprechend zu bewirten und sie für ihre fabelhaften Auftritte ordentlich zu bezahlen – all das nur für die Showbiz-Karriere einer Tochter? Dafür sollte man den Gürtel enger schnallen?

Ghanas Soldaten gaben sich nicht mehr länger damit zufrieden, ihren Ärger in sich hineinzufressen. Sie begannen, zu murren und sich laut zu beschweren, wenn auch in Parabeln. Sie überließen es Ghanamann, ihre wahren Absichten herauszulesen. Es war offensichtlich, daß Busia den Militärs Munition auf einem Silbertablett serviert hatte.

Die faule Frucht – der Militärputsch – war von den Ghanaern schon einmal gekostet worden, und es schien, als hätten die Ghanaer nichts gegen deren nachhaltigen Geschmack einzuwenden. Denn in diesem Moment erschien ihnen alles erstrebenswerter als Inflation und Schnallt-den-Gürtel-enger-Parolen.

Der Einfluß von «Es-heißt-es-heißt» auf Ghanamanns Seele erwies sich als ungebrochen. Plötzlich waren alle der Meinung, Ike und Tina Turner, Papa Staple samt Töchtern und «Samba»-Santana wären nur für Busia und seine Tochter aufgetreten. Die Zehntausende, die aus dem ganzen Land und sogar aus den Nachbarländern zum «Black Star Square» in Accra gepilgert waren, waren bald vergessen und fanden in den hitzigen Diskussionen über das Thema keine Erwähnung mehr.

Die Liebe zu «Soul-to-Soul» war zerbrochen und in geballten Haß umgeschlagen. Und all der angestaute Haß entlud sich über Busias Kopf. Es herrschte die Vorstellung, daß sämtliche Milchdosen, Ölsardinen und Baked Beans, die nach Ghana importiert worden waren mit geliehenem Geld, in den Mägen Busias und seiner Clique geendet waren. Busia war zum Buhmann geworden. Sein Blut wurde zur gefragtesten Beute, bei allen. Ghanas Soldaten begannen schon, den

Trauermarsch für ihn zu spielen, Ghanas geistiger Boden war bestellt und wartete auf den Samen für einen neuen Staatsstreich.

Die Anhänger der Fortschrittspartei, die das Unvermeidliche kommen sahen, wurden aschfahl im Gesicht. Sie lehnten sich hilflos zurück, warteten und hofften, daß ein Wunder geschehen und es nicht passieren würde.

Doch irgendwie wußten sie, daß das, was kommen mußte, auch kommen würde.

Alles übrige, so schien es, war nur noch eine Frage der Zeit.

## 13

Zwei Erlebnisse sollten meinen zukünftigen Lebensweg entscheidend prägen. Erstens der Anblick der pickelgesichtigen Saba Red, die weiterhin ihr dämliches triumphierendes Grinsen aufsetzte, wenn wir uns über den Weg liefen, und zweitens das Bild der übelriechenden Aba, als sie von Tante Mena nach Hause gebracht worden war, mit ihren offenen Wunden und Eiterbeulen. Beides hatte sich tief eingeprägt in meine Seele und wollte mich einfach nicht mehr loslassen.

Aileen verurteilte die Entscheidung, meine richtigen Eltern zu suchen, ohne Onkel Quaye und Tante Mena und allen anderen etwas darüber zu verraten, als unnötige emotionale Überreaktion. Vielmehr empfahl sie mir von neuem, Trost bei den Männern zu suchen. Warum wohl, fragte sie mich, waren so viele Capital-Girls-Schülerinnen mit Sugar-Daddys liiert?

«Glaubst du etwa, daß Mädchen, deren Eltern ihre Töchter in eine Reiche-Leute-Schule schicken, so etwas nötig hätten?»

Da mußte ich ihr recht geben.

Viele Mädchen an Capital Girls entstammten ganz bestimmten Verhältnissen, die letzten Endes wiederum dazu geführt hatten, daß sie gerade in dieser Schule gelandet waren.

Viele der Mädchen wohnten in Hütten und wuchsen bei ihren Müttern auf. Viele kannten ihre Väter nicht einmal. Und diejenigen, die ihre Väter kannten, hätten sie auch genausogut nicht kennen können. Meist wußten sie lediglich soviel, daß irgendein Mann etwas mit ihrer Mutter gehabt hatte und sie das Ergebnis dieser Verbindung waren.

Viele schämten sich ihrer Behausung und der Wohnlage. Allein die Sorge, daß eine Freundin vorbeikommen und dann vielleicht dem Latrinenmann begegnen könnte, wenn er gerade dabei war, den Abort zu entleeren, ließen Besuch alles andere als wünschenswert erscheinen. Ein Problem, das die Mädchen an den feineren Schulen nicht kannten. Sie hatten zu Hause keine Latrinen, sondern WCs.

Einige an Capital Girls trugen auch Tangas, genau wie die Glückskinder, deren reiche Väter ihnen solche von Auslandsreisen mitbrachten. Nur war ihnen bewußt, daß jemand mit einer gewöhnlichen St.-Michaels-Unterhose ihnen gegenüber keine Minderwertigkeitskomplexe bekommen würde, denn alle wußten, daß sie die Tangas von ihren Sugar-Daddys bekommen hatten. Sie hatten sie auch nicht umsonst erhalten, sondern sich dafür in irgendwelche abgelegenen Motels mitnehmen und vögeln lassen müssen.

Mädchen, die Tangas von ihren reichen Vätern geschenkt bekommen hatten, hießen die «Vater-Mädchen», während diejenigen, die sie von ihren Sugar-Daddys bekommen hatten, «Daddy-Mädchen» genannt wurden.

Sie trugen die gleichen Tangas, vielleicht sogar das gleiche Kleid, manchmal besuchten sie die gleiche Party. Doch damit war auch schon Schluß mit den Gemeinsamkeiten. Während erstere ihre Anwesenheit auf der Party höchstwahrscheinlich der Bekanntschaft ihres bourgeoisen Vaters mit dem Gastgeber zu verdanken hatte, war die Anwesenheit der letzteren wohl eher der bettakrobatischen Beziehung mit dem Gastgeber zuzuschreiben; ein solches Mädchen beehrte die Party in einer Art Camouflage.

Nach der Party wurde das Vater-Mädchen höchstwahrscheinlich in Papis Limousine nach Hause gefahren, in ein Haus, wo die Nachtwächter das Tor öffneten, wo der Boy oder das Hausmädchen die Haustür aufmachten, wo die Dame des Hauses sich besorgt erkundigte, ob das Töchterchen sich amüsiert habe und ihr auch nichts Unangenehmes passiert sei; wo ihr warmes Bett schön und bequem hergerichtet war, um seinen erschöpften Körper aufzunehmen.

Das Daddy-Mädchen hingegen mußte die Party heimlich im Schutz der Nacht verlassen, entweder in Sugar-Daddys Auto oder in einem vergammelten Taxi, bezahlt mit dem Geld seines Sugar-Daddys. Für beides hatte es entweder bereits bezahlt oder würde es früher oder später bezahlen müssen – mit Sex. Das Auto oder Taxi würde es irgendwo unterwegs aussteigen lassen, und den Rest seines Heimweges mußte es zu Fuß zurücklegen, denn dieses Stück seines Heimweges war für Autos nicht befahrbar. Wahrscheinlich wurde es von einer Mutter in Empfang genommen, deren Gesichtsausdruck: «Es ist mir egal, ob du lebst oder stirbst» sagte und der es vollkommen gleichgültig war, ob das Mädchen um fünf Uhr oder um zehn Uhr nach Hause kam, die es aber in jedem Fall anlächeln würde, wenn es etwas von ihrem Ausflug mitgebracht hatte.

Drei oder vier jüngere Geschwister wuselten vermutlich lärmend um es herum und wollten wissen, ob es auch ihnen etwas mitgebracht hatte. Und wenn es endlich im Bett lag, konnte es gut sein, daß es ihre bereits wieder eingeschlafene Mutter schubsen mußte, um ein Stück des schmalen Bettes zu ergattern. Oh, und – um es nicht zu vergessen – sehr wahrscheinlich stolperte es dabei über ein winziges unterernährtes Beinchen, denn die Geschwister lagen zum Schlafen auf ausgebreiteten Matten auf dem Fußboden.

Ich gehörte irgendwo zwischen diese beiden Welten. Ich wohnte nicht unbedingt neben einem Botschafter oder hohen Richter, aber ich hatte ein anständiges, liebevolles Zuhause.

Ich litt nicht unter dem Minderwertigkeitskomplex, unter dem ich im Akwapim Internat zu leiden fürchtete. Ich hatte mich auch noch nicht entschieden, Trost bei Männern zu suchen, um die Leere auszufüllen, die sich in mir ausgebreitet hatte, durch meinen Kampf mit dem Wort «Verlassen».

Ich beschloß, in den Ferien noch einmal nach Akwapim zum Haus der Familie meines Vaters zu fahren, um mein Gefühlsdurcheinander zu entwirren. Dies teilte ich Aileen mit. Sie versprach mir Hilfe und Unterstützung, nicht zuletzt durch Mr. Attah Mensah, einem Bankmanager, Aileens Sugar-Daddy.

Attah Mensah war in Aileens Buchführung als «Langer-Schwanz-Kurze-Hand-Sugar-Daddy» vermerkt – ihre Bezeichnung für Sugar-Daddys, die mehr Sex verlangten, als sie in Form von Bargeld zurückgaben. Aileen versuchte, das zu kompensieren, indem sie jedwede Gelegenheit beim Schopf ergriff, um ihn zu «nutzen».

Diesmal informierte Aileen Attah Mensah, daß sie eine dringende Familienangelegenheit in Akwapim zu regeln hätte und eine Fahrgelegenheit benötigte. Attah Mensah war einverstanden. Da es sich nur um zwei Stunden hin und zurück handelte, konnte er uns problemlos zwischen Arbeitsbeginn und Mittagspause seinen Chauffeur überlassen. Gegen zwölf Uhr würde seine Frau darauf warten, vom Fahrer abgeholt und zum Markt chauffiert zu werden.

Also stiegen wir an einem Freitag, zu Beginn der Trimesterferien, während die anderen sich nach Hause oder wohin auch immer aufmachten, in einen Peugeot, der vor dem Schultor wartete. Im Auto übergab der Fahrer Aileen einen Zettel von seinem Boß. Dabei grinste er dreckig. Aileen entfaltete den Zettel, las ihn und zog eine Grimasse. Sie reichte mir das Blatt.

«Tsstss»!» flüsterte Aileen so leise, daß der Fahrer sie nicht hören konnte, «er schuldet mir noch etwas für drei gute Nummern und, guck, jetzt will er schon wieder eine.»

Auf dem Zettel stand zu lesen, daß er Aileen morgen, Samstag, gegen sieben Uhr abends auf dem Campus abholen würde.

Aileen hatte eigentlich geplant, die freien Tage mit Sammy, ihrem Freund, der als Organist in einer Band spielte, zu verbringen. Wie auch immer, sie hatte nicht das Gefühl, Attah Mensah noch eine sexuelle Dienstleistung schuldig zu sein.

Durch den dichten Verkehr dauerte die Hinfahrt nun doch fast zwei Stunden. Endlich kamen wir in Akwapim an, und ich fand mich plötzlich auf der Treppe zu dem Haus wieder, von dem ich mir niemals vorgestellt hatte, daß ich so bald dorthin zurückkehren würde.

Im Haus war es ruhig, ich traf nur meine Großmutter und einen Cousin an, einen der Söhne meines ältesten Onkels, Kusi. Aileen kam nicht mit hinein. Ich bat sie auch nicht darum. Sie blieb im Auto bei dem Fahrer.

Meine Großmutter erkannte mich sofort und nahm ihre ganze Kraft zusammen, um mich mit einer sehr herzlichen Umarmung willkommen zu heißen. Man bot mir einen Hocker an und reichte mir gleich ein Glas kühles Quellwasser. Großmutter erkundigte sich nach allen, bis die unvermeidliche Frage folgte: Warum war ich gekommen? Zu meinem eigenen Erstaunen brachte ich keinen Ton heraus. Was sollte ich sagen? Daß ich mich mit einer Klassenkameradin über politische Parteien gestritten hatte, daß die mich daraufhin ein verlassenes Kind genannt hatte und daß ich seitdem so verwirrt war, daß ich das Gefühl hatte hierherkommen zu müssen, um herauszufinden, warum ich verlassen worden war. Wenn man das überhaupt so nennen konnte. Würde die alte Frau mich verstehen? Und wie würde sie es aufnehmen?

«Eine Freundin von mir hat eine Schwester in der Akwapim Schule», schoß es aus mir heraus, und ich wurde unterbrochen von Großmutters Frage: «Da, wo du auch warst?»

«Ja, dort. Und ihr Vater hat sie mit seinem Chauffeur geschickt, damit sie ihre Schwester besucht. Also habe ich die günstige Gelegenheit genutzt, um dich zu besuchen.»

Meine Lüge bewirkte Wunder. Das Herz der alten Frau erwärmte sich, und es folgten weitere Fragen: Welche Schule besuchte ich jetzt? Wie gefiel mir die Schule? Was machten die anderen Verwandten. Und so weiter. Manche Fragen beantwortete ich wahrheitsgemäß. Bei manchen log ich. Doch alles in allem hatte sich durch meinen kurzen Besuch die Stimmung der alten Frau aufgehellt. Ich bereute nicht, gelogen zu haben.

Aileen war erstaunt, daß ich schon zurück zum Auto kam. Doch der Chauffeur war bereits nervös geworden und erinnerte Aileen ärgerlich daran, daß sein Boß ihn spätestens um zwölf Uhr zurückerwartete.

Aileen warf ihm einen ihrer «Wie kannst du es wagen»-Blicke zu. Dann forderte sie ihn auf, loszufahren. Ich beichtete ihr meinen Mißerfolg. Sie schaute mich mitleidig an und schüttelte langsam den Kopf.

«Also», sagte sie. «Was nun?»

Ich wußte es nicht.

Einige Tage später kam ich aus dem Badezimmer, stellte mich vor den Spiegel, schaute mich eine Zeitlang an und fragte mich: «Und was nun?»

Die ständige Konfrontation mit Saba Red auf dem Schulgelände und ihr selbstgefälliges, triumphierendes Grinsen bestätigten meine Befürchtung, daß ihr nur die Götter die Häme aus dem Gesicht wischen könnten.

«Männer», wiederholte Aileen Tag für Tag, wenn ich unablässig grollte und mein eigenes verlorenes Selbst betrauerte, «können eine Hilfe sein. Und wenn du dich entspannst, kannst du vielleicht manchmal sogar die Sachen genießen, für die sie dich – und das darfst du niemals vergessen – mit Geld und Geschenken überhäufen. Und weißt du was? Sie sind auch dafür gut, deinen Ärger an ihnen auszulassen, wenn dir alles zuviel wird. Und was eine Schwangerschaft angeht, darüber mache dir keine Sorgen, denn sie selbst haben größere Angst davor als du, was, wie ich sagen muß, eine prima und vorteilhafte Angelegenheit für dich ist; denn, weißt du, wenn du Geld von ihnen verlangst für irgendetwas, und sie geben dir weniger, als du verlangt hast, dann trickst du ein bißchen – wie, das werde ich dir dann noch beibringen. Du läßt ihnen jedenfalls wenig Platz zum Luftholen. Schenke ihnen eine schöne Nacht, komme ein paar Wochen später, und behaupte einfach nur, daß du schwanger bist und abtreiben mußt. Nur deinesgleichen, was Alter und Portemonnaie betrifft, würde darüber mit dir streiten. ‹Aber, ich habe doch ein Kondom benutzt, nicht wahr,

Aileen?›, fängt so einer dann an. ‹Also komm! Bist du sicher, daß es von mir ist? Ich habe bestimmt ein Kondom benutzt an dem Tag, Frau!› Jetzt ist es schon eine Behauptung und keine Frage mehr. Und auch deinen Namen kann er nicht mehr aussprechen, deshalb nennt er dich jetzt Frau. Und dann kommt der Hammer. ‹Das kann ich nicht gewesen sein, Frau. Ich war es nicht. Ich bin nicht dafür verantwortlich, Frau.› Und das war es dann. Punkt. Es ist allein dein Problem, mit dem du fertig werden mußt.»

Meine Neugierde war geweckt. Es amüsierte mich. Aileen fuhr fort: «Aber einem verheirateten Mann, verstehst du, dem fällt es nicht ein, dir so dämliche Fragen zu stellen. Alles, was du zu tun brauchst, wenn er es auch nur wagen sollte, die Verantwortung zu leugnen, ist, damit zu drohen, daß du seiner Frau etwas von eurer Affäre erzählst. Bingo!»

Ich stürzte mich zwar nicht sofort auf die Männer, doch mein Interesse war erwacht. Ich begann zunächst einmal, mich mit den unanständigen kleinen «Leckerbissen» vertraut zu machen, für die Capital Girls bekannt war.

Erst einmal übte ich mich darin, unbemerkt das Schulgelände zu verlassen, durch den Stacheldraht hinaus- und wieder hereinzukriechen. An der östlichen Seite des Schulgeländes gab es eine Stelle, die von vielen dafür genutzt wurde. Anfangs machte ich mich auf zum nahegelegenen Abendmarkt. Es machte mir einfach Spaß, durchzukriechen, und es war ein befriedigendes Gefühl, etwas geschafft zu haben, was verboten war.

Das Direktorium wiederum war so mit den Mädchen beschäftigt, die hinauskrochen, um Sex mit ihren Freunden zu haben, daß es darüber regelrecht vergaß zu verhindern, daß Jungen eindrangen, um es mit den Mädchen direkt auf dem Schulgelände zu treiben. Ironischerweise nämlich befand sich einer der beliebtesten sündigen Treffpunkte auf dem Schulgelände, genau hinter der Garage der Direktorin.

Dann begann ich auch mit dem Schulschwänzen, besonders der Lateinstunden. Latein hatte mir nie Spaß gemacht. Und durch die arme durchgedrehte Mrs. Oluwa, die Lateinlehrerin, wurde alles noch viel schlimmer.

Mrs. Oluwa, eine Irin, war ihrem nigerianischen Ehemann nach Ghana gefolgt. Sie hatten sich in England verliebt, als er dort studierte; und Mrs. Oluwa hatte den Fluch ihrer Familie auf sich gezogen, als sie ihm gegen deren vehementen Widerstand nach Ghana gefolgt war. Sie bildeten ein zufriedenes Paar, bis Busia an die Macht kam und die sogenannte Aliens-Compliance-Verfügung erließ, in der alle Fremden aufgefordert wurden, in ihr Heimatland zurückzukehren.

Und von einem Tag zum anderen stand Mrs. Oluwa einsam und allein da.

Mr. Oluwa hatte angeblich schon in Ghana gelebt, lange bevor er weitergezogen war, um in Großbritannien zu studieren. Nach seinem Studium war er zurückgekehrt. Als Busias Bannstrahl ihn traf, hatte Mr. Oluwa keinerlei Vorstellung davon, was ihn in jenem Nigeria erwarten würde, das er vor so langer Zeit verlassen hatte. Also schlug er vor, daß Mrs. Oluwa mit ihrer sicheren Anstellung als Lateinlehrerin bei Capital Girls zunächst einmal in Ghana bleiben sollte, während er sich in Nigeria umsehen würde.

Das war das letzte, was Mrs. Oluwa von ihrem Ehemann gesehen und gehört hatte, und gleichzeitig der Beginn einer schweren Depression, die an Wahnsinn grenzte. Jedesmal, wenn sie mit dem linken Bein aufgestanden war, dann waren wir es, ihre Schülerinnen, die die Auswüchse ihrer schrecklichen Verfassung ertragen mußten. Mrs. Oluwa trat dann grußlos vor die Klasse, ließ sich hinter ihr Pult fallen und starrte uns an. Nachdem sie lange genug gestarrt hatte, fing sie plötzlich an, irgend etwas auf Latein zu rezitieren. Dann, genauso plötzlich, rief sie eine Schülerin an die Tafel, damit sie ihre Worte ins Englische übersetze. Wenn der Schülerin das nicht gelang, was praktisch immer der Fall war, begann das Spielchen. Es wurde für uns Zeit, uns unter unseren Tischen in Sicherheit zu bringen, denn Mrs. Oluwa ging mit großen Schritten zum vorderen Pult, schnappte sich, was immer sie darauf fand, ob Bücher, Taschen, Federmäppchen, und fing an, uns unter üblen Beleidigungen damit zu bewerfen. Sie schrie wild, und ihr Gesicht lief dermaßen knallrot an, daß es schien, als hätte sich alles Blut gesammelt und würde protestierend durch ihre Gesichtsporen sickern. Eine ohnmächtige Situation, wirklich, und wir mußten sie still ertragen, denn Mrs. Oluwa war die einzige weiße Lehrerin an der Schule.

Die Direktorin war dazu verurteilt, Augen und Ohren zu verschließen. Ganz abgesehen davon war Mrs. Oluwa auch die einzige Lateinlehrerin an der Schule, und es gab kaum eine Chance, Mrs. Oluwa durch eine andere weiße Tutorin zu ersetzen. Und für den Ruf der Schule war eine verrückte weiße Tutorin immer noch besser als überhaupt keine weiße Tutorin.

Mit dem Rücken an der Wand also rächten wir uns auf die für uns einzig mögliche Art: Wir entwickelten einen furchtbaren Haß auf alles, was lateinisch war.

Mündliches Englisch jedoch liebte ich, und auch die Tutorin für dieses Fach, eine gewisse Mrs. Sarpong, Tochter eines ghanaischen Vaters und einer englischen Mutter.

Mrs. Sarpong pflegte einen hundertprozentig englischen Akzent. Außer endlosem lauten Vorlesen beinhaltete mündliches Englisch auch Kiefergymnastik, Zungenübungen, Unterweisung in richtigem Atmen und Übungen mit Rachengeräuschen – all das mit dem erklärten Ziel, uns beizubringen, möglichst genauso wie die Engländer zu sprechen. Aber das war nicht der Grund, weshalb ich mich auf diese Stunden freute. Ich mochte Mrs. Sarpong deshalb, weil sie eine gute Psychologin war, deren Interesse an ihren Schülerinnen weit darüber hinausging, nur das Fach zu unterrichten, für das sie eingestellt worden war.

Gelegentlich ließ Mrs. Sarpong uns auch selbst schreiben. Etwas X-beliebiges, so pflegte sie zu sagen, das, was wir auf Papier bringen und mit der Klasse teilen wollten.

Sie überließ uns nicht nur vollständig die Entscheidung, über welches Thema wir schreiben wollten, sondern auch in welcher Form wir das taten. So daß am Ende dieser Sitzungen einige Schülerinnen mit Gedichten herauskamen, andere mit Essays. Ich schrieb einmal einen Brief an den lieben Gott.

Mrs. Sarpong ließ uns nie wissen, warum sie diese Sitzungen mit uns abhielt, aber heute denke ich, daß es ihr darum ging, uns eine Möglichkeit zu geben, uns mitzuteilen. Sie wollte uns in die Lage versetzen, unser Innerstes in einer Atmosphäre von Vertrauen und Toleranz nach außen zu kehren, frei von Angst vor jedweder Form von Einschüchterung.

Dadurch lernte Mrs. Sarpong jede von uns besser kennen, als wir uns selbst kannten.

Dank des Fachs «Mündliches Englisch» und Mrs. Sarpong sollte ich meinen ersten Freund kennenlernen, etwas, was Aileen ganz und gar nicht gefiel.

«Du solltest dir keinen Jungen suchen!» rief sie, «ich sagte, suche dir Männer. Darin liegt die Antwort. Männer! Nicht Jungen!»

Eigentlich hatte alles ganz unschuldig angefangen.

Ein Englischprofessor der Uni arbeitete an einem Projekt, für das er jeweils eine Gruppe von sechs Schülern aus verschiedenen Schulen beim Vorlesen auf Tonband aufnahm. Die vorlesenden Schüler setzten sich wiederum aus jeweils zwei Schülern der drei unteren Klassen zusammen. Als Tutorin für mündliches Englisch durfte Mrs. Sarpong die Capital-Girls-Gruppe von sechs Schülerinnen auswählen.

Mrs. Sarpongs Wahl des Pärchens der Klasse 2 hätte ich mir in meinen kühnsten Träumen nicht auszumalen gewagt. Und wenn ich davor noch nicht an das Schicksal geglaubt hatte, so sollte sich das jetzt ändern.

Mrs. Sarpongs Wahl fiel auf Saba Red und mich.

Ich bin nicht so eitel zu behaupten, daß wir beide die Besten in unserem Jahrgang waren; aber ich bin auch nicht so bescheiden zu sagen, daß das bei Mrs. Sarpongs Entscheidung keine Rolle gespielt haben dürfte.

Wir wurden alle sechs zusammengerufen und über den Ablauf des Ereignisses informiert. Zur verabredeten Zeit – es war ein Samstagvormittag – versammelten wir uns vor dem Schulverwaltungsgebäude und warteten auf den Chauffeur, den uns der Professor schicken wollte. Saba Red und ich standen weit genug voneinander entfernt. Saba Red hatte ihr übliches breites Grinsen aufgesetzt.

Insgesamt waren zwölf Schüler anwesend. Sechs Mädchen von unserer und sechs Jungen von einer anderen Schule. Während des ganzen Vormittags sprachen wir kein einziges Wort miteinander. Danach nahm der Professor uns mit zu sich nach Hause und bot uns eine Erfrischung an, bevor er uns in die jeweiligen Schulen zurückschickte. Erst als wir unsere Fantas und Coca-Colas zusammen mit ein paar Sandwiches zu uns nahmen, kam es zu einer echten Begegnung.

Die beiden Mädchen der Klasse 1 von Capital Girls unterhielten sich mit den beiden Jungen der Klasse 1. Genauso fanden sich Saba Red und ich plötzlich im Gespräch mit den Jungen aus der Klasse 2. Meine Hände wurden feucht, denn ich verstand, daß zwei Jungen und zwei Mädchen automatisch bedeutete, daß ein Junge zu einem Mädchen gehörte. Und ich fragte mich, mit welchem von den beiden ich wohl enden würde.

Zu meiner größten Verwunderung und Verärgerung merkte ich bald, daß beide Jungen sich um Saba Red rissen und, was sie nicht wissen konnten, ihr somit einen zweiten Triumph über mich ermöglichten.

Ich fühlte mich erniedrigt, schrecklich gedemütigt. Sie verhielten sich wie zwei wildgewordene Fliegen, die sich um eine große rote Wunde stritten.

«Mein Vater ist der Zahnarzt Abban», sagte der eine, «hast du schon von ihm gehört?»

«Nein», antwortete Saba Red.

«Hast du nicht?» Der Junge gab sich ehrlich überrascht, besonders da sein Vater «den», wohlgemerkt den, nicht einen cremefarbenen Jaguar fährt.

«Nein», bekräftigte Saba Red.

«Er hat eine eigene Praxis, weißt du, in der Gegend am Flughafen. Dort wohnen wir auch. Bist du sicher, daß du noch nie von ihm gehört hast? Zahnarzt Abban?»

Der andere Junge wollte nicht nachstehen und warf ein: «Das Auto meiner Mutter ist auch cremefarben. Doch das von meinem Vater ist blau, marineblau. Ein schöner marineblauer Benz. Wenn du mir zeigst, wo du wohnst, kann ich kommen und dich in den Ferien besuchen. Meine Mutter gibt meinem älteren Bruder manchmal das Auto.»

Ich mochte nicht mehr zuhören, meine Gedanken begannen zu wandern.

Mir war klar, daß man jemanden wie mich nicht gerade als eine Schönheit bezeichnen konnte, aber auch Saba Red war alles andere als schön. Allerdings, auch wenn ich ihr nicht gerade wohlgesonnen war, mußte ich doch zugeben, daß sie eine hübsche Figur hatte. Doch ihr Gesicht war von der Ebenmäßigkeit eines Boxerhundes und voller Pickel. Allein bei ihrem Anblick juckte es mich. Ihre eigentliche Attraktivität machte wohl ihre Hellhäutigkeit aus. Sie schien bei den Jungen Wunder zu wirken, so daß ich mich nur noch schwarz und klein fühlte. Und so klein und schwarz, wie ich mich fühlte, so wütend, beschissen und beschämt fühlte ich mich auch. Ich war heilfroh, als endlich der Fahrer auftauchte und uns zurück zur Schule brachte.

Nach dieser Episode spielten meine Gedanken verrückt. In meiner Phantasie sah ich, wie das Grinsen von Saba Red immer breiter wurde. In Wirklichkeit tat ich alles, um ihr Gesicht nicht anschauen zu müssen. Und in der nächsten therapeutischen Englischstunde schrieb ich eine kurze Geschichte über ein Mulattenmädchen und ein schwarzes Mädchen, die zusammen in den Busch gegangen waren, um zu spielen:

... Beide fielen in einen ausgetrockneten Brunnen. Zwei schwarze Jungen kamen vorbei: «Hilfe!» schrien die beiden Mädchen, «wir sind hier im Brunnen. Bitte helft uns heraus!» Und die beiden Jungen gingen zu dem Brunnen. Beide hatten kräftige Arme, und jeder hätte einem

Mädchen heraushelfen können. Doch als sie in den Brunnen hinabblickten und ein schwarzes Mädchen und ein Mulattenmädchen sahen, fingen sie an, darüber zu streiten, wer dem Mulattenmädchen helfen durfte. Allmählich füllte sich der Brunnen mit Wasser. Doch die beiden Jungen hörten nicht auf zu streiten. Bis sie den Kompromiß fanden, zusammen zuerst das Mulattenmädchen herauszuziehen und danach das schwarze Mädchen. Doch jetzt war das Wasser schon bis zur Taille der Mädchen gestiegen. Und bis sie das Mulattenmädchen herausgezogen hatten und zurückgekehrt waren, um das schwarze Mädchen herauszuziehen, war dieses schon ertrunken. Das ist die Geschichte des Mulattenmädchens und des schwarzen Mädchens, die zum Spielen gegangen waren.

In der Klasse herrschte absolute Stille. Man hätte eine Stecknadel fallen hören können. Dann zerstörte jemand kichernd die andächtige Atmosphäre und zog damit sofort alle Aufmerksamkeit auf sich. Es war Saba Red.

Mrs. Sarpongs Gesichtsausdruck ließ mich vermuten, daß ich einen wunden Punkt berührt hatte. Immerhin war auch sie Mulattin und verheiratet mit einem sehr dunkelhäutigen Ghanaer. Irgend etwas mußte ihr durch den Kopf gehen. Alles, was sie sagte, war, daß meine Prosa sehr nachdenklich machen würde. Und dabei beließ sie es.

Saba Red reagierte auf ihre Art.

Nach der Englischstunde ritt sie, unterstützt von ihren Kameradinnen, die Attacke. Eine ihrer Freundinnen, die dunkler war als Saba Red, aber heller als ich, begann bitterlich zu schluchzen. Saba Red eilte zu ihr, legte ihren Arm um sie und fragte mit gespielter Besorgnis: «Warum? Warum weinst du denn so?»

Und das Mädchen antwortete: «Weil ich so schwarz bin. Und kein Junge mich will. Huhuhu...»

Die anderen fingen an zu lachen und zu johlen. Saba Red erwiderte: «Aber mein Mädchen, aber mit dieser so schwarzen, schwarzen Hautfarbe, die du nun einmal hast, kannst du es den Jungen wirklich verübeln, wenn sie nichts von dir wissen wollen?»

Und die Meute johlte.

«Die Jungen von heute, die mögen keine so schwarzen, schwarzen Dinger wie dich. Sie mögen helle Mädchen, Mulattenmädchen, so wie mich. Verstehst du das nicht?»

Aileen und ich und unsere Freundinnen blieben still.

«Wirklich?» stieß das «weinende» Mädchen hervor.

«Natürlich, bist du blöd», schnauzte Saba Red, «geh doch mal raus ins Leben und sieh' selber. All die schwarzen, schwarzen Mädchen behandeln sich selbst.» «Behandeln sich? Was meinst du damit?»

«Sie bleichen ihre Haut, Schwesterherz. So ist das. Also, wenn ihr glaubt, ihr könnt hier immer so sitzen und einfach nur schwarz sein und schwarz sein und trotzdem einen Freund finden, dann denkt lieber noch einmal nach.»

Mrs. Sarpong verlor nie wieder ein Wort über meine Geschichte. Mir sagte mein gesunder Menschenverstand, daß ich Saba Red nie wieder ins Gehege kommen durfte. Das alles machte mir so sehr zu schaffen, daß ich beschloß, mich im letzten Schuljahr bei der Wahl unserer Fachgebiete für Kunst zu entscheiden, wenn sie sich für Naturwissenschaft entscheiden sollte, und umgekehrt.

Das Ende des Schuljahres nahte, die Abschlußrede, die Preisübergabe, Theateraufführungen, Ausstellungen und kulturelle Veranstaltungen wurden vorbereitet. Lehrerinnen und Schülerinnen waren gleichermaßen beschäftigt mit Planungen und Vorbereitungen.

Eines Tages kehrten wir gerade vergnügt plaudernd aus dem Speisesaal zurück. Wir hatten soeben unser Lieblingsessen, gebratene Kochbananen und Bohnen mit Palmöl, verschlungen, das wir «Rotrot» nannten. Da kam der Bürobote auf mich zu und teilte mir mit, ich würde im Lehrerzimmer von Mrs. Sarpong erwartet.

Mrs. Sarpong lächelte mich an, legte ihren Arm um meine Schultern und sagte leise zu mir: «Ich möchte, daß du etwas ganz Besonderes machst für die Ausstellung. Ich möchte, daß du ein Gedicht schreibst zu dem Thema: ‹Black is beautiful›. Glaubst du, daß du das schaffst?»

Ich bejahte. Wir lächelten einander an, und ich verließ Mrs. Sarpong guter Dinge. Als der große Tag kam, war in der Ausstellung in unserem Klassenzimmer mein Gedicht das einzige zwischen all den Zeichnungen, Bildern und Geschichten. In deutlichen schwarzen Buchstaben auf dem Weiß des Kunstpapiers stand der Titel: «BLACK IS BEAUTIFUL» in Großbuchstaben. Und darunter, in gewöhnlicher Schrift, das Gedicht:

BLACK IS BEAUTIFUL
Schwarz ist schön.
Wissen wir nicht alle,
Daß Schwarz schön ist?
Warum also sind wir dann verletzt
Von denen, die sagen,

Schwarz zu sein ist nicht richtig
Und Schwarz zu sein ist häßlich.
Warum einen Gedanken verschwenden
An diejenigen, deren Augen
Nicht in der Lage sind,
Die Schönheit der Schwarzen zu erkennen?
Teure Schwester, teurer Bruder
Laßt die Bleichmittel weg,
Laßt die Finger von den Bleichmitteln,
Sie machen Eure Gesichter schlaff und traurig.
Hört nicht auf die, die da sagen:
Schwarz ist schlecht und Schwarz ist häßlich.
Denn, Mensch, warum sollten Du und ich
Streiten über die Wahrheit,
Daß Schwarz gut ist und
Schwarz schön ist.

Daß Tante Mena und Onkel Quaye kommen und mein Gedicht lesen würden, konnte ich kaum erwarten. Sie waren stolz und glücklich, als sie hörten, daß ich ausgewählt worden war, ein Gedicht zu schreiben. Und sie versprachen hoch und heilig, in die Schule zu kommen, egal, was passiere.

Ich sah sie schon vor mir, wie sie mit geschwellter Brust und mit leuchtenden Augen mein Gedicht bewunderten, denn Mrs. Sarpong hatte mich umarmt und mir bestätigt, daß es ein hübsches Gedicht sei. Sie hatte hinzugefügt, sie sei überzeugt, daß alle stolz auf mich sein würden.

An dem großen Tag hatte ich mich herausgeputzt und wartete bereits ungeduldig, als die Ausstellung um zehn Uhr morgens eröffnet wurde. Bald schon war es Mittag. Gegen zwei Uhr nachmittags gingen wir alle hinüber in die Aula, um den üblichen Festreden zu lauschen und der Preisvergabe beizuwohnen. Und noch immer kein Zeichen von Tante Mena und Onkel Quaye. Gegen halb fünf Uhr mußte ich mich doch zusammenreißen, um meine Traurigkeit und Enttäuschung zu verbergen. Und dann kamen sie doch noch.

Ich war so sauer auf die ganze Welt, daß ich davon Zahnschmerzen bekommen hatte. Um halb fünf tauchten sie auf? Bei einer Veranstaltung, die morgens um zehn bereits angefangen hatte? Und gegen halb sechs vorbei sein würde? Was wollten sie jetzt noch hier?

Sie erklärten, Aba sei an Masern erkrankt, und einerseits hätten sie Aba nicht mit dem Hausmädchen allein lassen wollen, andererseits wollten sie auch auf keinen Fall versäumen, mein Gedicht zu würdigen.

«Obwohl wir leider wenig Zeit haben», sagte Tante Mena noch, als wollte sie ihren Mann ermahnen, sich nicht allzulange mit dem Gedicht aufzuhalten.

Wir machten uns auf den Weg zu dem Klassenzimmer, und wir waren kaum da, als ein Läuten das Ende der Ausstellung ankündigte.

Mir war zum Heulen zumute.

Vor der Ausstellung hatte ich mir ausgemalt, wie ich Tante Mena und Onkel Quaye durch die Ausstellungshalle führen würde, auf ihre Fragen antworten, dann bei meinem Gedicht ankommen und es gemeinsam mit ihnen lesen würde. Dann hätte ich mit ihnen darüber geredet und ihnen dadurch gleichzeitig etwas von meinen Gedanken mitgeteilt, von meinem Motiv, das Gedicht zu schreiben, und von all dem, was mich innerlich so beschäftigte, an mir nagte und mich langsam aber sicher zerfraß.

Und was mußte ich erleben? Hastiges Ankommen, gefolgt von der Sorge um rechtzeitiges Fortkommen. Ich versuchte zu verstehen. Immerhin, meine kleine Schwester war buchstäblich von uns entführt worden, auch wenn es zu ihrem Guten gewesen war. Wenn ihr also etwas passiert wäre, solange sie bei uns lebte, welch ein Triumph wäre das für Ma Anaba gewesen.

Aber mein Gott, war ich nicht gerade innerlich am Verhungern? Wir erreichten das Klassenzimmer. Die meisten Leute waren bereits im Aufbruch begriffen. Es war immerhin schon fast fünf Uhr, und die meisten von ihnen waren seit heute morgen hier. Wir steuerten schnurstracks auf mein Gedicht zu.

Und dort stand er. Allein.

Er starrte wie gebannt auf mein Gedicht. Wir stellten uns neben ihn. Er wandte seinen Kopf und lächelte Onkel Quaye zu. Tante Mena und Onkel Quaye lächelten zurück. Dann wandten wir uns alle wieder dem Gedicht zu und lasen schweigend weiter. Erneut erklang die Glocke.

«Das ist gut», urteilte Onkel Quaye.

Er blickte seine Frau an, er erwartete offensichtlich auch von ihr einen Kommentar. Vergeblich. Er warf mir einen kurzen Blick zu und schaute sich noch einmal das Gedicht an. Tante Mena tippte ihm auf den Arm und flüsterte: «Wir müssen los.»

Ich kämpfte mit den Tränen. Ich wollte zu Onkel Quaye sagen: «Wenn du der Meinung bist, das ist ein gutes Gedicht, o.k. Aber es ist nicht nur ein gutes Gedicht. Es ist ein Protestgedicht. Es ist ein wütendes Gedicht, ein trauriges Gedicht; und es kam aus meinem Inneren, weil ich wütend bin und traurig wegen dieses Mädchens namens Saba Red, die mir mein gottgegebenes Leben verleidet. Und ich weiß nicht, was ich tun soll. Erst hat sie mich ein verlassenes Kind genannt, dann war sie auch noch Zeugin einer Demütigung durch zwei Jungen im Hause eines Englischprofessors geworden. Und jetzt hat sie mir auch noch vorgeworfen, daß ich so schwarz bin und Jungen so schwarze, schwarze Mädchen nicht mögen. Kapierst du, was ich sagen will? Kapierst du, wovon ich rede? Kannst du mich verstehen? Ja?»

Ach was. Es hatte keinen Sinn. Sie hatten keine Zeit für mich.

«Wir müssen gehen», wiederholte Tante Mena.

Ich fragte mich, ob Onkel Quaye mein kleines Gedicht wirklich gut fand oder ob es nur sein schlechtes Gewissen war, das ihn zwang, es gut zu finden.

«Wir müssen jetzt wirklich gehen.»

Kaum hatte Tante Mena das ausgesprochen, waren wir schon auf dem Weg nach draußen. Der Junge blieb zurück, auf mein Gedicht konzentriert.

Eiligen Schrittes begleitete ich Onkel Quaye und Tante Mena zum Auto. Onkel Quaye zeigte Verständnis für die besondere Fürsorge, die Tante Mena Aba angedeihen ließ. Immer wenn es Aba schlechtging, geriet Tante Mena in Panik. Sie konnte es nicht ertragen, daß Aba jemals wieder Schmerzen in ihrem Leben ertragen sollte. Sie hatte das Gefühl, das Mädchen habe schon zuviel für ihr Alter durchgemacht.

Das alles konnte ich damals nur bis zu einem gewissen Grad akzeptieren. Ich war eifersüchtig auf Aba, und deswegen litt ich wiederum an Schuldgefühlen.

Ich blickte dem Auto nach, bis es durch das Schultor verschwunden war. Dann ging ich direkt zurück zum Klassenzimmer. Mein Blick fiel auf die einsame Gestalt, den Jungen, der dort immer noch stand und auf mein Gedicht starrte. Mein Herz raste. Was hielt ihn hier fest?

Vielleicht hätte ich mich umdrehen und weggehen sollen. Doch wie konnte ich diesen Jungen ignorieren, der, so schien es, mein Gedicht Wort für Wort zu zerlegen schien. Er drehte sich um, und unsere Blicke trafen sich. Er lächelte mich an; wir wandten beide unseren Kopf wieder zum Gedicht und sprachen kein Wort. So blieben wir stehen, nebeneinander, unsere Augen durchbohrten das Gedicht; unsere Gedanken – meine zumindest – waren jedoch auf ganz andere Dinge gerichtet.

Wer war dieser Junge? Als ob er meine Gedanken erraten hätte, wandte er sich mir zu und lächelte. Es war eine merkwürdige Situation. Wir waren inzwischen alleine im Raum. Bald würde die Ausstellung offiziell geschlossen werden. Ich wollte mit diesem seltsamen Jungen reden, ich wollte etwas zu ihm sagen. Doch mich verließ der Mut. Auch er stand einfach nur da, starrte auf mein Gedicht und sprach noch immer kein Wort. Heiliger Moses, dachte ich verzweifelt; was zum Teufel war mit ihm los? Und jetzt läutete es zum dritten Mal.

Wollte er weiter hier stehenbleiben? Hatte er das Läuten nicht gehört? Wie lange hatte er schon dagestanden, bevor ich mit Tante Mena und Onkel Quaye hereingekommen war? Warum interessierte er sich so sehr für das Gedicht, und warum war er offensichtlich allein?

Doch dann siegte die Neugier über die Schüchternheit, und ich konnte mich nicht länger zurückhalten.

«Das Gedicht, findest du es gut?» fragte ich ihn.

Er drehte sich zu mir und lächelte, und er sagte nichts.

Vielleicht hat er mich nicht richtig gehört und deshalb nicht verstanden, überlegte ich.

«Ist es ein gutes Gedicht?» fragte ich diesmal etwas lauter, «gefällt es dir?»

Er drehte sich wieder zu mir, lächelte, etwas breiter diesmal, nickte, aber er sagte noch immer nichts.

War er vielleicht stumm? Taub konnte er nicht sein, folgerte ich, denn er hatte mich ganz sicher gehört. Aber vielleicht war er stumm?

«Bist du stumm?» kam es mir von den Lippen. «Oder kannst du sprechen?»

Und er nickte. Er nickte nur und lächelte und sagte immer noch nichts. Ich war verwirrt, weil ich nicht wußte, ob das Nicken als Antwort auf «Bist du stumm?» oder «Kannst du sprechen?» zu verstehen war.

«Du verstehst doch Englisch, oder?» fragte ich ihn. Und wieder nickte er nur und lächelte.

«Also, warum starrst du dann nur auf mein Gedicht, nickst, lächelst mich an und sagst nichts? Weißt du, daß ich das Gedicht geschrieben habe? Das da oben ist mein Name. Möchtest du mir deinen sagen?»

Keine Antwort.

«Du magst mich nicht, deshalb möchtest du nicht mit mir sprechen. Stimmt das?»

Er drehte sich abrupt zu mir her, blickte mir ins Gesicht und schüttelte heftig den Kopf. Dann lächelte er mich wieder an. Allmählich wurde es mir zu bunt. Wer war er? Warum benahm er sich so seltsam?

Sein merkwürdiges Verhalten ging mir langsam auf die Nerven.

«Gut», erklärte ich. «Du magst mich nicht, deshalb sprichst du nicht mit mir. Es tut mir leid, daß ich dich belästigt habe. Ich gehe jetzt.»

Gerade wollte ich mich abwenden. Bingo! Da geschah es.

«Bi, bi, bi, bibitte», fing er an und hielt inne.

Ich drehte mich um und sah ihn an. Er lächelte verlegen. Er riß sich zusammen und versuchte, etwas zu sagen. Alles, was herauskam, war: «Aaaa, aaa... aa...»

Sein Gesicht verdüsterte sich. Er war jetzt nicht mehr der verlegen lächelnde Junge. Er ballte seine rechte Hand zur Faust und schlug sich wütend auf den Oberschenkel, so wütend, daß ich es mit der Angst zu tun bekam. Er kämpfte gegen sich selbst, er kämpfte gegen das Stottern; er kämpfte mit dem, was immer er sagen wollte und was er nicht so leicht herausbrachte; er kämpfte gegen die Natur. Ich war nie zuvor einem solchen Stotterer begegnet.

«In Ordnung! Es ist gut!» rief ich. «Wenn du solche Mühe hast, mir nur deinen Namen zu sagen, dann vergiß es. Ich möchte ihn nicht wissen.»

Es war, als habe der Blitz eingeschlagen. Er hörte sofort auf, sich selbst zu schlagen, offensichlich verletzt und mit weit aufgerissenen Augen blickte er mich an. Sein schüchternes gefühlvolles Lächeln war wie weggeblasen. Jetzt verstand ich, welch furchtbares Chaos ich angerichtet hatte. Ich hatte ihm gerade die Chance, mir seinen Namen zu sagen, genommen. Dieser Stotterer hatte die ihm größtmögliche Anstrengung unternommen, und ich hatte ihm einen herben Schlag versetzt, nach den vielen, die er wahrscheinlich schon einstecken hatte müssen.

«Es tut mir leid», murmelte ich eilig. Ich verfluchte mich: Blöde Kuh, du. Der Junge begegnet wahrscheinlich schon jeder Menge ungeduldiger Menschen und hätte gut auf deine Ungeduld verzichten können. «Es tut mir leid», wiederholte ich so eindringlich, wie es eben ging.

Doch der Ausdruck der tiefen Verletzung wollte nicht von seinem Gesicht weichen. Er warf mir nur einen letzten Blick zu, dann drehte er sich um und ging zur Tür.

«Oh Gott! Nein!» stieß ich hervor, «es soll nicht so aufhören. Es soll nicht auf diese Weise enden!»

Und wie von einem Windstoß getrieben, rannte ich ihm nach und stellte mich ihm entschlossen in den Weg.

«Ich möchte wissen, wie du heißt, bitte», flehte ich. «Bitte, sag es mir.»

Die Eiseskälte wich von seinem Gesicht, sein Lächeln durchdrang mich wie ein Feuerball. Ich wartete schon darauf, daß er wieder anfing, sich zu schlagen. Doch er öffnete seine Lippen. Es klang komisch, wie bei jemand, der in der falschen Tonlage singt, aber ich lachte nicht. Ich lauschte aufmerksam.

«Aaannndddrreeewww!» brachte er endlich heraus.

«Andrew?»

Er nickte und lächelte.

Ich fing an zu lachen. Er lachte auch, und so lachten wir beide aus vollem Herzen.

«Andrew und weiter?»

«Andrew Kwaaaarteyyy.»

«Andrew Kwartey?»

Er nickte. Und wir mußten wieder beide lachen. Wir blickten uns ins Gesicht, suchend. Und die Welt um uns herum versank. Mir war, als hätte ich Andrew Kwartey schon immer gekannt. Wir verließen zusammen den Raum. Die Glocke klingelte zum letztenmal. Wir bewegten uns mit dem Menschenstrom in Richtung Schultor.

«Waren das deine Eltern, die mit dir reingekommen sind?» tirilierte Andrew.

«Ja», antwortete ich. Ich hatte keine Lust zu erklären, daß sie nicht meine richtigen Eltern waren.

«Mein Vater fand das Gedicht gut. Gefällt es dir auch?»

«Ich fand es interessant. Hast du es für dich selbst geschrieben?»

«Für mich selbst? Ich weiß nicht», antwortete ich ehrlich.

«Ich schreibe auch», bekannte Andrew.

«Gedichte?» fragte ich.

«Nein. Erinnerungen und alltägliche Begebenheiten. In mein Tagebuch.»

Ich kicherte.

Die letzten Schulbusse machten sich zur Abfahrt fertig. Ein paar Schüler hingen noch am Tor herum und verabschiedeten sich. Andrew machte noch immer keine Anstalten, sich zu beeilen.

«Mit welchem Bus bist du gekommen?» fragte ich ihn.

«Mit keinem», erklärte er mir. So erfuhr ich, daß er kein Internat besuchte, sondern Tagesschüler war. Bevor wir uns trennten und er durch das Schultor ging, wohin auch immer, lächelte mich Andrew noch ein letztes Mal schüchtern und gefühlvoll an. Ich blieb wie angewurzelt stehen und schaute ihm nach, bis er verschwunden war. Dann spürte ich, wie mir jemand auf die Schulter tippte.

«Na, wieder zurück in der Wirklichkeit, Aschenputtel?»

Es war Aileen. Sie blickte mich strafend an.

«Ich habe dir nachspioniert», sagte sie.

«Ich bin verliebt», sagte ich.

Pause.

Dann nahm mich Aileen entschlossen bei der Hand und zog mich hinter sich her. «Wir müssen miteinander reden», bestimmte sie. Und sie sah noch immer nicht gutgelaunt aus.

## 14

Aileen und ich verließen das Schulgelände gegen sieben Uhr morgens und winkten uns direkt hinter dem Tor ein Taxi herbei. Wir waren diesmal nicht unter dem Schulzaun hindurchgekrochen. Wir hatten auch nicht den Wächter bestochen, damit er wegsah, und wir waren auch nicht über die Mauer gesprungen. Wir hielten eine offizielle Erlaubnis zum Besuch des Regierungskrankenhauses in den Händen. Das Krankenhaus lag sehr weit entfernt, und normalerweise besuchten wir Schülerinnen ein kleineres Hospital in der Nähe. Diesem mangelte es jedoch etwas an Ausstattung und qualifiziertem Personal. Deshalb wurden wir von dort manchmal an das Regierungshospital überwiesen. Als Aileen und ich – zwei Freundinnen, die beide an ein und derselben Krankheit litten – unsere Überweisungen der Hausdame vorlegten, schwante dieser wohl, daß etwas daran faul war. Aber die Überweisungen erwiesen sich als echt, und deshalb mußte sie uns die Erlaubnis erteilen.

Mit dem Taxi fuhren wir bis außer Sichtweite des Schulgebäudes. Hinter der Kurve an der Kreuzung war ein dunkelgrüner Ford Capri geparkt. Wir bezahlten den Taxifahrer, schlenderten zu dem wartenden Auto, begrüßten den Chauffeur und stiegen ein. Im dichten Stadtverkehr kamen wir erst gegen neun Uhr im Hospital an.

Der Fahrer wartete im Auto auf uns, während wir den Arzt aufsuchten. Ja, wir hatten wirklich einen Arzttermin. Im Wartezimmer herrschte ein großes Gedränge; aber wir hielten zusätzlich zu den Überweisungen noch ein weiteres Schreiben in der Hand, das die Dringlichkeit unseres Falles belegte. Dieses übergaben wir der Sprechstundenhilfe. Wenige Minuten später bat sie uns ins Behandlungszimmer. Einige der Wartenden beschwerten sich lauthals darüber. Eine Frau beschimpfte uns als Huren, und eine andere warnte, daß das nicht noch einmal passieren dürfe, wenn sie uns das nächste Mal hier treffe.

Wir folgten schweigend der Sprechstundenhilfe.

Der Arzt erwiderte lässig unseren Gruß, schrieb etwas auf einen Zettel und überreichte diesen Aileen.

«Kennst du das Geschäft?» fragte er.

Aileen wußte Bescheid.

«Um 11.30 Uhr dann», sagte der Arzt und fuhr mit Blick auf den Wandschirm an Aileen gerichtet fort: «Ich möchte dich noch mal anschauen.»

«Es geht nicht um mich», sagte Aileen. «Es betrifft sie.» Sie schob mich sanft in Richtung des Wandschirms.

Ich zog meine Schuhe aus und streckte mich auf der Liege aus. Der Arzt schob mein Kleid hoch – mein Schuluniformkleid – und tastete meinen Bauch ab. Als er mich bat, wieder aufzustehen, wirkte er noch gleichgültiger als zuvor.

Der Kopf des Arztes war bereits über die Karteikarte der nächsten Patientin gebeugt, er nickte nur kurz, als Aileen sich verabschieden wollte. Die Sprechstundenhilfe rief schon die nächste Patientin auf. Zurück im Wartezimmer beschimpfte uns diese Frau wieder als Huren. Sie schien sich von allen Patienten am besten auszukennen.

Wir gingen schweigend zurück zum Ford Capri. Es war kurz vor zehn Uhr, und im «Laden» waren wir erst um 11.30 Uhr verabredet. Im Auto zogen wir unsere Schuluniformen aus und unsere Zivilkleider an. Aileen hatte dazu geraten, um den Besuch im «Laden» so diskret wie möglich zu gestalten.

Danach machten wir einen ausgiebigen Schaufensterbummel, und um 11.15 brachen wir auf zum «Laden». Der Fahrer hatte Anweisung, uns gegen zwei Uhr dort abzuholen.

Bei dem «Laden» handelte es sich um eine gutbesuchte Boutique im Stadtzentrum. Aileen wußte, was zu tun war. Sie hielt sogleich Ausschau nach der Inhaberin und übergab ihr das Schreiben des Arztes.

Die Dame bat uns, ihr zu folgen. Wir betraten ihr Büro, und ich fragte mich, was hier eigentlich vorging.

Dann strebte die Dame auf eine weitere Tür zu, die durch einen Vorhang verborgen gewesen war. Dahinter befand sich eine Treppe, die nach oben führte. Die Dame bat Aileen, im Büro zu warten, während sie mich nach oben begleitete. Jetzt befand ich mich in einer Halle, größer als manches Wohnzimmer; und dort sah ich nur Gesichter, verschiedene Gesichter, die meisten jung, einige hübsch, alle weiblich, alle düster, eine jede Frau in Gedanken versunken. Ich gesellte mich dazu, nicht weniger düster blickend. Wir waren ein Haufen verzweifelter Mädchen, alle gekommen, um etwas Unerwünschtes zu beseitigen; etwas, was wir nicht geplant hatten, was wir nicht gewollt hatten, was einfach nicht hätte da sein sollen. Ich spürte all die Bedrücktheit um mich herum und fragte mich, warum und wie das alles angefangen hatte. Warum ich so schnell so tief gesunken war.

In jener Zeit waren Tante Mena und Onkel Quaye sehr streng zu uns, besonders zu mir. Manchmal hegte ich den Verdacht, das hätte etwas damit zu tun, daß ich Schülerin in Capital Girls war. Schwester KB, Mansa und Ma T durften gelegentlich ausgehen, wobei sich Onkel Quaye in den meisten Fällen vergewisserte, wohin sie gingen und wann er sie zurückerwarten konnte. Doch ich durfte mich nur amüsieren, wenn die drei Älteren mich liebenswürdigerweise mitnahmen. Sie hatten alle einen Freund. Der von Schwester KB war Angestellter beim Nationalarchiv und wohnte bei seinem älteren Bruder, Manager einer Bank, in einem hübschen von der Regierung gestellten Bungalow. Er bewohnte das Nebenhaus zusammen mit dem ältesten Sohn seines Bruders, und ab und an gelang es ihm, Schwester KB in sein Zimmer zu schmuggeln.

Ma T ging mit einem Typen von der Universität, von dem man sagte, daß er Marihuana rauche. Er war verdammt attraktiv und sich dessen bewußt. Die Folge war, daß Ma T ständig Tränen der Eifersucht vergoß. Und manchmal gab er es Ma T gegenüber sogar zu, daß sie allen Grund dazu hatte. Zum Beispiel, wenn er mit Ma T ausgehen wollte und sie von Onkel Quaye keine Erlaubnis bekam. Dann zuckte dieser Typ nur mit den Schultern und bemerkte, daß sie dann eben akzeptieren müsse, daß er mit einer anderen ausgehe. Solche Situationen bereiteten Ma T schlaflose Nächte; bis sie endlich beschloß, sich das nicht länger gefallen zu lassen. Wenn ihr Vater ihr nicht immer erlaubte, mit ihrem Freund auszugehen, dann war es das Problem ihres Vaters. Sie jedenfalls würde ausgehen, wann immer sie es wollte und wann immer ihr Freund es verlangte. Sie wartete, bis Onkel Quaye und Tante Mena zu

Bett gegangen waren, formte aus Kleidern eine Puppe, legte ihr Nachthemd darüber und verabschiedete sich von uns. Dann sprang sie über die Mauer. Sie konnte nicht durch das Eingangstor gehen, denn das große Schloß machte einen fürchterlichen Lärm. Wann immer sie wußte, daß sie diese Nacht über die Mauer springen würde, brachte Ma T heimlich nach dem Abendbrot einen Küchenhocker nach draußen. Die Mauer war nicht so hoch, und in der Nähe lagen ein paar verlassene Zementblöcke herum. Wenn sie diese Blöcke zwischen die Hecken legte und dann den Küchenhocker daraufstellte, war es ganz einfach, über die Mauer zu klettern; die einzige Unbequemlichkeit stellten die Stacheln der Hecke dar. Zurückzukommen war noch einfacher, denn der Boden hinter der Mauer war etwas erhöht, und Ma T hatte dort einen Stein aufgestellt, um sich ihre leichten Sprünge noch leichter zu machen. Ma T kam auch immer rechtzeitig vor Morgengrauen zurück, schlich sich hinter das Haus zum Fenster unseres gemeinsamen Schlafzimmers und gab ein leises «Miau» von sich – Ma T war zur Katze geworden, konnte man sagen.

Wir anderen hatten Angst, daß vielleicht eines Tages etwas schiefgehen könnte und sie erwischt werden würde, aber Ma T scherte sich nicht darum. Sie hatte nur ihren Freund im Sinn, und alles, was sie interessierte, war, ihn für sich allein zu behalten. Mansa hingegen kannte solche Probleme nicht. Sie brauchte überhaupt kein unnötiges Risiko einzugehen, um mit ihrem Freund zusammenzusein. Sie sah ihn häufig genug in der Schule. Er war der Sohn ihres Sportlehrers.

Ich jedoch hatte mit einem dreifachen Problem zu kämpfen. Erstens, mir wurde verboten auszugehen, was bedeutete, daß es ein Problem an sich darstellte, Andrew zu treffen. Zweitens, ich hatte Bedenken, Andrew meinen Schwestern vorzustellen, besonders Mansa, wegen seines starken Stotterns und der komischen Art, im Singsang zu sprechen. Ich hatte Angst vor ihrem Gespött und Gelächter, ich wußte, daß ich darunter leiden würde. Das Dritte, das Schlimmste, aber war Andrews unklares und unvorhersehbares Verhalten. In einem Moment schien er interessiert an der Beziehung, und im nächsten Moment verhielt er sich zu meiner Verwirrung völlig gleichgültig. Er antwortete regelmäßig auf meine Liebesbriefe; manchmal schrieb er im gleichen Stil zurück, andere Male klang es wieder völlig unverbindlich. Mein Wissen über Sex beschränkte sich noch immer auf das, was ich einst von Jennifer gelernt hatte. Ein Wissen, das natürlich nicht über die Klitoris hinausging.

Aileen hingegen war alles bereits sehr vertraut. Wahrscheinlich war sie für ihr Alter sogar zu versiert, theoretisch wie praktisch. Sie vögelte furchtbar viel herum, aus den unterschiedlichsten Gründen. Sie bekannte selbst einmal, wenn sie sich einen bestimmten Tanga wünschte und dafür mit einem oder zwei Männern schlafen mußte, dann würde sie es eben tun. Und obwohl sie nicht müde wurde, mir zu raten, ebenfalls Trost bei Männern zu suchen, nötigte sie mich auch nie direkt, irgendeine Sexbeziehung einzugehen. Wie auch immer, ihr lebendiges Erzählen und ihre detaillierten Beschreibungen des Geschlechtsverkehrs, zum einen mit ihrem Freund – von dem sie dachte, daß sie ihn liebte – und zum anderen mit ihren Sugar-Daddys, die sich um ihre materiellen und wohl auch emotionalen Bedürfnisse kümmerten, erregten mein Interesse, und ich machte mir in meiner kleinen Welt so allerlei Vorstellungen.

Ihre Behauptung, daß es mit ihrem Freund sehr schön und mit diesem Sugar-Daddy nur okay und mit jenem Sugar-Daddy sogar schmerzhaft und lästig sei, veranlaßte mich nur zu weiteren Vermutungen und Phantasien. Ich fragte mich, wie «es» schön und okay und schmerzhaft und lästig sein konnte. Dann offenbarte sie mir, daß sie einen Orgasmus nur bei ihrem Freund bekomme, aber niemals bei ihren Sugar-Daddys. Und ich verriet ihr, daß, obwohl noch niemand bei mir eingedrungen war, ich schon öfter einen Orgasmus gehabt hatte und daß ich das auch weiterhin machen würde, wann immer mir der Sinn danach stand.

Aileen antwortete, daß sie auch sehr oft masturbieren würde, aber daß ein klitoraler Orgasmus nicht das gleiche sei wie einer, den man durch sexuelle Penetration bekam. Und das regte meine Phantasie noch mehr an, und meine begehrlichen Gedanken richteten sich darauf, einen Orgasmus zu bekommen mit Andrew; mit Andrew nahe bei mir, der mich festhielt und mich an sich drückte. Aber Andrew blieb weiterhin unverbindlich.

Hin und wieder besuchte mich Andrew in der Schule. Er hatte das Gefühl, daß «hin und wieder» genug war. Ich hatte das Gefühl, daß er als Tagesschüler ruhig öfter hätte kommen können. Als ich ihm davon erzählte, antwortete er, er könne nicht sehen, was es für einen Unterschied mache, wenn er öfter käme. Das tat weh.

Immer wenn wir beide allein waren, hätten wir uns einen oder zwei unerlaubte Momente stehlen können, wie zwei verliebte Jugendliche das eben so taten, aber Andrew blieb distanziert. Wir hatten uns schon geküßt, oh ja, schon öfter; es hatte sich gut angefühlt, verdammt gut, denn, auch wenn Andrew wegen seines Stotterns vielleicht kein guter Redner war, so war er doch ein guter Küsser. Doch er zeigte keinerlei Lust, weiterzugehen. Das frustrierte mich.

Irgendwie wollte ich ihn vielleicht auch noch gar nicht so richtig, ich war noch nicht wirklich darauf vorbereitet. Aber ich sehnte mich nach seinen Händen in meiner Unterhose, seinen Fingern an meiner Vagina, seinem Spiel mit meiner Klitoris. Ich wollte sein Ding sehen, es fühlen, es anfassen und damit spielen.

Aber all das behielt ich für mich, denn ich war schüchtern und unsicher, und Andrew schien zufrieden damit, mich nur zu küssen und anzulächeln.

Zwei Monate später sollten Andrew und ich bereits Geschichte sein.

Eines Tages erhielten Schwester KB, Ma T und Mansa Erlaubnis von Onkel Quaye, den Nachmittag im «Tip Toe Gardens» zu verbringen. Dort hatten sie sich mit ihren Freunden und Geliebten verabredet. Ich konnte sie überreden, mich mitzunehmen.

Von «Tip Toe Gardens» schlich ich mich davon, sobald ich in Erfahrung gebracht hatte, wann der Tanztee zu Ende sein würde.

Davor war ich nur einmal bei Andrew zu Hause gewesen, während der Sommerferien, als er einmal unerwartet am Schultor aufgetaucht war und mich eingeladen hatte, mir sein Zuhause zu zeigen. Dort ließ er mich auf der Veranda Platz nehmen. Seine Mutter hatte wohl bemerkt, daß ihr Sohn in Begleitung durchs Tor gekommen war, aber sie kam nicht heraus, um mich zu begrüßen. Sie machte Andrew aber auch keine Vorwürfe, daß er ein Mädchen mitgebracht hatte, denn ich hörte, wie sie miteinander sprachen und lachten. Ich hatte schon eine Weile auf der Veranda gewartet, als Andrew endlich auftauchte. Er fragte mich, ob ich ein Glas Wasser wolle, was ich gerne annahm. Er brachte es mir und sagte gleich darauf: «Laß uns gehen.» Er zog mich hinter sich her zu der Bushaltestelle, von wo ich meinen Bus nach Hause nahm.

Also kannte ich den Weg zu Andrews Haus, als ich mich von «Tip Toe Gardens» wegschlich. Andrews Verwandte waren gerade beim Essen, und Andrew kam sofort aus dem Wohnzimmer, um mich auf der Veranda abzufangen. Wieder ließ er mich dort sitzen und warten, während er zurück zum Eßtisch ging. Kurz danach kam er heraus, hielt eine Flasche Limonade in der einen Hand und ein Schälchen mit Donuts, Chips und Keksen in der anderen und reichte mir beides.

Dann brachte er die leere Flasche und das Schälchen zurück ins Haus. Andrew war gerade verschwunden, als das Hausmädchen durch die Hintertür heraustrat und sich plötzlich mit einem Besen in der Hand vor mir aufbaute. Sie riß mich vom Stuhl hoch und rief: «Muß ich dir noch sagen, daß du aufstehen sollst? Siehst du nicht, was ich in der Hand habe?»

Ich überlegte gerade, wie ich mich verhalten sollte, als Andrew hinzukam. Er hatte sich umgezogen und trug jetzt ein legeres blaues T-Shirt. Das Mädchen jedoch machte keine Anstalten, sich zu entfernen. Sie stand wie ein Fels vor mir und blickte Andrew frech an, den Besen immer noch in der Hand.

Amüsiert strebte Andrew voraus zum Tor. Dann merkte er, daß ich noch immer wie angewurzelt dastand, und er bedeutete mir, ihm zu folgen.

Er hielt eine Schachtel Schokolade in der Hand, die ihm seine Schwester aus London mitgebracht hatte.

An der Hauptstraße nahmen wir ein Taxi. Andrew dirigierte den Fahrer, der uns schließlich an einer Kreuzung aussteigen ließ, wo ein altes vergammeltes und verwittertes Schild auf einen verwahrlosten Vergnügungspark am Strand hinwies. Der einzige Wächter, den sie noch behalten hatten, nachdem der Park geschlossen worden war, stand am Tor. Als er Andrew erblickte, grinste er wissend und begrüßte ihn wie einen alten Freund. Dabei entblößte er seine vom Kolanußkauen verfärbten Zähne. Die beiden schienen sich ziemlich gut zu kennen. Der Wächter prahlte, daß die Angelegenheit mit seinen beiden Frauen geregelt wäre und sie zum guten Schluß vernünftig geworden seien und einverstanden, daß er die dritte Frau nehmen würde.

«Warum sind die Frauen bloß alle so unvernünftig?» fragte Andrew.

«Schau mal», fuhr der Wächter fort, «meine erste Frau ist alt, wie ich dir schon erzählt habe. Sie ist in meinem Alter und kann keine Kinder mehr bekommen. Und ich habe dir auch von meiner zweiten Frau erzählt, von ihren chronischen Rückenschmerzen, nicht wahr? Ich sage dir, kleiner Freund, nur zum Waschen, einfachen Waschen, muß sich diese Frau auf einen Hocker setzen. Und dieser blöde Doktor hat ihr gesagt, das wäre nur, weil sie so viele Kinder schnell hintereinander bekommen hat. Sie besitzt manchmal die Frechheit, mir ins Gesicht zu sagen, daß auch ich schuld an ihren Rückenproblemen hätte. Wie dem auch sei, sie kann auch nicht mehr. Dann sag mir, wenn ich nur eine alte und eine kranke Frau habe, soll ich mich einfach hinsetzen und keine Kinder mehr haben? Ich sage dir, junger Freund», fuhr er fort, und sein Blick erstarrte, «meine zukünftige, dritte Frau, sie ist jung, oh, sie ist sogar viel jünger als meine älteste Tochter, und nett. Sehr jung und nett, und sie kann arbeiten. Im Moment verkauft sie geröstete Erdnüsse und Mais. Aber sobald ich sie geheiratet und etwas Geld bekommen habe, dann werde ich sie dazu bringen, gekochten Reis zu verkaufen. Dann müssen die Leute etwas mehr hinlegen», fügte er hinzu. Dann – peng! – spuckte er einen Mundvoll Kolakauflüssigkeit genau vor meine Füße. Ich erschrak.

Andrew lächelte und öffnete schnell die Schachtel mit der Schokolade, fischte einige Stücke heraus und gab sie dem Wächter. Der Wächter entblößte wieder seine Zähne, bedankte sich und fügte hinzu, daß er sich, Menschenskind, beim besten Willen nicht daran erinnern könne, wann er das letzte Mal Schokolade vom weißen Mann gegessen habe. Wir passierten das Tor, spazierten einen langen weißsandigen Weg entlang und erreichten die verwahrlosten, verfallenen Buden, die einmal als Umkleidekabinen, Toiletten und Waschräume gedient hatten. Der Strand wurde wohl schon seit längerem nicht mehr besucht, nichtsdestotrotz wurden seine Toiletten offensichtlich regelmäßig benutzt, von Leuten, denen wohl nie einfiel, sie auch wieder sauber zu machen.

Andrew erklärte mir, daß die Bewohner einer benachbarten Barackensiedlung, die meist keine Toilette im Haus hatten, frühmorgens und spätabends hierherkamen und den Wächter bestachen, um die Toiletten benutzen zu dürfen. Die einzige öffentliche Toilette, die es in der Gegend gab, reichte bei weitem nicht aus. Dort traf man stets auf eine lange Schlange von Menschen, die auf den Moment warteten, ihr nicht unbedingt mehr kontrollierbares Geschäft verrichten zu dürfen. Und konnte man es dem Wächter mit all seinen Problemen übelnehmen, daß ihm dieser kleine steuerfreie Zusatzverdienst willkommen war?

Auch wenn die Toiletten schrecklich verdreckt waren, verglichen mit den öffentlichen Bedürfnisanstalten durften sie noch immer als akzeptabel gelten.

Andrew empfahl mir für mein dringendes Geschäft ein verstecktes Plätzchen hinter den Umkleidekabinen. Ein Vorschlag, von dem ich auch Gebrauch machte.

Dabei merkte ich nicht, daß sich Andrew mir von hinten genähert hatte. Plötzlich nahm ich wahr, daß er sich über mich beugte und meine

Möse berührte. Mir stockte der Atem. Dann spürte er, wie sehr er mich überrumpelt hatte, nahm seine Hand weg und tirilierte: «Mach schon fertig.»

Als ich mich gerade erheben wollte, spürte ich seine Hände an meiner Schulter, die mich herunterdrückten. Dann beugte er sich wieder über meine Schultern und legte seine Hand auf meine Möse. Dann begann er, meine Klitoris zu streicheln, und seine Finger wanderten immer weiter. Dort blieben sie eine ganze Weile, unbewegt, dann langsam, ganz langsam, fing er an, sie zu bewegen, und jedesmal steckte er sie noch tiefer in mich rein. Ich wurde furchtbar naß. Dann verrieb er meine Flüssigkeit zwischen meinen Beinen und massierte meine Vulva immer heftiger. Ich klammerte mich an seinen Arm, um bei Verstand zu bleiben. Dann hielt er plötzlich inne und richtete sich auf.

Einen Moment lang war ich wie gelähmt. Als ich mich erhob und mich umdrehte, um ihn anzusehen, hatte er schon sein Hemd ausgezogen und im Gras ausgebreitet und öffnete gerade den Reißverschluß seiner Hose.

Wir starrten uns kurz an. Dann zog er seine Hose herunter bis zu den Knien; und, Mensch, die Ausbuchtung in seiner Unterhose war unbeschreiblich. Das ist er also! dachte ich. Der große mysteriöse «P». Andrew zog seine Unterhose aus und enthüllte einen sehr großen, dicken, langen und sehr aufregend erigierten Penis. Es war das erste Mal, daß ich den Penis eines Erwachsenen in dieser Form sah, und ich bekam eine Gänsehaut. Ich fühlte ihn zwischen meinen Beinen, noch bevor mich Andrew herunter auf das ausgebreitete Hemd zog. Er streifte meine Unterhose herunter; kniete sich über mich und strich mir stolz seinen erigierten Penis über das Gesicht, ganz ohne Scham. Er war sich offensichtlich der Macht zwischen seinen Schenkeln bewußt und davon benebelt, denn, es schien, als habe der liebe Gott ihm zwar den gleichmäßigen Fluß der Sprache verwehrt, das aber großzügig zwischen seinen Schenkeln ausgeglichen. Er streichelte mich noch eine Weile, dann, ohne ein Wort oder eine Vorwarnung, spreizte er meine Beine, legte sich auf mich und drang in mich ein.

Der Schmerz war kurz und heftig; ich war fast betäubt, als Andrew, vollkommen versunken in seinen Akt, auf mir ritt, auf und nieder, rein und raus. Dann passierte etwas Seltsames. Die Erregung, die sich anfangs aufgebaut und mich fast zum Bersten gebracht hatte, als Andrew mich zwischen den Beinen gestreichelt hatte, war plötzlich wie weggeblasen. Meine Feuchtigkeit hatte sich in völlige Trockenheit verwandelt. Und es blieb – nichts. Keinerlei Gefühl. Nichts. Ich fühlte mich nicht traurig, nicht glücklich. Als er fertig war und ich mich ohne ein Wort erhob und mich anzuziehen begann, starrte er mich erstaunt an. Er schien ernsthaft verblüfft, daß ich den Liebesakt offensichtlich nicht gleichermaßen genossen hatte. Erst als er sich herunterbeugte, um sein zerknittertes Hemd aufzuheben, sah er das Blut. Er war wirklich erschüttert.

«Hast du es noch nie gemacht?» stammelte er.

«Du hast mich nicht danach gefragt», stammelte ich zurück, «und ich wußte nicht, daß du schon ein so alter Hase darin bist.»

Plötzlich erschien mir das alles so absurd, daß ich lachen mußte.

Andrew, der schüchterne Stotterer, hatte sich in einen sexbesessenen Hengst verwandelt?!

«Du hast es schon mal gemacht », stellte ich fest. Und er lächelte eitel.

«Mit wem?» wollte ich wissen.

«Mit dem Hausmädchen», tirilierte er.

«Sie ist erwachsen, voll entwickelt und reif. Sie hat mir eine Menge beigebracht. Alles.»

«Machst du es immer noch mit ihr?» fragte ich.

Er kicherte schamlos und antwortete in irritierendem Tonfall: «Fast jeden Tag.»

Ich sah das Mädchen mit dem Besen in der Hand vor mir. Mein Herz wurde schwer.

«Ich muß zurück zu meinen Schwestern, zu Tip Toe Gardens», sagte ich.

Wir zogen uns an.

«Willkommen an Bord», hörte ich eine innere vorwurfsvolle Stimme, «nicht einmal auf einem ordentlich gemachten Bett, sondern auf einem ausgebreiteten Hemd hinter einer alten, stinkenden, verwahrlosten Toilette?»

Wann immer ich in den nächsten Tagen an diese Strandbegegnung dachte und feucht zwischen den Beinen wurde, war es nicht die Erinnerung an Andrew, der mit seinem Penis in mir auf und ab ritt, sondern an Andrew mit seinen Fingern in meiner Vagina, meiner Vulva, an meiner Klitoris. Wir trafen uns noch ein paarmal am Strand und hatten Sex miteinander. Dann fing die Schule wieder an, und ich sah Aileen wieder.

Ihre erste Frage lautete: «Hast du aufgepaßt?»

Da fiel mir ein, daß meine Periode längst überfällig war.

«Wir müssen es ihm gleich sagen», bestimmte Aileen verärgert, und fügte hinzu: «Ein dämlicher kleiner Junge wie der, der rumbumst mit seinem Dienstmädchen, kann zu nichts gut sein.»

Wir krochen durch den Schulzaun. Es war Freitagabend in der Dämmerung. Andrew war schon von der Schule zurück und saß mit dem Hausmädchen auf der Veranda, als wir eintrafen. Das Mädchen musterte mich und Aileen mit unglaublicher Unverschämtheit und ignorierte einfach Andrews Bitte, hineinzugehen und Stühle für uns zu bringen. Als Andrew schließlich aufstand, um das selbst zu erledigen, stoppte ihn Aileen.

«Ich glaube kaum, daß wir Zeit haben werden, uns zu setzen», sagte sie, «deine Freundin hier», und sie zeigte auf mich, «hat dir etwas sehr Wichtiges mitzuteilen.»

Dann trat sie ein wenig zur Seite.

Das Mädchen warf mir wieder einen finsteren Blick zu. Dann schoß es aus mir heraus.

Andrew starrte mich nur an und zuckte mit den Schultern.

Ich fragte ihn, was das zu bedeuten habe. Und er zuckte noch einmal mit den Schultern. «Was sollen wir nun damit anfangen», fragte ich ihn. Und zu meinem erneuten Entsetzen zuckte er weiterhin einfach nur mit den Schultern. Völlig verzweifelt rief ich Aileen herbei.

«Der sagt keinen Ton!» sagte ich zu Aileen, den Tränen nahe.

Aileen ließ nicht mit sich spaßen, blickte Andrew direkt ins Gesicht und sagte: «Junger Mann, es ist passiert, und wir wollen wissen, ob du ihr da raushelfen kannst oder nicht.»

Wieder zuckte Andrew nur mit den Schultern. Dann drehte er sich um und warf dem Hausmädchen, das uns noch immer böse anstarrte, einen aufmunternden Blick zu. Andrew lächelte das Mädchen an, ihre Eiseskälte schien dahinzuschmelzen, und sie lächelte zurück. Sein Lächeln erinnerte mich an unsere erste Begegnung im Klassenzimmer.

Aileen kochte. «Er mag billige Nummern und bumst mit einem dickbusigen, fettarschigen Dienstmädchen wie der hier herum. Du hättest wissen müssen, aus welch' billigem Material der gemacht ist», sagte sie. «Aber mache dir keine Sorgen. Vergiß diesen unverantwortlichen Jammerlappen. Komm, wir gehen!»

Ich war wie betäubt. Ich konnte weder begreifen noch glauben, was mit mir geschah. Wo war die Romantik geblieben, die man normalerweise mit Sex in Verbindung brachte? Ich war doch kein schlechtes Mädchen, ich doch nicht? Ich schlief nicht mit verheirateten Männern und zerstörte deren Eheleben, ich doch nicht! Warum bestrafte mich der liebe Gott dann so? Warum?

In den darauffolgenden Tagen probierte ich jedes Rezept aus, das Aileen mir empfahl. Ich versuchte verzweifelt, diese ungewollte Last wieder loszuwerden: zwei verquirlte rohe Eier verdünnt mit sehr warmem Bier, eine große Tasse von zuckersüßem, sehr starkem Kaffee zusammen mit einer großen Menge Brandy und diverse Kräuter, deren Herkunft ich nicht kannte. Nichts davon half.

Lieber Gott! dachte ich. Vielleicht war ich doch ein schlechtes Mädchen, denn sonst wäre es mir doch nicht passiert, oder? Erst war ich ein verlassenes Kind und jetzt auch noch ein ganz schlechtes Mädchen.

Es verging kein Abend, an dem ich mich nicht in den Schlaf weinte.

Eines Tages kam mir Aileen entgegen und verkündete die endgültige Lösung: «Das ist es!» rief sie aus und legte eine Pumpe auf den Tisch. Ich folgte sorgfältig ihren Instruktionen, und das Ende vom Lied waren heftige Bauchschmerzen, die in einem drei Tage währenden Durchfall und unsäglichen Blähungen ihren Höhepunkt fanden. Aber Blut kam keines.

Die Zeit verstrich.

«Das scheint mir ein stures Kerlchen zu sein», proklamierte Aileen endlich, «jetzt bleibt nur noch die Abtreibung.»

«Leicht gesagt», jammerte ich, «weißt du, was die Ärzte dafür verlangen? Wo soll ich das Geld hernehmen? Wer zahlt mir das?»

Doch Aileen hatte schon alles geplant.

«Tibor», sagte sie.

Ich hatte nicht die leiseste Idee, wer Tibor war und welche Rolle er in dieser Angelegenheit spielen sollte.

«Mr. Tibor ist ein Mann», erklärte mir Aileen, «ein sehr häßlicher Mann, aber die einzige Lösung.»

Sie erklärte, daß Mr. Tibor ein Freund von Attah Mensah war und sie schon lange damit nervte, ihm eine ihrer Freundinnen zu besorgen. Also sollte der Mann jetzt seinen lang gehegten Wunsch erfüllt bekommen. Er sollte mich bekommen, und er sollte dafür die Abtreibung bezahlen.

«Du glaubst, der bezahlt für den Abbruch einer Schwangerschaft, die er selbst gar nicht verursacht hat? Einfach so?» fragte ich unsicher.

«Natürlich nicht!» antwortete Aileen hintergründig lächelnd. Und dabei beließ sie es.

Es war schon genug Zeit verschwendet worden, wir mußten handeln. Da wir nicht genau wußten, wann Attah Mensah wieder in Stimmung war, um nach Aileen zu fragen, beschlossen wir, ihn in der Bank aufzusuchen.

Wir fanden ihn nicht in seinem Büro vor und warteten folglich unten am Empfang auf ihn. Dann tauchte er auf und erklärte, daß er seine Frau zum Markt habe bringen müssen. Ob es uns etwas ausmachen würde, ihm ins Büro zu folgen?

Natürlich machte uns das nichts aus.

«Wir haben wirklich schon lange gewartet, weißt du», beschwerte sich Aileen, als wir in seinem Büro saßen.

Wir plauderten eine ganze Weile, als Aileen plötzlich, ohne Vorwarnung, in ein lautes Lachen ausbrach.

Ich wandte mich erstaunt zu ihr um. Und auch Attah Mensah wollte wissen, was los war.

«Kannst du dich an den Tag erinnern, als du es mit mir machen wolltest, und wir in das Motel gingen, nur, um dort deinen Freund zu treffen, oh, wie hieß der noch mal? Der Name liegt mir auf der Zunge. Dieser, aha, Kwabi! Ja, Mr. Kwabi... »

«Ach, diese Geschichte?» rief Attah Mensah. Jetzt mußte er auch herzhaft lachen.

«Du wirst es nicht glauben», fuhr Aileen fort, «dieser Mann ging dorthin mit seiner Freundin – ich glaube, sie arbeitet im Ministerium –, aber irgendjemand hatte seiner Frau den entscheidenden Tip gegeben. Also, er und das Mädchen saßen gemütlich an der Bar, schlürften einen Aperitif in Vorfreude auf das Hasch-mich-Spiel, als plötzlich niemand anders als die Ehefrau hereinstürzte.»

«Und weißt du, was die Freundin gemacht hat?» unterbrach Attah Mensah. «Sie lief weg. Sie nahm ihre Tasche und ihre Schuhe unter den Arm und nahm Reißaus.»

Aileen und Attah Mensah lachten lauthals. Ich fand die Geschichte zwar nicht besonders amüsant, lachte aber anstandshalber mit.

«Und, haben sie sich scheiden lassen?» wollte Aileen wissen. Langsam fand sie ihre Fassung wieder.

«Scheidung? Das ist doch nicht dein Ernst? Ehepaare machen weitaus schlimmere Dinge durch!» entgegnete Attah Mensah. «Wir haben seiner Frau nur die Ohren vollgequasselt und ein gutes Wort für ihn eingelegt. Ach, aber habe ich dir das nicht alles schon mal erzählt?»

«Ja, meinst du?»

Und nach einer Weile gab Aileen zu:

«Ach jaa! Ja! Ja! Stimmt. War es nicht die, wo du sagtest, du und Mr. Tibor, ihr seid hingegangen und habt um Vergebung gebeten, und die Frau hatte sich erst aufgespielt und dann doch nachgegeben? Ach, ich hatte es vergessen. Egal, und dein Mr. Tibor, lebt er noch?»

«Unsinn», kicherte Attah Mensah, «meinst du, ein Mann mit so einem Kopf stirbt so einfach? In welchen Sarg paßt so ein Kopf hinein?» und er prustete erneut los.

Aileen und ich lachten auch.

Dann sagte Aileen: «Aber, ich habe ihn lange nicht gesehen. Warum nur? Ist er verreist oder so?»

Bei Attah Mensah war der Groschen gefallen.

Er musterte mich lüstern und fragte Aileen: «Warum bist du plötzlich so besorgt um ihn? Du wolltest ihm doch nie helfen, oder? Er hat dir doch gesagt, was er will. Und bis heute hast du ihm nicht geholfen.»

«Ach, Mr. Attah Mensah», sagte Aileen, «als Sie mich sahen und mich wollten, waren Sie es nicht selbst, der hinter mir her war? Oder haben Sie jemanden anders gebeten, das für Sie zu erledigen?»

«Jeder nach seiner Fasson», entgegnete Attah Mensah, «wenn du einverstanden bist, ihm deine nette Freundin hier zu geben, dann werde ich auch deine Neugierde befriedigen und dir sagen, ob er noch lebt.»

Aileen sagte mit gespieltem Widerstand: «Was meine Freundin angeht, so mag sie solche Sachen nicht, ja? Sie ist Mitglied in einem christlichen Verein und strikt gegen jede Unzucht und Hurerei.»

«Und gegen Bargeld wohl auch, was?» lachte Attah Mensah.

Bevor wir zu Attah Mensahs Büro aufgebrochen waren, hatte mich Aileen instruiert: Wenn sie mich mit Mr. Tibor zusammenbringen würde, sollte ich vorspielen, daß ich nur schwer zu bekommen sei. Ich fing also an, in die Rolle der Jungfrau Maria persönlich zu schlüpfen, während Aileen andererseits in eine Rolle schlüpfte, die mich völlig entgeisterte. Sie näherte sich Attah Mensah, der hinter seinem Schreibtisch saß, zog seinen Drehstuhl zurück, drehte ihn zu sich, beugte sich über ihn, führte ihre Hand zu seiner Hose, öffnete sie und begann, ihn zu streicheln. Attah Mensah störte meine Anwesenheit nicht. Statt dessen fing er an, vor Vergnügen zu stöhnen, dann nahm er Aileens Brüste in seine Hände und fing an, sie zu streicheln.

Aileen hätte mich vorwarnen müssen. Was sollte ich tun? Dann wandte sie sich an mich mit einem lüsternen Lächeln und fragte, ob ich es auch einmal versuchen wollte.

«Es macht Spaß», sagte sie, «komm.»

Ich starrte sie verwirrt an. Das hatten wir nicht geprobt, das nicht, darin hatte sie mich nicht unterwiesen. Deshalb wußte ich auch nicht, was sie jetzt von mir erwartete.

«Komm», sagte sie zu Attah Mensah, der ganz in sein Gestöhne und Gegrunze vertieft war.

«Wir wollen sie einweisen.»

Damit mußte wohl ich gemeint sein.

«Laß uns Tibor holen. Komm, rufen wir ihn.»

Als ich nicht reagierte, wiederholte Aileen mit einiger Übertreibung: «Ich – sagte – wir – wollen – ihn – rufen!» Und blickte mich mit großen Augen über Attah Mensahs Kopf hinweg an.

Was nur erwartete sie von mir?

«Tu so, als ob du schwer zu bekommen seist», hatte sie zu mir gesagt.

«Nein, nein, oh, nein!» protestierte ich. «Bitte, Aileen, nicht! Ich mag das nicht.»

Ich hatte scheinbar den richtigen Ton getroffen.

«Hör nicht auf sie», sagte sie zu Attah Mensah, «wir rufen ihn jetzt.»

Sie drehte seinen Stuhl um, so daß er wieder zu seinem Schreibtisch gewandt saß.

«Ruf ihn an!» forderte sie Attah Mensah auf. Und der, amüsiert und verwirrt zugleich, gehorchte.

Mr. Tibor reagierte prompt und fand sich sogleich in Attah Mensahs Büro ein.

Als er hereintrat, mußte ich sofort an seine Frau denken. Diese Frau mußte etwas sehr Schlimmes getan haben, womit sonst hatte sie eine solche Strafe verdient, ein Leben lang an einen Mann gebunden zu sein, der dermaßen unappetitlich aussah?

Wir stellten uns kurz gegenseitig vor, und Tibor, dessen häßliches Gesicht sich mit einem häßlichen Lächeln etwas aufhellte, setzte sich neben mich. Ohne Vorwarnung fing er an, meine Schenkel zu streicheln. Ich dachte, ich müßte mich übergeben. Am liebsten hätte ich das auch getan, aber ich erinnerte mich schnell an einen weiteren Teil der Lektion, die Aileen mir gegeben hatte: «Wenn es ganz schlimm wird, und es wird schlimm, weil du ihn irgendwann über dir haben wirst, und dein Blick wird auf eine Gabel fallen, die in der Nähe liegt, und er pumpt dir sein häßliches Ding rein und raus, und mit jedem ‹Rein› möchtest du spucken, und mit jedem ‹Raus› hoffst du, daß es das letzte ist, und du wirst denken, warum machst du ihn nicht fertig mit dieser spitzen Gabel? – Denk nur daran, daß diese Sache da drinnen», und sie zeigte auf meinen Bauch, «das schlimmere Übel ist. Es herrscht Krieg, und dieser schmierige Pfad, den du gerade gehst, ist der einzige Pfad, auf dem du überleben kannst.»

Also unterdrückte ich die in mir hochsteigende Übelkeit, denn, schließlich, wer wollte schon Krieg? Und wenn schon Krieg herrschte und man kämpfen mußte, um zu überleben, was blieb dann für eine Wahl?

Also schwand mein Widerstand, so stark er anfangs auch gewesen war.

«Bitte, Mr. Tibor, hören Sie auf! Ich mag das nicht! Oh, Mr. Tibor, bitte, ich mag es nicht... Mr. Tibor... bitte, oh, Mr. Tibor...»

Tibors häßliche dicke Finger tasteten sich weiter und weiter meine Schenkel hoch bis zu meiner Möse. Ich warf einen kurzen Blick auf Aileen, die wieder mit Attah Mensah beschäftigt war, und wünschte mir verzweifelt, diesen «Krieg» irgendwie anders überleben zu können.

Mir wurde wieder schlecht, und ich mußte mir erneut eine von Aileens Lektionen ins Gedächtnis rufen, um die Übelkeit zu überwinden, als Tibor meine Hand nahm und sie an seine Hoden preßte. Mir wurde eiskalt. Tibor bemerkte es und ungeduldig fragte er: «Was ist?»

Bevor ich begriff, was geschah, fing ich an zu weinen wie ein Baby. Doch niemand schenkte mir Aufmerksamkeit. Hatte ich das verdient? Mr. Tibor verärgerte die ganze Sache so sehr, daß er die Augen schließen und tief durchatmen mußte, um nicht die Beherrschung zu verlieren. Als er sie wieder öffnete, schaute er mich überhaupt nicht an. Er wandte sich an Aileen und Attah Mensah, die fertig waren mit dem, was sie miteinander gemacht hatten, und das war eine Menge, und fragte winselnd: «Was soll das?»

Es dämmerte Aileen, daß, wenn sie nicht schnell reagieren würde, der Krieg schon jetzt verloren war, genau hier in Attah Mensahs Büro. Also zog sie mich in einen winzigen Nebenraum, wo ein kleiner Kühlschrank summte. Aileen schäumte vor Wut.

«Was habe ich dir gesagt?» fing sie an, mühsam ihren Ärger unterdrückend.

«Glaubst du, mir gefällt das, was mir da von einem kranken alten Mann zugefügt wird? Was willst du beweisen? Daß ich ein verrottetes Stück Cassava bin und du die Jungfrau Maria persönlich? Warum sind wir überhaupt hier? Sag mir das! Wegen dir oder wegen mir? Also jetzt reiß' dich zusammen, wisch' dir diese überflüssigen Krokodilstränen aus dem Gesicht, geh' rein und bringe den zweiten Akt unseres Macbeth hinter dich.»

Es war, als habe der Papst persönlich gesprochen, denn als ich zurück ins Büro kam, tat ich das in der festen Überzeugung, daß ich auf der Bühne stand und Lady Macbeth für ein unsichtbares Publikum spielte.

Doch Mr.Tibor war ungeduldig geworden und ziemlich verwirrt von diesem Drama.

«Wenn sie nicht mitspielen will, okay», sagte er schwerfällig und erhob sich.

«Ich mag es nicht, Mädchen zu zwingen, weißt du.»

Aber Aileen mischte sich schnell ein.

«Sie war nur traurig wegen etwas anderem, wissen Sie», beschwichtigte sie, «etwas sehr Persönliches. Doch ansonsten ist das Mädchen ganz in Ordnung. Ach, Mr. Tibor, Sie müssen doch nicht gleich sauer sein.»

«Hören Sie nicht auf sie», und sie zeigte auf mich, «sie hat nur ein bißchen so getan, als ob, na ja, Sie wissen schon... Sie wird es schon schaffen.»

Dann setzte sie noch einen obendrauf.

«Tatsächlich», sagte sie hinterhältig grinsend, «können Sie ihr dabei helfen.»

«Ich?» fragte Mr. Tibor eifrig, und sein häßliches Gesicht erstrahlte wieder in einem häßlichen Lächeln.

«Gut. Bringe sie in mein Büro.»

An Attah Mensah gewandt fügte er lachend hinzu: «Ich habe auch ein schönes Büro, weißt du.» Und er verschwand.

Aileen entschuldigte sich bei Attah Mensah und verließ das Büro mit mir. Als wir bei Mr. Tibor angekommen waren, hielt mich Aileen kurz fest und sagte in bestimmtem Ton: «Geh' jetzt da rein und kämpfe deinen Krieg wie einen richtigen Krieg, weil der schlimmste Fehler, den du in diesem Moment machen kannst, ist, die Sache da drin zu vermasseln.»

Sie zeigte auf meinen Bauch: «Das da ist Krieg.»

Also ging ich hinein und führte meinen Krieg wie einen richtigen Krieg. Ich schloß meine Augen, meine Ohren, meine Nase, meinen Mund und alles andere, was man schließen konnte, und kämpfte meinen Kampf. Ich war so verschlossen, daß ich kaum wahrnahm, wie Mr. Tibor mich auf seinen Schreibtisch legte, meine Schuluniform hochschob und meine Unterhose herunterzog. Ich merkte nicht einmal, wie er sich selbst auszog und seinen alten verschrumpelten Körper in Stellung brachte, um seine häßliche Männlichkeit in mir zu vergraben.

Ich erinnere mich nur, daß ich wie betäubt war, als er sich in mir bewegte und dabei ächzte wie ein altes Schlachtschiff. Es war jedenfalls schneller vorbei, als ich gedacht hatte. Und als er seine Hosen wieder oben, und auch ich meinen Slip wieder hochgezogen und mein Kleid glattgestrichen hatte, ging ich direkt zum dritten Akt meines «Macbeth à la Aileen» über.

«Übrigens, Mr. Tibor», fing ich mit kraftloser Stimme an, «bitte, haben Sie etwas genommen?»

«Was meinst du damit, ob ich etwas genommen habe? Hast du denn nichts genommen? Wer muß schon etwas nehmen bei dieser Angelegenheit? Du oder ich? Willst du mir etwa sagen, daß du nicht die Pille nimmst?»

«Pille? Nein!» antwortete ich voller Unschuld und fing an zu weinen.

«Oh Gott», jammerte er verärgert, «warum habe ich mich überhaupt auf dich eingelassen? Anfänger wie du bedeuten nichts als Ärger. Ja, nur Ärger.»

Und er griff zum Telefon. Er rief Attah Mensah an.

Attah Mensahs Fahrer setzte uns im Stadtzentrum ab, wo wir uns noch eine Weile die Zeit vertrieben, bis es dunkel genug war, um durch den Zaun in die Schule zurückzuschlüpfen.

Als Beute meines Krieges konnte ich ein paar großzügige monetäre Zuwendungen, die mir über Attah Mensah und Aileen von Tibor zukamen, davontragen. Ich hatte das Gefühl, als wäre ich das erste Mal zur Arbeit gegangen und hätte mein erstes Gehalt bekommen.

Dieses Geld hatte ich mir wirklich verdient.

Fünf Wochen später rief Aileen Tibor an und überbrachte ihm die «schlechte» Nachricht. Meine Periode sei ausgeblieben.

Tibor war natürlich verärgert, sehr verärgert. Doch er reagierte schnell. Er nutzte seine Verbindungen, um die Überweisungen und auch das Schreiben an den Arzt im Regierungskrankenhaus zu aufzutreiben, und so kam ich in den «Laden». Danach ging alles sehr schnell. Attah Mensah trennte sich von Aileen. Er warnte sie, niemals wieder zu versuchen, sich mit irgendeiner Freundin bei ihm durchzuschlängeln. Auch Tibor ließ ihr ausrichten, daß sie es nicht wagen solle, sein Büro noch einmal mit mir zu betreten.

Der überraschte Gesichtsausdruck des Doktors, als er mich im Behandlungszimmer untersucht hatte, war also auch geklärt. Er war offensichtlich von Tibor unterrichtet worden, daß ich einen Monat schwanger sei. Dann hatte er mich untersucht und erkannt, daß ich bereits viel länger schwanger war. Er hatte seine Arbeit zwar beendet, war aber sogleich zu Tibor marschiert und hatte mehr Geld gefordert, denn er berechnete sein Honorar nach der Dauer der Schwangerschaft – je fortgeschrittener sie war, desto höher der Preis.

Tibor, kein Wunder, zahlte, ohne zu protestieren. Offensichtlich wollte er jeden Aufstand und Skandal vermeiden. Aber er hatte dadurch erfahren, daß ich bereits schwanger gewesen war, bevor ich zu ihm gekommen war. Auch Attah Mensah konnte zwei und zwei zusammenzählen – Aileens plötzliche Bereitschaft, für Tibor ein Mädchen zu besorgen, ihr eifriges Bemühen, Tibor dazu zu kriegen, mit mir zu schlafen, das Geflüster mit mir, nachdem ich zusammengebrochen war, und mein Eifer danach, mit Tibor Sex zu haben.

Danach wurde ich noch empfänglicher für Aileens Ratschläge.

Nach Mr. Tibor kam Mr. Anam, dann Mr. Brago, Alhaji Mumuni, Mr. Oti, Dr. Schamo und endlich Ben Blay, mein *Been-to*-Sugar-Daddy, der mir versprach, daß ich eines Tages meinen Fuß auf den goldenen Boden Europas setzen dürfe.

# Zweiter Teil

## 1

Sie weinte Blut. Träge quoll die rote Flüssigkeit aus ihren Augen, rann die Wangen herunter und endete in traurigen Tropfen auf ihrer Brust. Ihre Augen waren blind vor Tränen. Sie war auf der Flucht. Nicht ein einziges Mal schaute sie sich um, wie ein gehetzter Hund rannte sie um ihr Leben und um das ihres Babys, das sie noch unter ihrem Herzen trug. Immer noch vergoß sie blutige Tränen. Ein Stein nach dem anderen flog, große dicke Steine, die voller Haß nach ihr geschleudert wurden. Doch als sie getroffen wurde, war ein seltsames wimmerndes Geräusch zu vernehmen, wie von etwas, das gerade erstirbt. Mutter schien mit den Steinen zu wimmern, während sie weiter ihre blutigen Tränen vergoß. Dann plötzlich wurde sie gegen eine Wand gedrückt. Eine dicke grüne Wand aus Algen, weich, glitschig und doch fest. Die hielt ihre Gefangene fest. Die Steine trafen sie von allen Seiten, doch Mutter hatte die Schmerzen vergessen, sie sorgte sich nur um das ungeborene Baby in ihrem Bauch. Sie breitete ihre Hände über den Bauch. Sie betete für ihr ungeborenes Kind. Plötzlich trieben Klauen aus der Algenwand hervor, als winkten sie jemandem und doch niemandem zu. Dann fingen sie an zu suchen. Immer mehr davon kamen aus der Wand, in allen Größen, auf der Suche nach Beute. Jede Klaue, die Mutters Körper erwischte, zerrte gnadenlos an ihrem Fleisch. Doch Mutters Hände blieben über ihrem Bauch verschränkt und schützten entschlossen ihr ungeborenes Kind. Dann fiel das Fleisch von ihren Armen, und es entblößten sich die Knochen. Immer noch hielt Mutter ihren Bauch und schützte ihr Kind. Dann fing sie plötzlich an zu lachen. Sie lachte wild und rauh und vergoß dabei weiterhin blutige Tränen, gleichzeitig verlor sie immer weiter Fleisch, und immer mehr Knochen kamen zum Vorschein. Sie wollte etwas sagen, wollte aussprechen, wie seltsam ihr dies alles erscheine. Daß man sie genötigt hatte, dieses Kind zu empfangen und zur Welt zu bringen, nur um anschließend mit derselben Welt in Konflikt zu geraten wegen genau diesen Kindes. Während sie lachte, kam eine lange und große Klaue aus der Algenwand und griff direkt nach Mutters Busen. Jetzt mußte ich eingreifen. Das konnte ich nicht zulassen. Sie durften jeden Teil ihres Körpers aufessen, aber nicht ihren Busen, nicht solange ich noch dessen Wärme brauchte. Nicht wo ich gerade erst begonnen hatte, mich nach dieser bislang unerfüllten Wärme zu sehnen. Mutter! – schrie ich verzweifelt.

Ich wollte, daß sie sich wehrte und ihren Busen verteidigte, für mich. Doch es schien, je lauter ich schrie, desto leiser klang dies in ihren Ohren. Denn sie lachte weiter ihr wildes, rauhes Lachen und vergoß ihre blutigen Tränen. Ich blieb verzweifelt zurück. Mutter! – schrie ich. Mutter! – noch einmal, mit aller Macht. Ich wurde geschüttelt.

«Mutter!»

Wieder spürte ich dieses Schütteln, etwas heftiger, etwas grober, und jemand riß mich gewaltsam aus dem Schlaf.

«Was zum Teufel ist denn..., was willst du eigentlich?»

Wütend schrie ich in das vertraute Gesicht von Renate, das mich voller Mitgefühl betrachtete. Noch bevor ich weiterschimpfen konnte, sagte sie: «Da war es wieder, Sefa. Du hast wieder nach deiner Mutter geschrien.»

Es war der zweite Alptraum innerhalb von drei Nächten.

Auch früher schon hatte ich unter immerwiederkehrenden Träumen gelitten. Damals, als ich mich an Capital Girls für den musischen Zweig entschieden hatte, nur weil Saba Red den naturwissenschaftlichen gewählt hatte. Meine Gedanken wurden manchmal überschwemmt von Phantasien, die sich in Träumen niederschlugen. Träume, die mich im Schlaf zum Lachen, zum Weinen oder zum Schreien brachten.

Ich überlegte mir, Jura zu studieren und eines Tages den Staatsanwalt auf die einzig Schuldige, nämlich Saba Red, zu hetzen. Das wäre mir der Spaß wert gewesen. Wenn ich mir das in meinen Träumen vorstellte, mußte ich lauthals lachen.

Eines Tages kam ich von der Schule nach Hause und beobachtete, wie unser Nachbar Pofie und seine Söhne fieberhaft ihr «Landhaus» reparierten. Ein heftiger Sturm hatte Teile des Gebäudes zum Einsturz gebracht. Dabei war ein sechs Monate altes Baby umgekommen, doch Pofie lief weiterhin frei herum, denn er hatte die Polizisten bestochen und erreicht, daß sie den Fall als erledigt betrachteten. Dann «entschädigte» er die Mutter des toten Babys mit dem Versprechen, die Wohnung sofort wieder in Ordnung zu bringen und ihr für drei Monate die Miete zu erlassen. Pofie erdreistete sich, der Frau einzureden, daß dieser Vorfall vielleicht Gottes Weg gewesen sei, sie von der Last von acht Kindern zu befreien. Diese waren zwischen sechs Monate und fünfzehn Jahre alt, und alle zusammen bewohnten diesen einen Raum. Die Frau bedankte sich bei Pofie für die versprochene Renovierung und den Mietnachlaß und schluckte den «Trost» stillschweigend. Was hätte sie auch tun sollen? Die acht Kinder stammten von vier verschiedenen Männern, die sie in keiner Weise zur Verantwortung ziehen konnte. So trauerte sie eine Weile um ihr verlorenes Baby und ließ die Angelegenheit auf sich beruhen.

Aber ich nicht. Jetzt wollte ich Architektin werden. Dann hätte ich vielleicht im Stadtplanungsamt ganz schnell Karriere machen können, und bald hätte ich den Abriß von Pofies komplettem Haus anordnen können, unter meiner persönlichen Leitung, versteht sich. Damals träumte ich wieder und wieder, wie ich im Blaumann und Gummistiefeln den Arbeitern Anweisungen gab.

Als «gute Schulen» galten nur solche Institute, an denen man auf die Hochschulreife vorbereitet wurde, wie beispielsweise die Akwapim Oberschule. Capital Girls zählte nicht dazu. Wir von den «Nicht-guten-Schulen» mußten hart arbeiten, um an den höheren Schulen aufgenommen zu werden. Deshalb mußten Schülerinnen, die auf eine weiterführende Schule gehen wollten, in den Ferien auf dem Schulgelände ausharren, um für die Aufnahmeprüfungen zu lernen.

Ich hatte bei allen Phantastereien noch keine wirkliche Vorstellung davon, was ich einmal werden wollte. Onkel Quaye legte bei uns die Regeln fest, und er hatte bereits entschieden, daß wir uns alle um einen akademischen Abschluß bemühen mußten. Also mußte auch ich mich um einen Platz an einer höheren Schule bewerben.

Doch unser Verbleib auf dem Schulgelände in den Ferien schützte nicht vor Ablenkungen von der noblen Absicht des Lernens. Für Schülerinnen wie mich, die zu Hause unter der strengen Obhut unbeugsamer Eltern lebten, eröffnete die sehr lockere Betreuung und Überwachung während der Ferienzeit eine günstige Gelegenheit. Natürlich lernten wir tagsüber – zumindest diejenigen unter uns, denen verdammt klar war, was zu Hause von ihnen erwartet wurde. Aber wenn es Abend wurde, dann schöpften wir unsere Freiheit gnadenlos aus. Das bedeutete Partys, nächtliche Ausflüge, Discos, einfach alles. An den Abenden, an denen nichts Bestimmtes auf dem Programm stand, machten wir einen Spaziergang, der meistens in einer Eisdiele etwa zwei Kilometer von der Schule entfernt endete. Wir genossen weniger die Eiskreme als vielmehr den Spaziergang selbst, auf der Straße bis zur Eisdiele. Gemächlich schlendeten wir mit wiegenden Hüften und machten so die Männer in den vorbeifahrenden Autos auf uns aufmerksam. Unsere «Bemühungen» wurden meistens mit Hupen und Rufen bedacht, und gelegentlich wurde auch eine «Beute» angelockt.

Eine solche «Beute» wurde Ben Blay.

An diesem Tag waren wir in der Dämmerung kaum fünfhundert Meter gegangen, als hinter uns ein Autofahrer anfing, mit den Scheinwerfern zu spielen – er blendete auf, ab, auf, ab.

«Daß sich bloß keine umdreht», befahl Aileen, die gewissermaßen unsere Anführerin war. Also spazierten wir weiter, keine von uns wandte den Blick. Plötzlich bremste ein Wagen ab, der Fahrer fuhr langsam an uns vorbei und hielt etwa fünf Meter vor uns an. Wir waren fünf Mädchen. Aileen trat an das Auto heran.

«Halten Sie extra wegen uns?» fragte sie forsch den Fahrer.

Und der Mann hinter dem Steuer antwortete lachend: «Klar doch.»

«Sollen wir einsteigen?»

Der Mann nickte und lachte wieder.

Ich hatte mich etwas im Hintergrund gehalten. Als Aileen Anstalten machte, sich auf den Beifahrersitz zu schwingen, forderte der Fahrer das Mächen mit dem roten Kopfschmuck auf, neben ihm Platz zu nehmen. Und das Mädchen mit dem roten Kopfschmuck, das war ich. Ich bekam eine Gänsehaut.

«Muß das sein?» fragte ich in die Dunkelheit.

Der Mann schaute mir direkt ins Gesicht und bestimmte: «Ja, das muß sein.»

Also gehorchte ich, während sich die anderen auf den Rücksitz quetschten. Er startete das Auto und fuhr los. Er fragte nicht, was wir vorhatten, und fuhr zu unserem Erstaunen direkt zur Eisdiele.

«Ich habe euch schon eine ganze Weile beobachtet», sagte er und wandte sich dabei an mich.

«Geht und eßt euer Eis. Ich warte hier auf euch», sagte er.

Er meinte alle, aber er sprach eigentlich wieder nur mit mir. Zu meiner Überraschung drückte er mir einen Schein in die Hand und bestimmte: «Für das Eis.»

Der Schein reichte für ein Eis für jede von uns und noch eins für ihn. Er aber lehnte es ab – es sei schlecht für die Potenz, meinte er – und schenkte mir seine Portion. Dann fuhr er uns zurück zur Schule. Als ich aussteigen wollte, hielt er mich am Arm fest.

«Ich komme bald wieder, um dich zu sehen», flüsterte er.

Mein Herz klopfte wie wild, und ich antwortete nur: «In Ordnung.»

Und er kam wieder – viele, viele Male. Immer brachte er mir etwas mit, Schokolade, Kekse, manchmal auch Eiskrem. Er forderte keinen Sex und erweckte auch nicht den Eindruck, als erwarte er welchen. Aber ich wußte, daß es nur ein Spiel mit der Zeit war, daß ich zu gegebener Zeit und an gegebenem Ort für alles mit meinem Körper würde bezahlen müssen. Diese Aussicht allerdings rief in mir weder Angst noch Unbehagen hervor. Im Gegenteil, sie verschaffte mir ein Kribbeln zwischen den Oberschenkeln, denn Ben Blay war ein attraktiver junger Mann, er war elegant gekleidet und fuhr ein schönes rotes Auto. Und Ben Blay war vor allem, und das war das Besondere, ein Been-to.

Der Tag der Abrechnung kam bald. Er kam so unbemerkt, daß es mir zunächst gar nicht bewußt wurde. Ben kam zu Besuch, er brachte wie immer etwas Schokolade und andere Süßigkeiten mit. Zufällig war am Tag zuvor eine unserer Freundinnen mit Malaria ins Krankenhaus eingeliefert worden, und Aileen und ich nutzten die Gelegenheit und baten Ben, uns mit seinem Auto zu unserer Freundin zu kutschieren. Als wir zurückkamen, stieg Aileen aus, bedankte sich bei Ben, verkündete, daß sie sich gleich schlafen legen wolle, und ließ uns allein. Wir saßen noch eine Weile im Auto und redeten über alles Mögliche, bloß nicht über unsere Beziehung, bis Ben plötzlich aus heiterem Himmel einwarf: «Interessiert dich eigentlich gar nicht, wo ich wohne?»

Erstaunt fragte ich ihn, ob seine Frau verreist sei. Warum sonst, überlegte ich mir, forderte er mich gerade jetzt indirekt auf, mit ihm nach Hause zu kommen? Ben brach in lautes Gelächter aus, erholte sich aber schnell und sagte: «Wer sagt denn, daß ich eine Frau zu Hause habe?»

«Du hast keine Frau?»

Ich machte große Augen.

«Ein so feiner Mann wie du? Mit einem so schönen Auto? Und so schicken Kleidern? Und du hast keine Frau?»

Er zog die Mundwinkel amüsiert nach oben und blickte mich eine ganze Weile unverwandt an. Dann bekräftigte er: «Ich sagte doch, ich habe keine Frau zu Hause.»

Ich konnte mein Glück nicht fassen.

«Willst du etwa sagen, daß wir nicht in irgendein obskures Hotel gehen müssen oder in dein Büro auf die Couch, sondern wir könnten zu dir nach Hause in dein eigenes Schlafzimmer?»

Das war, als hätte ich das Losungswort gegeben. Ben antwortete nicht auf meine Frage, doch er streichelte mit seinem rechten Handrücken zunächst meine linke Brust, dann meine rechte, dann führte er seine Hand zurück zu seinem Ding und begann, mit sich selbst zu spielen. Mein anfängliches Unbehagen wandelte sich in ein Gefühl, das mich zwischen den Schenkeln ganz feucht werden ließ. Ich hörte mich schwer seufzen, und Ben, der mich genau beobachtete, schockierte mich schließlich mit der Aufforderung, es ihm nachzutun. Erst wußte ich nicht, ob ich ihn beim Wort nehmen sollte oder nicht. Aber sein Tun hatte mich erregt. Meine Hand verschwand in meinem Slip. Ich bemerkte erst nicht, daß Ben fertig geworden war und mir zusah. Ich nahm überhaupt nichts mehr wahr, ich stöhnte und keuchte vor Vergnügen und hatte fast den Höhepunkt erreicht, als Ben plötzlich mit eisernem Griff meine Hand packte und mich von jeder weiteren Bewegung abhielt. Ich wollte schreien und kreischen und sterben. Meine Schenkel bebten, mein Kopf tat weh, mein ganzer Körper zuckte. Und Ben umklammerte noch immer meine Hand und hielt mich davon ab, das zu vollenden, was ich begonnen hatte. Schon rollten bei mir die ersten Tränen, und Ben beugte sich leicht über mein Gesicht und leckte einen Tropfen mit seiner Zungenspitze auf. Das nächste, an was ich mich erinnern kann, war, daß er meine Brustwarze in den Mund nahm, er küßte sie durch die Bluse hindurch, biß leicht darauf und saugte sanft daran. Ich weinte wie ein Baby, denn ich spürte das verzweifelte Verlangen, mich Ben ganz hinzugeben. Ohne ein Wort richtete er sich auf, ließ das Auto an, und wir rollten vom Schulgelände.

Seine Wohnung war für ghanaische Verhältnisse schlicht und vornehm – ein Schlafzimmer, in dem sich nichts außer einem Leopardenfell auf dem Boden und ein ordentlich gemachtes Doppelbett aus dunklem Holz befand. Dann gab es noch ein Wohnzimmer mit einem kaffeebraunen Teppichboden und hübschen Vorhängen in Braun, Orange und Weiß gemustert, eine dazu passende beige Ledergarnitur und ein makellos sauberes gefliestes Badezimmer mit einer Dusche und vielen «Made in Britain»-Lotionen, Cremes und Shampoos, und eine beeindruckende Küche voller Knöpfe und Schalter. Das war Klein-London mitten in Accra! Er bat mich, Platz zu nehmen auf seiner Wohnzimmercouch. Er holte mir etwas zu trinken und verschwand wortlos im Schlafzimmer.

Als er ein paar Minuten später wieder auftauchte, war er vollständig nackt und präsentierte stolz etwas betörend Hartes. Er ließ sich vor mir auf dem Boden nieder, nahm meine Hand und führte sie an jene Stelle. Dann half er mir auf und führte mich langsam ins Schlafzimmer. Wie in einem Ritual zog er mich langsam aus, zuerst meinen Rock, dann meine Bluse, dann meinen Büstenhalter, mein Unterkleid und am

Schluß mein Höschen, und legte mich ganz sanft auf das Bett. Dann setzte er sich neben mich und schaute mir ins Gesicht. Er erhob sich schließlich, bestieg mich – langsam, überlegt, köstlich. Als es vorbei war, hatte ich einen wahren Rausch von Orgasmus genossen. Ich fiel in einen tiefen, gesunden Schlaf.

Ein lautes Klopfen erschien mir zunächst noch als Teil meines Traumes, doch noch ein paar Schläge, und ich fand mich brüsk geweckt und zurück in die Wirklichkeit gestoßen. Mein erster Gedanke war: «Bens Frau!»

Ich wurde gleich sehr wütend.

«Du hast mich also angelogen?» schrie ich ihn an. «So dreckig hast du mich belogen, nur, um mich ins Bett zu kriegen?»

Er ignorierte mich, erhob sich, zog seinen Hausmantel an und verließ das Zimmer. Ein paar Minuten später füllte die zornige Stimme einer Frau das Haus.

«Geh», schrie sie, «geh rein! Geh da rein und sag dieser elenden Hure, daß Ben Blay eine Tochter hat. Geh!»

Ich sprang sofort aus dem Bett und wollte in meine Kleider fahren. Ich hielt gerade meinen Slip in der Hand, als ich bemerkte, wie ein Mädchen von etwa vier Jahren ohne anzuklopfen das Schlafzimmer betrat und schüchtern an der Tür stehenblieb. Es stand nur kurz da, schaute mich verwirrt an, drehte sich dann um und verließ den Raum. In der Zwischenzeit waren die Schimpftiraden unablässig weitergegangen, bis mir plötzlich dämmerte, daß sich die Geräusche dem Schlafzimmer näherten.

«Wenn du glaubst, du könntest mich bespringen, schwängern und wie ein Stück Dreck fallenlassen, dann wirst du dein blaues Wunder erleben, Ben!» schrie die Frau. «Laß mich durch. Mach Platz!»

Ben antwortete ihr nicht.

«Ich sagte, laß mich durch», schrie die Frau erneut.

«Oder glaubst du, ich mache Scherze? Ich habe dich gewarnt, oder? Ja, Ben, ich habe überall meine Leute, und jede Bewegung, die du machst, wird mir zugetragen, ganz schnell. Also vergiß nicht, daß, wann immer du eine Hure mit hierherbringst, bin ich in der nächsten Sekunde schon da. Für was hältst du mich eigentlich? Für blöd?»

Ich sprang instinktiv zur Tür und schloß sie ab. Dann legte ich mich aufs Bett zurück und schlief wieder ein, wobei die zornigen Schreie der Frau sich allmählich entfernten. Ich wurde erst wieder von einem Klopfen an der Schlafzimmertür wach. Es war Ben.

«Bist du allein?» fragte ich ihn.

«Ja, du kannst ruhig aufmachen», antwortete er, und ich öffnete die Tür.

«Warum hast du mich hierher mitgenommen, wo du wußtest, daß deine Frau...?» fing ich an.

Aber Ben unterbrach mich: «Sie ist nicht meine Frau. Wenn sie es wäre, dann hätte ich dich weggeschickt und nicht sie.»

«Also wer ist sie dann?» wollte ich wissen.

«Jemand, mit dem ich vor Jahren einmal befreundet war.»

«Mit der du es getrieben hast, die du geschwängert und dann sitzengelassen hast?»

«Hmm, ja, ich habe es mit ihr getrieben, wenn du es so nennen möchtest, einige Male, und eines Tages kam sie mit der Nachricht. Gerade als ich angedeutet hatte, daß ich mit ihr Schluß machen wollte. Ich habe es nicht fertiggebracht, mich aus der Verantwortung zu stehlen, denn ich wußte ja nur zu gut, was zwischen uns gewesen war. Dieses kleine Mädchen könnte meine Tochter sein, aber genausogut auch nicht. Ihre Mutter hat mit allen möglichen Männern geschlafen, das war eigentlich der Grund, warum ich sie verlassen habe. Aber sie schob mir den Schwarzen Peter zu. Und ich beschloß, im Zweifelsfall nachzugeben. Außerdem hatte ich genug Geld, mich um sie zu kümmern. Doch sie deshalb zu heiraten? Wo ich von mindestens zwei guten Kumpeln wußte, daß sie auch etwas mit ihr gehabt hatten? Wenn sie also jedesmal, wenn ich mit einem Mädchen nach Hause komme, hier eine Szene macht, was kann ich tun, außer hoffen, daß sie eines Tages einsieht, wie lächerlich sie sich macht.»

Ben holte mich fortan öfters ab und nahm mich mit nach Hause. Wir liebten uns wild, und dann klopfte es. Ben war immer wieder versucht, die Tür zu öffnen, weil die Frau einfach nicht zu toben aufhörte, bis er aufmachte. Dann schlug sie drinnen Krach und verließ unter Protest wieder die Wohnung. Ben liebte mich danach umso leidenschaftlicher. Jedesmal, wenn er mich zurückbrachte, fragte ich ihn verzweifelt, wann er wiederkommen würde, um mich erneut zu lieben, denn mit Ben war Sex der Himmel auf Erden. Ich wurde süchtig danach und nach Ben selbst. Ben warnte mich ein paarmal.

«Du darfst das Lernen nicht vergessen», sagte er.

Ich antwortete dann: «Nimm mich mit zu dir, verhilf mir zu zwei schönen Orgasmen, und ich bin wieder fit für meine Bücher.»

Ich bestand schließlich die Prüfung, jedoch knapp, zu knapp, um ganz regulär an der Oberschule aufgenommen zu werden. Also mußte ich am Nachmittagsunterricht teilnehmen, der privat von einigen Lehrern organisiert wurde, die sich auf diese Weise noch etwas dazu verdienten. Das bedeutete jedoch, daß ich wieder zu Hause wohnen mußte. Da ich dort immer noch unter strenger Kontrolle zu leiden hatte, verschaffte ich mir meine Stunden mit Ben durch Schwänzen. Bei der Zwischenprüfung schnitt ich so schlecht ab, daß Ben damit drohte, die Beziehung zu beenden, wenn ich mich nicht mehr aufs Lernen konzentrierte.

Diese Drohung wirkte Wunder, denn inzwischen war ich absolut süchtig nach Ben, emotional, sexuell und finanziell. Wenn er nicht da war, fühlte ich mich wie ein halber Mensch. Ich hatte mich auch an die teuren kleinen Importprodukte gewöhnt wie Cadbury-Milchschokolade, Butterkekse und die verschiedenen Fruchtbonbons, die ich mir niemals von meinem Taschengeld hätte leisten können. Das Schlimmste aber war, daß ich mir Sex mit einem anderen Mann überhaupt nicht mehr vorstellen konnte.

Und dann gab mir Ben das Versprechen, das mich zum Krieg des Jahrzehnts mit meinen Büchern antreiben sollte: Ben wollte dafür sorgen, daß ich Europas Boden betreten würde, vorausgesetzt, ich würde die Schule erfolgreich beenden.

Das war das Höchste. Jetzt war ich unweigerlich auf dem Weg zur Universität, vom ersten Papier, das ich beschrieb, bis zum letzten.

Dank meiner guten Aufnahmeprüfung konnte ich schließlich ein Dreijahres-Studium der Sozialwissenschaften an der Universität von Kumasi aufnehmen. Ich war überglücklich und furchtbar traurig zugleich, denn nun mußte ich Ben in Accra zurücklassen.

Politisch hatte es bedeutende Veränderungen in unserem Land gegeben. Busias «Zeit» war mit einer Radiorede eines gewissen Leutnant I.K. Acheampong im Januar 1972 abgelaufen. Dieser erklärte Busias Regierung für korrupt und für durch ihn gestürzt. Ghanamann, der die Nase gestrichen voll hatte von Inflation und «Schnall-den-Gürtel-enger»-Parolen, war höchst erfreut. Staatsstreich Nummer zwei wurde freudig willkommen geheißen. I.K. konnte sich über eine günstige Ausgangsposition freuen.

Er ermunterte die Menschen ausdrücklich, wieder Landwirtschaft zu betreiben, und gab die Parole «Ernähre dich selbst» aus. Der Garten hinter dem Haus stand wieder hoch im Kurs. Damals waren Hot Pants gerade in Mode, die Titelseiten der Zeitschriften zierten Frauen in Hot Pants, die sich bei der Gartenarbeit bückten. Diese «Ernähre dich selbst»-Kampagne war so erfolgreich, daß Ghana einen drastischen Rückgang seiner Nahrungsmittelimporte verzeichnen konnte.

Das stieg I.K. jedoch anscheinend zu Kopf, und er zog etwas voreilig den Schluß, daß, wenn Stadtfrauen in Hot Pants wieder zu den Hacken griffen, Ghana wohl fortan kaum noch Kofi, den weißen Mann, brauchen würde. Konnte man ihn jetzt nicht ein bißchen in seine Schranken verweisen? Und er tat es, mit dem Wagemut der Maus, die mit ihrem Schwanz vor einer scheinbar dösenden Katze wedelt. Zur Hölle mit dir, erklärte I.K. dem weißen Mann. Ghana bezahlte keinen Cent seiner Schulden mehr zurück. Und schon bald war «Yenntua», was auf Akan soviel bedeutet wie «Wir werden nicht bezahlen», in aller Munde.

I.K. setzte eifrig seine «Ernähre dich selbst»-Konzeption fort, bis er sie schließlich in die Operation «Erhalte deine Industrie» umwandelte. Doch für dieses Konzept war ein Bewässerungsprogramm Voraussetzung, und Ghana besaß dafür weder Geld noch Fachwissen. Nun erst merkte er, daß er sein «Yenntua» vielleicht doch ein bißchen früh gerufen hatte. Wie konnte er jetzt wieder zum weißen Mann gehen und um finanzielle Hilfe und Beratung bitten? Als nun keine neuen Kredite mehr ins Land kamen, drohte die Operation «Erhalte Deine Industrie» ebenso wie alle anderen Projekte zu scheitern. Ohne neue Investitionshilfen für Maschinen und Ersatzteile oder für die Konsumgüterindustrie mußten viele Fabriken schließen. Der Handel stagnierte, die Arbeitslosigkeit stieg an, und die Armut hielt Einzug in Ghana.

I.K. sah schlimme Zeiten auf sich zukommen. Er und seine Vasallen klammerten sich verzweifelt an die wenigen Devisen aus den Kakao- und Goldgeschäften und deponierten sie auf schweizer Bankkonten. Kritische Stimmen wurden mit diktatorischen Mitteln unterdrückt. Zu leer war Ghanas Devisenschatztruhe, um weiterhin die beliebten Milch- und Ölsardinendosen einzuführen. I.K. begriff endlich, wie ernst Ghanamann den Mangel an Milch und Ölsardinen nahm, und er rüttelte sein Volk mit der Nachricht auf, daß er eine Lösung für den chronischen Mangel im Land gefunden habe. Das Konzept «Von der Regierung auserwählte Supermärkte» sollte eine gerechte Verteilung der begehrten Waren zu subventionierten Preisen sicherstellen. «Gut», seufzte Ghanamann und war erst einmal erleichtert.

Doch noch bevor er I.K. zujubeln konnte, «hip, hip, hurra», stellte er fest, daß er im Durchschnitt mit nur zwei Dosen Milch einen ganzen Monat lang auszukommen hatte. Dafür mußte er morgens um fünf Uhr auf- und dann auch noch Schlange stehen. Der Besitzer des Supermarkts indessen, in der Regel ein Anhänger der Regierung, öffnete erst gegen neun Uhr. Und selten bekamen alle Wartenden ihren Anteil. Wenn ungefähr die Hälfte der Schlange bedient worden war, waren die Vorräte bereits verbraucht. So daß viele, nachdem sie mehrere Stunden in der Sonne ausgeharrt hatten, mit leeren Händen wieder nach Hause gingen, während die Glücklichen zwei bis vier Dosen Milch und Ölsardinen, eine Dose Milo-Fertiggetränk, ein Päckchen Zucker und ein paar Stücke Seife an ihre Brust drückten. Ghanamanns Welt begann zu zerfallen. «Yenntua» entpuppte sich jetzt als dickes Minus in I.K.s politischer Gleichung.

An der Universität bestand ein krasser Unterschied zwischen Besitzenden und Nichtbesitzenden. Erstere verfügten über gute Verbindungen zur Militärspitze, die letzteren einfach fehlten.

Das galt auch und besonders für die Studentinnen. Die Besitzenden, so stellte sich heraus, hatten eines gemeinsam: üppige Hüften. I. K. war besessen von üppigen Hüften. Bewußt oder unbewußt hatte sich auch der Geschmack seiner Anhänger dementsprechend gewandelt. Das Wenige, was noch nicht auf den schweizer Bankkonten gelandet war, floß in die Hände der Frauen mit den runden Hüften. Die ghanaischen Männer und die Frauen mit schmalen Hüften standen als Verlierer da.

Bildung und Erziehung als Mittel des Fortschritts verloren völlig an Bedeutung. Ghanas Akademiker verließen in Scharen das Land, auf der verzweifelten Suche nach grüneren Weiden woanders.

Fast alle Studenten träumten nur noch davon, sobald wie möglich ebenfalls das Land zu verlassen.

Damals erfreute sich Nigeria eines Ölbooms, und Ghanas Akademiker strömten aufgrund der Misere im eigenen Land dorthin. Aber auch Nichtakademiker und Leute ohne Ausbildung landeten dort, vor allem junge Frauen, die sich der Prostitution ergaben. Ghanaische Prostituierte galten als heißbegehrte Ware. Die nigerianischen Frauen hingegen waren als «Brett im Bett» verschrien.

Als die Nachricht durchsickerte, daß einige renommierte nigerianische Firmen verheirateten Frauen den Vorzug vor alleinlebenden Akademikerinnen gaben, avancierte Ehemännerfang zum Volkssport unter den Studentinnen, denn sie alle wollten nach Nigeria.

Ich machte mir deshalb große Sorgen, denn ich wußte, daß Ben auch wenn er es mir nie direkt gesagt hatte, niemals einen Freund von der Universität toleriert hätte. Er hätte nicht von mir verlangt, das Verhältnis zu beenden, aber er hätte selbst Schluß gemacht.

Ich konnte mir zu diesem Zeitpunkt nicht vorstellen, ohne Ben zu leben. Doch eines Tages besuchte er mich und sprach wieder über meine Zukunft in Europa. Ganz nebenbei fügte er etwas hinzu, das mich aufhorchen ließ: «Wer weiß? Vielleicht lernst du dort sogar einen netten jungen Mann kennen, der dich heiratet.» Er erwähnte es nur einmal und wiederholte es auch nie mehr.

Meine Zimmernachbarin Ivy bemerkte daraufhin trocken: «Wenn ein älterer Liebhaber so etwas zu dir sagt, dann braucht er dir wohl nicht mehr zu sagen, daß du nicht erwarten darfst, daß er dich heiratet?»

Ivy, eine Kunststudentin, war fest mit Pozo befreundet, einem Studenten der Ökonomie. Sie wußte nur von meiner finanziellen Abhängigkeit von Ben, aber nichts von meiner sexuellen Hörigkeit. Deshalb meinte sie, die ganze Affäre sei das alles nicht wert, und ich bräuchte mich nur ein bißchen einzuschränken, was meine Vorlieben und Ansprüche beträfe. Dann könnte ich sehr wohl ohne Ben auskommen. Also versuchte sie, mich mit Freunden von Pozo zusammenzubringen.

«Pozo und ich gehen heute in den Club. Willst du nicht mitkommen?» forderte sie mich beiläufig auf.

«Warum nicht?» antwortete ich meist.

Dort tauchte dann regelmäßig noch jemand auf.

«Ach, Sefa, kennst du Eddie schon?» oder «Oh, Sefa, Pozo hat seinen Freund Joe mitgebracht.»

Aber alle ihre Bemühungen nützten nichts, denn es machte nie «klick» bei mir, und selbst die, die sich als durchaus hartnäckige Verehrer erwiesen, gaben sofort auf, sobald Ben auf dem Campus erschien.

Dann war ich von einem Moment auf den anderen eine ganz andere. Ich strahlte, das Glück stand mir ins Gesicht geschrieben.

Einen Typen, Speedy war sein Spitzname, hatte ich auf einem Basar während irgendwelcher Feierlichkeiten an der Uni kennengelernt. Speedy war Ingenieurstudent im letzten Jahr und, was von größter Bedeutung war, er war noch nicht vergeben. Ivy freute sich aufrichtig über meine neugewonnene Bekanntschaft.

«Mensch, Sefa», rief sie aus, «was für ein seltenes Glück. Ein Student in so hohem Semester, der noch nicht anderweitig liiert ist.

Wenn du mit dem Studium fertig bist, dann hat er sich schon in der rauhen Wirklichkeit ausprobiert. Noch zwei, drei Jahre, und die Hochzeitsglocken können läuten. Den hat dir der liebe Gott geschickt.»

Ben hatte mich schon seit Wochen nicht mehr besucht, und ich war ernsthaft entschlossen, es mit Speedy zu versuchen. Aber als ich mit ihm zum ersten Mal im Bett war, das erste und einzige Mal, da mußte ich ganz fest meine Augen schließen und mir vorstellen, er wäre Ben, bevor ich überhaupt etwas spürte. Als er kurz davor war, in mich einzudringen, war ich schon innerlich gefroren und wurde ganz trokken. Er mühte sich sehr, und ich schrie vor Schmerzen. Es tat mir so weh, und Speedy war so peinlich berührt und verwirrt, daß er sofort und unübersehbar die Lust verlor. Danach machte er Schluß mit mir und erzählte alles seinen Freunden. Das brachte mir den Spitznamen Frigida ein. Darüber mußte ich lachen, besonders weil Ben mir manchmal scherzhaft vorwarf, ich sei so naß, daß er immer wieder herausrutschen würde.

Also hatte ich jetzt meinen Spitznamen weg, während ich dasaß und um einen Ben trauerte, der noch immer nicht auftauchen wollte und auch bis zu den Ferien nicht angerufen hatte.

Wie viele andere Studenten hatte auch ich mir vorgenommen, auf dem Campus zu bleiben. Aber schon am ersten Ferientag packte ich meine Tasche und fuhr nach Accra, zu Ben. Eine unangenehme Überraschung erwartete mich dort. Ein junger Mann, wie sich herausstellte ein Verwandter von Ben, wohnte jetzt in seinem Appartement. Von ihm erfuhr ich, daß Ben gar nicht im Land war. Ben führte zusammen mit einem nigerianischen Partner, das wußte ich, gutgehende afrikanische Läden in England. In der Vergangenheit hatte er schon ein paarmal dort hinreisen müssen, um nach dem Rechten zu sehen. Aber er war nie länger als eine Woche geblieben, und er hatte mich immer informiert, bevor er abreiste. Diesmal verunsicherte mich jedoch seine Abwesenheit total. Ich wollte nicht nach Hause gehen, also verbrachte ich die Nacht in einem Motel und fuhr am nächsten Tag nach Kumasi zurück. Finanziell war ich am Boden, und sexuell war ich ausgehungert.

Nach weiteren zwei Wochen, die ohne ein Wort von ihm vergangen waren, war mein Stolz gebrochen, und ich machte mich erneut auf den Weg nach Accra. Diesmal war sein Auto vor dem Haus geparkt, die beiden vorderen Seitenfenster waren heruntergekurbelt. Doch an der Haustür fing mich wieder jener junge Mann ab, der mir mitteilte, daß Ben noch nicht aus England zurück sei. In meinem Kopf drehte sich alles. Dieses Mal nahm ich mir felsenfest vor, einen neuen Freund zu finden. Doch mein Spitzname Frigida wirkte nicht gerade wie grünes Licht auf mögliche Auserwählte. Aber was viel wichtiger war: Wenn ich mich erfolgreich auf jemand anderen einlassen wollte, mußte er mir gefallen und mich anziehen, nicht umgekehrt, denn sonst würde sich die Speedy-Geschichte nur wiederholen.

Einen gab es, der mir gefiel: Efo.

Efo war Angestellter beim Kulturforschungszentrum der Universität. Er fungierte außerdem als Regisseur unserer Theatergruppe. Er sah auf verwegene Art verdammt gut aus. Es existierte nur ein großes Problem: Er war bereits vergeben. Er gehörte zum Volk der Ewe, und es war kein Geheimnis, daß die Ewe vorzugsweise ihre eigenen Stammesschwestern heirateten. Efos Freundin, die an der Universität von Accra studierte, war angeblich auch Ewe. Also standen meine Chancen gleich Null.

Efo schrieb auch gute Theaterstücke, die meisten Stücke, die von der Gruppe gespielt wurden, stammten aus seiner Feder. Sie handelten meist von sozialen Problemen wie zum Beispiel Witwenrituale oder Kinderheirat. Dort setzte ich an, um an ihn heranzukommen. Mein Schlüsselwort lautete Fula. Ich dachte an die Verachtung, die Fula damals von vielen entgegengebracht worden war, für etwas, das ihr bei ihren eigenen Leuten hohes Prestige eingebracht hatte. Ich wollte Efo animieren, ein Stück zu schreiben, das auf Fulas Geschichte basierte. Ich hoffte dabei natürlich auf Teamarbeit mit Efo, da ich all die erforderlichen Fakten für die Geschichte besaß. Eines Morgens betrat ich kühn und unerwartet sein Büro und zettelte eine Diskussion über dieses Thema an.

«Ich kann auch morgen abend zu dir herüberkommen, wenn es dich näher interessiert», bot ich ihm zum Schluß noch an.

Aber Efo, der sich die ganze Zeit Notizen gemacht hatte, bat mich um etwas Zeit, um die ganze Geschichte zu überdenken.

«Wir können beim nächsten Treffen der Theatergruppe darüber diskutieren», fügte er noch hinzu.

Mein Herz wurde schwer, doch ich ließ mir die Enttäuschung nicht anmerken. Ich bedankte mich und verließ das Büro. Ich schwitzte fürchterlich. Etwas Neues fiel mir gerade auch nicht ein, um Efos Aufmerksamkeit auf mich zu ziehen, ohne meine wahren Absichten zu verraten. Ich freute mich schon auf den Tag, an dem ich Ben ins Gesicht sagen würde, er solle zur Hölle fahren – wegen all der Demütigungen, die er mir bis heute hatte angedeihen lassen. Gleichzeitig machte ich mir natürlich Sorgen darüber, was eigentlich aus seinem Versprechen, mich nach Europa zu schicken, werden würde. War es Efo wert, eine so glänzende Perspektive aufs Spiel zu setzen? Von nun an überließ ich alles dem Schicksal. Und das hielt schon eine Antwort bereit.

Am Ende unseres nächsten Treffens mit der Theatergruppe bat mich Efo, noch einen Moment zu bleiben. Ich spürte Schmetterlinge in meinem Bauch. Brachen jetzt goldene Zeiten an?

«Sefa», begann Efo, sobald wir allein waren, und irgendwie spürte ich die Hoffnung auch schon schwinden.

«Ich habe vielleicht gute Stücke gemacht über Kinderehen und auch über Witwenriten, da diese Bräuche in meinem Volk von großer Bedeutung sind und ich entsprechend vertraut bin mit den Fakten. Aber diese Angelegenheit der weiblichen Beschneidung gehört doch eher in den Norden, zu den Moslems, und darüber weiß ich so gut wie gar nichts. Ich kann kein Stück aus dem Ärmel schütteln, ohne daß ich zu diesem Thema recherchiere. Doch dafür fehlt mir die Zeit und im Moment auch das Interesse.»

Mein Gesicht verfinsterte sich, das blieb Efo nicht verborgen.

«Wenn es dir so wichtig ist», faßte er zusammen, «du scheinst ja auch eine besondere Beziehung zu dieser Fula zu haben, warum recherchierst du nicht selbst? Dann kannst du mir erzählen, was du herausgefunden hast, und ich schreibe ein erstklassiges Stück darüber.»

Meine Hoffnung auf eine fruchtbare Teamarbeit war erst einmal dahin. Aber ich gab Efo nicht auf. Ich platzte weiterhin so oft wie möglich unerwartet in sein Büro.

«Ach, ich habe gerade jemanden nebenan besucht und wollte nur schnell mal Hallo sagen.»

Efo bedankte sich lächelnd. Eines Tages stürmte ich in sein Büro und begegnete dort einer hübschen, sehr würdig wirkenden, jungen Frau.

«Darf ich dir Enyonam vorstellen», sagte Efo, «meine Verlobte.»

Mein Herz wurde so schwer, daß ich befürchten mußte, es würde gleich hinunterfallen.

Genau eineinhalb Wochen später tauchte, unerwartet wie ein Geschöpf vom Mars, Ben Blay auf dem Campus auf. Mein Gott! Ich hätte ihn am liebsten erwürgt. Nicht, weil er mich vernachlässigt und gedemütigt hatte, sondern weil ich ihn trotz allem vom ersten Moment des Wiedersehens an begehrte. Ich begehrte ihn, auf mir, in mir!

Wir fuhren zu dem Hotel, in dem er abgestiegen war. Die nächsten vier Stunden verließen wir das Zimmer nicht, wir genossen, berührten, schmeckten nur unsere Körper. Wir krönten dies mit einem schönen, langen, friedlichen Schlaf, und am Abend gingen wir ins Restaurant zum Essen, wobei wir die ganze Zeit so taten, als hätten wir uns erst gestern das letzte Mal gesehen. «Wir haben viel zu bereden», hatte Ben schon vor unserem Bettmarathon bemerkt.

«Als du das zweite Mal in Accra warst, war ich zu Hause», begann Ben.

Ich sagte nichts.

«Ich konnte dich nicht hereinlassen, es ging nicht. Ich war nicht allein.»

Pause.

«Meine Frau.»

«Ach», sagte ich scheinbar beiläufig, obwohl ich ihn am liebsten tausendmal auf den Kopf geschlagen, ihn dann getötet und auf ihn gespuckt hätte. «Ach, diesmal war sie vor mir da, was?» fügte ich noch hinzu und dachte dabei an die Mutter seines Kindes.

Doch er hob eine Hand und sagte: «Ach was, Sefa. Du weißt doch, daß sie es gar nicht sein kann. Meine Frau ist weiß, sie ist Engländerin und hat die ganze Zeit in England gelebt, die ganze Zeit...»

«Und jetzt ist sie zurückgekommen?» unterbrach ich ihn.

«Nicht ganz, aber so ähnlich», antwortete er.

Ich wußte nicht, ob ich lachen oder weinen sollte.

«Also hast du mich angelogen», stellte ich fest.

«Womit?»

«Du hast gesagt, daß du keine Frau hast.»

«Ich habe dich nicht angelogen.»

«Nicht?» Ich verstand nichts mehr.

«Nein», antwortete er schwach.

«Ich habe dir nie gesagt, daß ich keine Frau habe. Ich habe gesagt, ich habe keine Frau *zu Hause*.»

Jetzt dämmerte mir, wie naiv ich gewesen war. Aha, ich war doch tatsächlich einer Wortklauberei aufgesessen.

«Du kannst mich nicht als Betrüger hinstellen», resümierte Ben. «Ich habe dir nie die Ehe versprochen, oder? Im Gegenteil, das mußt du zugeben, ich habe dich sogar davon abgebracht, als ich...»

«Hör auf! Hör auf damit, Ben!» schrie ich. Mein Gott, mir wurde schlecht.

«Okay, du sagst also, deine weiße Frau war bei dir. Warum jetzt? Warum ist sie nicht vorher mit dir mitgekommen? Warum ist sie in England geblieben?»

«Weil wir uns getrennt hatten. Sie wollte nicht mit mir nach Afrika gehen. Sie bekam Alpträume, wenn sie sich das nur vorstellte. Mir gelang es jedoch, ihr die Scheidung auszureden. Ich brauchte sie noch, sie sollte nach meinen Geschäften sehen, während ich fort war. Außerdem waren da noch die Kinder und verschiedenes anderes.»

Er hielt inne.

«Ich höre, Ben», sagte ich langsam.

«Ich bin nach England gefahren, weil sie darauf bestanden hat. Es gab Ärger wegen finanzieller Transaktionen meines Partners in Nigeria. Aber es stellte sich heraus, daß es noch um etwas anderes ging. Ich habe einen Sohn, von dem ich bislang nichts wußte. Sie hatte ihn mir immer verschwiegen. Sie hatte erst gemerkt, daß sie schwanger war, nachdem ich schon in Ghana war. Der Junge hatte einen Unfall, und sein linker Arm mußte amputiert werden, und plötzlich wurde sie mit alledem nicht mehr allein fertig. Meine Peggy ist eine gute Frau.»

Er fuhr fort mit erhobenem Kopf, aber unstetem Blick.

Das «meine Peggy» war mir nicht entgangen.

«Aber Sex mit ihr war und ist und wird niemals so sein wie mit dir», sagte er endlich.

Ich dachte: Wow! Sefa, hier also liegen deine Vorzüge: Du bist die Sexkönigin.

«Okay, also?» fragte ich schneidend.

«Wir beide haben gemerkt, daß wir wieder zusammenkommen müssen, wenn nicht wegen uns, so doch zumindest wegen der Kinder. In England verdiene ich mein Geld. Also denken wir beide ernsthaft darüber nach», endete er ausweichend.

«Und das heißt?» fragte ich.

«Das heißt, was ich gerade sagte.» Das klang schon wieder so ausweichend.

Mein Herz raste wie ein Rennpferd.

«Das bedeutet also, daß es aus ist mit uns?»

«Nein», rief er aus.

«Nein! Mein Gott, nein! Wie kann ich Schluß machen, wenn es im Bett mit niemanden so ist wie mit dir, Sefa. Ich brauche dich, Sefa. Ich brauche dich genauso sehr, wie ich mein Geschäft brauche und meine Kinder und Peggy. Mein Gott! Wie kann ich es nur erklären?»

«Das brauchst du nicht», sagte ich nüchtern. «Du brauchst mich nur für eine einzige Sache: Sex. Das ist alles.»

«Das ist alles? Ach bitte, Sefa, so darfst du das nicht sehen. Wir brauchen jetzt nur eine Phase der Gewöhnung in unserer Beziehung, wir müssen lernen, mit der neuen Situation umzugehen. Das ist alles, bis vielleicht eines Tages irgend etwas geschieht, das alles verändert.»

«Was zum Beispiel? Daß ich zum Beispiel heirate? Wie kann ich mir einen Mann zum Heiraten suchen, wenn ich weiterhin Sexsklavin für dich spiele. Ach, das habe ich vergessen», fügte ich sarkastisch hinzu, «du wolltest mich ja nach Europa schicken, wo ich mit etwas Glück einen netten jungen Mann kennenlernen könnte.»

«Hör auf!» schrie Ben und schlug mit der Faust auf den Tisch. Die Leute drehten sich zu uns um. «Was willst du von mir?»

«Das wirst du gleich erfahren», sagte ich und schaute ihn durchdringend an.

Ich nahm meine Hände unter den Tisch und riß meinen Slip an den dünnen Nähten auseinander. Ich zog ihn aus, während Ben mich völlig entgeistert anstarrte. Ich schob mein Kleid hoch bis zu den Knien und verlangte von Ben: «Zieh deinen rechten Schuh aus!»

«Meinen rechten Schuh?»

Ich nickte.

«Und deine Strümpfe!»

Ein Kellner, der uns vom Nebentisch aus beobachtet hatte, kam an unseren Tisch und fragte, ob wir noch etwas wünschten.

«Nein», antwortete Ben kurz.

Der Kellner eilte davon.

«Und jetzt», sagte ich zu Ben, «weil du mich so sehr verletzt hast, machst du es mir hier, jetzt und hier, mit deinem Fuß. Ich bin bereit, ganz weit geöffnet für dich.»

Ich spreizte meine Schenkel und brachte meine Hüften in Position. Ich spürte Bens Zeh und zitterte vor Erregung.

«Mein Fuß tut mir schon weh», jammerte Ben nach einer Weile.

«Na und?» zischte ich und umfaßte seine Ferse mit meiner Hand. Ich stöhnte vor Lust und atmete heftig. Bald schon kam ich, und das gewaltig. Ben machte das so verrückt, daß er nicht mehr länger sitzenbleiben konnte.

«Wahnsinn, ooh komm, ja komm», rief er, lachte kurz auf und fügte hinzu: «Mein Gott! Ich zerspringe. Laß uns schnell aufs Zimmer gehen, bevor ich mich nicht mehr beherrschen kann und dich hier mitten im Restaurant flachlege.»

Auf diesen Moment hatte ich gewartet.

«Nein», sagte ich. «Ich gehe nicht mit dir nach oben. Du gehst allein aufs Zimmer, und dann kommst du mit meinen Sachen runter. Und bringst mich zurück zum Campus.»

Ungläubiges Erstaunen zeigte sich in Bens Gesicht, aber er kam schnell wieder zu sich.

«Okay», sagte er.

Und er tat, was ich verlangt hatte.

Ich habe ihm nie wieder erlaubt, mich noch einmal anzufassen, obwohl er mich weiterhin mit Geld und Geschenken überhäufte und mir von seinen Problemen, mit anderen Frauen zu schlafen, vorjammerte.

Ich für meinen Teil war jetzt die vollkommene Frigida. Ich dachte manchmal an Speedy und mußte furchtbar lachen.

## 2

Die Nachricht schlug ein wie ein Blitz und erschütterte uns alle auf dem Unicampus. Sie lautete folgendermaßen: «Wir bedauern zutiefst, den plötzlichen tragischen Tod von Mr. Wisdom Agbebieny Kusorgbor bekanntgeben zu müssen. Efo, als der Mr. Kusorgbor bei den meisten bekannt war, wurde bei einem Unfall gestern auf der Rückfahrt von einem Besuch in seiner Heimatstadt getötet. Der Minibus, mit dem er zwischen Accra und Kumasi unterwegs war, stieß frontal mit einem Holztransporter zusammen. Er war auf der Stelle tot, ebenso weitere sieben Insassen. Mr. Kusorgbor, ein Angestellter des Kulturforschungsinstituts, war den meisten von uns bekannt als Regisseur der Theatergruppe und Autor vieler ausgezeichneter Stücke. Die Theatergruppe hat einen unersetzlichen Verlust erlitten und viele ihrer Mitglieder haben einen wertvollen Freund verloren. Er ruhe in Frieden!»

Unsere Theatergruppe geriet damit in eine tiefe Krise, genau wie das ganze Land, dessen Zustand nur noch als desolat zu bezeichnen war – politisch, sozial und, was am schlimmsten war, wirtschaftlich. I.K.s ohnehin gezählte Tage hatten das Stadium erreicht, in dem er sogar daheim kugelsichere Westen tragen mußte, während Nigeria weiterhin die Besten aus Ghana herauszog, und zwar aus allen möglichen Berufen einschließlich der Prostitution. Der Ruf nach Veränderung war immer deutlicher zu vernehmen, er endete schließlich in einer stillen und heimlichen Palastrevolte, gesteuert von I. K.s stellvertretendem Kommandeur, General Akuffo.

Mein persönliches Problem zu dieser Zeit jedoch bestand darin, daß ich noch in diesem Semester ein Thema für meine Diplomarbeit finden mußte. Ben, der immer noch eine aktive platonische Rolle in meinem Leben spielte, schlug vor, die Auswirkungen von polygamen Ehen auf deren Kinder zu untersuchen, im Vergleich zu Kindern von monogamen Ehen. Ich versprach ihm, mir das zu überlegen, aber im Grunde interessierte es mich nicht.

Bei Efos Beerdigung sah ich Enyonam, seine Verlobte, wieder, und wir kamen diesmal ins Gespräch. Eines Abends kündigte mir der Pförtner Besuch an. Es war Enyonam. Sie besaß immer noch den Schlüssel für Efos Zimmer und hatte einige Sachen bei ihm zurückgelassen. Sie bat mich, die Nacht mit ihr in Efos Zimmer zu verbringen. Sie würde es dort nicht alleine aushalten, und außer mir kannte sie niemanden im Wohnheim. Ohne zu zögern stimmte ich zu, packte ein paar Sachen zusammen und begleitete sie. Wir schliefen zusammen in Efos Bett. Um vier Uhr morgens knipste Enyonam die Nachttischlampe an.

«Wenn er gerade an einem Stück arbeitete, und ich war bei ihm, dann machte er um diese Uhrzeit immer das Licht an, las mir die ganze Arbeit vor und fragte mich nach meiner Meinung», sagte sie.

«Er diskutierte sogar mit mir über dieses Thema, das du ihm vorgeschlagen hast, über das beschnittene Mädchen, das mit dir in der Schule war.»

«Fula», warf ich ein.

«Ja. Und weißt du, obwohl er kein Stück daraus machen wollte, war er doch sehr stark davon berührt. Ich bin sicher, wenn er noch leben würde, wäre er noch einmal darauf zurückgekommen. Gibt es Literatur darüber?»

«Nicht, daß ich wüßte», antwortete ich. «Vielleicht weil es kein landesweites Problem ist, sondern ein eher regionales. Nicht einmal regional. Es betrifft nur einige wenige Stämme.»

«Aber es ist doch ein Thema, das mehr Aufmerksamkeit verdient», betonte Enyonam. «Genau das habe ich auch zu Efo gesagt.»

Sie fing an zu schluchzen. Ich versuchte nicht, sie zu trösten. Sie mußte sich wohl die Seele aus dem Leib weinen. Am Morgen half ich ihr, alles zusammenzupacken und sauberzumachen. Sie übergab mir den Schlüssel und fuhr zurück nach Accra.

Als sie fort war, dachte ich über Efo und Enyonam nach und traf eine Entscheidung. Jetzt war mir klargeworden, was die ganze Zeit über an mir genagt hatte.

«Ich werde das Thema meiner Abschlußarbeit ändern», verkündete ich Ivy.

«Ja, warum? Was ist es denn jetzt?» wollte Ivy wissen.

«Weibliche Beschneidung.»

«Weibliche Beschneidung? Klitorisbeschneidung? Sefa, bitte, einen Moment. Wer interessiert sich denn dafür? Wen interessiert denn das? Wo in Ghana wird das überhaupt praktiziert? Und wer hat etwas davon? Also Sefa, bitte. Das ist ein sehr abwegiges Thema, wenn du mich fragst. Ich bin sicher nicht die einzige, die dieser Meinung ist.»

«Das ist genau der Punkt! Genau damit werde ich begründen, warum ich dieses Thema gewählt habe!» entgegnete ich.

«Weil es nämlich ein sehr spezielles Thema ist und nur von einer Handvoll Stämme praktiziert wird, deshalb wird es weitestgehend ignoriert. Das hat denen, die es anwenden, im Grunde viel zu lange Duldung eingebracht. Es wird höchste Zeit, daß solche und ähnliche Themen, wie zum Beispiel die Witwenrituale, auch von einer akademischen Öffentlichkeit beachtet werden. Ich halte es für ein schlimmes Vergehen. Und du und ich, wir sitzen hier und sagen: Was für ein schlimmes Vergehen an der Menschlichkeit. Die da oben im Norden sitzen da und sagen: Wie schade, daß diese Leute da unten im Süden nicht das Gute an dieser Tradition sehen. So möchte ich das angehen. Und dabei kommt eine prima Abschlußarbeit heraus. Ich widme sie Efo. Ich bin sicher, das wird ihn im Grab zum Lächeln bringen.»

Ich hatte mich entschieden und stellte dem Professor meine Thesen vor. «Interessant», sagte der, ein glatzköpfiger älterer Mann mit Vollbart.

«Es ist interessant und regt zum Nachdenken an. Doch es muß Ihnen klar sein, was es alles beinhaltet. Es verlangt viel Recherche im Norden unseres Landes, und das kann sehr schwierig sein, wenn Sie dort niemanden kennen.»

«Ich kenne dort jemanden», entfuhr es mir, bevor ich überhaupt nachgedacht hatte.

Ich wollte gerade sagen «meine Mutter», doch schnell hatte ich mich wieder unter Kontrolle und sagte: «Eine sehr enge Verwandte, die mir sicher helfen kann.»

Als ich den Professor verließ, merkte ich erst, wie sehr mich das Gespräch aufgeregt hatte. Ich begriff, daß diese Diplomarbeit mir einen absolut legitimen Grund verschaffen sollte, meine Mutter aufzusuchen. Das bestärkte mich in dem Gefühl, das richtige Thema gewählt zu haben.

Um ehrlich zu sein – Tante Mena hatte es uns nie leichtgemacht, unsere Mutter zu sehen. Sie fürchtete wohl, daß wir unserer Mutter näherkommen könnten. Aber jetzt, da ich für meine Diplomarbeit recherchieren mußte – das mußte Tante Mena einfach verstehen. Der Norden war eine verlassene Gegend, da würde ich jemanden an meiner Seite brauchen. Wer käme da eher in Frage als meine Mutter?

Ich mußte mir trotzdem überlegen, wie ich es Tante Mena beibringen sollte. Bestimmte Vorfälle in der Vergangenheit fielen mir wieder ein. Einmal hatte Mutter etwas Geld an mich und Mansa geschickt.

Mutter hatte irgendwie erfahren, daß Mansa und ich den Sprung auf die angesehenen Universitäten in Kumasi und Accra geschafft hatten, und uns aus unerfindlichen Gründen etwas Geld per Postanweisung geschickt. Das hatte sie nie zuvor getan. Das Geld kam ebenso recht wie unverhofft. Ich steckte es ein und dachte mir nichts Böses dabei. Tante Mena und Onkel Quaye verriet ich allerdings nichts davon. Mansa jedoch dachte anders darüber und ging damit pflichtbewußt zu Tante Mena. Die nahm das zum Anlaß, Mutter ein paar sehr unfreundliche Zeilen zukommen zu lassen. Sie sei es schließlich gewesen, die sich abgeplagt habe, und jetzt käme sie, Mutter, daher und mische sich in unser Leben ein, nur um an den zu erwartenden Früchten ihrer Arbeit teilhaben zu können. Und sie fügte hinzu, wenn Mutter wirklich selbstlos gehandelt hätte, hätte sie uns das Geld ja über sie und Onkel Quaye zukommenlassen können. Danach richtete sie ihren Ärger und ihr Mißtrauen gegen mich und beschuldigte mich, undankbar zu sein. Mansa war von da an Tante Menas liebstes Kind, was mit dazu beitrug, daß ich emotional immer abhängiger von Ben wurde.

Und auch jetzt, wo ich einen guten Grund hatte, Mutter zu treffen, blieb die Angst, mich Tante Mena anzuvertrauen. Also nahm ich heimlich Kontakt zu Mutter auf und erklärte ihr mein Vorhaben. Sie antwortete prompt und schlug ein Datum für meinen Besuch vor. Sie begründete nicht näher, warum ich sie ausgerechnet in diesem Zeitraum aufsuchen sollte, aber ich richtete mich darauf ein.

Doch in den folgenden Tagen verließ mich mehr und mehr der Mut. Die verrücktesten Gedanken schossen mir durch den Kopf. Was zum Beispiel wäre, wenn alles schiefginge? Wie stünde ich da, wenn ich nicht ihren Erwartungen entspräche? Und umgekehrt? Ich stellte mir meine Mutter als warmherziges Wesen vor, mit einem Busen, in dem ich meinen gesamten Kummer vergraben könnte. Unwillkürlich würde sie eine Atmosphäre schaffen, in der ich mich öffnen und über Ben sprechen könnte. Ich bildete mir ein, daß auf einmal alle Probleme aus fast zwanzig Jahren wie weggeblasen sein würden. Ich stellte mir vor, daß von ihr nichts als Wärme, Freundlichkeit, Trost, heitere Gelassenheit ausging.

Also machte ich mich auf den Weg und folgte dabei Mutters Wegbeschreibungen. Ich nahm den Bus von Kumasi nach Tamale und setzte die Reise in einem Lastwagen nach Walewale fort. Dort wollte sie auf mich warten. In Walewale hatte sie einige Zeit gelebt, doch inzwischen war sie an einen anderen Ort gezogen, wo sie ein Stück Land für eine kleine Geflügelzucht erworben hatte. Sie wollte mich aber in Walewale treffen, um mich dort ein paar Bekannten vorzustellen. Sie hatte mir beschrieben, welche Kleider sie tragen würde – ein rot-grün-weißes Kleid mit Schildkrötenmuster –, und auch ich hatte sie in meinem Antwortschreiben informiert, daß ich einen roten Faltenrock und eine beige ärmellose Bluse tragen würde.

Ich traf eine gepflegte Frau von kräftiger Statur. Ich hatte sie schon instinktiv identifiziert, noch bevor ich ihre Kleider wahrgenommen hatte. Ich glaube, ihr ging es genauso. Es gab nur einen kurzen Moment der Unsicherheit, bevor sie mich in die Arme schloß und herzlich begrüßte. In diesem Moment spürte ich, daß alles gutgehen würde. Nur irgendwo in meinem Hinterkopf warnte eine Stimme: «Sie gehört wahrscheinlich mehr zu ihnen als zu dir, Sefa. Sie teilt deren Werte und Vorlieben, und das sind nicht notwendigerweise auch deine. Also erwarte nicht zuviel.»

Mutter, so schien es, kannte buchstäblich alle Marktfrauen an der Busstation. Sie schlug vor, meine Tasche bei einer Marktfrau zu lassen, und wir machten uns auf den Weg in die Stadt, wobei wir immerzu Bekannten begegneten. Mutter beherrschte die örtliche Sprache fließend, ich hingegen verstand nicht ein einziges Wort. Also redete sie die meiste Zeit. Offensichtlich beantwortete sie all die neugierigen Fragen, die erst gar nicht an mich direkt gestellt wurden, und nur gelegentlich teilte sie mir in Akan mit: «Sie heißen dich willkommen» oder «Sie wünschen dir einen angenehmen Aufenthalt.»

Wir saßen gerade in der Rundhütte einer Bekannten, als der kleine Sohn einer Straßenhändlerin herbeigerannt kam und verkündete, daß der Lastwagen, der zu Mutters Dorf fuhr, angekommen war.

«Dann laß uns lieber gehen», sagte Mutter, «wenn wir den verpassen, müssen wir vierundzwanzig Stunden warten.»

Wir durften neben dem Beifahrer auf dem privilegierten Vordersitz Platz nehmen, während sich hinten alles allmählich füllte mit Passagieren – Menschen, Ziegen, Geflügel und anderem mehr. Als alles verstaut war, sagte der Beifahrer etwas zum Fahrer. Plötzlich erklang ein lauter und schriller Ton, wie bei einer Vollbremsung. Der Fahrer hatte aber nur das Fahrzeug gestartet. Ich fragte mich, wie lange es dieser Wagen überhaupt noch machen würde. Gemächlich bewegte sich das alte vergammelte Holzgefährt vorwärts, angetrieben von einem ebenso alten Motor, der wie der Innenraum einer Stahlfabrik dröhnte und Rauch ausstieß wie auf einem Schlachtfeld. Aber er schaffte die ganze Strecke bis zu Mutters Dorf und stieß dabei stolz dichten Rauch aus. Sein höllischer Lärm schmerzte in den Ohren, und seine holpernden Bewegungen schüttelten jeden einzelnen Knochen in unseren Körpern durch. Als wir ankamen, wurden wir an der improvisierten Haltestelle schon von vielen Leuten erwartet, die uns willkommen hießen. Immerhin kam es nicht oft vor, daß die Tochter einer Dorfbewohnerin nach beinahe zwanzig Jahren aus der Stadt zu Besuch kam.

Später saßen wir auf Mutters *Compound*, der wie die meisten seiner Art in Walewale von zahlreichen Rundhütten umgeben war. Hierher waren uns viele gefolgt, und sie erklärten mir, daß das ganze Dorf stolz darauf war, daß die Tochter einer der ihrigen es in die große große Schule des weißen Mannes geschafft hatte.

Nur der Dorfälteste, den wir ein wenig später aufsuchten, hielt uns einen Vortrag über die «Gefahren» der höheren Ausbildung.

«Willst du die Götter herausfordern?» ließ er mich über meine Mutter fragen.

Mutter verneinte natürlich in meinem Namen.

«Warum also gibt sie sich nicht damit zufrieden, eine Frau zu sein? Warum versucht sie, wie ein Mann zu sein? Sie wird alt und ist noch nicht verheiratet? Dabei ist sie schon fast doppelt so alt wie manche unserer schwangeren Frauen hier.»

«Deine Mutter hat mir erklärt», fügte er noch hinzu, «daß die Arbeit, die dich in unser Dorf gebracht hat, die letzte Station auf deinem langen Weg des Lernens ist. Immerhin. Sobald du damit fertig bist, laß es mich wissen, dann kann ich dir helfen, einen passenden Ehemann zu finden. Wobei du natürlich wissen mußt, daß du kaum noch Chancen hast,

Erstfrau zu werden. Aber ganz sicher kannst du noch die letzte Frau eines älteren Mannes werden. Ich kann dann mit ihm sprechen und werde ihm raten, schnell eure Kinder zu machen. Siehst du, wie alt ich bin? Ja? Ich habe jedes Kind und jedes Enkelkind eines jeden Dorfbewohners in meinem Arm gehalten. Nur nicht die deiner Mutter. Verstehst du jetzt, wie wichtig mein Rat ist?»

Vom Dorfältesten kehrten wir zurück in Mutters Haus. Dort wuschen wir uns, aßen zu Abend und legten uns hin. Am nächsten Morgen gleich nach dem Aufwachen fingen Mutter und ich an zu reden, zu reden und zu reden. Es schien, als wollten wir nicht mehr aufhören. Natürlich wollte sie wissen, wie es den anderen ging, wie es mir ging, was ich nach meinem Examen vorhatte.

«Mir geht es gut», erklärte ich ihr. «Den anderen auch. Nach meinem Examen finde ich hoffentlich eine gute Arbeit, und dann lasse ich mich nieder.»

Ich führte nicht aus, was genau ich mit «niederlassen» meinte. Sie aber verstand zweifellos darunter, daß ich heiraten und viele Kinder bekommen wollte.

Die ganze Zeit über war Mutters Hausmädchen, von der ich vermutete, daß sie nicht älter als acht oder neun Jahre war, um uns herum und verrichtete ihre Arbeit. Mutter stellte sie mir als Salima vor.

Sie verriet mir auch, daß sie, um die Dorfbewohner zur Mitarbeit und Mithilfe zu bewegen, dem Dorfältesten erklärt habe, in der großen Schule des weißen Mannes, die ihre Tochter besuchte, werde die weibliche Beschneidung als etwas sehr Wichtiges angesehen. Und sie warnte mich: «Verrate bitte nicht, worum es dir wirklich geht. Die Leute dürfen nicht das Gefühl haben, daß du gekommen bist, um ihnen zu erzählen, wie sie zu leben haben.»

Dann ließ sie die Bombe platzen.

«Ich habe sogar schon arrangiert, daß du bei einer Beschneidung dabei sein darfst. Salima wird in zwei Tagen beschnitten. Ich habe dafür gesorgt, daß sie den Termin vorgezogen haben, wegen deiner Arbeit.» «Normalerweise werden die Mädchen nicht einzeln beschnitten», fuhr sie fort, «denn zusammen können sie sich gegenseitig Mut zusprechen, damit sie die Schmerzen in Würde ertragen. Aber die nächste Beschneidungszeremonie findet erst in drei Monaten statt. Ich nahm an, das sei zu spät für dich.»

Nun ja, einerseits war ich sehr angetan von der Vorstellung, dieses Ritual aus erster Hand mitzuerleben, auf der anderen Seite hatte ich ein schlechtes Gewissen bei dem Gedanken, daß Salima jetzt alleine diese Schmerzen ertragen mußte, ohne die Unterstützung ihrer Freundinnen, nur wegen mir. Ich erfuhr außerdem, daß Mutter keine Probleme damit gehabt hatte, durchzusetzen, daß Salima allein beschnitten werden sollte, denn für eine bestimmte Zeit war sie zu ihrem persönlichen Eigentum geworden.

Salimas Mutter schuldete meiner Mutter einen Sack Mehl, den sie ihr wohl auf keinen Fall würde zurückzahlen können. Um diese Schuld zu begleichen, wurde Salima zu Mutter gebracht, um bei ihr für eine vorher vereinbarte Zeit zu arbeiten. In dieser Zeit konnte Mutter mit ihr machen, was sie wollte. Salima war also, um es ohne Umschweife zu sagen, Mutters Sklavin auf Zeit.

«Hast du keine Probleme damit, daß du eine Sklavin hältst?» fragte ich meine Mutter. Ihre prompte Antwort «Nein, warum denn?» irritierte mich.

«Das ist eine alltägliche Angelegenheit hier bei uns», fügte sie noch hinzu. «Wenn ich Salimas Leuten gesagt hätte, ich nehme sie als Hausmädchen, hätte ich dafür zahlen müssen. Dieses Geld wäre ja auch nicht Salima direkt zugute gekommen, sondern ich hätte es ihrer Mutter gegeben. Der gleichen Person, die sowieso Schulden bei mir hat. Also haben wir es nur verrechnet. Verstehst du es jetzt?»

«Ja», antwortete ich zögerlich. «Ich habe Sklavenhandel immer gleichgesetzt mit bösen Weißen in Europa und Amerika» gestand ich unvermittelt.

Mutter lachte.

«Nimmst du dir das nicht zu sehr zu Herzen?» sagte sie beschwichtigend. «Du siehst alles von der akademischen Seite. So wirst du ständig unser Handeln und unsere Entscheidungen falsch beurteilen, besonders bei uns hier oben im Norden. Ich habe Salimas Eltern einen großen Gefallen getan, indem ich ihre Hilfe akzeptiert habe, anstatt das Geld für das Mehl einzufordern. Ich habe immer Hausmädchen, die kommen und gehen. Ich hätte ein anderes Mädchen anstellen müssen, der ich Essen und Kleider hätte bezahlen müssen, so wie ich es für Salima jetzt auch tue. Was Salima hier bei mir macht, würde sie ganz bestimmt zu Hause bei ihrer Mutter auch machen müssen und bestimmt noch sehr viel mehr. Was aber noch viel wichtiger ist, ich habe Salimas Mutter nicht nur die Schulden für einen Sack Mehl abgenommen, sondern sie hat auch noch ein hungriges Maul weniger zu stopfen. Und genauso, wie ich sie dazu gekriegt habe, einzeln beschnitten zu werden, hätte ich beschließen können, daß sie, solange sie für mich arbeitet, nicht beschnitten wird. Aber damit hätte ich Salima überhaupt keinen Gefallen getan. Denn später wäre es sowieso passiert. Jede Frau, alt oder jung, und jedes Mädchen in diesem Dorf hat das durchgemacht. Und ich kann dir mit Bestimmtheit sagen, daß ich die einzige Frau bin, bei der es nicht gemacht wurde. Ich bin jetzt zu alt dafür. Doch sie akzeptieren mich hier, weil ich nach ihren Maßstäben rein wirtschaftlich gesehen ein Faktor bin, mit dem man rechnen kann. Das ist nicht immer der Fall, wenn jemand aus einem größeren Ort in ein Dorf zieht. Doch ich bin hierher gekommen, um auszuruhen, bevor ich in den Süden ziehe, wenn meine Zeit gekommen ist, und ich werde wissen, wann meine Zeit kommt, um bei meinen Leuten zu sterben.» Sie hielt kurz inne.

«Du glaubst doch nicht, daß ich jemals daran gedacht habe, hier begraben zu werden?»

«Daran habe ich wirklich nicht gedacht», antwortete ich, irgendwie verunsichert durch die Wendung, die das Gespräch genommen hatte.

«Bald werde ich nach Kumasi ziehen», sagte sie abschließend. «Dort sind alle begraben – deine Urgroßmutter, deine Großmutter, deine Großtante und dein Großonkel. Gott, niemals könnte ich mir erlauben, hier zu sterben und begraben zu werden. Ich würde mich einsam und verlassen fühlen.»

Merkwürdigerweise hatte diese Frau mehr Angst, im Tod von ihrer Familie getrennt zu sein als im Leben.

Die zwei Tage des Wartens auf Salimas Martyrium erschienen mir plötzlich wie Jahre. Es klingt traurig, aber ich freute mich darauf, wieder von Mutter wegzukommen.

Wir sprachen gerade über *Sheabutter,* ein typisches Produkt des Nordens. Sie wollte mich davon überzeugen, daß dieses Fett mir zu einer glatten und glänzenden Haut verhelfen würde. Gerade wollte ich den starken, unangenehmen Geruch der Sheabutter beanstanden, als mich völlig unvermittelt ihre Frage traf: «Hat noch jemand Kontakt zu eurem Vater?» Ich antwortete: «Ich bin nicht einmal sicher, ob ich ihn überhaupt erkennen würde.» Und Mutter wechselte gleich wieder zur Sheabutter über. Sie empfahl mir, ein paar Samenkörner mit der geschmolzenen Butter anzubraten, das würde den Gestank mildern.

Merkwürdig, an Vater hatte ich zuallerletzt gedacht. Von Geisterhand schien sie zu ihrer Frage getrieben worden zu sein, um sie gleich wieder zu bereuen.

Alles weitere verlief nach Plan. Zwei Tage später brach ich im Morgengrauen mit Mutter, Salimas Großtante und Salimas Großmutter zur Beschneidungshütte auf. Dort wurde ich Zeugin von etwas, das ich nur als grausame Verstümmelung von Salimas Genitalien bezeichnen kann. Schon am darauffolgenden Tag fuhr ich zurück nach Kumasi und dankte, ich weiß nicht einmal wem, dafür, daß ich eine unbeschädigte Klitoris an der richtigen Stelle hatte.

Meine Diplomarbeit «Klitorisbeschneidung – Folter unter dem Deckmantel der Tradition» wurde als beste Arbeit des Jahres an meiner Fakultät ausgezeichnet. Außerdem erwarb ich einen weiteren akademischen Grad, was jedoch noch lange nicht garantierte, daß ich auch eine Arbeit finden sollte.

Eine Arbeit zu finden, hing nicht von einem guten Diplom ab, sondern nur von den Beziehungen nach ganz oben. Also beschloß ich, meinen National Service lieber gleich abzuleisten, anstatt mich zurückstellen zu lassen, so wie es viele taten, die unbedingt nach Nigeria auswandern wollten. Es war viel einfacher, eine Stelle beim öffentlichen Dienst zu bekommen als bei einem privaten Arbeitgeber. Ich fand Anstellung bei der Sozialfürsorge in Kumasi.

Ich war täglich anwesend und tat buchstäblich nichts. Ich kam und ging, wie es mir gefiel, was genau dem miserablen monatlichen Entgelt entsprach. So blieb ich weiterhin abhängig von Ben, der sich trotz unserer nur noch platonischen Beziehung rührend um mich kümmerte. Natürlich besuchte er mich nicht mehr so oft. Er selbst hatte es einmal so auf den Punkt gebracht: «Warum soll ich den ganzen Weg von Accra hierher kommen, nur um dein Gesicht zu sehen und deine Stimme zu hören?»

Gemeinsam mit meiner Kollegin Rasia versuchte ich, meine Stelle auch nach Ablauf des Dienstjahres zu behalten. Aber kaum war das Jahr vorüber, erfuhren wir, daß unsere Dienste nicht länger benötigt wurden.

Rasia verlor keine Zeit, besorgte sich einen Paß und machte sich auf nach Nigeria. Ich hingegen wandte mich verzweifelt an Ben. Er versprach mir, sich nach einer Arbeit für mich umzusehen, und unterstützte mich weiterhin großzügig. Aber Bens Bemühungen waren nicht von Erfolg gekrönt, und nun begann ich ernsthaft, über meine totale Abhängigkeit von Ben nachzudenken. Was wäre, wenn ihm irgend etwas zustoßen würde. Oder wenn er mich einfach fallenließe? Ich beschloß, es sei allerhöchste Zeit, mein Schicksal selbst in die Hand zu nehmen. Ich freundete mich mit dem Gedanken an, in Rasias Fußstapfen zu treten und ihr nach Nigeria zu folgen. Ich bat sie, sich dort nach einem Lehrerjob für mich umzusehen. Dann setzte ich Ben von meiner Entscheidung in Kenntnis und fragte ihn, ob er mir zu einem Paß verhelfen könne.

«Nur über meine Leiche!» schrie er mich wutentbrannt an.

Hatte er jetzt endgültig genug von mir und meinen Sonderwünschen?

«Was ist in dich gefahren, daß du dein Hirn und deine Brüste, deine Zunge und deine Fotze irgendeinem verrückten Juju-Lagosmann vor die Füße werfen willst?»

In jenen Tagen waren auf den Straßen von Lagos immer wieder Leichen gefunden worden, mit herausgerissenen Augen, auslaufendem Hirn und abgeschnittenen Zungen, Brüsten, Penissen, Hoden oder Vaginas; Tote, die irgendwelchen schwarzen magischen Ritualen, die zum Reichtum führen sollten, zugeschrieben wurden. Besonders traf es Ghanaer, bei denen es unwahrscheinlich war, daß die Angehörigen ihre Spur verfolgen würden; sie eignet sich deshalb als Lieferanten von menschlichen Körperteilen.

Ob ausgebildet oder nicht, männlich oder weiblich, Nigeria bot ebensoviel Hoffnung wie Europa oder Amerika, nur das Ticket kostete weniger, und Nigeria war deshalb erste Wahl.

Bens vehemente Ablehnung fand ich ärgerlich. Zum einen hatte ich von ihm Verständnis für meine Sorgen erwartet, und zum anderen gingen trotz des ganzen Geredes über die ermordeten Ghanaer weiterhin viele Leute dorthin und kehrten unversehrt und vollständig zurück. Schließlich war sein Geschäftspartner selbst ein Nigerianer, warum dann dieses Theater?

Also gab ich zornig zurück: «Du verwechselst mich wohl mit deiner Frau, Ben Blay! Wie kommst du dazu, mir vorzuschreiben, wo ich hinzugehen oder nicht hinzugehen habe!»

Wenn man bedenkt, wie sehr ich gewissermaßen an Bens Schürzenzipfel hing, war er natürlich im Recht. Daß ich aus dem Staatsdienst entlassen worden war, hatte noch keiner erfahren, auch Tante Mena und Onkel Quaye nicht. Außer Rasia wußte nur Ben darüber Bescheid. Ja, mehr noch, alles, was ich aß, trank, am Leib trug und worauf ich meinen Kopf bettete, hatte ich von ihm bekommen. Warum sollte er dann nicht das Recht haben, mir vorzuschreiben, wo ich hinging oder nicht hinging? Und außerdem, wo sollte ich denn das Geld herbekommen für meinen Paß und ein Ticket, wenn nicht von ihm? Als er sich beruhigt hatte, bat er mich, ihm etwas Zeit zu lassen.

Irgendwann rief Ben endlich an. Und was da kam, haute mich förmlich vom Hocker.

«Erinnerst du dich daran, was ich dir vor einiger Zeit versprochen habe? Daß du eines Tages deinen Fuß auf Europas Boden setzen würdest? Damals dachte ich daran, dich dorthin in die Ferien zu schicken, nach London vielleicht...»

«Wo ich hoffentlich einen netten jungen Mann kennenlernen würde und du mich endlich loswerden könntest», unterbrach ich ihn.

Er seufzte leicht genervt. «Was ich vor einiger Zeit gesagt habe oder auch nicht, spielt keine Rolle. Was zählt, ist, wie wir jetzt damit umgehen.»

Dann wollte er wissen: «Warst du mit jemandem zusammen, seitdem du nicht mehr mit mir schläfst?»

«Warum?» fragte ich.

«Weil ich es wissen möchte. Ich bin neugierig», sagte er.

Also antwortete ich wahrheitsgetreu: «Nein.»

«Nein?» Es klang sehr verwundert.

«Warum nicht?» Seine Stimme überschlug sich.

«Weil ich frigide geworden bin», antwortete ich.

«Du? Frigide?» rief er und brach in lautes Gelächter aus.

Ich wartete, bis er sich wieder beruhigt hatte, und bekräftigte: «Es ist wahr, Ben.»

Einen kurzen Moment lang sagte er gar nichts, dann fragte er mich: «Du meinst, du machst es nicht einmal dir selbst?»

«Manchmal schon», antwortete ich.

«Aber, wie kommst du darauf, daß du frigide bist?»

Ich antwortete nicht.

«Sefa.»

«Ja.»

Schweigen.

«Ich möchte wieder mit dir ins Bett gehen.»

Irgend etwas tat sich zwischen meinen Schenkeln.

«Ja?»

«Unbedingt», sagte er.

«Als Vorauszahlung für alles Geld, was du für mich ausgeben wirst?»

«Nein», antwortete er.

Ich wußte, er meinte es ehrlich. Aber ich schwieg.

Dann fragte er mich plötzlich, wie jemand, der sich wieder von einem Rückfall erholt hat: «Hey, wo waren wir stehengeblieben?» Er lachte.

«Ach ja», fuhr er fort, «vergiß Lagos. Laß mir etwas Zeit.»

«Wo willst du mich denn hinschicken? Nach London?»

«Irgendwo nach Europa. Ich bin noch nicht ganz sicher, aber ich habe gehört, daß die Schweizer ganz anständig mit schwarzen Frauen umgehen. Wie würde dir die Schweiz gefallen?»

«Ach, Ben», seufzte ich ebenso aufgeregt wie ungläubig. «Du liebst mich noch immer, nicht wahr?»

Und er antwortete: «Ich werde dich immer lieben. Und du? Liebst du mich denn auch noch ein bißchen, auch wenn ich so gemein zu dir war?»

«Ja», antwortete ich, «sehr, immer noch.»

Es war mir ernst damit.

Als ich den Hörer aufgelegt hatte, begann ich zu tanzen. Ich in die Schweiz? Am liebsten hätte ich es gleich allen erzählt. Aber dann wurde ich unsicher: Was wäre, wenn etwas dazwischenkäme und Ben könnte mich gar nicht in die Schweiz schicken wie geplant?

Schon eine Woche später rief Ben an und bestätigte meine Befürchtungen. Er war von falschen Voraussetzungen ausgegangen.

«Deine Schweizer Brieffreundin, schreibst du ihr noch?» fragte er mich.

«Welche Schweizer Brieffreundin?» fragte ich zurück.

«Na», sagte Ben, «dieses Mädchen, dem du immer geschrieben hast, ist sie keine Schweizerin?»

«Wer, Nadia?»

«Was weiß ich, wie sie heißt?»

«Das ist eine Deutsche.»

«Ach, sie ist Deutsche, ja, ich verstehe. Nun», meinte Ben, und es klang nicht sehr begeistert, «dann habe ich alles falsch verstanden. Wie bin ich bloß darauf gekommen, daß sie aus der Schweiz ist?»

«Hattest du deshalb vor, mich in die Schweiz zu schicken?»

«Ja.»

«Und jetzt?»

«Jetzt sieht es so aus, als müßten wir in Richtung Deutschland umdenken. Die sind nicht so tolerant. Aber so wie du aussiehst und mit deiner Ausbildung dürfte es dir trotzdem gelingen, einen netten jungen

Mann zu angeln. Damit solltest du anfangen, und danach solltest du dir einen guten Job besorgen, dann Kinder bekommen. Bleibt nur noch, dich auf eine strahlende, glückliche, sichere Zukunft zu freuen. Erst einmal aber mußt du dort hinkommen.»

So begannen die Vorbereitungen für meine Reise nach Deutschland. Ben rief jetzt regelmäßig und öfter an und informierte mich über den Stand der Dinge. Ich war erfaßt vom Deutschlandfieber. Es war alles noch viel besser gekommen, als ich jemals gedacht hatte. Ich ertappte mich dabei, wie ich ständig «Deutschland» vor mich hin flüsterte. Bei allem, was ich tat – essen, trinken, reden, schlafen – dachte ich an Deutschland.

Bald schon hatte ich einen immergleichen Tagtraum: Ich war in Deutschland, ich arbeitete in einem großen und schicken Büro voller Computer und Glaswände, wo ich viel Geld verdiente. Einiges davon verwendete ich für meine kleine Fabrik in Ghana. Auch mein Liebesleben lief einfach – bingo! Ich hatte den netten jungen gutverdienenden Deutschen kennengelernt, der sich Hals über Kopf in mich verliebt hatte und mit mir nach Ghana flog, um die traditionellen Hochzeitsrituale zu vollziehen. Anschließend heirateten wir mit Glanz und Gloria in einer deutschen Kirche. Wir kauften uns ein schickes Haus in jenem Viertel Accras, wo nur ausländische Diplomaten und Ghanas Elite wohnen, wir bekamen zwei süße Mulattenkinder und pendelten zwischen Deutschland und Ghana. Denn hier stand die Fabrik, die natürlich beaufsichtigt werden mußte, und hier brannte Ghanas Sonne, die wir genossen. Und in Deutschland wartete die Arbeit und die harte Mark, die es dabei zu verdienen gab. Also, mein Leben war einfach beneidenswert. Ich und mein deutscher Ehemann, unser Haus im Villenviertel, ich mit meinen beiden Mulattenkindern. Was wollte ich mehr?

So saß ich in Kumasi und träumte, ließ die Bilder vor meinem inneren Auge ablaufen, wo die einzelnen Sequenzen in diesem gloriosen Finale ihren Höhepunkt fanden. Ich stellte mir vor, wie eines schönen Morgens Ben anrief, um mir zu sagen, daß alles bereit läge – Paß, Geld, Ticket, Visum, alles –, mir das Datum meiner Abreise mitteilte, mir einen neuen Koffer kaufen, mir meine Dokumente übergeben und mir alles Gute wünschen würde. Statt dessen rief er an und wollte lediglich wissen, wie wir Nadia dazu bringen könnten, sich für mein Visum für Deutschland einzusetzen. Ich begriff allmählich, daß doch nicht alles so glatt ging, denn, ehrlich gesagt, ganz heimlich hatte ich mir gewünscht, daß wir es auch ohne Nadia schaffen würden.

Ich wußte nämlich von ihr, daß sie alles ablehnte, was ihr irgendwie bourgeois erschien. Wie sollte ich gerade ihr meine Vorstellungen vom Leben in Deutschland nahebringen und sie um Hilfe bitten, diese Vorstellungen Wirklichkeit werden zu lassen? Nadia machte sich zum Beispiel nichts aus Make-up und betrachtete hochhackige Schuhe als überflüssigen Quatsch. Und ich besaß vier Paar hochhackiger Schuhe und Lippenstifte in allen Schattierungen und Farben.

Ich erinnerte mich an jenen Abend, als ich vor vielen Jahren zum ersten Mal von einem Mädchen namens Nadia im fernen Deutschland gehört hatte. Onkel Quaye kam von der Arbeit zurück und hielt einen Brief in der Hand, der an mich adressiert war. Er übergab mir den sehr leichten Umschlag mit fremden Briefmarken und mit einer noch fremderen Handschrift. Er beobachtete mich aufmerksam.

«Was ist? Weißt du nicht, wer geschrieben hat?»

«Nein», antwortete ich und ging mit dem fremdartigen Brief in mein Zimmer. Ich öffnete den Umschlag, und heraus fiel ein Paßfoto von einem jungen weißen Mädchen mit langen blonden Haaren, die an beiden Seiten vom Mittelscheitel aus glatt herabfielen. Ich hob das Bild auf und legte es zur Seite, dann faltete ich den Brief auseinander. Der Absender in der rechten oberen Ecke verwies auf Westdeutschland, und die Schreiberin nannte mich einfach: «Liebe Sefa!» Dann stellte sie sich vor als Nadia Schwär, die über eine Studentenorganisation eine afrikanische Brieffreundin suchte. Sie interessiere sich sehr für Afrika und empfinde sehr viel Mitgefühl mit den Leiden des Kontinents. Sie möge Tiere sehr gerne und besuche regelmäßig den Zoo. Wenn ich ihre Brieffreundin werden wolle, solle ich so schnell wie möglich antworten.

Das tat ich auch, denn an Capital Girls war es damals absolut «in», Briefe aus dem Ausland zu bekommen. Außerdem kursierten Geschichten über europäische und nordamerikanische Mädchen, die manchmal sogar ihre afrikanischen Brieffreundinnen in den Ferien einluden und dabei alle Kosten trugen. Man konnte nie wissen, ob mir nicht auch dieses Glück beschieden sein sollte. Unser Kontakt hielt etliche Jahre an, in denen wir Fotos austauschten, Postkarten und kleine Geschenke wie Perlen, Armreifen, Spangen und Schnitzereien von mir und Schallplatten, Kassetten und Süßigkeiten von ihr. Wir fragten uns nie im Detail aus. Wir akzeptierten, was immer die andere jeweils von sich preisgeben mochte. Wir tauschten uns auch regelmäßig über die aktuelle Situation in unseren Ländern aus. So bekam Nadia eine ungefähre Vorstellung von der politischen und wirtschaftlichen Lage Ghanas, während ich etwas erfuhr über einen gewissen Willy Brandt, über die Existenz von amerikanischen und englischen Militärstützpunkten in Deutschland und über eine Betonmauer, die Deutschland teilte. All das erstaunte mich, aber was mich am meisten wunderte, war Nadias Geständnis, mit einem Schwarzen, einem amerikanischen Soldaten befreundet zu sein. Nadia war aus dem Haus ihrer Eltern ausgezogen, sobald sie achtzehn war, denn das fade und eintönige, das genau waren ihre Worte, Leben ihrer Eltern machte sie fertig. Sie wollte gern Fremdsprachensekretärin werden. Ehe und Familie interessierte sie nicht. Diese kleinen Geschichten und die kleinen Geschenke, die wir austauschten, machten unsere Freundschaft aus.

Deshalb war mir nicht ganz wohl dabei, als Ben mir bei seinem nächsten Anruf auftrug: «Wir brauchen Nadias Unterstützung. De facto ist sie diejenige, die dein Visum absichert. Bitte schreibe ihr, erkläre ihr alles, und bitte sie direkt um Hilfe.»

Das zu fordern, war eine Sache, es auch zu befolgen, eine andere. Wie sollte ich die Hoffnungslosigkeit der Situation, in der ich mich befand, überzeugend darstellen? Außerdem – auch wenn ich ganz ehrlich mir selbst gegenüber war, mußte ich es dann auch Nadia gegenüber sein?

«Liebe Nadia! Bitte hilf mir bei der Beschaffung eines Visums, weil ich in dein Land kommen möchte und zwar aus folgenden Gründen: Erstens möchte ich dort arbeiten und schnelles Geld machen, damit will ich ein paar Maschinen kaufen und eine Fabrik hier in Ghana aufbauen. Und zweitens muß ich auch in dein Land kommen, weil ich in der Zeit, in der ich mir eigentlich meinen zukünftigen Ehemann hätte suchen müssen, mit einem verheirateten Mann herumgezogen bin, der mir jetzt geraten hat, einen weißen Mann zu suchen. Und nachdem ich hin und her überlegt habe, bin ich zu dem Schluß gekommen, daß ich den Mister Richtig in Deutschland finden werde. Wo sonst? Ja, ich weiß, daß es ein Problem ist, daß ich schwarz bin und eine Afrikanerin. Aber vergiß nicht, ich bin auch eine Akademikerin, hochgebildet, das sollte meinen Marktwert doch steigern, oder? Also, in diesem Sinne, ich wäre dir für deine Hilfe sehr dankbar. Deine Brieffreundin Sefa.»

Aber ich war nicht ehrlich, nicht einmal mir selbst gegenüber, und als ich Nadia schrieb, da gab ich als Grund die politische und wirtschaftliche Situation an, und es brachte mir den gewünschten Erfolg.

Nadia antwortete prompt und versprach mir jede Hilfe, die ihr möglich sei. Ben war hocherfreut.

«Das ist ja wunderbar!» rief er aus. «Dein Paß ist auch fertig. Dieses deutsche Mädchen ist wirklich ein Segen für dich.»

Vom Flugticket sagte er nichts.

Nadia ihrerseits verlor keine Zeit. Sie leitete alle erforderlichen Maßnahmen ein. Ich sprach indessen bei der deutschen Botschaft in Accra vor, um die nötigen Formulare zu beantragen und zu vervollständigen.

Doch kaum eine Woche später riß ein von Menschen verursachtes Beben Ghana gewaltsam aus seinem Schlummer und warf meine Reisepläne komplett über den Haufen. Das war genau am 4. Juni 1979.

Ein kaum bekannter Luftwaffenoffizier, Sohn eines Schotten und einer Ghanaerin, der hinter Gittern auf seine Hinrichtung wartete, da er versucht hatte, I.K. und Konsorten zu stürzen, wurde in Guerillamanier von einigen seiner Anhänger befreit, um Ghanas dritten Coup d'etat anzuführen.

Seine Eltern hatten ihm den Namen Jerry John Rawlings gegeben. Die Ghanaer kürzten es ab zu J.J. Das stand nicht etwa für Jerry John, sondern für Junior Jesus. Und JJ. versprach den erfreuten Ghanaern, daß er jene bestrafen werde, die ihr Land so heruntergewirtschaftet hatten. Es dauerte nicht lange, bis die ersten Köpfe rollten, einer der ersten war der von I.K.

«Laß das Blut fließen», riefen die Ghanaer J.J. zu. Wie Vampire auf einem Rachefeldzug entwickelten sie einen fanatischen Appetit auf das Blut derjenigen, die für schuldig erklärt wurden. Sie wollten ihre geschundenen und gedemütigten Seelen besänftigen und ihre Würde vom Schmutz befreien. Und J.J. hielt sein Versprechen und ließ noch mehr Köpfe rollen. *Kalabule* durfte es nicht mehr geben, J.J. machte deutlich, daß jeder, der bei einer Kalabule-Handlung erwischt würde, sofort seinen Kopf riskierte. Alles ausländische Geld, das nach Ghana kam, mußte zuerst in der Bank von Ghana zum offiziellen Kurs – der etwa ein Fünftel des Schwarzmarktkurses betrug – gewechselt und dem Empfänger in Cedis ausgezahlt werden. Bis J.J. das Ruder übernommen hatte, war das Schmuggeln von ausländischer Währung für einige Leute ein Vollzeitjob geworden.

Einer dieser Devisenschmuggler hatte einst Bens Pfund Sterling und Nairas aus London und Nigeria geliefert. Doch seit J.J.s Erscheinen hatten diese dubiosen Geldboten Angst, ihren Kopf zu riskieren.

Sie gaben schnell ihren «Beruf» auf und machten sich aus dem Staub. Bens Geld, von dem mein Ticket nach Deutschland bezahlt werden sollte, hing jetzt demzufolge in Nigeria fest.

«Wir müssen deine Reisepläne erst einmalaufgeben», bedauerte Ben, «die Lage muß sich erst wieder beruhigen.»

Im Juni hatte J.J. das Verbot der Parteipolitik aufgehoben, und Ghana wurde vom Wahlfieber erfaßt. Im September fanden Wahlen statt, aus denen ein Dr. Hilla Liman als Ghanas neugewählter Präsident hervorging. In einer großen Zeremonie, wie es sich für eine solche Gelegenheit gehört, übergab J.J., der Liebling des Volkes, die Macht an Liman.

«Lassen Sie allen Menschen in unserem Land Gerechtigkeit angedeihen», riet er Liman. «Die ganze Nation schaut auf Sie.»

Liman erwiderte: «Die ganze Nation bedankt sich auf das Herzlichste für Ihre Bemühungen, für Ihre selbstlose Aufopferung und für die Glaubwürdigkeit bei der Verfolgung Ihrer Ziele!»

Und Ghanamann – klatsch, klatsch – applaudierte.

«Gott sei dank hat der Alptraum ein Ende», seufzten die Kalabule-Mammis mit ihren Hinterteilen mit einem Umfang von fast einem Meter. Viele von ihnen waren in aller Öffentlichkeit nackt ausgepeitscht worden, weil sie das hohe Einkommen, das sie mit ihren Kalabule-Geschäften erzielt hatten, nicht ordnungsgemäß versteuert hatten.

«Ist J.J. wirklich nicht mehr da?» fragten jene, die bei dem Kreuzzug der rollenden Köpfe Verwandte verloren hatten.

Eines Tages rief mich Ben an und verkündete mir, daß ich mein Ticket abholen könne. Ich jauchzte vor Begeisterung, denn in der Zwischenzeit hatte auch Nadia geschrieben, daß ich mich wegen meines Visums in der deutschen Botschaft melden könne. Ben riet mir, es sofort abzuholen, denn man könne ja nie wissen, was alles noch dazwischenkommen könnte. Ich erinnerte ihn daran, daß ich für die Botschaft ein Rückflugticket brauchte, worauf er entgegnete: «Das werde ich schon arrangieren.»

«Arrangieren? Willst du keines kaufen?» fragte ich.

«Doch, doch», sagte Ben. Nach einer kurzen Pause fügte er hinzu: «Aber du mußt zuerst nach Lagos fahren.»

Von meiner anfänglichen Begeisterung war nicht mehr viel übriggeblieben. Ich war wie vor den Kopf geschlagen.

«Lagos? Wie, was, Lagos?» fragte ich.

«Lagos», wiederholte er ruhig.

«Genau das Lagos, wo du mich nicht hingehen lassen wolltest?»

«Genau das», antwortete er, immer noch ruhig. «Doch besorge dir trotzdem zuerst dein deutsches Visum, denn wie ich schon sagte, man kann nie wissen. Ich besorge dir dein Rückflugticket von einem Freund im Reisebüro. Er möchte es wiederhaben, nachdem du es vorgelegt und dein Visum in der Tasche hast. Er händigt es mir endgültig aus, wenn ich nach deiner Rückkehr aus Lagos bezahle. Also mach dich auf den Weg.»

Schon am übernächsten Tag hatte ich mein Visum ergattert. Ein offenes Visum, gültig für sechs Wochen und für eine Aufenthaltsdauer von drei Monaten. Das bedeutete, daß ich die Reise nach Lagos hin und zurück und die Abreise nach Deutschland innerhalb von sechs Wochen nach dem Ausstellungsdatum antreten mußte.

«Warum soll ich für dich schmuggeln?» wollte ich wissen.

«Weil man für Geldangelegenheiten jemanden braucht, dem man vertrauen kann», antwortete er. Außerdem hielt er es für das Sicherste, wenn eine Frau das Geld schmuggelte. Und ich erfüllte beide Voraussetzungen. Spätestens, als er mir erklärte, auf welche Weise das Geld geschmuggelt werden sollte, leuchtete mir ein, daß er es nicht selbst übernehmen konnte, denn ich sollte diese Reise als Schwangere antreten.

Wir fanden eine Schneiderin, die mir innerhalb von zwei Tagen drei Umstandskleider nähte. Dank der Economic Community of West African States, kurz ECOWAS, brauchte ich kein Visum für Lagos zu beantragen. Ben wollte, daß ich mit Nigerian Airways flog, weil sich die Behörden am Flughafen in Lagos freundlicher gegenüber den Passagieren verhielten, die mit der Fluggesellschaft ihres Landes reisten. Er trug mir auf, nicht länger als zwei Tage in Lagos zu bleiben und diese unter der Obhut des Bruders von Bens Geschäftspartner zu verbringen.

«Und du bleibst die ganze Zeit über schwanger», warnte Ben, «denn man weiß nie, von wem du beobachtet wirst.»

Am Tage X zog ich mir eines der Umstandskleider an, mein Knäuel aus Kapokfasern fand seinen festen Platz. Ich trug kein Make-up, flache Schuhe und versuchte, erschöpft und ausgelaugt auszusehen, um meinen Zustand zu unterstreichen. Da stand ich nun, in der Schlange am Schalter der Nigerian Airways am Kotoka International Airport. Plötzlich vernahm ich hinter mir einen durchdringenden Schrei der Überraschung.

«Heiliger Jesus, Gott! Sefa! Das bist doch nicht du!»

Ich drehte mich um. Vor mir stand Aileen.

«Mein Gott, was hat denn dieser verdammte Job aus dir gemacht?» fügte sie lachend hinzu und zeigte auf meinen Bauch. Sie arbeitete jetzt als Stewardeß und versah ihren Dienst am Ghana Airways Schalter. Sie sah blendend aus. Wir hatten uns jahrelang nicht mehr gesehen.

«Wir haben uns sicher eine Menge zu erzählen», sagte ich. Ich stellte mir vor, was sie für ein Gesicht machen würde, wenn sie erführe, daß der gute alte Ben der Grund für meinen Aufenthalt hier am Flughafen war.

«Ganz bestimmt», fand auch Aileen, «aber gib mir doch zumindest einen Tip, welcher Mister dir das hier gemacht hat», beharrte sie, «vielleicht kenne ich ihn ja. Wer weiß, vielleicht ist es sogar jemand, mit dem ich ausgehe.» Sie lachte fröhlich. Jetzt war ich doch bestrebt, diese Unterhaltung zu beenden, und bestand darauf, mir ganz sicher zu sein, daß sie ihn nicht kenne.

«Das ist ein großer Fehler», antwortete sie. «Aileen sollte man niemals unterschätzen.»

Wir mußten beide lachen.

Nach kaum einer Stunde Flug landeten wir auf dem Murtala Mohammed International Airport in Lagos. Wir stiegen aus, strebten über die Rollbahn in die Ankunftshalle. Ich folgte einfach dem Menschenstrom.

«Jaaa, Paaaß», forderte der traditionell gewandete Mann am Einreiseschalter, er wirkte müde und gelangweilt. Ich händigte ihm meinen Paß aus. Er ließ sich sehr viel Zeit beim Durchblättern, dann hob er seinen Kopf und sagte stirnrunzelnd: «Paaaß habe ich gesagt.»

«Ja, das ist er doch», entgegnete ich naiv, «ich komme aus Ghana.»

«Aha», jaulte der Mann. «Du aus Ghana und kannst nicht geben Paß? Dieses Buch – Paß? Glaubst du, ich das kann auf Markt verkaufen.»

Es war ihm gleichgültig, ob jemand zuhörte.

«Geld, Bargeld», flüsterte mir jemand ins Ohr. Es war der Mann, der direkt hinter mir in der Schlange stand. «Er meint Bargeld. Sie hätten ihm etwas in den Paß legen müssen. Geben Sie ihm das.» Er drückte mir einen Schein in die Hand.

Ich reichte ihn weiter an den Beamten, der die Note mit einer Geste der Selbstverständlichkeit entgegennahm und dreinblickte, als hätte ich versucht, ihn zu betrügen. Dann schlug er die erste Seite meines

Passes auf, genau da, wo mein wertvolles deutsches Visum hineingestempelt war. Im ersten Moment befürchtete ich, er würde mit dem nigerianischen Visum das deutsche überstempeln. Was würde passieren, wenn die übereinander gestempelt wären und mir deshalb die Einreise nach Deutschland versagt bleiben würde?

«Sir», bat ich kleinlaut, «könnten Sie bitte die Seite umdrehen und das Visum auf die nächste Seite stempeln. Ich habe ein Visum für Deutschland auf dieser Seite.» Ich merkte sofort, daß ich einen Fehler begangen hatte. Ich hätte meine Klappe halten sollen.

Der Mann erwiderte überhaupt nichts. Er hob nur seinen Kopf, starrte mich an, klappte den Paß zu, legte ihn zur Seite, schaute an mir vorbei zu dem Mann hinter mir und sagte: «Jaaa, Paaaß!»

Ich fing an zu schwitzen. «Bit-te, oh, bitte», flehte ich ihn an, den Tränen nahe.

Er ignorierte mich, als wäre ich aus Glas, und fuhr fort, im Paß des Mannes herumzublättern und lässig die Banknote einzustreichen, die mitten im Paß steckte. Ich mußte etwas tun, um meine Haut zu retten, soviel war klar. Instinktiv griff ich an meinen gewölbten Bauch, als hätte ich ganz plötzlich Schmerzen.

«Oh, mein Gott», rief der Mann hinter mir, «ist Ihnen nicht gut?»

«Doch, doch, es geht schon», sagte ich schwach, und fast gleichzeitig hörte ich jemanden sagen: «Hier!» Es war der Beamte, der mir meinen Paß zurückgab, nachdem er ihn schnell wieder geöffnet und das Visum auf die zweite Seite gestempelt hatte. Ich ergriff das Dokument und machte mich rasch mit weichen Knien davon.

Vor der Ankunftshalle wartete der Mann, der mich abholen sollte.

Wir ließen den Flughafen hinter uns, fuhren über Lagos verstopfte Schnellstraßen, durch stockenden Verkehr, ein mörderisches Kreuz und Quer mit ohrenbetäubendem Lärm und erreichten endlich das Haus meines Begleiters. Dort wartete seine Frau bereits. Sie begann sofort mit der Arbeit. Sie beseitigte meine «Schwangerschaft», öffnete das Knäuel, verschloß ganz professionell das Geld darin und nähte alles wieder zu. Die nächsten Tage hielt ich mich in diesem Haus auf, bis ich meinen Rückflug antreten konnte.

Ich wurde wieder zum Flughafen gebracht, und kaum hatten wir die Eingangshalle betreten und den Abfertigungsschalter angesteuert, erblickte ich durch einen glücklichen Zufall den Schalterbeamten «Mr. Paaaß». Das teilte ich meinem Begleiter mit, der gleich frohlockte: «Sehr gut. Wir können ihn gebrauchen.»

Er ging auf Mr. Paaaß zu. Ein kurzes Tête-à-tête, und eine anständige Menge an Nairas wechselte den Besitzer; dann hoben beide den Kopf und blickten in meine Richtung. Mr. Paaaß musterte mich kurz, dann überzog ein Grinsen sein Gesicht.

«Das da Junge wird, bestimmt», prophezeite Mr. Paaaß und zeigte auf meinen Bauch, «feiner starker, starker Junge das, soll heißen, hm, Sylvanns, wie ich.» Er lachte. Dann sagte er etwas zu meinem Begleiter, faßte mich an der Hand und sagte: «Komm mit!» Er brachte mich durch den Zoll und die Paßkontrolle, indem er die ganze Zeit mit seinen Kollegen flüsterte und murmelte: «Das da meine Schwester, oh, Oga. Bloß kein Schwierigkeit, ja? Guckt nur ihren Bauch.»

Ehe ich mich versah, war ich auf der sicheren Seite, ohne Warterei, ohne Fragen, ohne Durchsuchung, nichts. Ich war die erste im Flugzeug. Später, als die vielen ghanaischen Marktfrauen an Bord kamen und erzählten, wie sie gefilzt worden waren – in den Taschen, am Körper, in den Schuhen, ach überall –, begriff ich erst, wie wertvoll die Hilfe gewesen war, die mir Mr. Paaaß hatte zuteil werden lassen. Nicht im Traum hätte ich mir die Schlagzeilen ausmalen wollen, wenn sie mich erwischt hätten: «Schwangere Frau aus Ghana entbindet Naira am Murtala Flughafen» oder «Frau aus Ghana schmuggelt Pfund Sterling und Naira in ihrer Gebärmutter».

Mit den harten Naira und Pfund Sterling endlich sicher zurück in Ghana hielt auch Ben sein Versprechen und bezahlte – für die Reise nach Deutschland und mein Entschwinden aus seinem Leben.

## 3

Wir schrieben das Jahr 1980; Ende März fuhr ich nach Hause zu Tante Mena und Onkel Quaye und setzte sie von meinen Reiseplänen in Kenntnis. Ihre Reaktion als Entsetzen zu bezeichnen, wäre eine bodenlose Untertreibung. Das war verständlich, denn sie wußten nichts weiter von mir als die falsche Annahme, daß ich in Kumasi einer geregelten Arbeit nachging. Tante Mena zufolge war alles, was sie von mir erwartet und worauf sie sich gefreut hatten, der Tag, an dem ich nach Hause kommen würde mit demjenigen, den ich ihnen als meinen zukünftigen Ehemann vorstellen und der mit ihnen das Datum für die Hochzeitszeremonie festlegen würde. Aber Deutschland? Wann sei mir das denn eingefallen? Es hagelte Fragen: Wer hat dich überhaupt auf die Idee gebracht? Wer bezahlt dir die Reise? Zu wem wirst du gehen? Was hast du dort vor? Wann willst du wieder zurückkommen?

Was hast du überhaupt für Pläne in deinem Leben? Fragen über Fragen. Und meine Antworten: nichts als Lügen.

«Nadia, meine deutsche Brieffreundin hat mich auf die Idee gebracht», antwortete ich, «nachdem ich ihr die wirtschaftlichen Schwierigkeiten in unserem Land geschildert habe. Sie bezahlt auch die Reisekosten, und ich kann bei ihr wohnen. Ich werde dort höchstens zwei Jahre arbeiten, dann einige Maschinen kaufen und damit in Ghana eine kleine Fabrik aufbauen.» Das war immerhin nicht völlig gelogen.

«Aber was hast du vor mit deinem Leben? Was hast du für Pläne?»

«Ich werde mich niederlassen, wenn ich meine Fabrik aufgebaut habe.» Auch das war keine Lüge.

Aber alles andere war frei erfunden.

Zum Beispiel, daß ich gerade vor einer Woche meinen Job gekündigt hatte. Und auch, daß ich sofort nach Kumasi zurückkehren müßte, weil ich noch einige Dinge mit meinem Chef zu regeln hätte. In Wahrheit war ich auf dem Weg zu Ben, um ein paar Tage mit ihm zu verbringen. Seine Frau hielt sich gerade in England auf, und er bedrängte mich noch immer. Ich wollte ihm auch meine Dankbarkeit bezeugen für das, was er für mich getan hatte. Aber was viel wichtiger war – es war mir noch immer nicht gelungen, mich auf einen anderen Mann einzulassen, und deshalb war ich auch sexuell ziemlich ausgehungert.

Noch eine geschlagene Stunde ging das Frage- und Antwortspiel mit Tante Mena und Onkel Quaye weiter.

«Du darfst dort nicht deine Zeit vergeuden. Du mußt immer daran denken, weswegen du dorthin gehst: Du willst arbeiten und Geld verdienen, um Maschinen zu kaufen. Viele gehen weg mit so noblen Ideen», predigte Tante Mena unablässig, «und dann kommen sie dort an, lassen sich Flausen in den Kopf setzen und vergessen darüber ihre guten Vorsätze. Dann vergessen sie auch noch ihr Zuhause, und sie bleiben in Europa, um dort das schöne Leben zu genießen. Und das sind dann die, die als Been-tos mit leeren Händen und tausend Entschuldigungen nach Hause zurückkehren. Guck dir nur Tante Namis Tochter Tilli an. Mit was ist sie nach Hause gekommen? Mit einem Koffer. Einem. Nicht einmal mit einem zusätzlichen für ihre Mutter. Nur mit ihrem eigenen. Und was ist jetzt? Die Been-to haust immer noch mit ihrer Mutter in ihrem Zweizimmerbungalow, auf engstem Raum mit ihrem späten Ehemann, und sie leistet nur einen Beitrag, wohlgemerkt nur einen Beitrag, zum Haushalt, sie bezahlt nicht einmal alles. Und das ist eine, die fast fünf Jahre in England gelebt hat. Also laß dir das eine Lehre sein! «

Die Predigt ging weiter.

«Nun, nachdem was ich von Deutschland gehört habe, scheint es so zu sein, daß du, solange du bereit bist zu arbeiten, es sogar in einem Jahr schaffen kannst. Also geh und mache Ernst. Laß dir nicht von deren süßem Leben den Kopf verdrehen. Arbeite hart, kaufe die Maschinen, kaufe dir, was du für die Zukunft brauchst, und wenn du kannst, schick uns etwas Geld, damit wir für dich ein kleines Grundstück kaufen können. Und wenn du regelmäßig Geld schickst, dann werden Onkel Quaye und ich dafür sorgen, daß zumindest ein Dreizimmer-Bungalow darauf gebaut wird. Also, es hängt alles von dir ab. Was mich betrifft, ich brauche nichts Bestimmtes. Nur eine Tiefkühltruhe. Ich habe gehört, daß die Elektrogeräte aus Deutschland die besten der Welt sind. Und für Onkel Quaye könnten wir vielleicht eine neue Möbelgarnitur gebrauchen. Wie du selbst siehst, ist diese hier schon ziemlich abgenutzt. Aber wie ich schon sagte, es hängt alles von dir ab. Von uns aus haben wir dir das größte Geschenk der Welt gemacht – wir haben dir eine gute Ausbildung ermöglicht. Mehr können wir nicht für dich tun. Aber vergiß nicht, daß Onkel Quaye und ich es waren, die sich um dich gekümmert haben, als du Zähne bekommen hast, also ist es auch deine Pflicht, dich um uns zu kümmern, wenn wir alt sind und unsere Zähne verlieren.»

Als ich aufbrechen wollte, fragte sie mich in einem ziemlich merkwürdigen Tonfall und mit ebensolchem Gesichtsausdruck, ob ich Mutter vor ihr über meine Reisepläne informiert hätte. Jetzt erst dämmerte mir die heimliche Botschaft hinter der Lebensweisheit, mit der sie ihre Rede beendet hatte.

Wenn jemand nach Europa geht, dann wirkt dies elektrifizierend auf die Leute, magnetisch, ergreifend. Sofort erregt man Aufmerksamkeit, denn sie erblicken in dir jemanden, der sich auf dem direkten Weg zu Erfolg und Wohlstand befindet. Das wird einfach vorausgesetzt.

J.J.s 4.-Juni-Coup hatte Mutter gezwungen, eine schnelle Entscheidung zu treffen und zurück in den Süden des Landes, nach Kumasi, zu ziehen. Einige wenige Soldaten hatten sich den Coup zunutze gemacht und gezielt die Marktfrauen ausgeplündert. Und einige Marktfrauen, die in guter Verbindung zur Armee standen, nutzten die Situation ebenfalls aus, versteckten sich hinter den räubernden Soldaten und rächten sich an mißliebigen Kolleginnen. Mutter wurde Opfer einer solchen Racheaktion. Am Rande des Nervenzusammenbruchs, mit einem fortschreitenden Augenleiden belastet, betrachtete Mutter dieses Erlebnis als Wink des Schicksals, jetzt in den Süden zu ziehen. Anfang Februar 1980, als die Pläne für meine Reise schon unter Dach und Fach waren und ich zwischen Accra und Kumasi pendelte, kam sie mit den wenigen Habseligkeiten, die ihr noch geblieben waren, in Kumasi an. Sie wurde nicht gerade mit Pauken und Trompeten empfangen. Ihre Schwestern, die einige ihrer Kinder großgezogen hatten, befürchteten, daß diese sich nun emotional von ihnen ab- und ihrer richtigen Mutter zuwenden würden. Geschlossen zeigte man ihr die kalte Schulter. Doch Mutter war gekommen, um zu bleiben, und niemand konnte ihr das ausreden. Ich gehörte zu den wenigen, die sie willkommen hießen.

Als ich Tante Mena erklärte, daß ich Mutter noch nicht informiert hatte, entsprach das ausnahmsweise der Wahrheit. Aber als diese wissen wollte, ob ich Mutter schon gesehen hatte, seitdem diese aus dem Norden zurück war, bestritt ich dies vehement. Ich wollte auf keinen Fall Tante Menas Zorn auf mich ziehen. Ich stand kurz vor einer sehr wichtigen Reise, und ich durfte mir keine heimlichen Flüche zuziehen, sobald ich ihnen den Rücken kehrte.

Ich nahm ein Taxi zu Bens Wohnung, wo ich die nächsten beiden Tage verbrachte. Danach reiste ich zurück nach Kumasi.

Sehr früh am nächsten Morgen schon besuchte ich Mutter. Sie bewohnte ein spärlich möbliertes Zimmer, und für ihr tägliches Brot half sie bei einem Großbäcker in der Gegend aus. Während sie oben im Norden selbst ihre Ware nur angepriesen und Anweisungen gegeben hatte, hatten andere die Knochenarbeit erledigen müssen. Jetzt war es umgekehrt. Jetzt mußte sie selbst am heißen Lehmofen stehen und backen. Durch den regelmäßigen Kontakt mit der Hitze war ihr Augenlicht immer schwächer geworden, was ihr große Sorgen bereitete. Als ich Mutter an diesem frühen Morgen antraf, war sie nur noch ein Schatten der Frau, die ich noch vor kurzem im Norden getroffen hatte, obwohl sie auf den ersten Blick noch ganz passabel aussah. Sie berichtete mir kurz von den Plünderungen. Ich fragte nach Salima, und sie antwortete, die sei wieder bei ihren Leuten. Ich verfolgte das Thema nicht weiter und erkundigte mich statt dessen nach ihren Augen.

«Es ist schlimmer geworden, viel schlimmer», antwortete sie. Unvermittelt, als hätte sie einen unsichtbaren Wink bekommen, fuhr sie fort: «Verstehst du jetzt, warum es unvermeidlich war, daß Salima beschnitten wurde?» «Aber ich habe doch gar nichts davon gesagt», entgegnete ich. «Ich weiß», sagte sie. «Aber ich habe damals geahnt, was in deinem Kopf vorging. Ja, ich habe sie ein bißchen ausgenutzt. Aber für wen habe ich das getan?» «Mutter!» protestierte ich sanft. «Ich bin nicht zu dir gekommen, um über Salima zu sprechen. Ich bin gekommen, um dir mitzuteilen, daß ich bald nach Deutschland fahren werde.»

«Wohin?»

«Deutschland. Eines der Länder des weißen Mannes.»

«Ist das das Land, das auch Jaaman heißt?»

«Ja, Mutter.»

«Und dahin willst du gehen?»

«Ja.»

«Ach, ich habe gehört, die haben nicht einmal Respekt vor Geld. Bist du sicher, daß du dahinwillst?»

«Ja, das bin ich, Mutter», antwortete ich. «Warum sonst würde ich es dir erzählen?»

«Ja, gut, dann, was mich betrifft, ist meine einzige Sorge mein Augenlicht. Schick mir Medizin dafür, sobald du da bist. Und wenn du arbeitest und Geld verdienst, kannst du mich vielleicht zu dir holen, damit die Weißen meine Augen heilen.»

«In Ordnung», lenkte ich ein.

Ich hielt es anfangs für das senile Gerede einer verfallenden Frau. Dann fügte sie hinzu: «Aber natürlich müßte Tante Mena damit einverstanden sein, hörst du. Du kannst mich nur holen, wenn sie damit einverstanden ist.» Das bereitete mir irgendwie Unbehagen, nicht wegen Tante Mena, sondern weil ich jetzt verstand, daß es sich doch nicht nur um leeres Geschwätz handeln konnte. Mutter setzte ihre ganze Hoffnung darauf.

«In Ordnung», sagte ich. «Laß mich erst einmal dort ankommen, und dann werden wir sehen. Bete dafür, daß ich sicher dort ankomme.» Sie nickte dankbar. Ich versprach, daß ich sie vor meinem Abflug noch einmal besuchen würde. «Vielen Dank», sagte sie herzlich und lächelte froh. Sie war immer noch eine sehr schöne ältere Frau.

Wieder bei mir zu Hause bereitete ich fieberhaft meine Abreise nach Accra vor. Ich mußte eine Menge packen, Dinge, die ich ausgeliehen hatte, zurückgeben und mich von Freunden verabschieden. Zwei Tage vor meinem Abflug fuhr ich von Kumasi nach Accra. Ich hatte Mutter nun doch nicht mehr besucht. Mir paßte es einfach nicht, daß ich zu Versprechungen genötigt wurde. Allerdings bereiteten mir Tante Menas Erwartungen größere Sorgen. Was käme auf mich zu, wenn ich versagen würde? Wenn ich es nicht schaffen würde, Mutter nach Deutschland zu holen und ihre Augen behandeln zu lassen, würde mir nicht viel passieren, das war mir klar. Aber wenn es mir nicht gelänge, Tante Menas Erwartungen zu erfüllen – na dann, Gnade mir Gott.

Aber ich versuchte, nicht daran zu denken und beschloß, meine zwei letzten Tage in Accra voll zu nutzen. Es wurde hektisch. Ich mußte noch so viel einkaufen, für mich, für Nadia, und ich mußte mich noch von so vielen Leuten verabschieden. Und ehe ich mich versah – bang! – war es soweit. D-Day war gekommen. Der Flug ging morgens, von Accra über London nach Frankfurt, Abflugzeit war um sechs Uhr morgens. Tante Mena, Onkel Quaye, Mansa, Schwester KB, Ma T, Maanaa, Aba und noch ein paar Freunde, sie waren alle mit zum Flughafen gekommen, alle in Weiß gekleidet, um das freudige Ereignis meiner Reise nach Deutschland zu würdigen. Mutter war nicht gekommen, um sich von mir zu verabschieden, aber zwei Frauen aus Kumasi in Vertretung der Großfamilie. Die drückten mir heimlich ein weißes Taschentuch in die Hand und flüsterten, das sei von meiner Mutter.

Ben war auch gekommen, aber er hielt sich im Hintergrund. Kurz nur trat er zu mir und sagte: «Laß von dir hören. Ich wünsche dir viel Glück.» Dann machte er sich davon. Ich starrte auf seinen Rücken. Auf den Rücken des Mannes, der dafür gesorgt hatte, daß ich hier auf dem Flughafen stand. «Danke, Ben», flüsterte ich leise. Und als ob er mich gehört hätte, drehte er sich noch einmal um und lächelte mir zum letzten Mal zu, dann verschwand er in der Menge. Tante Mena hatte neugierig zu uns herübergeblickt, als ich mit ihm sprach. Sie fragte aber nicht.

Ich war schon durch den Zoll und stand jetzt bei der Paßkontrolle. Onkel Quaye ließ eine letzte Warnung vernehmen: «Konzentriere dich auf dein Vorhaben. Laß dich nicht ablenken.» Er sagte noch: «Arbeite hart, mache dein Geld, kaufe deine Maschinen und komm wieder nach Hause. Du bist eine Akademikerin, also wird es nicht schwierig sein, eine gutbezahlte Arbeit zu finden.» «Ja», mischte sich Tante Mena ein, «das war immer unsere Überzeugung – euch allen eine Ausbildung zu ermöglichen, unter allen Umständen. Und Gott sei dank, wir haben es geschafft. Auch wenn die Zeiten manchmal schwierig waren, wenn ich es auch manchmal aufschieben mußte, Unterwäsche oder Schuhe zu kaufen, damit wir das Schulgeld bezahlen konnten. Ich bereue es nicht. Sieh zu, daß du es uns nicht bereuen läßt. Laß uns nicht in dem Gefühl, daß wir vergeblich für dich gelitten haben. Tu es nicht.» Die Art, wie ihr dieses «Tu es nicht» über die Lippen kam, gab mir das Gefühl, unbedingt vor ihr weglaufen zu müssen.

Dieses Gefühl überkam mich immer, sobald Tante Mena anfing, darüber zu klagen, was sie alles durchgemacht hatte für mich, für uns. Ich fühlte mich irgendwie erpreßt. Es war, als ob sie damit sagen wollte – und ich glaube, das wollte sie auch –: «Solange du lebst, wage es nicht zu vergessen, daß ich und Onkel Quaye aus dir gemacht haben, was du heute bist, und nicht etwa deine Mutter.»

«Wir werden für dich beten», fügte Onkel Quaye noch hinzu. «Und vergiß nicht, uns Geld zu schicken, damit wir dir ein kleines Grundstück kaufen können», mischte sich Tante Mena wieder ein. «Du solltest uns auch erlauben, schon einmal mit dem Bauen anzufangen, bevor du zurückkommst. Es wird keinen guten Eindruck machen, und ich würde mich auch schämen, wenn die Leute sagen könnten: Tante Menas Tochter ist aus Deutschland zurückgekommen, und jetzt muß sie sich eine Mietwohnung suchen.» «Das wäre ein Desaster», ergänzte Mansa jetzt leise.

In diesem Moment mußte ich an Mutter denken, in ihrem ärmlich möblierten und dunklen Zimmer. Ich wurde aus meinen Gedanken gerissen, als die Lautsprecherdurchsage erklang und die Passagiere aufforderte, durch die Paßkontrolle zu gehen. Der so sehnlich erwartete Moment war gekommen. Ich umarmte alle, nahm noch ein paar letzte hastig gemurmelte Ratschläge entgegen. Wir wünschten uns gegenseitig alles Gute, ich nahm mein Handgepäck und verabschiedete mich zum allerletzten Mal. Ich ging und schaute nicht zurück. Das Herz war mir schwer. Wir passierten den Body-Check, dann die lange Halle und rollten die Treppen hinunter zum Bus, der uns zum Flugzeug brachte.

Als wir endlich in der Luft waren, rollten ein paar Tränen meine Wangen herunter. Es war ein schöner Aprilmorgen.

## 4

Das Flugzeug landete gegen sechs Uhr morgens in London, und es gab keinen direkten Anschluß nach Frankfurt. Also wurde ich für eine Nacht in einem Hotel untergebracht. Ein junger Weißer im Hotel in einer Uniform der Armee oder Heilsarmee, wie mir schien, half mir mit meinem Gepäck. Wie seltsam! Ein Weißer, der für mich arbeitete?

Ich folgte ihm schüchtern. Wir betraten den Aufzug, er drückte eine Taste, die Tür des Aufzugs schloß sich, und das Gefährt brachte uns nach oben in einen endlos langen Korridor mit zahllosen Türen auf beiden Seiten. Vor einer der Türen blieb er stehen, öffnete sie und stellte mein Gepäck hinein. Dann blickte er mich etwas verlegen an. Ich fragte mich, was er noch von mir wollte.

«Ja, danke schön», sagte ich mit fester Stimme. «Ich danke Ihnen sehr.» Diesmal klang meine Stimme entschiedener, ich meinte es auch ganz ehrlich.

Er schaute mich wieder an, irgendwie amüsiert, dann lächelte er scheu, drehte sich um und verließ den Raum. Er ließ mich mit dem Gefühl zurück, etwas falsch gemacht zu haben. Ich betrat das Zimmer, und es war nicht im geringsten vergleichbar mit Hotelzimmern, die ich in Ghana kennengelernt hatte. Immerhin, auch hier gab es ein Bett, aber hinter dem geblümten Plastikvorhang entdeckte ich auch noch eine Dusche und eine Toilette. Eine Tür führte auf den Balkon. An der Decke fehlte der Ventilator, und das nicht ohne Grund, denn obwohl ich mich in geschlossenen Räumen bewegte, zitterte ich am ganzen Körper. Ich trug ein langärmeliges Kleid, Strümpfe, hochhackige Schuhe und über dem Arm einen alten Mantel, den mir Ben vermacht hatte. Ich fror und fragte mich, wieso. Ich bemerkte ein langes, weißes Etwas mit gerippter Oberfläche und schwarzen Knöpfen an der Wand. Was das wohl war? Ich fand keine Broschüre, die Neuankömmlingen wie mir die Einrichtungen erklärte. Es wurde offensichtlich vorausgesetzt, daß alle Benutzer der Hotelzimmer das alles kannten und verstanden. Nun, ich jedenfalls nicht. Das, was mit ein bißchen Hin- und Herdrehen leicht den Raum und mich selbst hätte wärmen können, blieb unangetastet, während ich auf meinem Bett kauerte und immer noch fürchterlich zitterte. Auch die Dusche verwirrte mich. Egal, welchen Knopf ich betätigte, es kam nur eiskaltes Wasser. Mir war zum Heulen zumute. Ich trat auf den Korridor, aber da war weder jemand zu sehen noch zu hören. Verschüchtert verschwand ich wieder im Zimmer. Ich fühlte mich wie in einer Leichenhalle. Ich beschloß, auf das Duschen zu verzichten und gleich ins Bett zu gehen, zog mich aus und hatte im Bett das Gefühl vor Kälte zu erstarren. Ich streifte mein Kleid wieder über, darüber den Mantel und legte mich wieder hin. Am nächsten Morgen reinigte ich mein Gesicht mit dem eiskalten Wasser. Es fühlte sich an wie taub. Ich feuchtete ein Handtuch an und wusch mich notdürftig. Dann verließ ich den eiskalten Raum und ging ins Foyer.

Der Flug nach Frankfurt war kurz, das Essen gut und reichhaltig, die Stewardessen nett. Doch jetzt überfiel mich die Angst. Was wäre, wenn aus irgendwelchen unvorhergesehenen Gründen Nadia mich nicht am Flughafen abholen könnte? Was wäre, wenn? Was wäre, wenn?

Aber als ich wieder festen Boden unter den Füßen spürte, war Nadia da. Wir waren uns vertraut von den Fotos, aber natürlich begegneten wir uns zum allerersten Mal, und ich wußte nicht, wie ich mich verhalten sollte. Was erwartete sie von mir? Sollte ich meine Hand ausstrecken und ihre schütteln? Sie umarmen? Einen Breakdance hinlegen? Ich hatte große Angst, etwas falsch zu machen. Sie umarmte mich einfach und küßte mich leicht auf die Wangen. Das war Lektion Nummer eins, sagte ich mir, und behielt sie im Kopf. Wir gingen über eine Rolltreppe, dann zu ihrem Auto, das auf dem verwirrendsten Parkplatz geparkt war, den ich jemals gesehen hatte. Sie öffnete den Kofferraum und lud mein Gepäck ein. Während ich darauf wartete, daß sie die Beifahrertür öffnete, erblickte ich all die ordentlich aufgereihten Autos der verschiedensten Marken und Farben und atmete tief durch.

«Ist dir nicht kalt?» fragte sie lachend. «Steig doch ein.»

Ich lachte mit ihr und dachte: Na und, was macht es schon, wenn ich friere? Ich bin auf deutschem Boden. Meine Füße gehen auf seinen verborgenen Schätzen. Also was zum Teufel macht es schon, selbst wenn mein Blut gefriert? Das Unglaubliche, nämlich daß ich, Sefa, tatsächlich in Deutschland gelandet war, endlich, erfüllte mich mit dem starken Wunsch, es laut hinauszuschreien zu all den Autos und den Leuten und in die Luft um mich herum und zu den Flugzeugen über mir: Deutschland, Deutschland! Hier bin ich! Doch statt dessen wandte ich mich an Nadia und gestand ihr breit lächelnd aus dem Grunde meines Herzens: «Ich bin so glücklich, daß ich es geschafft habe.»

«Das freut mich», entgegnete Nadia zurückhaltend. «Wie wär's also mit einer kleinen Einführung, bevor wir nach Hause fahren?»

Einführung bedeutete eine Fahrt durch Frankfurts Straßen, an den vielen schönen Hochhäusern vorbei, einige davon mit riesigen Glasfenstern. Überall, in jeder Ecke, war es makellos sauber. Meine Augen waren an den Anblick von müllübersäten Straßen gewöhnt, an offene, ständig schmutzverstopfte Abwasserkanäle und Müllhaufen, die ihren endgültigen Platz gefunden zu haben schienen in ohnehin engen Wohngebieten. Ich war wie benommen von dieser Sauberkeit. Ich wußte nicht, wo ich hinschauen sollte. Gottes Abgesandte mußten ein besonderes

Auge auf Deutschlands Straßen geworfen haben und dort täglich ihre Besen schwingen. Ich lächelte still. Nadia bemerkte das und fragte: «Gefällt es dir?»

«Ob es mir gefällt? Hier macht der liebe Gott anscheinend Urlaub, wenn er eine Pause von seinen himmlischen Pflichten braucht und zur Erde hinabsteigt.»

Darüber mußte Nadia lachen. Ich feierte ganz tief in meinem Inneren Abschied von Hoffnungslosigkeit und Frustration, von Arbeitslosigkeit und Angst. Ich war in Deutschland. Und Deutschland bedeutete Hoffnung, mit einem ganz großen «H». Wenn ich nur bereit war zu arbeiten, dann würde ich hier viel Geld verdienen, sehr viel. Und ich war bereit zu arbeiten. Vielleicht im Büro, vielleicht in der Fabrik. Welche Rolle spielte das schon. Ich wollte arbeiten. Oh ja. Außerdem war ich Akademikerin. Ich hatte von ghanaischen Frauen in Deutschland gehört, die Analphabetinnen waren. Und trotzdem schickten sie dauernd die Mercedes und BMWs nach Hause und kauften Grundstücke, auf die sie großartige Häuser bauten. Wenn sogar die es so weit brachten, warum sollte ich es dann nicht schaffen? Dann würde mir das wohl zehnmal gelingen. In meinem Herzen verabschiedete ich mich auch von Ben Blay. Ich würde ja den netten jungen Deutschen kennenlernen, der sich Hals über Kopf in mich verlieben, mich heiraten und mit mir zwei Mulattenkinder haben würde.

Nadia wohnte in einer Wohnsiedlung in Darmstadt. Ihre Zweizimmerwohnung war Teil eines riesigen Wohnblocks, und auch hier standen viele verschiedene Autos der verschiedensten Marken und Farben auf dem großen Parkplatz. Nadia öffnete die Haustür, deren Schlüssel, so erklärte sie mir, auch für ihre Wohnung passen würde. Sie fügte hinzu, daß dieser Schlüssel zu keiner anderen Wohnungstür passen würde, jeder andere Wohnungsschlüssel aber für die Haustür passe. Das erschien mir geradezu unglaublich. Wir stiegen die ordentlich geflieste Treppe hinauf in den dritten Stock. Eine wunderbare Wärme schlug uns aus Nadias Wohnung entgegen, und schon in dem kleinen Flur, in dem wir unsere Mäntel auszogen und aufhängten, fiel mein Blick sofort wieder auf dieses weiße gerippte Rätsel. Auf meine Frage erklärte mir Nadia, daß diesem die gemütliche Wärme zu verdanken war. Ich erzählte ihr von meiner Erfahrung im Londoner Hotelzimmer. Wir mußten beide lachen. Nadia gestand, daß sie überhaupt nicht wußte, was sie mir anbieten sollte. Wollte ich einen Apfel? Äpfel galten als Luxus in Ghana, das Obst für die Reichen. Nadias Eßtisch zierte eine ganze Schüssel voller roter, grüner und gelber Äpfel. Und dann aß ich zum ersten Mal in meinem Leben Erdbeersahnetorte und dazu gab es Kaffee, mit Milch und Zucker, bitte. Nadia trank zu meinem Entsetzen ihren ganz schwarz! Die Sahnetorte stieg mir zu Kopf. Jesus! dachte ich, gibt es überhaupt etwas Besseres? Ghanamann bildete sich schon mit seiner Dosenmilch und seinen Ölsardinen ein, er würde tafeln wie Kofi Whiteman persönlich. Später probierte ich zum ersten Mal Erdbeeren mit Sahne und war schockiert, wie teuer Bananen und Orangen waren. Diese kosteten zu Hause nur wenig, und in Deutschland waren sie Luxusgüter, eben wie bei uns in Ghana Äpfel und Erdbeeren. Aber die Krönung bildete stets eine Schale mit schokoladeüberzogenen Nüssen und schnapsgefüllten Pralinen, die regelmäßig zu unseren Abenden vor dem Fernseher gehörte. Alles schien perfekt, so daß ich manchmal, wenn ich etwas zu viel von den Schnapspralinen genossen hatte, nur noch vor mich hin lächelte und mich fragte, ob die Wörter *sad* und *unhappy* überhaupt eine Entsprechung in deutscher Sprache benötigten.

Manchmal kam Ken zu Besuch, Nadias schwarzer amerikanischer Freund. Er holte uns ab, und wir besuchten die Diskothek der amerikanischen Garnison. Nadia brauchte lange, um mir verständlich zu machen, weshalb amerikanische Soldaten in Deutschland stationiert waren und wie sie und Ken sich in dieser Disco kennengelernt hatten. Ihre Eltern wußten von der Beziehung mit Ken; es gefiel ihnen nicht, aber sie mischten sich auch nicht ein. Nadia, so stellte sich heraus, war das schwarze Schaf in ihrer Familie – schwarzer Freund, kein Interesse am Heiraten, linksalternativ. Auch ihre Arbeit in einem Heim für geistig Behinderte sagte ihren Eltern wenig zu. Aber Nadia war glücklich mit ihrem Leben und mit Ken.

Innerhalb kürzester Zeit entwickelte ich eine mörderische Vorliebe für Schokolade- und Nußtorte sowie für Speiseeis. Zu Hause in Ghana wurde nur Vanilleeis angeboten. Als mich Nadia zum ersten Mal in eine Eisdiele führte, wo man uns einen wirklich tollen Eisbecher servierte, mit Früchten, Likör und Schlagsahne obendrauf, rief ich voller Freude aus: «Wie kann ich all das nur den Leuten zu Hause beschreiben? Sie werden das nicht verstehen. Sie werden es einfach nicht verstehen können.»

Meine Heiterkeit schwand jedoch in dem Maße, wie sich das Ablaufdatum meines Visums näherte. Auch begann Nadia, sich irgendwie zurückzuziehen. Ihr war klar, daß ich nicht die Absicht hegte, nach

Hause zurückzukehren. Aber sie hatte auch keine Ahnung, wie ich gedachte, mein Leben in Deutschland fortzuführen. Es war ein unangenehmes Thema, das wir tunlichst mieden. Wir taten so, als ob dieser Tag niemals kommen würde.

Nadia, der Familienrebell mit schwarzem Freund und einem Herz für Afrika, war jedenfalls nicht bereit, sich Ärger mit irgendeiner behördlichen Autorität ihres Landes aufzuhalsen. Deshalb beunruhigte es mich, daß ich sie möglicherweise allein dadurch in eine knifflige Situation bringen konnte, daß ich weiterhin bei ihr wohnte, nachdem mein Visum abgelaufen war. Ich wußte, daß sie es nicht übers Herz bringen würde, mich rauszuwerfen. Und sie wiederum wußte, daß es nichts gab, wohin ich gehen konnte. Nach Hause zurückzukehren erschien als schlichtweg unvorstellbar. Ich hätte auch gar nicht zurückkehren können, selbst wenn ich mich trotz aller Widerstände dazu entschlossen hätte. Denn ich hatte Ben, wie verabredet, gleich nach meiner Ankunft mein Rückflugticket per Einschreiben geschickt.

Jetzt also, wo Ben seinen Teil und Nadia den ihren geleistet hatten, lag alles übrige bei mir. Es war mein Traum, und es lag an mir, ihn zu erfüllen. Von jetzt an war ich ganz allein auf mich gestellt.

## 5

Bis dahin hatte ich nicht ein einziges Mal Landsleute getroffen. Bei McDonalds, wo wir manchmal aßen, arbeiteten einige Schwarze. Aber Ghanaer, so schien es mir, verkehrten woanders. Wenn ich herausfinden wollte, wie ich nach Ablauf meines Visums in Deutschland bleiben konnte, mußte ich Kontakt zu meinen Landsleuten finden. Denn zu Hause in Ghana hieß es allgemein: Wenn du erst einmal in Europa oder Amerika bist, kannst du dort auch leben, mit oder ohne Visum. Eines Abends erklärte ich Nadia, daß ich demnächst unbedingt Ghanaer treffen müßte. Es blieben nur noch zwei Wochen bis zum Ablauf meines Visums, und ich mußte etwas unternehmen. Nadia gestand mir ihre Beunruhigung, nicht zuletzt wegen der Konsequenzen, mit denen sie zu rechnen hätte. Sie versprach mir, sich zu erkundigen. Der Ehemann einer Arbeitskollegin arbeitete für eine Dritte-Welt-Hilfsorganisation.

Bereits am Tag darauf besuchten wir Werner und Gertrud. Sie hatten zuvor bereits einmal einem kolumbianischen Jungen in einer ähnlichen Situation geholfen. Sie versprachen, auch mir zu helfen. Einer ihrer Bekannten, dessen Vater Geschäftsverbindungen in Simbabwe und

Kenia pflegte, würde gewiß etwas für mich tun können. Tatsächlich half mir dieser, eine Verlängerung des Visums um drei Monate zu erreichen, mit der Begründung, daß ich ihm dabei helfen solle, seine geschäftlichen Kontakte mit Ghana auszubauen. Mit dieser Frist im Nacken setzte ich meinen Disco- und Cafehausbesuchen ein jähes Ende und wandte mich der Realität zu. Gertrud stellte mich einer Freundin vor. Annette, Sozialarbeiterin in einem Flüchtlingshilfeprogramm, kannte eine Menge Tamilen, Palästinenser, Eritreer und auch Ghanaer. Sie verlor nicht viele Worte über die Ghanaer, die ihr bekannt waren, aber sie versprach, die wenigen, die sie kannte, mir vorzustellen.

Ich wohnte noch immer bei Nadia, die nie ein Wort darüber verlor, daß ich ihr eine Last sei. Eines Abends beim Essen schnitt ich jedoch das Thema an.

«Ich sehne mich danach, etwas zu tun, um Geld zu verdienen, auch wenn es nur wenig ist.»

Unumwunden konstatierte sie, daß ich gleich vergessen sollte, eine meinem Diplom angemessene Arbeit zu finden. Ich war weder mit einem Austauschprogramm in Deutschland noch mit einem Stipendium, ich besaß keine Arbeitserlaubnis. Und meine Spezialgebiete waren für die deutsche Regierung nicht von Interesse. Also begannen wir, die Stellenanzeigen in der Zeitung durchzusehen.

Alles, was in Frage kam, waren Kellner- oder Putzjobs. Wenn ich mich als Kellnerin vorstellte, wurde mir bald klargemacht, daß Weiße bevorzugt wurden. Ein kleiner Cafehausbesitzer gestand sogar, daß er befürchtete, Kunden zu verlieren, wenn er mich bedienen ließe.

Schließlich verfiel Nadia auf die Idee, die Initiative zu ergreifen und selbst eine Anzeige aufzugeben: Afrikanerin, Akadem., sucht Arbeit.

Inzwischen hatte Annette angerufen und mir den Namen und die Telefonnummer einer Ghanaerin in Frankfurt genannt. Ihr Name war Eve Asante. Ich rief sie sofort an. Eve zeigte sich am Telefon irgendwie skeptisch und stellte mir viele Fragen, besonders, als sie hörte, daß ich noch immer bei einer deutschen Freundin wohnte. Sie schlug als Treffpunkt den Hauptbahnhof vor und nicht ihre Wohnung.

Unser erstes Treffen war schnell vorüber. Eve gab sich keine Mühe, ihr Mißtrauen zu verbergen. Annette hatte ihr offensichtlich nicht viel erzählt, außer daß ich die ghanaische Freundin einer Freundin war, die gerne andere Ghanaer kennenlernen wollte. Also fragte Eve mich aus, bis sie sich hinreichend informiert fühlte und mich für das nächste Mal in ihre Wohnung einlud.

Zu Hause erwartete mich Nadia mit finsterer Miene. «Die Anzeige war ein großer Fehler», entfuhr es ihr. «Hat niemand reagiert?» wollte ich wissen. «Ganz im Gegenteil! Viele haben sich gemeldet, und alle haben vorgeschlagen, du möchtest dich an dem und dem Ort zu der und der Zeit einfinden mit einem ärztlichen Attest. Damit sie sicher sein können, daß du keine Geschlechtskrankheit hast. Alle, ausnahmslos alle», rief Nadia atemlos. «Jeder einzelne Anruf.»

Noch war der Groschen bei mir nicht gefallen. «Aber warum Geschlechtskrankheiten? Ich könnte doch auch Tuberkulose haben oder Cholera oder sogar Typhus», antwortete ich.

«Versteh doch, Sefa!» rief sie angestrengt. «Hier ist die Afrikanische-Frau-Phantasie am Werk.»

«Was für eine Afrikanische-Frau-Phantasie?» wollte ich wissen.

«Ach, Sefa! Kapierst du denn immer noch nicht? Für welche Jobs braucht man wohl einen Nachweis wegen Geschlechtskrankheiten? Es tut mir leid, aber ich habe ernsthaft geglaubt, daß, wenn wir Akademikerin reinschreiben, du gleich in einem anderen Licht erscheinen würdest. Offensichtlich ist die Afrikanische-Frau-Phantasie jedoch stärker.»

So war das also. Ich fühlte mich getroffen, aber trotzig antwortete ich: «Gut, dann muß ich mich eben um einen Job als Hausmädchen bemühen.»

«Das würdest du machen? Mit einem Studium?»

«Was bleibt mir denn anderes übrig? Wie lange soll ich noch herumsitzen und nichts tun?»

Nadia suchte sogleich aus der Zeitung ein paar Telefonnummern von Leuten, die eine Putzfrau suchten. Manche suchten eher eine türkische oder polnische Frau, aber immerhin wurden wir in vier Haushalte zum Vorstellungsgespräch eingeladen.

Nun, ein Putzjob erfordert keinerlei Empfehlungsschreiben. Man braucht lediglich gesunden Menschenverstand, eine gute gesundheitliche Verfassung für die harte körperliche Arbeit und einen Deutschen, der für gutes Benehmen und absolute Zuverlässigkeit bürgt. Diese drei Dinge konnte ich leicht vorweisen, so daß ich noch vor meinem Besuch in Eves Wohnung zwei Putzjobs in der Tasche hatte.

Meine Verabredung mit Eve war für den darauffolgenden Sonntag geplant. Ich brach am Vormittag in Darmstadt auf. Eine andere ghanaische Frau holte mich vom Frankfurter Hauptbahnhof ab. Sie erkannte mich gleich und kam auf mich zu. Sie stellte sich als Aggie vor, eine Freundin von Eve. Diese hätte sie gebeten, mich abzuholen, erklärte sie. Bis wir in Eves Wohnung ankamen, hatte ich schon erfahren, daß Aggie offiziell in Hamburg gemeldet war, dort aber Ärger gehabt hatte und schließlich bei Eve in Frankfurt gelandet war.

Eve empfing mich diesmal freundlicher, sie begegnete mir sehr wohlwollend und entspannt. Wir tranken zusammen jede Menge billigen Wein, und ich probierte zum ersten Mal ein improvisiertes Fufu in Deutschland.

Aggie fragte: «Und? Hast du schon mal Fufu in Deutschland gegessen?»

Ich antwortete völlig perplex: «Fufu hier, gibt es denn hier in Deutschland auch Fufu?»

«Nein», erwiderte Aggie, «obwohl du auch hier einige Zutaten bekommst, zum Beispiel Kochbananen, aber Cassava gibt's nicht. Und selbst wenn du ein Fufu nur mit Kochbananen machen willst, wie stampfst du es?»

«Auch getrocknete Shrimps bekommt man. Und getrocknete Paprika», erläuterte Eve.

«Oh», unterbrach Aggie, «wenn du das alles nicht weißt, was hast du denn die ganze Zeit gegessen? Etwa Wurst und dieses ganze Zeug?»

Ich antwortete: «Ja. Und wir gehen auch oft zu McDonalds. Es schmeckt mir, auch ohne Paprika. Ich mag es.»

«Damit fängt das Problem an», konstatierte Aggie.

Darüber mußte Eve lachen.

«Wenn du anfängst, das zu mögen, was sie mögen», fuhr Aggie fort, «dann kannst du deine Ersparnisse vergessen. Regel Nummer eins: Versuche nicht, wie sie zu leben. Bewahre Abstand! Besonders, was ihre kostspieligen Cremetorten angeht. Hast du die auch schon probiert?»

Ich grinste vielsagend.

«Oh, oh, dann bist du schon in ernsthaften Schwierigkeiten», sagte Aggie. «Hast du schon jemals darüber nachgedacht, wieviel Menschen bei uns zu Hause von nur einem Stück dieser Sahnetorte satt werden könnten?»

Von da ab verwandelte sich jede Stunde, die ich mit Nadia bei Kaffee und Kuchen verbrachte, in einen Krieg gegen mein Gewissen.

Wie konnte ich nur einen Bissen dieses köstlichen Kuchens genüßlich verschlingen, wenn sich mein Gewissen nicht beruhigen wollte wegen der vielen Monate, die das kleine Stück Kuchen, das gerade in meinen Magen wanderte, meine Leute ernähren könnte.

Meine Besuche bei Eve und Aggie häuften sich, und ich wurde allmählich in den ghanaischen Lebensstil in Deutschland eingeführt.

Ich erfuhr immer mehr von Eve und Aggie. Sie arbeiteten beide in Nachtclubs. Sie rieten mir, ab sofort nur noch bei ALDI einzukaufen. Nadia kaufte dort nie ein. Ken besorgte fast alles bei den Amerikanern. Aber Aggie und Eve erklärten mir: «Wenn du preisgünstig einkaufen willst und nicht unbedingt billiges Zeug haben willst, dann mußt du zu ALDI gehen. Alle Ghanaer, egal in welcher Stadt, finden erst einmal heraus, wo der nächste ALDI-Markt ist.»

«Laß die Finger von der deutschen Wurst und hole dir Knochen», fügte Aggie noch hinzu.

«Knochen?»

«Die gibts an jeder Ecke, fein säuberlich in Cellophan verpackt, genau wie das Fleisch.»

«Würden sie auch Knochen verkaufen, wenn es hier keine Afrikaner gäbe?» fragte ich.

«Ja klar. Warum nicht?» antwortete Aggie. «Nur, wenn du einen Deutschen siehst, der Knochen kauft, dann weißt du, daß er einen Hund hat. Aber wenn wir Knochen kaufen, dann wissen sie, daß sie nicht für einen Hund sind.»

«Warum nicht?» protestierte ich. «Wir könnten doch auch Hunde haben.»

«Wie denn?» zischte Aggie. «Wenn du jeden Pfennig zusammenkratzt, um zu Hause Wunder zu vollbringen? Wie willst du da eine Katze oder einen Hund halten und Geld für Futter verschwenden?»

Von Eve und Aggie lernte ich also, eine improvisierte Suppe zuzubereiten – ohne unsere heimischen Auberginen, nur mit den Knochen, an denen manchmal mit etwas Glück noch etwas Fleisch hing, und Cayennepfeffer und Dosentomaten. Die aßen wir zu dem improvisierten Fufu aus Kartoffelpulver und Stärkemehl.

Wir kamen einander näher, und die beiden sprachen ganz unbefangen über ihre Arbeit. Ich erzählte auch von meiner, wobei ich meistens darüber klagte, den schweren Staubsauger die Treppen hoch- und runterschleppen zu müssen, und über die anstrengenden Kinder der Familie Schwarze.

Inzwischen hatte ich erfahren, daß Eve und Aggie mit Deutschen verheiratet waren – auf dem Papier – und sie dadurch ihren Aufenthaltsstatus legalisiert hatten. Beide hatten auch ghanaische Ehemänner, die als ihre Beschützer fungierten. Diese beiden Beschützerehemänner waren wiederum mit deutschen Frauen verheiratet – nicht nur auf dem Papier. Sie lebten mit ihnen unter einem Dach als Mann und Frau, wie es sich gehörte.

Eve und Aggie hatten beide in Ghana die Mittelschule besucht. Eve hatte auch ein ghanaischen Ehemann, der drei Jahre vor ihr nach Deutschland gekommen war. Kurz, nachdem Eve ihm gefolgt war, hatte er eine Scheinehe für sie arrangiert. Bei Aggie hingegen verhielt es sich nicht so einfach. Zunächst einmal war sie bei ihrem Versuch, nach Deutschland zu kommen, in London gelandet. Ihr ghanaischer Ehemann lebte zu dem Zeitpunkt bereits in Deutschland, verheiratet mit seiner deutschen Frau. Als alle Versuche, Aggie nach Deutschland zu bringen, fehlschlugen, reiste ihr jetziger deutscher Ehemann nach London und ehelichte sie dort. Er hatte in Deutschland alle Formalitäten erledigt und kam zurück mit seiner «Braut» – Aggie.

Wir diskutierten auch die brennende Frage, wie ich meinen Aufenthalt verlängern könnte. Alle Gespräche liefen auf zwei Alternativen hinaus: Ich mußte entweder einen Antrag auf Asyl stellen oder einen deutschen Mann bezahlen, der mich heiratete.

«Du mußt dich schnell entscheiden», mahnte Aggie eines Tages. «Also, wenn du mich fragst, dann sehe ich nicht, daß du mit dieser Putzerei irgend etwas erreichst. Du verschwendest nur deine Zeit. Es ist anstrengend, bringt aber nicht viel. Eine arrangierte Heirat ist die bessere Alternative, sie kostet aber erst einmal viel Geld, ein paar Tausend Mark. Und nun erkläre mir mal, wie du dieses Geld heranschaffen willst mit Putzen?»

Jemandem zu raten, sie solle auf ihre Würde pfeifen und ihren Körper verkaufen, um schnelles Geld zu verdienen, erfordert Courage. Aggie und Eve haben mir nicht ein einziges Mal unverblümt empfohlen, zur Prostituierten zu werden.

Eines Abends – ich lag in meinem Bett in Nadias Wohnung, ich war allein und hing meinen Gedanken nach – wurde mir auf einmal klar, daß ich unterschwellig und ganz allmählich an die Materie herangeführt wurde. Es hatte damit angefangen, daß sie freimütig über ihre Arbeit berichteten. Dann, eines Abends, bestand Aggie darauf, mit mir einen Spaziergang durch das Rotlichtviertel zu machen. Schließlich empfahlen sie mir, eine Scheinehe mit einem Deutschen einzugehen, die ich aber niemals hätte bezahlen können, solange ich weiterhin putzen ging.

Ich hatte Aggie und Eve nie von meiner akademischen Ausbildung erzählt. Nadia verriet ich nichts davon, welche Richtung meine Gespräche mit Aggie und Eve genommen hatten. Nadia war auch nicht allzu neugierig. Nur manchmal fragte sie mich, ob ich eigentlich auch schon andere Ghanaer außer Eve und Aggie kennengelernt hatte und ob ich die beiden nicht einmal zu uns einladen wollte. Ich gab diese Einladung weiter, aber Aggie und Eve lehnten vehement ab. Sie behaupteten, die Deutschen stellten zu viele Fragen.

Falls Nadia den Verdacht hegte, daß Eve und Aggie als Prostituierte arbeiteten, dann verstand sie es ausgezeichnet, dies zu verheimlichen. Doch ihr demonstratives Desinteresse ließ mich argwöhnen, daß sie wußte, was gespielt wurde.

«Wenn das hier London oder die USA wäre, dann könntest du darauf pfeifen und einfach bleiben, auch ohne Papiere», bemerkte Aggie eines Sonntagnachmittags. Sie waren früh am Morgen von der Arbeit zurückgekommen, direkt zu Bett gegangen und hatten bis zum Nachmittag durchgeschlafen, während ich etwas gekocht hatte. Dann aßen wir zusammen und setzten uns danach gemütlich ins Wohnzimmer.

«Aber hier in Deutschland machen die Bullen zuviel Ärger», bedauerte Aggie.

«Ich glaube, das machen sie in London oder den USA auch», entgegnete ich. «Aber es ist trotzdem leichter für Leute wie mich, dort unterzutauchen, weil man auch gut als jemand aus der Karibik oder als Afroamerikanerin durchgehen kann. Aber hier, es gibt ja keine schwarzen Deutschen, oder? Schlimmstenfalls sind sie...»

«Also, was willst du jetzt tun?» fragte Eve.

«Ich weiß es noch nicht. Ich denke immer noch über die verschiedenen Möglichkeiten nach.»

«Du denkst immer noch nach?» schnappte Aggie. «Worüber? Du glaubst wohl, du hast alle Zeit der Welt? Du weißt doch, daß du nur diese beiden Alternativen hast. Das eine oder das andere. Entweder oder. Ganz einfach. Und du weißt auch, welche die bessere ist. Und wie du es anstellen mußt. Also ganz ehrlich, ich für meinen Teil, ich verstehe dein scheinheiliges Getue nicht. Glaubst du etwa, daß Eve und ich schon in Ghana Huren waren? Und du, in deiner Situation, du bist an niemanden gebunden, so wie wir. Nichts von dem, was du verdienst, gerät in die Hände eines Typen, der irgendwo anders ein ruhiges und normales Leben mit seiner deutschen Alten führt. Wenn ich an deiner Stelle wäre, dann würde schon der Dachstuhl von dem Haus in Ghana stehen. Du hast zu viel Angst und verpaßt alle Chancen.»

«Hm», kicherte Eve verlegen. «Das hast du gut gesagt, aber Aggie, glaubst du wirklich, daß die Typen sie in Ruhe arbeiten lassen würden nur für sich selbst? Es wird nicht lange dauern, und sie braucht einen Beschützer. Dafür werden die schon sorgen. Aber ganz im Ernst, Sefa, als eine ghanaische Frau hier, wenn du ordentliche Papiere willst, dann bleibt dir gar nichts anderes übrig.»

Ich lächelte verlegen, was Aggie offensichtlich irritierte. «Wir sind keine Hunde, Sefa, oh nein. Weißt du. Wir sind nur realistisch. Ehrlich gesagt, beginnt mir dein nonnenhaftes Getue allmählich auf die Nerven zu gehen.»

Als ich mich an diesem Sonntagabend auf den Weg zurück nach Darmstadt machte, geriet ich ins Grübeln. Nichts funktionierte so, wie ich es mir vorgestellt hatte. Aber ich wollte noch nicht aufgeben. Es würde vielleicht alles ein bißchen länger dauern, als ich gedacht hatte, aber ich sollte schon noch zu meinem deutschen Ehemann und meinen beiden Mulattenbabys kommen. Zunächst mußte ich jedoch meine Papiere in Ordnung bringen. Die Scheinheirat wäre vielleicht die beste Möglichkeit, aber ich konnte doch meine Hoffnungen auf eine anständige Ehe mit einem anständigen deutschen Mann nicht mit dem Makel trüben, einmal eine Hure gewesen zu sein. Nein, ich würde eines Tages heiraten, einen Deutschen, und zwar richtig.

Es blieb mir also nur noch übrig, Asyl zu beantragen. Sobald ich diese Entscheidung gefällt hatte, begann ich wieder, mit mir in Frieden zu leben. Ich teilte Nadia meine Entscheidung mit, die, ganz ehrlich, nicht darüber erfreut war, aber zugeben mußte, daß sie auch keine andere Möglichkeit sah.

Aggie und Eve rieten mir daraufhin, von Darmstadt wegzuziehen, nach Norddeutschland.

«Hier im Süden herrscht ein rauheres Klima für Asylanten», klärten sie mich auf.

«Auf jeden Fall, je weiter du von Bayern weg bist, umso besser», fügte Aggie kichernd hinzu.

«In Hamburg», erklärte Eve, «da bin ich sicher, entsteht bald ein Klein-Kumasi. Wenn es meinen Typen nicht gäbe, ich wäre da schon längst hingezogen. Aber diese deutsche Frau will nicht von hier weg, und er will nicht, daß ich von dort wegziehe, wo er lebt. Also stecke ich fest.»

«Also, wenn du mehr Ellenbogen hättest, dann hätte ich dir auch geraten, nach Hamburg zu gehen», sagte Aggie, «aber bei deiner unschlüssigen Art denke ich, daß Hannover der beste Ort wäre. Je schneller du verschwindest, desto besser. Und halte möglichst deine deutsche Freundin da raus. Und denke daran: wenn ein deutscher Mann dich pimpert, auch wenn er dein Freund ist und nicht dein Kunde, oder auch wenn er mit dir am gleichen Tisch ißt, im Hinterkopf erwartet er von dir Dankbarkeit dafür, daß er dich pimpert, daß er sich herabläßt auf dein Negerniveau, wenn er es dir mit seinem weißen Superschwanz besorgt. Und wenn du mit ihm ein bißchen zu vertraut wirst oder irgendwann sogar meinst, er wäre auch nichts Besseres als du, wird er dir schon beibringen, was er wirklich von dir hält.»

Für jemanden, der einen deutschen Ehemann suchte, klang das wenig ermutigend.

«Aber, Nadia ist anders», hielt ich dagegen.

Beide mußten lachen. Aggie erklärte: «Hier hast du die Adresse von einem Bekannten in Hannover. Er ist Ghanaer, er hat gute Kontakte zum Ausländeramt, und er spricht perfekt Deutsch. Er kann dir bei allem helfen.»

Ich nahm den Zettel mit der Adresse und Telefonnummer und bedankte mich.

«Und sei vorsichtig mit dem, was du deiner deutschen Freundin erzählst», mahnte Eve noch einmal.

«Warum ziehst du nicht einfach aus, wenn sie gerade weg ist. Du kannst deine Sachen packen und von hier aus nach Hannover fahren», ergänzte Aggie.

«Nein, Aggie, sie sind dicke Freundinnen», widersprach Eve. Und mir riet sie: «Erzähl ihr irgendwas, aber nicht zu viel.»

Am nächsten Tag unterrichtete ich Nadia von meiner Entscheidung. «Ich möchte mich selbst durchbeißen, mir das alles selbst erobern, und ich möchte auch lernen, nach meinen Niederlagen wieder alleine aufzustehen. Ich werde Fehler machen, aber ich werde durchhalten. Es ist der Moment gekommen, an dem ich weiterziehen muß», betonte ich.

Nadia fand das in Ordnung. Sie würde immer für mich da sein, versicherte sie mir. Ich solle nicht zögern, sie anzurufen, wann immer ich Hilfe bräuchte. Ken tauchte noch an diesem Abend auf. Und wie immer, wenn er Nadia besuchte, zog ich mich zurück und ging früh schlafen, damit sie allein sein konnten.

Irgendwann in der Nacht verschwand er wieder, und Nadia klopfte noch bei mir an. Ich war noch halbwach, sie machte kein Licht an, als sie hereinkam.

«Sefa», flüsterte sie und ließ sich auf meiner Bettkante nieder.

«Was ist?» fragte ich.

«Nichts», antwortete sie.

«Ich weiß», fing sie an, «daß alles, was du von jetzt an hier in Deutschland machst, deine eigene Entscheidung ist, und ich habe kein Recht, mich da einzumischen. Ich hoffe nur, daß du stark genug bist...»

Ich wußte sofort, was sie meinte.

«Das habe ich nicht vor», entgegnete ich ihr. «Und das sage ich nicht, um dich zu beruhigen. Ich glaube, ich bin stark genug, um meine Würde zu verteidigen. Aber glaube nicht, daß ich die Nase rümpfe über die, die es getan haben.»

Ein paar Tage später verabschiedete Nadia mich am Bahnhof. Ich brach auf zu meiner ersten längeren Zugfahrt. Eigentlich hätte ich sie genießen sollen, doch zu sehr beschäftigte mich meine unsichere Zukunft.

Der Bekannte von Aggie und Eve hieß Sly Attah Boaky. Ich wußte außer dem bißchen, was die beiden mir von ihm erzählt hatten, rein gar nichts über ihn. Ich rief ihn aus einer Telefonzelle am Bahnhof Hannover an. Ich erfuhr, daß Eve und Aggie ihn schon angerufen und ausführlich mit ihm über mich gesprochen hatten. «Wir treffen uns in der Bahnhofshalle», erklärte Sly. Er holte mich in seinem silbermetallicfarbenen Passat ab. Er kutschierte mich quer durch die Stadt zu einem ziemlich tristen Wohnblock, wo wir in den zweiten Stock hinaufstiegen.

Er klopfte bei Appartement Nummer 204 an. Eine Frau öffnete die Tür. «Sly ist gekommen», rief sie einer anderen zu. Die andere Frau gesellte sich im Wohnzimmer zu uns, und Sly stellte mich vor. Zu meinem Unbehagen bezeichnete er mich als «Neue», die durch «Verbindungen» im Süden zu ihm gekommen sei. Er unterstellte wohl, daß ich nicht in der Lage war, den Unterton seiner freimütigen Äußerungen herauszuhören. Warum verwendete er das Wort «Verbindungen» und sagte nicht einfach «Freunde»? Ich blieb im Wohnzimmer, während die drei sich ins Schlafzimmer zurückzogen und die Tür hinter sich schlossen. Als sie wieder auftauchten, mit Sly an der Spitze, bestimmte er sogleich: «Morgen fangen wir an, an deinem Aufenthalt zu arbeiten. Wir können es uns nicht leisten, noch mehr Zeit zu verschwenden. Bis du in eine eigene Wohnung ziehst, nehmen dich diese beiden netten ghanaischen Schwestern auf. Aber ich kann dir versichern, daß du nicht lange hierbleiben mußt.»

Sly hielt Wort. Schon am nächsten Tag holte er mich ab und brachte mich in ein Büro, wo ein sehr gutaussehender junger Mann mit halblangen Haaren und den verwirrendsten grünen Augen lächelnd hinter einem dunklen Holztisch saß. Er und Sly kannten sich offensichtlich recht gut. Der Mann entpuppte sich als Rechtsanwalt. Wie ich später von Sly erfahren sollte, war er schwul, und das brach mir das Herz. Wir verbrachten einige Zeit im Büro. Sie stellten mir nicht eine einzige Frage. Sly besprach alles mit dem Anwalt, auf deutsch, der machte sich ständig Notizen und unterbrach Sly gelegentlich, wenn ihm etwas unklar geblieben war. Alles endete mit herzlichem Händeschütteln und allen guten Wünschen.

Auf der Rückfahrt erklärte mir Sly, daß er mit vielen Ghanaerinnen in «Verbindung» stand – dieses Wort schien eine besondere Bedeutung für ihn zu besitzen, als Verb, als Substantiv, in welcher Form auch immer.

«Ich werde sie dir vorstellen, mit der Zeit, wenn wir uns besser kennengelernt haben, du und ich.»

«Bestimmt», murmelte ich.

Sly brachte mich zurück ins Appartement Nummer 204, wo ich noch etwa zwei Wochen wohnen sollte, in denen Sly täglich anrief, um sich nach mir zu erkundigen. Ich betrachtete das als Freundlichkeit und Fürsorge und bedankte mich entsprechend, als er eines Tages in der Wohnung auftauchte.

«Mach dir keine Sorgen, das gehört zum Geschäft», entgegnete er.

Ich fühlte mich wie eine Ente, die gemästet wird, nur damit sie fett genug wird zum Schlachten. Erst «Verbindung», jetzt «Geschäft». Was ging hier vor?

Eines Abends kam Sly vorbei und verkündete, für den nächsten Tag einen Termin bei der Ausländerbehörde klargemacht zu haben. Er nahm meinen Paß an sich und trug mir auf, falls ich danach gefragt würde, zu behaupten, dieser sei gestohlen worden. Dann erklärte er mir, daß er sich für die Behörde eine Geschichte ausgedacht habe, damit ich als Asylantin anerkannt würde. Er machte mich gründlich mit dieser Geschichte vertraut. Danach übte er mit mir die Fragen, von denen er annahm, daß sie mir gestellt werden würden. Die Antworten gab er vor. Wir übten solange, bis er vor Zufriedenheit strahlte und bemerkte: «Also, für ein Mädchen von deinem Schlag bist du mir fast zu fix und zu gescheit.»

Im Ausländeramt sah ich mich schließlich zwei Frauen und zwei Männern gegenüber, die mich mit den verschiedensten Fragen bombardierten. Ich hatte ein furchtbares zweistündiges Interview zu bestehen, das ich aber dank Slys Übungsstunden gut bewältigte. Danach wurde ich fotografiert, dann folgte ein medizinischer und zahnmedizinischer Test. Danach überreichte man mir meinen neuen Ausweis, der meinen neuen Status als Asylbewerberin dokumentierte, und wünschte mir einen guten Aufenthalt in Deutschland.

«Willkommen an Bord.» Sly lächelte breit, als er mich abholte. «Aber steige nicht ins Boot, um damit abzusaufen. Sieh zu, daß es schwimmt.» Er gab mir einen Klaps auf den Oberschenkel. Ich zuckte zusammen. Was kommt als nächstes, überlegte ich.

«Ich möchte, daß du gleich zu arbeiten anfängst, dann kannst du schon bald heiraten und deinen Status ändern», sagte er. «Aber wie konsequent du sparst, um zu erreichen, was du dir für zu Hause vorgenommen hast, das hängt ganz allein von dir ab. Bei mir, soviel ist sicher, bist du in guten Händen. Ich bin ein fairer Partner, aber wehe dir, wenn du versuchst zu tricksen. Aber wir werden schon ein gutes Team, glaube ich.»

Er redete frei weg von der Leber, so als müßte ich das alles verstehen. Ich begann, an der Ehrlichkeit von Aggie und Eve zu zweifeln. Wenn sie die «Verbindungen» von Sly waren, dann gehörten sie auch mit zum «Geschäft». Und ich diente dabei, so schien es, als Pfand. Ihre Hilfsbereitschaft mir gegenüber war an einen Zweck gebunden gewesen.

Das Sozialamt brachte mich in einem bescheiden möblierten Einzimmer-Appartement unter, im Dachgeschoß eines Altbaus am Stadtrand. Ich bekam auch etwas Geld für die notwendigsten Anschaffungen und etwas Taschengeld. Als Asylbewerberin durfte ich keiner Arbeit nachgehen.

In dem Haus lebten noch eine alte Witwe und eine sehr dicke Frau in den Vierzigern, von der ich später erfahren sollte, daß sie gerade aus der Psychiatrie entlassen worden war. Die Witwe wohnte im

Erdgeschoß und die dicke Frau im ersten Stock. Die alte Frau lebte von der Rente ihres seligen Mannes, und die Dicke und ich bezogen Sozialhilfe. Die alte Dame nannte ich schon bald liebevoll «Oma». Aber die dicke Frau machte keinen Hehl daraus, wie sehr es ihr mißfiel, daß eine Schwarze genau über ihr wohnte. Ich nannte sie nie anders als Frau Kohlenbach.

Die Schwarze und die alte Dame kamen mit der Zeit einander näher. Oma hatte Deutschland nie mehr verlassen, seit sie und ihr Mann irgendwo aus Polen eingewandert waren. Jetzt wollte sie alles wissen über den Teil der Welt, aus dem ich stammte. Wir redeten viel miteinander. Sie erzählte mir vom Krieg, von der Flucht, von den langen Märschen, über ihr Eheleben und von ihren schon längst erwachsenen Kindern. Ich sollte ihr über die wilden Tiere bei mir zu Hause berichten, von unseren Häuptlingen und von den Abenteuern, die Afrika zu bieten hatte. Ihr Wissensdurst war riesig, aber ich hatte wenig zu vermelden, und so erfand ich meist irgendwelche Geschichten. Doch unsere Märchenstunden waren himmlisch.

Sly versuchte sich mit Oma gutzustellen. Immer brachte er ihr einen Blumenstrauß oder eine Schachtel Pralinen mit. Nicht nur deshalb gewann er ihr Herz, sondern auch, weil er sich immer Zeit für sie nahm und ein bißchen bei ihr verweilte, bevor er die Treppe hochstieg.

Im Haus besaß nur Oma ein Telefon, und Sly bat sie, mich hin und wieder bei ihr anrufen zu dürfen, womit Oma sogleich einverstanden war. Sly schaute sich angeblich immer noch nach einer günstigen Bleibe für mich um, wobei er immer vorauszusetzen schien, daß ich wußte und akzeptierte, wovon er sprach.

«Ich muß schnell nach Dortmund. Ich muß mich dort um eine Verbindung kümmern», teilte er mir manchmal mit. Oder: «Eine Verbindung hat mir gesteckt, daß es in Düsseldorf Ärger gibt. Ich muß sofort jemanden hinschicken.»

Doch Sly blieb für mich derjenige, der mir geholfen hatte, in Deutschland Fuß zu fassen, und dafür war ich ihm dankbar. Er war auch offensichtlich in der Lage, Geschäfte von Privatvergnügen zu trennen, denn er versuchte nie, mit mir zu schlafen.

Ich mußte alle zwei Wochen beim Sozialamt vorsprechen, um mein karges Essensgeld abzuholen. Ich hätte dringend noch einen Putzjob gebraucht, um meinen Lebensunterhalt aufzubessern. «Hast du noch immer keinen Job für mich», drängte ich Sly. «Alles zu seiner Zeit!» beschwichtigte er mich.

So blieb ich also Gefangene meiner Dachstube und kam nur gelegentlich auf Omas Einladung herunter und trank mit ihr am Nachmittag Kaffee. Abends saßen wir manchmal in ihrem Wohnzimmer und sahen fern. Weil ich sonst nichts zu tun hatte, putzte ich andauernd mein Zimmer und staubte ab. Ich wischte Staub, der überhaupt nicht da war, dann ging ich hinunter in den Hof vor unserem Haus und fegte, fegte, fegte. Wenn ich mich hinsetzte, um zu schreiben, verfaßte ich meistens lange Briefe an Nadia.

Nach Hause mochte ich nicht mehr schreiben. Von Darmstadt aus hatte ich mehrere Briefe geschickt. Allmählich begriff ich, daß es alles andere als leicht werden würde, meine Träume zu erfüllen, und hatte Angst vor ihren Fragen. Meine Schwester Maanaa schrieb mir gelegentlich. In ihren Briefen berichtete sie stets von Mutters Gesundheitszustand.

Ich saß also in meinem Dachzimmer fest und hatte niemanden außer Sly und Oma. Ich besaß keine Arbeitserlaubnis und so wenig Geld, daß ich mir noch nicht einmal einen Kinobesuch leisten konnte.

Als hätten die Götter ihm einen Wink gegeben, meldete sich Sly zwei Tage später und kündigte seinen Besuch an.

«Gute Nachrichten, Sefa», fügte er noch hinzu. «Ich habe etwas Passendes für dich gefunden, du bist dort die einzige Ghanaerin, das macht dich zur heißen Ware. Es gibt noch eine andere Schwarze, aber aus Jamaika. Also kein Grund zur Sorge, denn Ghanaerinnen haben einen besseren Ruf. Es ist außerhalb von Hannover, aber dafür, daß es so abgelegen ist, gut besucht. Es wird dir gefallen. Du kannst sofort anfangen. Ich bin schon unterwegs. Wir brauchen auf jeden Fall noch das Gesundheitsattest.»

Mir brach der kalte Schweiß aus. Es ist ein Unterschied, ob man nur etwas Unerfreuliches erwartet oder ob es dann tatsächlich eintrifft. Jetzt war guter Rat teuer. Wenn er mir nicht so geholfen hätte, wenn er Sex dafür verlangt hätte, wäre es mir leichter gefallen, ihn mir mit ein paar deutlichen Worten vom Leib zu halten.

«Was für ein Gesundheitszeugnis meinst du eigentlich, Sly?» fragte ich.

«Spiel nicht die Naive», erwiderte er. «Der Check-up, den das Ausländeramt gemacht hat, ist etwas anderes. Dieser hier ist etwas intimer, irgendwie. Aber keine Angst, nur eine Formalität. Ich weiß, daß du sauber bist, aber sie brauchen es eben schriftlich, das ist alles. Sie haben ebenfalls einen Ruf zu verlieren, weißt du», lachte er höhnisch.

Ich weiß nicht genau, warum ich es tat. Aber plötzlich legte ich einfach den Hörer auf. Ich knallte ihn nicht etwa auf die Gabel. Ich schrie nicht vor Empörung. Ich legte einfach nur den Hörer auf, als ob das Gespräch beendet sei, und kehrte Omas Wohnzimmer den Rücken. Ich zitterte am ganzen Körper, aber ich riß mich zusammen, bis ich in meiner Dachstube angekommen war. Dort bekam ich einen Heulkrampf.

Sly erschien mir plötzlich als Monstrum. Nadia wußte nur, daß ich irgendwo unterm Dach lebte mit einer alten Dame und einer dicken Frau im Haus. Ehrlich gesagt, wollte ich sie auch nicht hineinziehen. Das war mein Kampf, meiner ganz allein. Über all meinen Sorgen döste ich ein. Ich wurde von der Türklingel geweckt und vernahm, wie Oma die Haustür öffnete. Ich hörte sie sagen: «Oh, Herr Sly. Ach, was sind das für schöne Blumen.»

Bald hatte er seine Belanglosigkeiten mit Oma ausgetauscht. Der gefürchtete Moment war gekommen. Ich lauschte seinen Schritten auf der Treppe und verschloß die Tür mit der Kette. Sky klopfte nie an. Er versuchte, die Tür zu öffnen, entdeckte die Kette, pochte wütend gegen das Holz und rief: «Mach sofort auf, Sefa.»

Da lag etwas in seiner Stimme, das mich sofort gehorchen ließ. Er stürmte herein – es schien mir wie ein Wunder, daß dieser wutschnaubende Typ derselbe war, der soeben noch Nettigkeiten mit Oma ausgetauscht hatte.

«Warum hast du den Hörer aufgeknallt?»

«Ich habe ihn nicht aufgeknallt», entgegnete ich. «Ich habe aufgelegt.»

«Du Göre willst mir wohl Sprachunterricht erteilen, oder was? Blödsinn! Aufgeknallt oder aufgelegt! Also, was? Du hast das Gespräch unterbrochen, ich mag das nicht, und ich möchte wissen, warum.»

Ich schwieg beharrlich.

«Ich sagte, ich möchte wissen, warum», wiederholte er, dabei fuchtelte er mit dem Zeigefinger drohend vor meinem Gesicht herum. Der Kampf hatte begonnen. Sly war zweifellos ein Mann mit vielen Gesichtern; eines davon war das eines Zuhälters. Er hatte Zeit und Geld in mich investiert, ohne dafür sexuelle Gefälligkeiten zu fordern. Das wies ihn als geradlinigen Zuhälter und guten Geschäftsmann aus. Und welcher Geschäftsmann gehört schon gern zu den Verlierern.

«Ich höre», wiederholte er drohend.

Ich antwortete. «Ich habe aufgelegt, weil ich nicht mehr hören wollte, was du mir erzählt hast.»

Augenblicklich schnellte Slys Hand hoch, sauste mir entgegen und war kurz davor, in meinem Gesicht zu landen. Gleichzeitig erfaßte mich eine beängstigend eisige Kälte, die sich wohl auch in meinen Augen ausdrückte. Und diese Augen blickten nicht auf die Hand, die fast in meinem Gesicht gelandet wäre, sondern direkt und ohne mit der Wimper zu zucken in die Augen dessen, dem diese Hand gehörte.

«Was hast du gesagt? Hab ich jemals versucht, dich zu zwingen, mit mir ins Bett zu gehen?»

«Nein, Sly», sagte ich. «Das rechne ich dir auch hoch an.»

«Verdammte Scheiße, Sefa», unterbrach er mich, «erspare mir dein dummes Gelaber. Das brauche ich nicht. Wenn ich die ganze Zeit über Arbeit gesprochen habe, was dachtest du denn, um welche Art Arbeit es sich handelt? Kassiererin in einer Bank? Also spiele hier nicht die Heilige. Was glaubst du eigentlich, mit wem du es zu tun hast, wen du versuchst zu betrügen?»

Jetzt wurde ich ebenfalls wütend. Waren es nicht seine «Verbindungen» gewesen, die heimlich große Pläne mit mir ausgekocht hatten? Eve und Aggie hatten mich hinterhältig in Slys Falle gelockt und wahrscheinlich angenommen, daß ich am Ende einfach nicht «nein» sagen könnte. War ich nicht diejenige, die hier geopfert werden sollte? Wer wurde hier betrogen, und wer war der Betrüger?

Ich merkte nicht, wie sich meine Stimme überschlug, bis Frau Kohlenbach an die Tür klopfte und sich beschwerte. Ich fragte ihn, ob er überhaupt wisse, wie ich nach Deutschland gekommen war! Ob er überhaupt eine Vorstellung davon hatte, welche Demütigungen ich hatte aushalten müssen, welche Risiken ich eingegangen war, welche Schmerzen ich zu ertragen hatte.

«Ich weiß genau, wie sehr du mir geholfen hast. Und ich bin auch Eve und Aggie dankbar, obwohl sie mich hintergangen haben. Aber glaube bloß nicht, daß ich so weit gereist bin, nur um mich an einen Zuhälter zu hängen, von dem ich nicht einmal weiß, aus welchem Volk er stammt. Und wenn ich mich dafür entscheide, mich zu verkaufen, was geht das dich an? Okay, du hast Geld investiert. Und Zeit. Aber deswegen kannst du nicht einfach kommen und dich zu meinem Zuhälter aufschwingen. Was glaubst du eigentlich, wer du bist? «

Jetzt klopfte Frau Kohlenbach wieder und drohte mit der Polizei. Daß Sly wie vor den Kopf geschlagen war von meiner Reaktion, wäre eine krasse Untertreibung. Er war perplex, fassungslos. Erst als Frau Kohlenbach wieder verschwunden war, kam er wieder zu sich.

Er zischte giftig: «Du undankbares Miststück. Nach allem, was ich für dich getan habe? Wer hat dafür gesorgt, daß du bleiben kannst? Oder willst du mir beweisen, was für ein Trottel ich war? Willst du mir das beweisen? Gut. Du wirst schon sehen. Ich werde dir zeigen, wer von uns der größere Dummkopf ist. Warte nur.»

Ich brauchte nicht lange zu warten.

In den nächsten Tagen blieb ich in meinem Dachzimmer und wartete ab. Ich überlegte, mich nach einem Putzjob umzusehen, aber beschloß dann doch, vorher noch etwas Gras über die Dinge wachsen zu lassen.

Bei meinem nächsten Besuch im Sozialamt, die letzte Stelle, von der ich irgendwelchen Ärger befürchtete, sah mich die eigentlich sehr tolerante und freundliche Sachbearbeiterin von Kopf bis Fuß an und erklärte, sie habe Anweisung erhalten, mir nichts mehr auszuzahlen. Ich wußte sofort, das hatte ich Sly zu verdanken. Wenn das Ausländer-amt bereits solche Anweisungen gab, waren die Würfel wohl gefallen.

Ich verließ die Behörde mit leeren Händen, machte mich auf in mein Dachzimmer und packte die wenigen Habseligkeiten, die mir meine Putzjobs in Darmstadt eingebracht hatten, zusammen. Dann putzte ich gründlich mein Zimmer – wenn ich abgeschoben werden würde, dann mußte ich erst recht einen guten Eindruck hinterlassen – und ging schließlich hinunter und klopfte bei Oma. Ich berichtete ihr sofort, daß Sly versuchte, meine Abschiebung zu betreiben, und brach darauf in Tränen aus. Oma verstand erst einmal kein Wort, bat mich herein und ließ mich Platz nehmen.

«Herr Sly ist doch so ein netter Mensch, und ihr habt euch doch wirklich gut verstanden. Also warum das alles? Nein! Das hätte ich nicht von ihm gedacht, dem Herrn Sly», klagte die alte Dame.

Wie auch immer, ich suchte das Ausländeramt auf, um mich meinem Urteilsspruch zu stellen. Die Beamten dort empfingen mich ebenso steif wie höflich und baten mich, im Flur zu warten. Etwa eine halbe Stunde später wurde ich in ein Büro gerufen, wo ich wieder mit einem Ausschuß konfrontiert wurde. «Wo sind Sie wohnhaft?» fragten sie mich, als ob sie es nicht bereits wüßten.

«Gibt es ein Telefon im Haus?»

Ich nannte ihnen Omas Telefonnummer.

«Es liegen Informationen vor, daß Sie ohne Arbeitserlaubnis illegalerweise einer Beschäftigung nachgehen. In einem Sexclub. Was haben Sie dazu zu sagen?»

Mir kamen die Tränen. Ich beteuerte meine Unschuld. «Darf ich einmal telefonieren?» fragte ich.

Die Beamten erklärten sich einverstanden, und ich rief in ihrer Anwesenheit Oma an. Die zeigte sich so erschüttert, daß sie den Beamten ihren Besuch ankündigte.

Oma brauchte Hilfe, um die Treppen des Amtsgebäudes heraufzusteigen. Sie war mit dem Taxi vorgefahren, eingehüllt in ihren dunkelgrünen Mantel, gestützt von ihrem Gehstock. Schon allein Omas Auftritt erweckte Eindruck. Sie nahm an meiner Seite Platz, ließ sich eine Tasse Kaffee reichen und hielt eine flammende Verteidigungsrede. Ihr schlohweißes Haar leuchtete, ihre brüchige Stimme zitterte. Ich saß da, starrte auf Oma und wußte, daß Gott auf meiner Seite war. Diese weißhaarige deutsche Dame, die ich kaum ein paar Monate kannte, entpuppte sich als meine Retterin. Oma wurde fuchsteufelswild, als sie erfuhr, daß die Information durch einen anonymen Anrufer sowohl an die Ausländerbehörde als auch an die Polizei ergangen war. «Wie können Sie diese Frau nur wegen eines anonymen Anrufs einer solchen Tortur aussetzen?» Die Beamten mußten sich entschuldigen und Slys Namen notieren. Vor unseren Augen riefen sie beim Sozialamt an, um den Zahlungsstopp rückgängig zu machen.

Für Oma wurde ein Taxi gerufen, das sie wieder nach Hause brachte. Ich ging zum Bahnhof, um von dort aus zum Sozialamt zu fahren. Unterwegs brach die Last dessen, was gerade passiert war, über mir zusammen. Ich entstieg der Straßenbahn, und meine Knie wurden weich. Ich bekam einen Krampf in den Beinen, es juckte mich am ganzen Körper. Ich fürchtete, mich übergeben zu müssen, dann in Ohnmacht zu fallen und anschließend zu sterben. Ich sank auf die Bank an der Straßenbahnhaltestelle. Bevor ich überhaupt merkte, wie mir geschah, weinte ich schon wie ein Baby. Die Leute starrten mich an. Ich überlegte, Nadia anzurufen, verwarf aber die Idee sogleich wieder. Ich blieb sitzen und versank immer tiefer in meine Depressionen, ich war so versunken, daß ich gar nicht bemerkt hatte, daß sich jemand neben mich gesetzt hatte.

«Kann ich dir helfen?» fragte mich eine weibliche Stimme.

Ich drehte mich abrupt um und blickte die Frau durchdringend an. Sie errötete.

«Nein», antwortete ich brüsk, stand auf und lief davon. Dabei drehte ich mich mehrmals um, um sicherzugehen, daß sie mir nicht folgte.

«Das sind sie», dachte ich voller Angst. «Das sind die Leute vom Ausländeramt, die mir nachspionieren sollen. Denn warum sonst sollte diese unbekannte Frau Interesse an mir zeigen?»

Ich hatte längst aufgehört, Briefe nach Hause zu schreiben. Maanaas Briefe hatte ich immer beantwortetet, bis sie mir mitgeteilt hatte, daß Mutter nach mir gefragt hätte. Und daß Mutter ihr gestanden habe, daß sie mich gebeten hatte, dafür zu sorgen, daß die Weißen ihre Augen heilten. Mutters Augen, so hatte Maanaa weitergeschrieben, würden immer schlechter, aber sie setzte ihre ganze Hoffnung darauf, daß ich sie bald holen würde. Diese Hoffnung, so Maanaa, verleihe Mutter die Kraft, durchzuhalten. Aber Maanaa hatte auch durchblicken lassen, daß es unfair von mir gewesen sei, Mutter nicht die Wahrheit gesagt zu haben. Denn Mutter lehnte es rundweg ab, ihre Augen in Ghana behandeln zu lassen, obwohl erst kürzlich eine Augenspezialistin aus Jugoslawien zurückgekommen war und jetzt im Regierungskrankenhaus arbeitete. Die Ärztin hatte unmißverständlich erklärt, daß die Erfolgsaussichten rasch schwinden würden, wenn man die Operation noch länger hinauszögern würde. Maanaa bat mich, an Mutter zu schreiben und zu erklären, daß es mir leider nicht möglich sei, sie nach Deutschland zu holen.

Aber wie hätte ich das anfangen sollen? Wie bloß? Also hatte ich den feigen, aber einfachen Weg gewählt: Ich hatte alle folgenden Briefe von Maanaa ignoriert und vollends aufgehört, nach Hause zu schreiben. Das Wissen, daß praktisch jede Stunde an Verzögerung die Aussicht auf eine Besserung von Mutters Leiden schmälerte, bereitete mir großes Unbehagen. Aber sollte ich wirklich die ganze Wahrheit nach Hause schreiben? Und wenn ja, wie? Und wenn ich geschrieben hätte, daß alles einfach prima laufen würde, dann hätte das eine Flut von Bettelbriefen ausgelöst und man hätte mich an das Grundstück erinnert, das für mich gekauft werden sollte. Und an das Haus, das darauf gebaut werden sollte, und an all die anderen Verpflichtungen.

Schließlich suchte ich Trost in der örtlichen evangelischen Kirchengemeinde. Heimlich hoffte ich, daß ich dort meinen künftigen deutschen Mann kennenlernen würde. Aber keiner der Männer schien sich in mich verlieben zu wollen. Der Frau des Pfarrers war ich immerhin recht sympathisch, und sie lud mich regelmäßig zum Kaffeetrinken ein.

Einmal kam ich etwas zu spät, und als ich das Wohnzimmer betrat, fiel mein Blick auf eine junge Frau, deren Gesicht mir bekannt vorkam. Irgendwo hatte ich sie schon einmal gesehen, aber wo? Sie hingegen schien mich nicht zu kennen. Wir tranken gemütlich unseren Kaffee, plauderten höflich miteinander und verabschiedeten uns.

Kurz darauf lud mich die Frau des Pfarrers zu einer afrikanischen Filmwoche ein. Der Programmschwerpunkt lag auf Produktionen, die von Afrikanern gedreht und produziert worden waren. Nach der Filmvorführung fand meistens eine Diskussion über den Film und dessen Themen statt. Ziel dieser Filmwoche war es, so erfuhr ich, dem deutschen Publikum bestimmte afrikanische Lebensstile und verschiedene Kulturen nahezubringen. Dieses Ziel blieb jedoch in weiter Ferne, denn nur Leute, die sich ohnehin schon lange mit afrikanischer Kultur beschäftigt hatten, verirrten sich in den Gemeindesaal. Wir alle zusammen besetzten nicht einmal die ersten vier der fünfzehn Stuhlreihen.

Eines Abends tauchte auch die junge Frau auf, der ich im Pfarrhaus begegnet war. Der Film des Abends handelte vom Leben in einem Dorf in Burkina Faso. Bei der folgenden Diskussion beschwerte sich die junge Frau über das Desinteresse vieler in Deutschland lebender Afrikaner an solchen Veranstaltungen.

Als einzige Afrikanerin im Raum warf ich ein: «Ihr alle werdet Jahre brauchen, wenn es euch überhaupt gelingen sollte, irgendeinen Ghanaer hier in Deutschland davon zu überzeugen, eine solchen Veranstaltung zu beehren. Etwas, was Sie wissen müssen», so fuhr ich fort, «ist, daß viele von uns Afrikanern hier in Deutschland Prioritäten setzen, und zu solchen Veranstaltungen zu gehen, gehört nicht unbedingt dazu. Wir messen alles nur an seinem Geldwert. Kaum einer von uns ist hergekommen, um für das Verständnis bei den Deutschen zu werben. Wir sind hier auf der Jagd nach der starken DM. Das ist alles.»

Das provozierte weitere kontroverse Diskussionen, aus denen ich mich absichtlich heraushielt. Ich hatte das Gefühl, meinen Standpunkt klargemacht zu haben, alles andere betraf die anwesenden Deutschen.

Nach der Veranstaltung saß ich gedankenverloren in einer Ecke, als jene junge Frau, von der ich immer noch nicht genau wußte, wer sie war, auf mich zukam und sich neben mich setzte.

«Also», begann sie, «was ist es genau, was die Afrikaner so mißtrauisch gegenüber den Deutschen macht? Es ist beinahe so, als ob sie Angst hätten. Warum bist du buchstäblich vor mir davon gerannt, damals an der Bushaltestelle?»

Ich seufzte. Das war es also. Daher kannte ich das Gesicht. Ich lachte erleichtert auf.

«Wie ein Kätzchen, das sich verlaufen hat», fuhr sie fort, «und du hattest einen gehetzten Blick in den Augen, der geradezu nach Hilfe schrie. Ich konnte einfach nicht vorbeigehen. Was war los mit dir?»

«Das ist eine lange Geschichte», entgegnete ich und war sogleich sehr froh über die Bekanntschaft mit dieser jungen Frau.

«Gut», erklärte sie. «Ich hole dich am Sonntag ab, wenn du einverstanden bist. Dann trinken wir irgendwo einen Kaffee zusammen, und dann zeige ich dir, wo ich wohne. Und wenn du willst, kannst du mir dann deine lange Geschichte erzählen. Ich freue mich, daß ich dich jetzt doch noch kennengelernt habe.»

«Ich auch», erwiderte ich.

«Ach», fügte sie nach kurzem Zögern hinzu, «nur für den Fall, daß du meinen Namen nicht mitbekommen hast bei all dem Gerede. Ich heiße Renate.»

## 6

Renate arbeitete für eine Hilfsorganisation für Afrika, Asien und Lateinamerika. Das erfuhr ich gleich beim ersten Mal von ihr, als sie mich abholte, um mit mir Kaffee trinken zu gehen. Danach fuhren wir in ihre Wohnung.

Ich verriet ihr, daß ich des öfteren mit dem Bus an dem Haus vorbeifuhr. «Dann kannst du ja immer bei mir vorbeischauen. Ich fahre dich dann später nach Hause.»

Ich öffnete mich gegenüber Renate nicht von Anfang an. Mir schien es angebracht, trotz allem eine gewisse Vorsicht walten zu lassen. Aber als wir uns im Laufe der Zeit besser kennengelernt und sie mich sogar ihren Eltern vorgestellt hatte, wurde ich immer gelöster. Renate gab mir niemals das Gefühl, in betrügerischer Absicht in Deutschland zu leben, nur weil ich einen Asylantrag gestellt hatte. «Wer bin ich, um über dich zu urteilen? Wenn ich in deiner Situation wäre, würde ich wahrscheinlich das Gleiche tun. Wenn ich in der Dritten Welt geboren wäre, hätte ich wahrscheinlich auch grünere Weiden in der Ersten Welt gesucht. Das ist nur natürlich.»

In ihrer Gegenwart konnte ich meine Seele ausschütten und endlich ganz ich selbst sein. Nichts davon schien Renate zu schockieren. Außerdem berichtete mir Renate auch von ihren Aufs und Abs, so daß ich nie mit dem Gefühl zu kämpfen hatte, daß ich eine Versagerin und sie ein Erfolgsmensch war. Sie ihrerseits behauptete, sie bewundere meine offene und direkte Art, sie sei einfach gerne mit mir zusammen, sie habe eine hohe Meinung von meinem Verstand und lege Wert auf meine Meinung zu bestimmten Themen.

Ich verbrachte jetzt viel Zeit mit Renate.

Sie hatte natürlich auch andere Verpflichtungen. Sie hatte ihre Arbeit und ihre Familie, außerdem Bernd, ihren Freund. Der arbeitete als freier Fotograf, war Aktivist bei Greenpeace und schon deshalb oft unterwegs. Somit blieb Renate viel Zeit für sich selbst. Manchmal verbrachte ich sogar das Wochenende bei ihr.

«Fühle dich ganz wie zu Hause hier», sagte sie zu mir. «Ich bin nicht die wohlwollende Deutsche, die Mitleid hat mit einer armen Afrikanerin. Nur ein bißchen vielleicht», fügte sie lachend hinzu, «mehr noch aber die einsame Deutsche, deren ansonsten zu geregeltes Leben durch die Gesellschaft einer interessanten Afrikanerin bereichert wird.»

Ironischerweise lernte ich ausgerechnet durch Renate ein paar Ghanaer kennen, die nur, wenn ich es einmal so nennen darf, die Sonnenseite des Lebens in Deutschland kannten.

Auch jenen Ghanaern, die ich durch Renate kennenlernte, verschwieg ich meine akademische Ausbildung. Diese Landsleute guckten auf mich herunter. Viele hielten mich wohl für eine Prostituierte.

Eines Tages jedoch ging ich zum Gegenangriff über. «Warum hast du deine ghanaischen Bekannten damals nicht zu den Filmwochen gezerrt?» wollte ich von Renate wissen, «du bist es doch schließlich gewesen, die sich über Gleichgültigkeit der Afrikaner mokiert hat.»

«Eben diese Leute haben mich ja damals so aufgeregt. Du glaubst gar nicht, was die für Ausreden erfunden haben, um nicht mitkommen zu müssen. Wenn die Prostituierten nicht kommen, das verstehe ich noch. Aber solche Leute...»

«Die Ghanaer auf der besseren Seite des Lebens hassen es, etwas mit den Ghanaern auf der dunklen Seite gemein zu haben», erklärte ich.

Wie wohl alle Freundschaften, hatte auch die zwischen Renate und mir die eine oder andere Prüfung zu bestehen. Unser erster Streit wurde von dem ausgelöst, was Renate später das «Babybuch-Thema» nennen sollte. Renate glaubte an Horoskope. Wir saßen eines Abends in ihrer Wohnung, tranken Sekt und debattierten, ob es klüger sei, die endgültige Entscheidung über meinen Asylantrag abzuwarten, oder ob ich doch versuchen sollte, irgendwie Geld für eine Scheinheirat aufzutreiben. Das letztere galt zwar als der sicherste Weg, aber vollständig ohne Risiko ging es auch hierbei nicht ab.

Da hatte es den Fall der Mary gegeben, einer Ghanaerin, die nach Deutschland gekommen und entschlossen war, nicht als Prostituierte zu enden. Mit den Papieren einer anderen ghanaischen Frau ergatterte Mary gutbezahlte Putzjobs in einem Kaufhaus und in einem Restaurant. Sie bezahlte am Ende jede Monats einen gewissen Betrag an die Frau, deren Papiere sie benutzte. Ein solches Arrangement durfte man getrost als Glücksfall bezeichnen. Erstens mußte man jemanden mit einer Arbeitserlaubnis finden, der bereit war, dieses Risiko einzugehen. Das Risiko blieb überschaubar, solange die Inhaberin der Arbeitserlaubnis in einem Club arbeitete und die Benutzerin einem legalen Job nachging. Zweitens mußte die Benutzerin der Inhaberin der Papiere sehr ähnlich sehen, aus naheliegenden Gründen. Das alles zusammengenommen machte es nicht zu einer allzu gängigen Möglichkeit, sich eine Arbeitserlaubnis zu verschaffen. Mary jedoch war vom Glück verwöhnt worden und somit Asylbewerberin und zugleich einer mit einem Deutschen verheirateten Frau mit Arbeitserlaubnis ähnlich. Eine gewisse Zeit lief alles prima. Für die Putzstellen wurde sie angemessen bezahlt, und sie konnte sich schon bald eine Scheinheirat mit einem netten Deutschen leisten. Auf diese Weise kam sie zu ihrer eigenen Arbeitserlaubnis und war in der Lage, die geliehene zurückzugeben. Sie zog nach Hannover und fand einen Ganztagsjob in einem großen Schallplattengeschäft. Doch dann geschah etwas Unerwartetes. Marys «Ehemann» wurde wegen Autodiebstahls ins Gefängnis gesteckt. Und dort wandelte sich Mr. Nett zu Mr. Böse. Fortan bedrängte er Mary mit allerlei Forderungen und zwang sie, regelmäßig großzügige Beträge auf sein Konto zu überweisen. Wenn sie sich beschwerte, drohte er damit, alles auffliegen zu lassen. Mary hatte Angst vor Abschiebung, also bezahlte sie Mr. Böse alias Mr. Nett. Doch der konnte nicht genug kriegen. Also beschloß Mary, sich nur ein bißchen zu prostituieren, um die immer unverschämteren Forderungen ihres «Ehemanns» zu erfüllen. Dann merkte sie, wie sie sehr schnell mehr als das Doppelte verdiente, ohne ihr Kreuz kaputtzumachen. Also gab sie alle Jobs auf und stieg voll in die Prostitution ein.

«Mary hätte vorher besser ihr Horoskop befragt», sagte Renate plötzlich. Ich erinnerte sie daran, daß in dem Teil der Welt, aus dem Mary und ich kamen, eher Knochen und Kaurimuscheln befragt wurden als die Sterne. Darauf entgegnete Renate: «Du befindest dich jetzt nun mal in dem Teil der Welt, wo die Sterne mehr gelten als eure Knochen und Kaurimuscheln. Warum sollen wir nicht tun, was schon die Römer taten. Wir werden jetzt mal dein Horoskop befragen.» Sie notierte mein Geburtsdatum, zeichnete winzige Kreise hier und da und verband diese mit Linien.

«Gut», sagte sie. «Jetzt muß ich nur noch die Stunde deiner Geburt wissen.»

«Das weiß ich doch nicht», entgegnete ich.

«Ja, hast du denn nie ein Babybuch besessen?»

«Was meinst du damit?» wollte ich wissen.

Sie machte sich auf ins Schlafzimmer und kehrte mit einem rosa eingebundenen Buch in der Hand zurück. Es enthielt etliche Einzelheiten über ihr Babyleben, und auch der Moment ihrer Geburt war auf die Minute, ja auf die Sekunde darin festgehalten. Ich nahm das feine rosafarbene Bändchen in die Hand und sagte: «Also, meine Liebe, einmal angenommen, wir beide wären am selben Tag geboren, vielleicht sogar zur gleichen Stunde, dann hätte meine Mutter bestimmt etwas anderes zu tun gehabt, als sich damit zu beschäftigen, ob sie sich für das Babybuch mit dem pinkfarbenen Blumenmuster oder das mit dem rosa Teddydesign entscheidet. Für meine Mutter wäre es nur wichtig gewesen, ob es genug regnen würde, um die Maisfelder zu bewässern, und ob eine gute Ernte für niedrige Getreidepreise sorgen würde, damit sie mir genügend Brei kochen konnte.»

Solchen kleinen Streitereien gaben wir uns des öfteren hin. Manchmal lenkte ich einfach ein, um unsere unersetzliche Freundschaft nicht zu gefährden. Sie hatte ihre Komplexe, ich mußte mit den meinen klarkommen. Obwohl ich nicht an der Aufrichtigkeit ihrer Freundschaft zweifelte, wurde ich doch manchmal das Gefühl nicht los, daß sie sehr bemüht war, zu beweisen, daß sie anders war als viele ihrer Mitmenschen. Daß ihr die üblichen Vorurteile fremd waren, die andere Deutsche gegenüber Afrikanern hegten. Ich hingegen fühlte mich geschmeichelt, daß eine Deutsche, mir, der afrikanischen Asylbewerberin, ihre Freundschaft geschenkt hatte. Das führte manchmal bis zur Selbstverleugnung.

Ein typisches Beispiel: der Wald. Renate ging leidenschaftlich gerne, lang und ausgedehnt im Wald spazieren, während ich den Wald genauso leidenschaftlich haßte. Nicht weil ich etwas gegen den Wald an sich hatte, sondern weil die Geschichten von Mord und Vergewaltigung, von denen man so hörte, meist im Wald geschehen waren.

Für die meisten deutschen Männer war Schwarzsein gleichbedeutend mit Potenz und Sexualität, und das steigerte meine Befürchtungen. Ich sah aber auch, welche Freude Renate diese Waldspaziergänge machten, täuschte jedesmal Begeisterung vor und begleitete sie. Die Selbstverständlichkeit, mit der Renate annahm, daß ich genauso gern in den Wald ginge wie sie, hatte wohl mit meiner afrikanischen Herkunft zu tun. Als Afrikanerin hatte ich einfach den Wald zu lieben, denn der mußte mir doch schließlich den Busch ersetzen. Aber nachdem das Fernsehen einmal mehr von einer Vergewaltigung irgendwo im Wald berichtet hatte und Renate wieder einen Waldspaziergang vorschlug, entgegnete ich: «Du, mir ist speiübel.»

«Dann wird dir die frische Luft gerade guttun», riet Renate.

Also gestand ich ihr meine Angst. Sie war sehr erstaunt, sogar ein bißchen verletzt, weil ich es ihr so lange verschwiegen hatte. Sie lud mich nie mehr zu einem Waldspaziergang ein.

Mit Omas Hilfe hatte ich einen Job als Hausmädchen gefunden und konnte mir einiges anschaffen, von dem ich glaubte, daß ich es zu Hause in Afrika gebrauchen könnte. Ich erwarb einen kleinen Farbfernseher, eine Kompaktstereoanlage, eine Nähmaschine und mehrere Küchengeräte. Geld schickte ich nicht nach Hause, ich hatte einfach nichts übrig.

Daß ich inzwischen jede Kommunikation mit zu Hause abgebrochen hatte, brachte mir nicht den erhofften Seelenfrieden. Die Gedanken an meine Mutter verfolgten mich, und eines Tages erhielt ich einen Brief von Maanaa. Das, was man sprichwörtlich über das Unglück sagt, stimmt: Ein Unglück kommt selten allein.

Am Morgen des Tages, an dem ich Maanaas Brief erhalten sollte, steckte ich siebzig Mark und noch ein bißchen Kleingeld ein, bevor ich mich auf den Weg zur Arbeit machte.

Am Kiosk kaufte ich mir noch etwas Haselnußschokolade und eine Dose Coca-Cola. An diesem Tag wollte ich eine Stunde eher aufhören, und ich freute mich auf einen Einkaufsbummel.

Als ich im Bus in die Tasche griff, um meine Fahrkarte vorzuzeigen, fiel mir nichts auf. Erst im Kaufhaus, als ich nachschauen wollte, wieviel Geld ich genau ausgeben konnte, stellte ich zu meinem großen Schrecken fest, daß die siebzig Mark nicht mehr da waren. Total entnervt und den Tränen nahe verließ ich das Kaufhaus, ging zum Bahnhof und machte mich auf den Weg zurück in mein Dachstübchen. Und was erwartete mich dort? Maanaas Brief. Mein Herz machte einen

Satz. Ich setzte mich, um meine zitternden Beine unter Kontrolle zu bringen, und öffnete den Brief:

«Liebe Schwester! Ich weiß nicht, warum Du so lange nichts hast von Dir hören lassen, aber ich hoffe, bei Gott, daß Du noch lebst und daß Du gesund bist. Da Du meine Bitte in meinem letzten Brief nicht erfüllt hast, nämlich Mutter zu schreiben und sie zu ermutigen, ihre Augen hier in Ghana behandeln zu lassen, mußte ich nach Kumasi fahren und eine Geschichte erfinden. Ich tat so, als hätte ich eine für sie bestimmte Nachricht von Dir bekommen, daß Du sie nicht einladen könntest, bis Du all Deine Papiere für Deinen Aufenthalt zusammen hättest, was einige Jahre dauern würde. Natürlich hat sie das zuerst nicht verstanden, aber, um es kurz zu machen, ich sagte ihr, ich würde es auch nicht verstehen, und ich würde Dir schreiben, um Näheres herauszufinden. Doch das Wichtigste daran war, daß sie sich von der Augenspezialistin hier behandeln ließ. Die zeigte sich gar nicht erfreut. Sie behauptete, weil Mutter so lange gewartet hatte, hätten sich die Erfolgsaussichten der Operation verschlechtert. Aber sie warnte auch, daß jede weitere Verzögerung noch mehr Schaden anrichten würde und setzte sogleich einen Termin fest. Mutters Augen wurde operiert, aber ich fürchte, das Ergebnis ist noch schlechter ausgefallen, als die Ärztin es vorausgesagt hat. Die Verzögerung hatte mehr Unheil angerichtet, als ursprünglich angenommen. Das traf Mutter sehr, und darüber und über andere Probleme, die ich hier nicht näher ausführen möchte, ist sie langsam wahnsinnig geworden. Jetzt kämpft sie auch noch um ihr Leben. Sefa, Mutter stirbt, langsam, aber ganz sicher. Und ich muß Dir unmißverständlich mitteilen, bereite Dich darauf vor! Natürlich hoffen wir alle, daß sie noch nicht so bald stirbt, aber wir hier sehen ihren Tod nahen. Du hättest ihr diesen Brief schreiben sollen, Sefa. Vielleicht hätte sie dann die Operation nicht hinausgezögert, und es wäre alles nicht so schlimm gekommen. Ich mache Dir keinen Vorwurf, bitte glaube das. Aber was immer Deine Gründe für Dein langes Schweigen sind, ich möchte, daß Du weißt, daß es uns hier beunruhigt und nicht gerade weitergeholfen hat. Wenn Du diesen Brief beantwortest, in Ordnung. Wenn nicht, dann weißt Du zumindest, wie es um Mutter steht. Ich wünsche Dir alles Gute. Deine Schwester Maanaa.»

Ich las den Brief wieder und wieder und spürte ein dringendes Verlangen, meine Dachstube zu verlassen und Renate aufzusuchen. Ich dachte, ich halte es sonst im Kopf nicht mehr aus. Oma wunderte sich, als ich das Haus verließ: «Du bist doch gerade erst aus Hannover zurückgekommen!»

Ich ließ sie stehen. Ich mußte reden, wirklich reden, und mit wem sonst konnte ich das als mit Renate. Der Vorwurf war da und schrie aus allen Wörtern und dem Tonfall des Briefes heraus. Man gab mir die Schuld an Mutters Verfall. Das war alles.

Ich schrie und heulte sofort los, als Renate mir öffnete. Auch in ihrer Wohnung gelang es mir nicht, mich zu beruhigen. Ich tobte herum, gerade so, als ob Renate für meine verschwundenen siebzig Mark und Maanaas Brief verantwortlich gewesen wäre. Irgendwann platzte ihr der Kragen, und sie schrie mich an: «Okay, wenn du hier Theater machen willst und mir nicht erklärst, was mit dir los ist, dann steh bitte auf und geh in deine Dachstube, oder besser noch, gleich zurück nach Ghana.»

Damit hatte ich nicht gerechnet. Dieser Wutausbruch von Renate holte mich wieder in die Wirklichkeit. Renate sagte: «Schau mal, es tut mir leid, aber...»

«Es braucht dir nicht leid zu tun», sagte ich. «Du hast völlig recht.»

Ich erzählte ihr alles, was mir von heute morgen an widerfahren war, dann brach ich in Tränen aus.

«Sie gibt mir die Schuld», sagte ich zu Renate und gab ihr Maanaas Brief. Sie las ihn durch und sagte trocken: «Sie mußte dir die Fakten vor Augen führen.»

Sie ging in die Küche und brachte eine Flasche Wein und zwei Gläser. Der Alkohol erwärmte mein Blut, und ich ließ alles heraus, was mich bedrückte.

«Ich glaube, das ist die Strafe Gottes», fing ich an. Es klang fast wie ein Selbstgespräch, aber ich sprach auch zu Renate. Die hörte mir andächtig zu, ohne mich zu unterbrechen.

«Und wofür? Weil ich nach Deutschland gegangen bin? Ich habe nicht gestohlen, um nach Deutschland zu fahren. Ich habe mein Ticket doch verdient, oder? Ich habe mich erniedrigen lassen, mein Herz wurde gebrochen, mein Gott, das Ticket war nichts weiter als eine Entschädigung! Hm? Oder straft Gott mich dafür, daß ich das Ausländeramt belogen habe? Hätte es der liebe Gott vielleicht lieber gesehen, wenn ich Prostituierte geworden wäre und weitergemacht hätte mit diesem verlogenen: Ich werde es schon schaffen? Oder dafür, daß ich dem deutschen Steuerzahler auf der Tasche liege? Ich habe doch diese Bestimmungen nicht erfunden. Was hätte ich denn tun sollen? Oder war es überhaupt falsch von mir, mir so viel Hoffnungen über Deutschland zu machen? Aber dann erklärt der liebe Gott ja das Hoffen zum Verbrechen? Oder weil ich Saba Red so sehr gehaßt habe und dieses Black-is-beautiful-Gedicht geschrieben habe? Und dann so sehr auf einen weißen Mann und zwei Mulattenkinder gehofft habe?»

«Du schleichst wie die Katze um den heißen Brei, Sefa», unterbrach mich Renate schließlich. «Du weißt genau, was dich so fertigmacht.»

Ich wußte, es hatte keinen Sinn es abzustreiten.

«Wie hätte ich Mutter gegenüber zugeben können, daß sich all meine Hoffnungen zerschlagen haben. Daß sie deshalb, es tut mir sehr leid, ihre Augen in Ghana behandeln lassen muß. Ich habe mich so geschämt, mir fehlte der Mut. Und jetzt muß ich büßen für das Ganze. Wenn sie so bald sterben muß, ist das auch meine Schuld. Ich habe sie ins Grab gestoßen, Renate.»

«Ich verstehe nicht, warum du mit dir selbst so hart ins Gericht gehst», gab Renate zu bedenken. «Deine Situation ist schon schwierig genug. Warum machst du alles noch schlimmer? Und warum hörst du nicht auf zu jammern, und wir überlegen stattdessen, was du tun kannst.»

«Was ich tun soll? Was bleibt mir anderes übrig, als meine Koffer zu packen und zu ihr zu gehen? Das ist das mindeste, was ich tun kann, oder? Maanaa gibt mir doch die Schuld...»

«Ich habe nicht den Eindruck, daß das in ihrem Brief zum Ausdruck kommt.»

«Nein? Und ob das zum Ausdruck kommt! Die versteckte Botschaft lautet:Wenn ich schon nicht die Deutsche Mark für ihre Augenoperation ausgegeben habe, soll ich wenigstens nach Hause kommen und ihr ein anständiges Begräbnis ermöglichen.»

Renate dachte kurz darüber nach und schlug vor: «Vielleicht sollten wir beide erst einmal darüber schlafen und sehen, was uns morgen dazu einfällt.»

Sie bestand darauf, daß ich die Nacht in ihrer Wohnung verbrachte. Ich war dankbar dafür.

Das Bild war verschwommen. Es floß viel Blut. Und viele Tränen wurden vergossen. Es wurde auch laut geschrien, und eine Person drohte in der Erde zu versinken. Ich kam schnell herbeigerannt, um sie zu retten, doch ich kam um Haaresbreite zu spät. Sie war schon bis zum Hals versunken, aber sie streckte noch eine Hand heraus. Ich versuchte, die Hand zu ergreifen, aber irgend etwas hielt mich zurück. Ich mühte mich weiter, immer verzweifelter, dann spürte ich, wie ich unsanft wachgerüttelt wurde, und rief verärgert: «Was ist los?»

Mein Gesicht und das Kopfkissen waren naß.

«Du hast laut gestöhnt», sagte Renate. «Dein Gesicht ist ja völlig verweint.»

Ich rieb meine Augen.

«Ich habe nach einer Hand gegriffen, glaube ich. Ich muß geträumt haben.»

«Ja, das hast du», sagte Renate. «Komm, laß uns versuchen, noch ein bißchen zu schlafen, ja?»

Renate war schon wieder fest eingeschlafen, doch ich lag noch wach und dachte an Mutter. Wie lange konnte ich das noch durchstehen? Ob ich versagt hatte oder nicht – offensichtlich war der Zeitpunkt gekommen, nach Hause zurückzukehren. Ich spürte die Botschaft, die mein Schicksal versuchte, mir mitzuteilen.

## 7

Ich bin ein sehr intuitiver Mensch, und schon oft hat mir das geholfen, Schlimmes zu verhindern. Das Gefühl, daß die Geschehnisse des vergangenen Tages als Wink des Schicksals zu verstehen waren, überwältigte mich am folgenden Tag erst recht. Ich hielt beim Staubsaugen kurz inne, mir wurde schwindelig, und ich setzte mich auf die Treppe.

Als ich gestern davon gesprochen hatte, nach Hause zurückzukehren, war das eher eine spontane Reaktion auf die Anhäufung der unangenehmen Vorkommnisse. Aber jetzt war es mein Instinkt, der versuchte, mir definitiv etwas mitzuteilen. Ich hatte keinen Alkohol getrunken, so wie gestern, ich war also völlig klar im Kopf. Das Gefühl, daß meine Zeit in Deutschland abgelaufen war, machte mir Minute für Minute mehr zu schaffen. Und bald war mir zumute, als wären die Götter von Zuhause den ganzen Weg über die Meere nach Deutschland gereist, um mich nach Hause zu holen.

Oma erzählte ich, daß meine Mutter sehr krank sei und ich deshalb mit dem Gedanken spielte, nach Ghana zurückzugehen. Oma wirkte nicht gerade begeistert, meinte aber: «Das ist sehr verantwortungsvoll von dir als Tochter.»

Als am Sonntag Renate vorfuhr, um mich abzuholen, befand ich mich endlich im Einklang mit mir selbst; ich hatte beschlossen, meinem Instinkt zu folgen.

«Wenn ich mir alles recht überlege», erklärte ich Renate, als wir in ihrer Wohnung ankamen, «verstehe ich nicht, weshalb mich der Tod meiner Mutter zurück nach Hause zieht. Immerhin war mich zur Welt zu bringen fast das einzige, was sie jemals für mich getan hat. Wären Tante Mena oder Onkel Quaye schwer krank, na gut! Die haben mich zu dem gemacht, was ich heute bin. Aber je mehr ich darüber nachdenke, desto mehr merke ich, daß ich Mutter ebenso viel Dank schulde, denn immerhin hat sie mich neun Monate lang getragen, sie war es, die die Schmerzen der Geburt auszuhalten hatte. Früher habe ich sie verurteilt, lange Zeit und tief in meinem Herzen. Dafür, daß sie gefehlt hat in meinem Leben. Ich habe nicht verstanden, warum, und daß sie an alledem vermutlich keine Schuld trug. Ich spürte immer nur, wie sehr sie mir fehlte. Aber ich habe mir nie vorgestellt, wie sie vielleicht unter der Trennung von ihren Kindern leiden würde. Tante Mena hat dafür gesorgt, daß ich Schuldgefühle bekam, wann immer ich auch nur an Mutter dachte. Was glaubst du wohl, was Mutter in dieser Zeit durchgemacht hat? Ich habe ihr nie eine faire Chance gegeben. Nicht in Gedanken, nicht in Taten. Keine von uns hat das getan.»

Renate schwieg und goß unsere Gläser voll.

«Ich möchte dir noch etwas erzählen, Renate», begann ich, «über ein Mädchen namens Salima, das bei Mutter im Norden lebte. Und wie dieses Mädchen mir den Grund geliefert hat, Mutter noch mehr zu grollen. Ich habe dir ja schon einmal erzählt, wie es Mutter mir ermöglicht hat, die notwendigen Informationen für meine Arbeit über die Klitorisbeschneidung zu beschaffen.»

Renate nickte.

«Daß meine Mutter mich zu irgendeiner Frau in einem weit entfernten Dorf geschickt hat, um mir das Ritual anzusehen, war allerdings gelogen.»

Renate verzog keine Miene.

«Ich habe mich geschämt, dir gegenüber zuzugeben, daß es meine eigene Mutter war, die das alles dem kleinen Mädchen zumutete.»

«Ich habe davon gehört, daß es ein grausames Ritual ist», entgegnete Renate.

«Ja, das kann man wohl sagen», sagte ich. «Es ist furchtbar, es ist schrecklich, es ist grausam. Stell dir vor, so etwas würde mit dir gemacht, als zwölfjährigem Mädchen. Du liegst in einer dunklen Hütte auf einer Strohmatte. Eine kleine Lampe beleuchtet die Ecke, in der du liegst, und du wirst festgehalten von vier starken Frauen, jede hält dich mit ihren zwei starken Händen fest, an Armen und Beinen. Du kannst dich nicht bewegen. Du kannst nicht einmal mehr zucken. Du würdest es auch nicht wagen, selbst wenn du es könntest. Dann ist da noch eine fünfte Frau, die Assistentin der Matrone, und natürlich die Matrone selbst, also die Beschneiderin. Und ohne Vorwarnung spreizen sie deine Beine auseinander. Die eine Frau streicht eine Flüssigkeit auf dein Geschlechtsteil, wahrscheinlich soll sie die Schmerzen lindern. Und damit fängt die ganze Prozedur richtig an. Die Beschneiderin stellt sich zwischen deine Beine, das Messer liegt neben ihr bereit, scharf und gleißend.»

Ich merkte, wie Renate zusammenzuckte.

Doch ich schilderte ihr die ganze Prozedur in allen Einzelheiten und schloß: «Dann bleibt nur noch ein Loch, gerade groß genug, um Urin und Menstruationsblut durchzulassen.»

Renate sagte nur: «Oh, mein Gott, wozu dient das Ganze?»

«Es soll sicherstellen, daß kein Penis in deine Vagina eindringt, bis du verheiratet wirst. Vor der Hochzeit wirst du wieder geöffnet durch einen einfachen Schnitt durch die zugenähte Vulva. Das gehört dann zu den Hochzeitsvorbereitungen. Die Wunde kann noch heilen, bevor der Ehemann zum ersten Mal eindringt. Der Zweck des Geschlechtsverkehrs für dich als Frau ist erstens, Kinder zu gebären, und zweitens, deinem Ehemann Freude zu bereiten. Das ist alles. Du sollst keine Freude daran haben, deshalb wird dir auch das lustspendende Organ entfernt: deine Klitoris.»

Renate räusperte sich und nahm einen großen Schluck Sherry, rückte sich in ihrem Sessel zurecht und versuchte, gefaßt zu wirken.

Dann wunderte sie sich: «Du hast es mir damals nicht erzählt, warum tust du es jetzt? Wenn du dich damals so schlecht gefühlt hast, warum hast du deiner Mutter nicht erklärt, daß du es sooo genau auch wieder nicht wissen mußtest?»

«Ich habe die ganzen Qualen erst richtig begriffen, nachdem ich es miterlebt hatte. Ich habe ihr gesagt, daß das Mädchen nicht extra wegen mir da durchmüsse. Aber Mutter hatte bereits alles arrangiert, und sie konnte wohl jetzt nicht mehr zu Salimas Leuten gehen und die Entscheidung rückgängig machen. Außerdem mußte Salima ohnehin bald beschnitten werden. Der Zeitpunkt wurde nur etwas vorgezogen wegen meiner Diplomarbeit.»

«Aber warum war es dir peinlich, daß deine Mutter daran mitgewirkt hat?»

«Das ist ja wohl nichts, worauf man stolz sein könnte, daß die eigene Mutter bei etwas so grausamem und primitivem mitmacht. Außerdem – auch wenn Salima in jedem Fall beschnitten worden wäre, Diplomarbeit hin oder her, ich fühlte mich irgendwie schuldig, denn wegen mir mußte sie alleine da durch. Die Zeremonie, die normalerweise mit dem Ritual einhergeht, hat durchaus ihren Sinn. In der Gruppe unterstützen sich die Mädchen gegenseitig. Ältere Frauen singen aufmunternde Lieder. Das alles dient dazu, die Willenskraft der Mädchen zu stärken. Und das alles wurde Salima vorenthalten, nur wegen meiner Diplomarbeit. Und was haben ihre Schmerzen und mein Ärger genützt, was ist in Deutschland aus mir geworden? Eine Putzfrau.»

Renate blickte mich forschend an, kurz und intensiv, und konstatierte dann: «Es scheint, daß du deine eigenen Schuldgefühle nun auf deine Mutter überträgst.»

«Wenn das so ist, dann bleibt mir nichts anderes übrig, als zu gehen und mich mit ihr zu versöhnen, bevor sie stirbt.»

«Der nahende Tod scheint dein ganzes Denken und deine gesamte Wahrnehmung völlig zu verändern», merkte Renate an.

Ich lachte auf.

«So soll es wohl sein, Renate», sagte ich. «Weißt du, in dem Teil der Welt, aus dem ich komme, regiert der Aberglaube, und die Toten werden sehr verehrt. Die körperlich Schwachen werden verabscheut, zurückgewiesen und mißachtet, solange sie für das menschliche Auge und den menschlichen Verstand als Gestalt wahrnehmbar sind. In dem Moment, in dem die eiskalten Hände des Todes nach diesem menschlichen Leben greifen, hört diese ehemals schwache menschliche Gestalt auf, schwach zu sein. Der Tod führt in die spirituelle Welt, und die spirituelle Welt versteckt sich in angstvollem Mysterium. Die Lebenden haben große Angst vor allem, was mysteriös ist. Indem er achtet, wovor er sich fürchtet, verwandelt er diesen körperlich Schwachen in ein entschwundenes, unsichtbares, spirituelles, starkes Wesen, von dem man glaubt, daß es in der Lage ist, an den Lebenden Rache zu nehmen.»

«Also hast du das Gefühl, wenn du nicht zurückgehst und Frieden schließt mit deiner Mutter, dann wird sie sich eines Tages an dir rächen?»

«Laß es mich so sagen: Die Schuldgefühle, weil ich es versäumt habe, meiner Mutter die Wahrheit zu sagen, was glaubst du, wie lange ich sie noch ertragen kann, ohne verrückt zu werden? Wenn ich hierbleibe und weiterhin die Wohnungen anderer Leute putze, ohne Mann, geplagt von einer unsicheren Zukunft. Wo ich nicht einmal weiß, wann das Ausländeramt erklärt: Wir haben dich jetzt lange genug unterhalten. Deine Zeit ist um. Geh nach Hause. Nicht eine einzige der hohen Erwartungen, mit denen ich hergekommen bin, hat sich erfüllt. Ich bin mir nicht darüber im klaren gewesen, daß ich mit meiner Würde bezahlen müßte, um diese Hoffnungen zu erfüllen. Ich wußte auch nicht, daß die einzige Aufmerksamkeit, die mir von deutschen Männern entgegengebracht werden würde, das Interesse an schnellem Sex gegen Geld sein würde. So, wie es jetzt ist, verschwende ich nur Sozialgelder und meine besten Jahre. Das Schicksal will eben, daß ich heimkehre.»

Kurz darauf trat ich meinen Abschiedsbesuch bei Nadia an. Seit ich weggezogen war, hatten wir uns tatsächlich nicht mehr getroffen. Sie wirkte ziemlich bedrückt darüber, wie die Dinge für mich in Deutschland gelaufen waren.

Wieder in Hannover kündigte ich meinen Putzjob, hob meine Ersparnisse vom Konto ab, packte meine Sachen und übergab alles außer einem Koffer dem Spediteur. Die letzten Tage, die mir verblieben, verbrachte ich mit Renate, die immer noch mit meiner plötzlichen Abreise fertig werden mußte.

D-Day war gekommen, ein kalter Oktobermorgen im Jahre 1986, und Renate, ihre Mutter, ihre Schwester und, natürlich, Oma brachten mich zum Flughafen. Es wurde eine sehr feierliche Angelegenheit. Seltsamerweise wurde keine Träne vergossen, wir sprachen nur wenig. Jede für sich war mit ihren eigenen Gedanken beschäftigt. Renate wahrscheinlich mit dem Ende einer ziemlich ungewöhnlichen Freundschaft, die auf ungewöhnliche Weise begonnen und auf ungewöhnliche Art sich in eine sehr enge Beziehung verwandelt hatte. Oma dachte wohl an den Abschied von einer Gesellschaft, die ihr sehr lieb geworden war. Und ich, ich dachte an unerfüllte Träume und Erwartungen, an das andere Leben, das mir jetzt bevorstand. Ein Gefühl der Unsicherheit beschlich mich, wenn ich an Ghana dachte, vor allem aber hatte ich Angst. Angst, weil ich wußte, daß ich nach Hause zurückkehrte als eine erbärmliche Versagerin.

Zu Hause in Ghana würde mein ganzer Aufenthalt in Deutschland als eine einzige Enttäuschung betrachtet werden. Man würde mir nicht gleich bei meiner Ankunft die rote Karte zeigen, soviel war klar. Man konnte ja nicht wissen, ob ich letztlich nicht doch noch mit einem großen Trumpf aufwarten würde.

Man würde mir also eine Atempause gönnen, bis man sicher war, daß mir nicht doch noch Autos und Elektrogeräte per Schiff nach Hause folgten. Oder eine schöne Summe an Deutschen Mark überwiesen werden würde. Irgendwann aber, wenn keine Autos oder Elektrogeräte in einem großen Container im Hafen von Tema angekommen und keine beeindruckende Summe in DM eingetroffen sein würde und ich mir kein Grundstück in der besten Wohngegend gekauft und ein auffälliges Haus darauf gebaut haben würde, wie es sich für eine Been-to gehört, dann, ja dann würden sie mir unmißverständlich zu verstehen geben, in Worten und in Taten, was für eine Versagerin ich in ihren Augen war.

All dem, was da unweigerlich auf mich zukommen würde, hatte ich aber etwas entgegenzusetzen. Meine feste Überzeugung, auf meine Weise aus der Sache als Siegerin hervorgegangen zu sein.

## 8

Meine Rückkehr hatte bereits einen faden Beigeschmack von dem Moment an, als ich den Fuß auf den Boden von Kotoka International Airport setzte. Niemand war gekommen, um mich abzuholen. Mir kam meine Abreise nach Deutschland in den Sinn, mit all den weißgekleideten Leuten, die gekommen waren, um sich von mir zu verabschieden.

Ich nahm mir am Flughafen ein Taxi. Es war bereits nach zehn Uhr abends, und im Haus war alles dunkel, als ich ankam. Alle schienen schon zu schlafen, und ich bat den Taxifahrer, ein paarmal kräftig zu hupen. In Onkel Quayes Schlafzimmer ging das Licht zuerst an.

«Wer ist das?» rief er, sichtlich verärgert über das Hupkonzert. Dann gingen weitere Lichter an.

«Ich bin es», verkündete ich.

«Wer ich?» schimpfte er.

«Sefa», rief ich.

Jetzt gingen alle Lichter an. Ein junges Mädchen von etwa fünfzehn Jahren, offensichtlich eine neue Hausangestellte, lief mir entgegen und half mir mit meinem Gepäck. Tante Mena und Onkel Quaye hatten sich inzwischen im Wohnzimmer eingefunden. Es stellte sich heraus, daß sie den Brief mit meiner genauen Ankunftszeit noch nicht erhalten hatten.

«Wir haben sogar an Maanaa geschrieben, sie solle sich darauf einrichten, dich am Flughafen abzuholen», sagte Tante Mena.

Der Kampf hatte also schon begonnen, ich wäre bestenfalls von Maanaa am Flughafen erwartet worden. Die Ankunft einer Been-to-Versagerin hat in aller Stille zu erfolgen. Punktum.

Genau wie ich es vorausgesehen hatte, wurde mir nicht sofort die rote Karte gezeigt. Ich wurde freundlich behandelt, und ganz vorsichtig fragte Tante Mena: «Hast du auch etwas mit dem Schiff geschickt?»

«Das habe ich getan», antwortete ich wahrheitsgemäß, ohne genauer zu erläutern, um was es sich dabei handelte.

In Ghana hatte sich viel verändert. Harte Devisen – Pfund, Dollar, DM, Yen – mußten nicht mehr eingeschmuggelt werden. Man konnte sie einfach mitbringen. Die Devisen durften legal in Cedis getauscht werden. J.J. war wieder an der Macht, aber er steuerte das Land in Richtung Kapitalismus und freie Marktwirtschaft. Er predigte nicht länger den Sozialismus, attackierte auch nicht mehr Mr. IWF und die westlichen Nationen. Ghanas Märkte waren überschwemmt mit allen möglichen Konsumgütern. Es gab alles zu kaufen, in allen Farben und Größen.

Am Busbahnhof wo ich am zweiten Tag nach meiner Ankunft zu meiner Mutter nach Kumasi aufbrach, bemerkte ich zu meinem größten Erstaunen eine komplette Umkehr der Verhältnisse. Es gab jetzt mehr Fahrzeuge als Passagiere. Vor meiner Reise nach Deutschland hatte jeder Passagier Beziehungen haben müssen, um problemlos einen Platz zu ergattern. Jetzt beschäftigten die Fahrer sogar Schlepper, die ihnen Passagiere besorgten. Der Fahrzeugbestand war jedoch veraltet wie eh und je. Viele Gefährte hatten schon viele Kilometer im Ausland auf dem Buckel, bevor sie hierher nach Ghana verschifft worden waren. Somit lohnte es sich trotz des großen Angebots noch immer, einen Bediensteten zu kennen, der ein Fahrzeug empfehlen konnte, das den Weg von Accra nach Kumasi ohne Defekt oder gar den totalen Zusammenbruch hinter sich bringen würde. Andernfalls hätte man miterleben müssen, wie der Fahrer am Straßenrand verzweifelt und fluchend einen Mechaniker suchte, der ihm das Gefährt wieder in Ordnung bringen sollte, und mit sich überschlagender Stimme verkündete, daß er die «verdammte Kiste» gerade erst gestern repariert hatte. Für den ungeduldigen Passagier, dessen Zeit buchstäblich auch Geld bedeutete, war nun der Moment gekommen, sich von seinen Mitreisenden zu entfernen und sich nach einem anderen Auto umzusehen. Dabei mußte er wieder in die Tasche greifen. Das vollbezahlte, nicht-rückerstattbare Fahrgeld für die Strecke Accra-Kumasi? Eine Gabe für die Götter. Und wenn die «verdammte Kiste» dann endlich wieder lief, wurden die freien Sitze von neuen Passagieren besetzt, die unterwegs dazustiegen und den Preis für die restliche Strecke nach Kumasi bezahlten. Zur Hölle mit den aufsässigen Passagieren, die sich gegen die «harten, aber fairen» Geschäftspraktiken des Fahrers auflehnten. Wer hat eigentlich jemals behauptet, daß man allein von anständiger Arbeit zu leben hat? Kalabule lebt!

Wie auch immer, ich bestieg den Minibus in Richtung Kumasi. Hoffentlich würde es eine ruhige Fahrt werden, damit ich mich in meinem Ecksitz zurücklehnen und etwas nachdenken konnte. Doch das sollte mir nicht vergönnt sein, dafür sorgten schon zwei weibliche Passagiere, noch bevor wir überhaupt losfuhren.

«Ich habe einen Priester kennengelernt in Nsawam», rief eine der Frauen der anderen zu, die zwei Sitze weiter vorne saß. «Einen sehr starken Priester, sage ich dir.»

Die andere fragte zurück: «Schon wieder ein Fetischpriester?»

«Nein», erwiderte die erste. «Diesmal ein Jesuspriester.»

«Heißt das, du gehst nicht mehr zu dem Fetischpriester?»

«Doch, doch», jaulte die erste Frau. «Das kann ich mir doch nicht leisten.»

«Ach», sagte die zweite. «Dann gehst du also zu dem Fetischpriester und dem Jesuspriester?»

«Genau!» bestätigte die eine. «Sind zwei Köpfe nicht besser als einer?»

Gelächter erschütterte den Wagen. Ich versuchte, es mir in meinem Sitz so bequem wie möglich zu machen. Panne oder nicht, auf jeden Fall würde es ein interessanter Ausflug werden, überlegte ich mir.

«Der letzte Mann – der letzte Mann..., hierher bitte», schrie der Beifahrer. Und der letzte Mann, in Wirklichkeit eine Frau in mittleren Jahren, stieg ein. Der Beifahrer stieg ebenfalls ein und schloß die Tür. Der Fahrer warf eine angebissene Orange auf eine Obstverkäuferin, wobei er sie nur knapp verfehlte, und schrie ihr zu: «Wenn du nicht mit mir schlafen willst, dann verschwinde! Nicht einmal deine Orangen sind süß, wie ist dann erst dein Ding?»

Erneutes Gelächter, diesmal mußte ich von Herzen mitlachen.

«Ja», dachte ich, «bei allem Schmutz und aller Armut, Zuhause ist Zuhause. In all dem Elend finden wir doch immer wieder einen Grund zum Lachen.»

Die erzürnte Orangenverkäuferin warf dem Fahrer lauthals üble Beleidigungen an den Kopf, die der Fahrer einfach ignorierte.

«Alle auf ihrem Platz?» rief er seinem Beifahrer zu.

«Alle auf ihrem Platz», antwortete der.

«Machen wir uns auf den Weg?» rief der Fahrer.

«Auf den ganzen Weg», antwortete der Beifahrer.

Und zoom – der Fahrer startete den Minibus und unternahm keinerlei Versuch, den vielen Schlaglöchern – eines der Dinge, die in diesem Land die alten geblieben waren – auszuweichen, also ging es auf und nieder, und wir wurden unsanft durchgeschüttelt, bis wir die relativ ebene Schnellstraße erreichten. Irgendwo auf dieser Strecke wurden meine Augenlider schwer, als plötzlich eine andere weibliche Stimme laut zu vernehmen war.

«Ich sage dir, Yaa, ich habe ihr alles weggenommen, sogar ihren Mörser und ihren Stößel. Diese Frau hat nix mit in die Ehe gebracht. Dann soll sie auch nichts mitnehmen, wo sie es auch noch war, die ihn umgebracht hat.»

«Wer sagt denn, daß sie ihn umgebracht hat?» fragte die Frau namens Yaa.

«Ach! Hab ich dir denn nicht erzählt, daß der Geist meines Bruders während der Beerdigung niederkam? Das hättest du sehen sollen! Er kam auf eine Frau, die fing plötzlich zu sprechen an wie ein Mann, genau wie mein Bruder. Und du hättest das Gesicht dieser Hexe von seiner Frau sehen sollen. So beschämt war sie, daß man hätte glauben können...»

Ich döste ein. Als ich aufwachte, hielt das Fahrzeug gerade in einem Vorort von Kumasi, einige Passagiere stiegen aus. Ich hatte fast drei Stunden geschlafen, und Gott sei dank, wir waren von Pannen verschont geblieben. Ich blieb jetzt wach und stieg an der Endstation aus. Von dort nahm ich ein Taxi zu der Familie, wo Mutter jetzt lebte. Niemand konnte etwas von meinem Besuch ahnen. Ja, sie wußten nicht einmal, daß ich schon aus Deutschland zurückgekehrt war.

Ich hatte vor meiner Deutschlandreise nur wenige Male Mutter besucht und war außerdem so viele Jahre fort gewesen. So schien es nur verständlich, daß sich die entfernten Verwandten im Haus nicht an mich erinnerten. Ich betrat das Anwesen und begrüßte die wenigen Leute, die dort vor ihren Hauseingängen saßen. Als ich auf den Raum zustrebte, von dem ich hoffte, dort Mutter zufinden, hielt mich eine Frau brüsk zurück und fragte: «Was willst du überhaupt hier, eh?»

«Ich will zu meiner Mutter», antwortete ich.

«Wer bist du?» wollte die Frau wissen.

Ich stellte mich vor und erklärte außerdem, daß ich vor drei Tagen erst aus Deutschland zurückgekommen war. Sichtlich bewegt bat sie mich herein. Die Frau stellte sich als Mami Onnibi vor. Sie bot mir ein Glas Wasser an, und dann teilte sie mir mit, daß meine Schwester Maanaa soeben nach Tema zurückgefahren war.

«Haben Sie mich hereingebeten, um mir das zu sagen?» fragte ich sie.

«Eigentlich nicht», antwortete sie. «Ich wollte dich auf das vorbereiten, was dich da drin erwartet. Sechs Jahre sind eine lange Zeit, weißt du.»

«Ich weiß», stimmte ich zu.

«Besonders, was deine Mutter betrifft, meine ich», fügte sie vorsichtig hinzu.

Ich hielt den Atem an.

«Was soll das heißen?» fragte ich sie. «Warum redest du um den heißen Brei herum? Ist sie tot?

«Nein», sagte die Frau. «Noch nicht, aber...»

«Was aber?» rief ich.

«Sie hat sich sehr verändert, und, es tut mir leid – nicht zum Guten.»

«In sechs Jahren verändert sich doch jeder, oder?» gab ich zurück.

Die Frau hatte wohl den scharfen Unterton in meiner Stimme bemerkt, aber sie ließ sich nicht beirren und wiederholte: «Ich wollte dich lediglich darauf vorbereiten.»

. Inzwischen hatten sich einige neue Gesichter blicken lassen, sie alle oder zumindest die meisten gehörten zur Großfamilie. Einige kannten mich, doch Mutters Situation ließ es wohl nicht zu, meine Ankunft zu feiern. Und außerdem, was brachte ich schon mit, um mir ein herzliches Willkommen zu verdienen?

Ich betrat Mutters Zimmer. Es war nur schwach beleuchtet. Ein Mädchen, das Maanaa bei Mutters Pflege half, kauerte auf einem Hocker in der Ecke. Das Bett, wo ich Mutter vermutete, war leer. Schließlich wandte ich mich an das Mädchen und fragte nach Mutter. Keine Antwort. Das Mädchen war fest eingeschlafen. Wahrscheinlich hatte sie die ganze Nacht bei Mutter gewacht und war selbst nicht zum Schlafen gekommen. Armes, kleines Ding, dachte ich. Dann endlich fiel mein Blick auf Mutter! Ich trat etwas näher heran. Zusammengekrümmt im Halbdunkel lag sie auf einer Strohmatte auf dem bloßen Fußboden. Auf den ersten Blick hatte ich sie für einen

Haufen zusammengeknüllten Stoff gehalten. Ihr Gesicht war eingefallen, die Augen in tiefen Höhlen versunken, ihr Blick leer, der Kopf kahl.

«Jesus», rief ich aus und weckte damit das Mädchen.

«Was ist mit ihren Haaren?» fragte ich. Sie machte keine Anstalten, sich nach dem Grund meines Eindringens zu erkundigen.

Zögernd antwortete sie: «Läuse.»

Die Wahrheit erfuhr ich später. Sie hatte mit Läusen nicht das geringste zu tun: Eine Mitbewohnerin des Compounds hatte eines Tages ein braunes Huhn vermißt. Erst war jemand aus dem eigenen Haushalt in Verdacht geraten, und die Frau konsultierte daraufhin einen Juju-Mann. Doch anstatt ihr den Hühnerdieb zu verraten, erklärte der Juju-Mann in seiner Trance das vermißte Huhn zum Zeichen der Götter. Diese hätten ihm, dem Juju-Mann, auf diese Weise die Möglichkeit gegeben, eine Botschaft an das Familienoberhaupt weiterzuleiten. Das Familienoberhaupt konnte nicht herbeigerufen werden, denn es war gerade an der Ruhr erkrankt, und ein Stellvertreter wurde zusammen mit der Frau, der das Huhn gestohlen worden war, vorgeladen, um die Botschaft entgegenzunehmen. Der Juju-Mann wollte ihnen etwas über die auffällig häufige Unfruchtbarkeit der Frauen in dieser Familie mitteilen.

An diesem verhängnisvollen Tag kehrte Mutter abends vom Markt zurück. Sie hatte Nahrungsmittel eingekauft, die sie in einem Korb auf dem Kopf trug. Im Compound hatten sich jede Menge Leute versammelt. Mutter fragte sich, was los war, und erkannte gleich an den Gesichtern, daß die Versammlung aus keinem angenehmen Anlaß einberufen worden war. Sie trat näher, zahllose feindselige Augen musterten sie. Diese unerfreuliche Angelegenheit mußte also auch etwas mit ihr zu tun haben. Eine Frau kam direkt auf sie zu und befahl ihr, den Korb abzusetzen und mitzukommen. Mutter gehorchte. Doch noch bevor sie fragen konnte, wohin man sie brachte, wurde sie schon buchstäblich dem Juju-Mann entgegengeschubst. Sie schlugen sie die ganze Nacht, um ihr das Geständnis zu entlocken, eine Hexe zu sein. Ihr Haar schoren sie mit Flaschenscherben. Sie zogen Mutter nackt aus und steckten sie in ein winziges Verlies, das mit menschlichen Fäkalien übersät war. Am Abend darauf war ihr Widerstand gebrochen. Um ihrem Leiden ein Ende zu bereiten, lenkte Mutter ein. Und damit besiegelte sie ihr Schicksal. Mit aufgeregter Stimme verbreitete der Sohn des Juju-Mannes überall die Nachricht von Mutters Geständnis.

In Scharen strömten sie daraufhin zu seinem Altar. Mutter wurde herbeigezerrt und dann auf den Fußboden vor dem Altar geworfen. Sie drohte, in Ohnmacht zu fallen. Ein Auge war blau, das andere total geschwollen. Ihre Hüften waren aufgedunsen und schmerzten, ihren kahlen Schädel bedeckten Narben und getrocknetes Blut. Ihr ganzer Körper war übersät von Striemen. Ganze Arbeit hatte die Peitsche des Juju-Manns geleistet. Die vielen vertrauten Gesichter starrten nun die vermeintliche Hexe haßerfüllt an. Unfruchtbarkeit galt als das schlimmste Schicksal, das eine afrikanische Frau ereilen konnte, und jede, die eine andere dazu verhexte, verdiente keine Gnade. Plötzlich tauchte der Juju-Mann aus seinem Schrein auf, schwang die Peitsche und erzählte den versammelten Anwesenden, wie er das Orakel wegen des verschwundenen Huhns befragt hatte, und wie es ihm statt dessen offenbart hatte, daß Mutter die Gebärmutter ihrer Schwestern verhext habe. Er rechtfertigte die grausame Behandlung und erklärte, um die bösen Dämonen auszutreiben, mußte die Befallene zuerst alles zugeben und zu ihrer Schuld stehen. Dazu hätte man sie zwingen müssen.

Mutter hatte also zugegeben, eine Hexe zu sein. Sie wurde in einen Raum gesperrt, in den kein Tageslicht eindringen und in dem kein Fenster geöffnet werden durfte. Sie wurde zur Zielscheibe von Gespött und Verachtung, alle wandten sich von ihr ab.

Nur Mami Onnibi hielt zu Mutter. Onnibi hatte während ihrer Ehe ihrem Mann nur ein Kind geschenkt. Danach blieb sie unfruchtbar, so sehr sie sich auch bemühte. Schließlich riß ihrem Mann der Geduldsfaden, und er setzte Mami Onnibi vor die Tür. Ihr Mann beteuerte, er hätte sie auch mit nur einem Kind geduldet, wenn es wenigstens ein Sohn gewesen wäre. Aber eine Tochter? Also kehrte Mami Onnibi zurück in ihre Familie und freundete sich mit Mutter an.

Ich versuchte, Mutter anzusprechen, doch sie reagierte nicht und zeigte keinerlei Gefühlsregung. Ihr Kopf blieb gesenkt, doch ich redete weiter. Erst als ich ankündigte, daß ich nach Kumasi gekommen war, um bei ihr zu bleiben und mich eine Weile um sie zu kümmern, nickte sie schwach. Mutter wirkte geistig völlig erschöpft und körperlich am Ende. Sie würde nicht mehr lange zu leben haben.

In den nächsten Tagen half ich Mami Onnibi und dem Mädchen, so gut ich konnte, obwohl meine Anwesenheit offensichtlich nicht viel nützte. Sie waren auch bisher gut zurechtgekommen. Sich um Mutter zu kümmern, war nicht viel anders, als wie für ein Baby zu sorgen. Auch wenn sie noch unter uns weilte, so war sie doch schon so weit weggetreten, daß sie nicht merkte, wann sie sich erleichtern mußte. Sie lag da und beschmutzte sich. Und das in einem ohnehin stickigen Raum. Der Fußboden mußte regelmäßig mit Kerosin gereinigt werden, dessen strenger Geruch den Gestank, der ansonsten nicht auszuhalten gewesen wäre, überlagerte. Ich gab mir alle Mühe, Mutter meine Anwesenheit spüren zu lassen. Regelmäßig sprach ich mit ihr. Nach wenigen Tagen baute Mutter plötzlich ab. Zusammengekrümmt auf ihrer Matte in der Ecke hob sie langsam den kahlen Kopf und prallte zurück gegen die schmutzige Wand. Die Augen geschlossen, die Lippen geöffnet fing sie an zu keuchen. Ich lief hinaus und rief nach Mami Onnibi, doch als wir zurückkamen, atmete Mutter wieder normal und war eingedöst. In dieser Nacht schlief ich nicht in meinem Bett, sondern legte mich auf eine Decke neben ihrer Matte auf den Boden. Am folgenden Tag, Freitag, lebte Mutter ebenso plötzlich wieder etwas auf. Doch am Nachmittag fiel sie wieder zusammen, und am Abend glaubten wir, daß sie die Nacht nicht überleben würde. Offensichtlich war Schwester Maanaa am Wochenende für Mutters Pflege zuständig. Jeden Freitag packte sie ihre Reisetasche und nahm direkt nach der Arbeit einen Lastwagen von Tema nach Kumasi, wo sie normalerweise spät in der Nacht ankam. So auch an diesem Freitag. Ich wachte noch mit Mami Onnibi bei Mutter, als sie eintraf. Mama Onnibi stand sofort auf, um sie zu begrüßen. Ich vernahm, wie Mami Onnibi Maanaa mitteilte, sie sei sicher, daß Mutters Tage gezählt seien und daß sie nur noch auf Maanaa gewartet habe, um diese Welt verlassen zu können.

«Es steht schlimm.» Das war alles, was ich zu Maanaa sagen konnte, bevor sie an mir vorbei eilte. Maanaas Ankunft veränderte Mutters Welt. Heiterkeit siegte über die Schwermut, und dann, siehe da, sie lächelte! Mutter schenkte Maanaa tatsächlich ein heiteres Lächeln.

Nicht ein einziges Mal hatte sie gelächelt, seitdem ich hier angekommen war. Mami Onnibi, die in der Tür stand, bemerkte: «Es ist schon seltsam. Wenn man bedenkt, wie sie eben noch mit dem Tod gerungen hat, und jetzt dieser Frieden, diese Ruhe, diese Gelassenheit. Sie weiß, daß ihre Zeit gekommen ist, aber sie hat sie angehalten. Sie hat sich den Klauen des Todes so lange entzogen, bis sie ein letztes Mal das einzige Kind sehen konnte, das ihr das Gefühl gibt, eine Mutter zu sein.»

Mir kamen die Tränen.

«Jetzt hat sie den Kampf aufgegeben», fuhr Mami Onnibi fort, «jetzt, wo ihre Maanaa gekommen ist. Das ist doch offensichtlich, oder? Sieh sie nur an, so ruhig und gefaßt, so heiter. Sie erwartet jetzt den Tod mit offenen Armen.»

Die ganze Zeit über hatte Maanaa neben Mutter auf der Matte gesessen. Sie hatte es sich bequem gemacht und sanft Mutters Kopf auf ihren Schoß gebettet. So schlief Mutter ein, wie ein Baby, mit friedvollem Gesichtsausdruck. Im Morgengrauen des folgenden Tages begann sie zu stöhnen und nach Luft zu ringen. Am Mittag hörte ich sie heftig keuchen. Maanaa, die sich seit der vergangenen Nacht nicht vom Fleck gerührt hatte, umfing sie mit ihren Armen. Mami Onnibi, die mit uns die ganze Nacht bei Mutter verbracht hatte, verkündete, es sei an der Zeit, daß Mutter einen letzten Schluck Wasser zu sich nehme. Sie erhob sich und kehrte mit einer Tasse Wasser zurück, die sie Maanaa reichte. Die hob Mutters Kopf etwas an und hielt die Tasse an deren Lippen.

«Trink, Mutter», bat sie. «Trink ein bißchen.»

Und Mutter trank. Dann lächelte sie wieder. Welch ein friedliches, heiteres Lächeln! Ich saß da und kam mir fast überflüssig vor. Wir alle außer Maanaa hatten ihr niemals eine Chance gegeben, für uns eine Mutter zu sein. Konnte ich ihr also übelnehmen, daß sie ihr letztes Lächeln für Maanaa reserviert hatte? Wortlos verließ ich den Raum.

Hinter dem Compound türmten sich ein paar Zementblöcke. Ich setzte mich darauf, und ehe ich mich versah, mußte ich erbarmungswürdig heulen. Ich heulte mir die Seele aus dem Leib. Ich hatte dieser Frau nie viel gegeben, und nie hatte das Schicksal es zugelassen, daß sie mir viel geben konnte. Manchmal hatte ich sie grundlos verflucht. Ich war zu stolz gewesen, ihr die Wahrheit zu sagen, und hatte damit alles noch viel schlimmer gemacht.

«Schwester», rief eine Stimme. Ich drehte mich um. Es war Mami Onnibis Tochter.

«Komm jetzt rein», sagte sie und ging sofort zurück ins Haus.

Ich folgte ihr. Mutter lag ausgestreckt auf der Matte. Sie war zugedeckt mit einem ihrer alten Kleider. Maanaa hatte jemanden zum Bahnhof geschickt, um ein Fahrzeug zu mieten, das den Leichnam zur Totenhalle transportieren sollte. Sie rührte sich nicht von Mutters Lager, den Blick starr auf den toten Körper gerichtet. Sie vergoß nicht eine Träne.

«Ich war hinter dem Haus», erklärte ich und setzte mich neben sie.

Maanaa nickte.

«Um wieviel Uhr ist sie gestorben?» fragte ich. Ich rückte näher an sie heran. Sie antwortete, ohne mich eines Blickes zu würdigen: «Genau drei Minuten nach zwölf.»

# 9

Vater sollte angeblich etwa sechshundert Kilometer entfernt in der Akwapimregion leben.

Vater war stets knapp bei Kasse gewesen, was seine Ehe schon früh in die Krise geführt hatte. Da Mutter immerhin unter ihren Schwestern die einzig Fruchtbare war, betrachtete sie es als ihre Pflicht, so viele Kinder wie nur möglich von Vaters Männlichkeit zu empfangen. Großmutter hatte behauptet, Mutter verdanke ihre Fruchtbarkeit Vaters Blut, das sich in idealer Weise mit ihrem mische.

Damals handelte Mutter bereits erfolgreich mit Sheanutbutter. Sie hatte auch angefangen, Brot zu backen und zu verkaufen, und war gerade dabei, sich auch im Textilhandel zu etablieren. Sie war fest davon überzeugt, daß Gott der Allmächtige sie dazu bestimmt hatte, im Norden zu leben. Dann wurde Vater eines Tages von seinem Arbeitgeber in eine andere Region versetzt, etwas, womit Mutter nicht gerechnet hatte. Jetzt, wo sie gerade begonnen hatte, sich etwas aufzubauen? Nach all den Jahren der Plackerei? Nein, sie war nicht bereit, Vater auch nur einen Zentimeter zu folgen.

Also zog Vater allein fort. Das war der Anfang ihrer Trennung. Ihre gemeinsamen Kinder – acht an der Zahl – blieben auch jeweils ihre einzigen Kinder. Denn, ob Absicht, Zufall oder Schicksal – beide heirateten nicht wieder. Keiner von beiden kümmerte sich folglich um die Annullierung ihrer Ehe, so daß sie in all den Jahren, in denen sie sich nicht sahen und auch sonst keinen Kontakt pflegten, Mann und Frau blieben. Deshalb mußte Vater benachrichtigt werden, denn für beide Familien galt er noch als Mutters Ehemann. Die Aufgabe, nach Akwapim zu fahren und ihm die Todesnachricht zu überbringen, fiel Maanaa und mir zu.

Wir mußten bestimmten unangenehmen Tatsachen ins Auge sehen. Zum Beispiel, daß sich keine von uns an Vaters Gesicht erinnern konnte. Er würde sich wahrscheinlich ebensowenig an uns erinnern. Was würde uns also erwarten?

Inzwischen hatten wir Mutters Leichnam in der Totenhalle untergebracht und konnten am folgenden Sonntag nach Accra zurückfahren. Dort nahm Maanaa direkt am Bahnhof einen Bus nach Tema, während ich nach Hause zurückkehrte, um meine Familie von Mutters Tod zu informieren.

Wir verabredeten uns für den Dienstagmittag an der Lastwagenstation.

Die Nachricht von Mutters Tod löste bei mir zu Hause wenig Anteilnahme aus. Warum sollte man um jemanden trauern, der als geständige Hexe gestorben war? Tante Mena verdrückte ein paar Tränen, dann ging alles wieder seinen normalen Gang.

Am folgenden Tag bestiegen Maanaa und ich den Bus, der verspätet abfuhr, da der Fahrer wartete, bis genug Passagiere zusammengekommen waren.

Wir hatten uns vorgenommen, unsere Suche nach Vater beim Pastor der Presbyterianischen Kirche zu beginnen. Sofort nach unserer Ankunft erkundigten wir uns bei zwei jungen Männern nach der Adresse des Pastors. Sie führten uns zu seinem Haus. Wir trafen einen sehr kräftigen, glatzköpfigen Mann von etwa Ende Fünfzig am Gartentor an. Auch ihn fragten wir nach dem Pastor.

«Das bin ich», antwortete er mit wiehernder Stimme, die irgendwie überhaupt nicht zu seiner Erscheinung passen wollte. «Wer schickt Sie zu mir?»

«Wir suchen jemanden, und man gab uns den Rat, mit unseren Nachforschungen bei Ihnen anzufangen», begann ich.

«Wen sucht ihr denn?» winselte er.

«Papa Obuobi», antwortete ich.

«Und welchen? Inzwischen gibt es drei. Bis vor drei Tagen waren es sogar noch vier. Aber das tut nichts zur Sache. Für welchen interessieren Sie sich?»

«Also, man hat uns gesagt, wir bräuchten einfach nur nach Papa Obuobi zu fragen», erklärte ich.

«Ich verstehe», winselte er, «was machen wir jetzt? Wollen sie sich mal jeden davon anschauen?»

Ich blickte Maanaa an, dann wandte ich mich wieder dem Pastor zu und sagte: «Das wird nicht viel bringen. Wir kennen ihn nicht gut genug, um ihn auf den ersten Blick zu erkennen.»

Der Pastor schien verunsichert.

«Ich glaube, wir gehen besser hinein», schlug er zögernd vor. Wir nahmen drinnen Platz, der Pastor bot uns ein Glas Wasser an und kam sofort darauf zur Sache.

«Vielleicht», meinte er, «erzählen Sie mir erst einmal, wer Sie sind und was Sie vorhaben und warum Sie Papa Obuobi suchen. Vielleicht können wir so herausfinden, um welchen es sich handelt.»

Ich erklärte ihm alles, und der Pastor fragte: «Sie sind also seine Kinder?»

«Ja», antworteten Maanaa und ich wie aus einem Munde.

«Sie beide?»

«Es gibt noch weitere», erklärte Maanaa.

«Und der Papa Obuobi, den Sie suchen, weiß er, daß Ihr seine Kinder seid? Daß es Euch gibt?

«Er weiß, daß es uns gibt», antwortete ich. «Aber es ist unwahrscheinlich, daß er uns erkennt.»

Der Pastor seufzte schwer. «Das ist ja immerhin etwas», murmelte er endlich. «Es sollte doch möglich sein, irgendwo anzufangen. Asena, Asena, Aseeenaaa!»

Ein Mädchen von etwa zwölf Jahren kam eilig ins Wohnzimmer.

«Geh und hol deine Mutter», befahl er. «Dann lauf schnell und hol mir auch deine junge Mutter und ihre Agya Adu. Lauf! Beeile dich!»

Asena machte sich davon. Der Pastor wandte sich wieder uns zu.

«Hm», kicherte er, und sein Blick fiel abwechselnd auf Maanaa und mich, «das ist ziemlich beunruhigend, das muß ich schon sagen. Aber, nun gut. So wie ich es verstanden habe, war euer Vater in eurem Leben so wenig vertreten wie ihr in seinem?»

Ich blickte kurz zu Maanaa, die leicht nickte.

«Wir sind hier, um ihm die Nachricht vom Tod unserer Mutter zu überbringen», erklärte ich.

«Oh, oh! Mein Beileid», sagte der Pastor, er klang wirklich berührt. «Wann ist sie gestorben?»

«Am Samstag», antwortete ich. «Vergangenen Samstag.»

«Jetzt gerade, vergangenen Samstag?»

«Ja.»

«Oh je!» Der Pastor wischte sich den Schweiß von der Stirn. «Genau wie unser alter Papa Obuobi. War sie krank? Eure Mutter?»

«Ja, das war sie», antwortete ich.

Der Pastor entschuldigte sich und trat hinaus. Kurz darauf erschien er wieder und sagte gleich: «Nun, jetzt zu eurem Vater. Es ist ein ziemlich erschreckender... »

«Agoooooo!» unterbrach eine Stimme von draußen.

Der Pastor rief: «Ach, komm rein, komm rein, komm bitte herein.»

Agya Adu und seine Frau traten ein. Der Pastor berichtete ihnen von unserem Problem.

Nun wandte sich Agya Adu an uns und wollte wissen: «Aber wißt ihr denn gar nichts über ihn? Wir brauchen einen Anhaltspunkt?»

Jetzt schaltete sich Maanaa ein.

«Nun», sagte sie. «Er hat einige Jahre mit unserer Mutter im Norden gelebt, sie haben sich getrennt, als er an einen anderen Ort versetzt wurde und unsere Mutter selig im Norden geblieben ist.»

«Bist du dessen sicher, was du gerade gesagt hast?» fragte Agya Adu verhalten und mit finsterer Miene.

«Ja», erwiderten Maanaa und ich wieder wie aus einem Munde. Worauf wollte Agya Adu hinaus?

Der Pastor blickte unsicher zu Agya Adu, bemerkte den gespenstischen Ausdruck in dessen Gesicht und fragte eindringlich: «Was jetzt?»

«Das paßt zum alten Papa Obuobi», begann Agya Adu langsam.

«Sag das noch mal», bohrte der Pastor nach.

«Der Papa Obuobi, den wir suchen, muß der Mann sein, der gerade erst vergangenen Samstag gestorben ist und in diesem Moment drüben in der Totenhalle liegt.»

Es herrschte absolute Stille, bis endlich der Pastor das Schweigen brach.

«Willst du damit sagen, daß Papa Obuobi an genau dem gleichen Tag gestorben ist wie seine fremde Frau im fernen Kumasi?»

«So wird es sein», antwortete Agya Adu.

Mit Papa Obuobi hatten wir also unseren Vater ausfindig gemacht. Wir erfuhren, daß er sich bis Donnerstag noch guter Gesundheit erfreut hatte. Er wollte sogar eine Reise in die Voltagegend unternehmen, gemeinsam mit einem Freund, dessen Sohn sich unglücklich in ein Mädchen aus dem Volke der Ewe verliebt hatte. Freitagmorgens kam sein Freund bei ihm zu Hause vorbei. Vater bat ihn, noch einen Moment zu warten. Der Freund hatte sich kaum gesetzt, als er einen lauten Schlag im Badezimmer vernahm. Er vermutete, daß Vater gestürzt war, und rief nach Hilfe. Nachbarn kamen schnell herbeigelaufen und schlugen an die Tür. Aber es blieb still. Also öffneten sie die Tür mit Gewalt. Vater lag bewußtlos auf dem Boden, in einer Blutlache. Er wurde sofort ins Krankenhaus gebracht, wo er das Bewußtsein nicht wiedererlangte. Er starb am darauffolgenden Tag, am Samstag, genau drei Minuten nach sechs Uhr morgens.

# Epilog

## *Ein Brief*

Liebe Renate,
vielen Dank für Deinen Brief.
Es geht mir gut. Ich hoffe, Dir auch.
Ich versuche, das Beste aus meiner Situation zu machen. Die Schiffsendung ist gut angekommen. Aber mit ihr fingen auch meine Probleme an, denn sie besiegelten endgültig, daß ich als Been-to versagt habe. Ich werde weitestgehend ignoriert. Niemand will wissen, warum es mir nicht gelungen ist, ein Auto mitzubringen oder Geld für ein Grundstück zu schicken. Die «Mauer des Schweigens» macht es mir schwer, mich zu erklären. Vielleicht ist es besser so, denn es würde mich wohl doch niemand verstehen.

Ich bin nach Tema zu meiner Schwester Maanaa gezogen. Dort fühle ich mich wohler. Sie bewohnt nur eine Einzimmerwohnung, aber im Moment ist sie die einzige, die mich und mein Versagen toleriert. Trotz allem, was passiert ist, hat Mutters Tod uns einander nähergebracht. Und das mit meinen Eltern, was ich dir in meinem letzten Brief geschrieben habe, ja, das hast du richtig verstanden. Es war kein Irrtum und ganz bestimmt kein schlechter Scherz. Sie sind am gleichen Tag gestorben, an zwei verschiedenen Orten, in einem Abstand von nur sechs Stunden. Mutter lag noch zwei Wochen in der Totenhalle, so daß genug Zeit blieb, die Beerdigung gut vorzubereiten. Die Beerdigung war sehr schön. Alle ihre Kinder waren gekommen. Die, die sie geachtet, und die, die sie verschmäht haben. Zweifellos hätte es sie sehr gerührt, wenn sie miterlebt hätte, wie wir uns alle an ihrer Seite versammelt hatten. Vor kurzem war sie noch schwach und ohnmächtig gewesen. Und nicht zu vergessen, sie galt auch noch als Hexe. Doch der mysteriöse, fast gleichzeitige Tod von Vater und ihr hat so große Angst und Verunsicherung bei allen ausgelöst. Alle waren jetzt sehr bemüht, ihr noch rechtzeitig die Ehre zu erweisen, bevor sie sechs Fuß weiter nach unten wanderte. Zwei große Busse mit Trauergästen kamen aus dem Norden, darunter auch diejenigen, die ihren wirtschaftlichen Untergang mitbetrieben hatten. Man hatte ihr ein beiges Leichenhemd angezogen, und ihr kahler Schädel war bedeckt von einer kurzen Perücke aus Kokosnußhaar. Wie sie dalag auf ihrem Totenbett unter all den Ehrerbietungen, die ihr bezeugt wurden, erschien sie mir wie eine würdevolle Königin. Hoffentlich hat sich ihr Geist irgendwo in diesem Raum aufgehalten und das alles beobachtet, damit es ihr als Richtschnur für ihren nächsten Aufstieg in das Leben dienen kann. Die, die sie geliebt, gehaßt oder auch nur vergessen hatten, sie alle baten flüsternd um Vergebung. Vor allem aber die, die sie gefangengenommen, festgehalten und ihr den Kopf kahlgeschoren hatten.

Meine Schwester Mansa hat das alles so erschüttert, daß sie sich einer spirituellen Kirche angeschlossen hat. Sie betet unablässig. Neulich behauptete sie, der Heilige Geist sei in sie gefahren! Wie findest Du das, eh?

Der Juju-Mann, der Mutter zur Hexe erklärt hatte, zeigte sich ebenfalls erschüttert. Da hat Juju Juju getroffen, sage ich jetzt immer. Er hat das Familienoberhaupt mit einer Flasche Schnaps aus Holland bestochen, damit er ein paar Minuten allein mit Mutters Leichnam verbringen durfte. Er wollte seine Rituale zelebrieren, um Mutters Seele zu beruhigen. Inzwischen räumt er ein, die Botschaft seiner Götter möglicherweise mißverstanden und Mutter fälschlicherweise beschuldigt zu haben. Hört, hört! Der Mann hat es schrecklich mit der Angst zu tun bekommen, das kann ich dir sagen.

Also gab man ihm eine Chance, wenn auch nur für ein paar Minuten. Aber einige Familienmitglieder blieben in der Nähe, denn sie fürchteten, daß er etwas Fleisch aus dem Leichnam herausschneiden wollte, um es zu essen und sich so gegen Mutters Geist zu stärken. Er wird nicht mehr ernst genommen. Wie zuverlässig ist ein Juju-Mann, der die Botschaften seiner Götter falsch interpretiert? Jedenfalls denken die meisten, daß meine Eltern wahrscheinlich irgendwanneinmal einen spirituellen Pakt geschlossen haben, dem sie nach ihrer Trennung selbst keine Bedeutung mehr zugemessen hatten. Doch der Pakt hatte die beiden nicht vergessen. Es ist sowieso alles undurchsichtig und sehr schwer zu verstehen. Doch das Mysterium ihres gleichzeitigen Todes bleibt. Immerhin wurde dadurch Mutter noch soviel Ehre zuteil, um die Demütigung und Herabwürdigung, die sie im Leben erlitten hat, wiedergutzumachen.

Unsere Welt ist empfänglich für diejenigen, die viel zu geben haben, und fordert es skrupellos ein. Wenn diese dann ausgezehrt sind und nichts mehr anbieten können, wendet sie sich gegen sie – in einem bösen Racheakt.

Vater blieb für einen ganzen Monat in der Totenhalle, so waren wir in der Lage, erst Mutters Beerdigung in Kumasi abzuwickeln, bevor wir nach Akwapim reisten, um uns auch um seine zu kümmern. Und weißt Du, was geschah? Bei der Beerdigung kamen Gerüchte auf, daß der Tod meines Onkels, dieser Bruder meines Vaters, den sie mit einem geschwärzten Hinterteil und drei Riesenfedern, die aus seinem Anus herausragten, gefunden hatten, überhaupt nichts mit seiner Habgier und dem strategischen Verkauf von Särgen an die Lebenden zu tun hatte, sondern mit einer Streiterei, die er und Vater einmal entfacht haben sollen.

Wie gesagt, Gerüchte, nichts Konkretes. Aber der Name meiner Großmutter, der Mutter meiner Mutter, wurde in diesem Zusammenhang ebenfalls erwähnt. Was auch immer es war, es sieht so aus, als würden Mutter, Großmutter, Vater und mein Onkel die einzigen bleiben, die das Geheimnis ihres gleichzeitigen Todes gekannt haben und wahrscheinlich auch das Geheimnis der Geburt ihrer Kinder. Alle vier sind jetzt tot, und ich nehme an, daß wir es niemals erfahren. Trotz allem wurde ein großer Gottesdienst zu Ehren meines Vaters abgehalten – so ist das zu verstehen mit dem Lesen der Bibel in der Öffentlichkeit und dem Zählen der Kaurimuscheln im Verborgenen. Bei uns gibt es eben beides.

Ich bin immer noch auf der Suche nach einem Job. Meine Schwester Maanaa hat mir sehr geholfen. Ich war trotzdem gezwungen, einen Teil meiner wenigen persönlichen Habseligkeiten, die ich aus Deutschland mitgenommen habe, zu verkaufen. Hoffentlich muß ich nicht alles verkaufen, bevor ich einen Job finde.

Ich habe auch begonnen, alte Bekannte zu besuchen. Yaa Tumu, die, die mich mit dem Plazentathema durcheinandergebracht hatte, lebt immer noch in Tarkwa und ist immer noch mit ihrem Mann verheiratet. Dieser nahm sich später noch eine junge Frau dazu, jetzt hat er also zwei ziemlich kräftige junge Frauen, die für ihn sorgen, wenn er alt ist. Wer sagt eigentlich, daß man nicht den Kuchen besitzen *und* ihn essen kann? Afrikanische Männer können das jedenfalls.

Fatima Atia habe ich nicht aufspüren können. Ein riesiges Kinocenter steht jetzt an der Stelle des Ghettos, wo sie gewohnt hat. Das Ghetto ist dem Erdboden gleichgemacht worden. Madam Akipo, habe ich erfahren, ist mittlerweile geisteskrank. Es heißt, der Tod ihres Sohnes habe ihr den Rest gegeben. Er ist bei einem Brand umgekommen.

Nach Saba Red habe ich mich nicht erkundigt. Von mir aus könnte sie auch tot sein. Aber nach meiner Sex-Tutorin habe ich gesucht – Jennifer; und ich habe erfahren, daß sie in London lebt. Die Verbindung mit dem Taxifahrer hat wohl nicht gehalten, und sie hat einen Ghanaer, der in London lebt, geheiratet. Von ihm heißt es, er habe wegen eines Drogenvergehens die Londoner Gefängnisse von innen kennengelernt.

Ich bin auf dem Weg zu Vaters Beerdigung auch an dem guten alten Internat in den Akwapimbergen vorbeigekommen. Die Schule ist jetzt komplett von einer hohen schwarzen Mauer eingefaßt. Ich stellte mich als ehemalige Schülerin vor, die einem nostalgischen Bedürfnis nachgehen wollte, aber ich hatte keinen Erfolg. Es war Donnerstag, und Donnerstag ist kein Besuchstag, wie mir der Pförtner erklärte.

Die größte Enttäuschung auf meiner Reise in die Vergangenheit bereitete mir Aileen. Renate, Aileen ist tot. Kannst Du Dir das vorstellen? Eine so aktive und robuste Person? Und weißt Du, woran sie gestorben ist? Bei der Geburt ihres Kindes. Ich werde bald zu ihrer Familie gehen und mich nach ihrem Grab erkundigen. Ich hatte Dir erzählt, wie Aileen in den unmöglichsten Momenten auftauchen konnte – zum Beispiel am Flughafen, als ich «schwanger» war –, und so wie ich Aileen kenne, wird sie mich wohl bald am Genick packen und fragen: «Hey, wo bleibt mein Kranz?» Ha! ha!

Mein Versagen in Deutschland hat mich mein Ansehen gekostet. Aber trotzdem spüre ich eine tiefe innere Befriedigung darüber, daß ich mich befreit habe von diesem Druck, von den Erwartungen der anderen. Befreit von der Verstrickung durch Vortäuschung falscher Tatsachen und Selbstentwürdigung.

Bei Mutters Beerdigung zum Beispiel flüsterten und klatschten die Leute offensichtlich dauernd über mich und stellten zweideutige Fragen. Was es nur für ein Fluch gewesen sei, der mich nach Deutschland begleitet habe, und ob ich dort gewesen sei, nur um in das Gesicht des weißen Mannes zu starren und seine lange Nase zu bewundern. Viele haben mir die kalte Schulter gezeigt, andere taten so, als ob sie mich nicht kennen würden.

Trotzdem, ich fühle mich freier, Renate. Ganz ehrlich. Ich hege meine eigenen Träume und Pläne, und ich weiß, daß die tiefe Einsicht, die ich über mich selbst und die Welt um mich herum gewonnen habe, der größte Trumpf ist, den ich in der Hand halte. Auch wenn das momentan nicht in Geld zu messen ist oder sich in bar auszahlt. Ich werde meinen Traum nicht aufgeben. Ich habe zu viele von meinen Leuten aufgeben sehen. Bist Du nicht auch der Meinung, daß, genau wie die vielen Afrikaner, die über den ganzen Kontinent verstreut in ihrem Hunger verharren, auch die Prostituierten in Deutschland, die so begierig ihre Körper verkaufen, um verzweifelt den Erwartungen zu Hause gerecht zu werden, aufgegeben haben? Erstere sind ausgezehrt, nur noch Haut und Knochen, in Fetzen gekleidet, wenn überhaupt. In krassem Gegensatz dazu stehen letztere, die normalerweise gesund, wohlgenährt und schick gekleidet erscheinen. Doch beider Augen blicken verloren umher, denn beide sind sehr hungrig; erstere hungern nach Nahrung und Wasser, letztere nach Würde und Selbstachtung. Irgendwo in den Windungen des Schicksals kreuzen sich die Wege der Hungernden.

Ich danke Dir für Deine Freundschaft, Renate. Ich trage sie tief in meinem Herzen. Und so Gott will, sehen wir uns eines Tages wieder. Ich umarme Dich in Gedanken jeden Tag. Schreib mir bald.

Deine Sefa.

# Begriffserklärungen

**Akpene** Fufu-Variante der Voltaregion auf Maisbasis.

**Been-to** im anglophonen Afrika jemand, der in Europa gelebt hat und von dem erwartet wird, daß er vor allem mit Luxusgütern heimkehrt und seine Familie damit überschwemmt.

**Cassava** Maniokpflanze

**Compound** aus mehreren Rundhütten und einem Innenhof bestehendes Anwesen, in vielen Ländern Afrikas üblich.

**Fufu** Püree aus Cassava, Yam oder Kochbanane, Grundlage fast aller Mahlzeiten, die von Europäern manchmal als gummiartige Pampe empfunden wird.

**Juju** in Westafrika weitverbreitete Bezeichnung für Fetische und Masken mit magischer Kraft.

**Kalabule** harte, rücksichslose Geschäftspraktiken, Korruptionssystem, das nach Nkrumahs gescheiterten Wirtschaftsreformen zur Entfaltung kam.

**Kenkey** gesäuerte Maisbällchen in Bananenblättern.

**Mammy (Adele etc.)** Marktfrau

**Schulpräfektin** in am englischen Erziehungssystem orientierten Internaten eine ältere Schülerin, die die Aufsicht über die jüngeren ausübt.

**Sheabutter** Feuchtigkeitscreme, gewonnen aus dem fetthaltigen Samen des Sheabutterbaumes, eine im tropischen Westafrika heimische Art der Sapotengewächse.

**Tilapia** in den Seen des afrikanischen Kontinents weitverbreitete Fischgattung.

**Tuozafi** Fufuvariante aus dem Norden Ghanas

**Twi** in Ghana weitverbreitete Umgangssprache

**UTC** größtes Kaufhaus in Accra

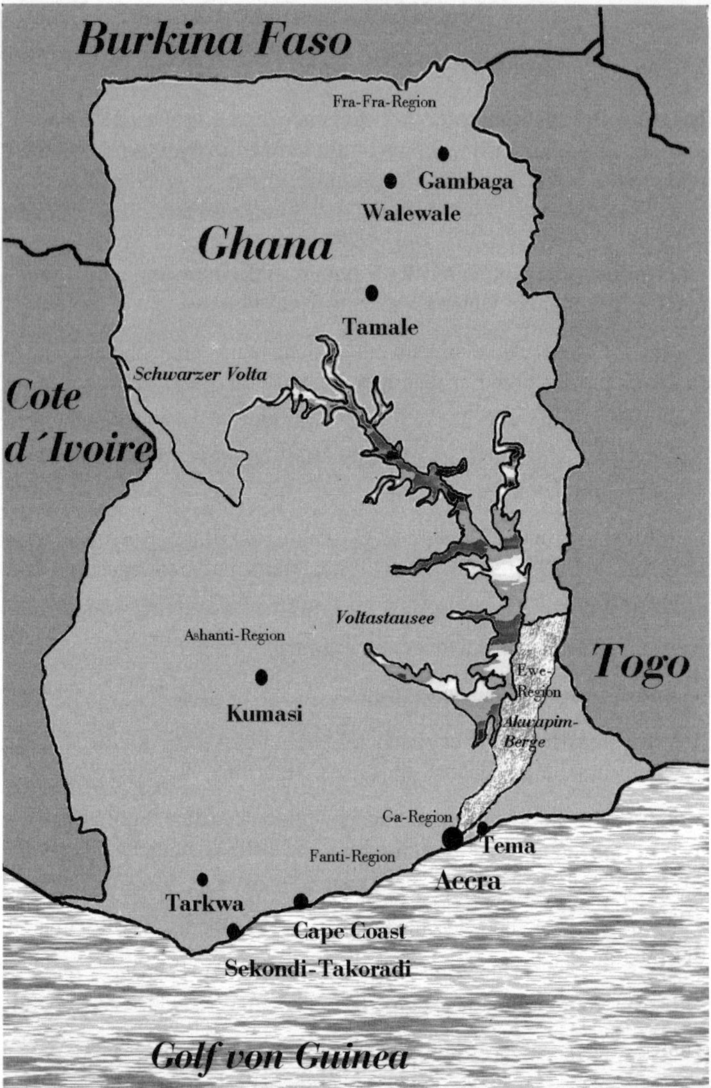
Burkina Faso
Fra-Fra-Region
Gambaga
Walewale
Ghana
Tamale
Schwarzer Volta
Cote d´Ivoire
Voltastausee
Ashanti-Region
Kumasi
Togo
Ewe-Region
Akwapim-Berge
Ga-Region
Tema
Fanti-Region
Accra
Tarkwa
Cape Coast
Sekondi-Takoradi
Golf von Guinea

Amma Darko, geboren 1956 in Tamale/Nordghana, lebte in den achtziger Jahren in Deutschland und heute wieder in Ghana. Die ausgebildete Finanzinspektorin und Mutter zweier Kinder veröffentlichte 1991 ihren aufsehenerregenden Erstlingsroman «Der verkaufte Traum», der unter dem Titel «Beyond the Horizon» auch bei Heineman/Oxford erschienen ist.

*Amma Darko*
**Das Hausmädchen**
***Zwei fast unglaubliche Geschichten aus Ghana***

Mit den Episoden «Im Überfluß» und «Das Hausmädchen» profiliert sich Amma Darko als Stimme der einfachen Menschen Ghanas. Gegenstand ihrer Erzählungen ist das widersprüchliche Leben zwischen Moderne und Tradition in einem Land Afrikas von heute. Dabei erzählt sie gekonnt und direkt wie auch humorvoll und parteiisch.

*180 Seiten, englische Broschur,*
*26.80 DM, ISBN 3-89657-104-4,*
*Schmetterling Verlag.*

*Toyin Adewale*
**Flackernde Kerzen**
***Frauengeschichten aus dem Nigeria von heute***

Toyin Adewale, Mitbegründerin und Vorsitzende der «Women Writers of Nigeria» und in Lagos lebend, verschafft als eine der Wenigen mit ihrer Lyrik und Prosa ihrem Heimatland Nigeria auch bei einem deutschen Lesepublikum Gehör.
Ihre Geschichten spiegeln das erwachende Selbstbewußtsein einer neuen Frauengeneration in den Metropolen Afrikas ebenso wider wie Menschenrechtsverletzungen und die drückenden ökologischen und ökonomischen Probleme ihres Landes.

*120 Seiten, englische Broschur,*
*19.80 DM, ISBN 3-89657-105-2,*
*Schmetterling Verlag*

*Amma Darko*

## Der verkaufte Traum

***Nur wenige Wochen nach seiner Erstauslieferung mußte Amma Darkos Erstlingsroman «Der verkaufte Traum» bereits nachgedruckt werden. Dementsprechend die Medienresonanz:***

*«Wie eine Bombe platzt dieser Erstlingsroman... mitten hinein in die hitzigen Diskussionen um Ausländerhaß, Asylantenflut und Grundgesetzänderung.»*
Usch Bayer im «Journal für die Frau»

*«Darko führt die Leser tief in die Denkweise, Psyche und die Lebensrealität ihrer Protagonistin ein und nimmt sie für diese ein.»* Maja Langsdorff in «Psychologie Heute» 2/92

*«Amma Darko... erzählt diese nicht-autobiografische Geschichte... emotional, aber nie melodramatisch, oft sogar mit befreiendem Witz und ungeheurer Ironie gegenüber ihrer naiven Protagonistin... Amma Darkos unter die Haut gehendes Romandebüt wird nicht nur Betroffenheit, sondern auch Anstoß erregen, weil es Tabus verletzt, weil es querliegt sowohl zu den blauäugigen Utopien vieler Afrikaner über das Wunderland Europa, aber auch zu den idealisierenden, problemverdrängenden Multi-Kulti-Klischees der weißen Afrika-Fangemeinde hierzulande.»*
Klaus Farin im «Deutschlandfunk», 27.12.91

*«Ganz unmerklich zieht einen diese Geschichte in ihren Bann. Plötzlich ist man mittendrin und liest und liest – und liest das ganze Buch auf einmal durch. In ein paar Stunden. Hintereinanderweg.»*
Alexandra Schwerin von Krosigk in «Zeitpunkte», SFB 3, 11.2.1992

*In fesselnden Worten, unvermittelt und unbarmherzig führt uns Amma Darko ein in die afrikanische Welt des Europas jenseits des Horizonts.*
Morning Star, London, 24.7.95

*Amma Darko erhebt kraftvoll die Stimme für viele afrikanische Frauen in Europa...* Pride, London, 4/95

*Gekonnt erzählt. Stil, Sprache, Intention haben mich gefesselt. Gefühle werden anschaulich vermittelt. Maras Leiden habe ich mit durchlebt, ihre Aufregungen genossen, ihre Hoffnungen mit Skepsis geteilt... Eine durchdachte, provozierende Erzählung, die das Herz zutiefst berührt.*
Maria Nwobani in Nigerian News, 26.6.1995

**Amma Darko: Der verkaufte Traum**
*180 Seiten, 29.80 DM, geb., ISBN 3-926369-14-0, Schmetterling Verlag*